KB084439

36 가지 유형으로 작품 이해의 눈을 활짝 틔워주는

한국 현대시

36가지 유형으로 작품 이해의 눈을 활짝 틔워주는

한국현대시

초판인쇄 | 2005년 12월 24일
초판발행 | 2005년 12월 30일

엮은이 | 서울대 국문과 현대문학 박사과정(소래섭 외 3인)
펴낸이 | 심만수
펴낸곳 | (주)살림출판사
출판등록 | 1989년 11월 1일 제9-210호

주소 | 413-756 경기도 파주시 교하읍 문발리 파주출판도시 522-2
전화 | 영업 031)955-1350 기획·편집 031)955-1370
팩스 | 031)955-1355
e-mail | salleem@chol.com
홈페이지 | http://www.sallimbooks.com

ISBN 89-522-0473-5 44810
      89-522-0469-7 44810 (세트)

* 잘못된 책은 구입하신 서점에서 바꾸어 드립니다.

값 12,000원

36가지 유형으로 작품 이해의 눈을 활짝 틔워주는

한국 현대시

서울대 국문과
현대문학 박사과정
(소래섭 외 3인)

살림

고등학생이 문학작품을 읽어야 하는 까닭은?

다양한 삶의 간접체험……정서함양……교양습득……. 땡! 틀렸다. 정말로 그렇게 생각하나? 좀더 솔직하게 이야기하자. 바로 그렇다. 정답은 '공부' 때문이다. 내신 성적을 위한 시험에서건, 수학능력 시험에서건 좋은 점수를 받기 위해서다. 그런데 시험을 대비해서 문학을 공부하는 것이 앞에서 얘기한 문학작품을 읽는 목적과 전혀 다른 것은 아니다. 왜냐하면 시험에서 요구하는 것이 문학작품을 얼마나 잘 읽어낼 수 있는가이기 때문이다. 읽을 줄 알면, 문제도 풀 수 있다. 그렇다면 어떻게 문학작품을 읽어야 할까?

많은 작품을 읽는 것만이 왕도가 아니다
먼저 유형을 익혀야 한다

　많은 작품을 읽으면 좋지만 무턱대고 여러 작품을 읽는 것은 좋은 방법이 아니다. 여러 가지 방식으로 작품들을 묶어서 그 연관성을 살펴보는 방법을 권한다. 여러 길래의 시나 소실들을 한데 묶어 관련시켜 읽으면서 자신의 사고를 확장시켜 나가는 것이 중요하다. 여러 작품들을 이런 저런 테마로 묶어본다면, 처음 보는 작품을 만나더라도 당황할 필요가 없다. 중요한 주제는 이미 다 알고 있기 때문이다. 이 책에는 언급되지 않은 작품은 있어도 빠뜨린 테마는 거의 없다.

공부하듯 문학작품을 읽지 마라
암기과목이 아니다

　어떤 책이든 각종 볼펜과 울긋불긋한 형광펜을 손에 들고 밑줄을 쳐가면서 외우려고 달려들면 그만큼 흥미는 반감된다. 그저 가벼운 마음으로 읽기를 권한다. 한 번에 모두 읽지 않아도 좋다. 목차를 보고 우선 관심이 가는 테마를 찾아서 읽어 보라. 한 꼭지 한 꼭지 읽어가다 보면 어느 사이에 세상과 인간에 대한 이해의 폭이 넓어져 있을 것이다.
　감히 장담한다!

IV. 인간에 대한 존재론적 탐구

V. 역사에 대한 신념과 의지

VI. 삶의 애환과 서정적 극복

일러두기

· 이 책에 실린 작품들은 서울대 국어국문과 박사과정의 젊은 학자들로 구성
  된 필자들이 우리 문학사의 여러 작품들 가운데 학생들에게 꼭 읽혔으면 하
  는 비중 있는 작품들을 신중하게 선별한 것입니다. 그리고 아울러 그들의
  감각과 안목을 바탕으로 알기 쉬운 해설을 덧붙였습니다.
· 표기는 작가의 의도를 해치지 않는 범위 내에서 현재의 표기법을 따랐습니
  다. 그러나 속어와 사투리는 문학작품의 고유한 맛을 살리기 위해 고치지
  않고 그대로 두었습니다.

01
자연의 이미지와 삶과
문명에 대한 성찰

김현승 (1913~1975)

전남 광주 출생. 호는 다형. 숭실전문 재학시 교지에 투고한 「쓸쓸한 겨울저녁이 올 때 당신들」이 양주동의 인정을 받고, 1934년 《동아일보》에 발표되면서 문단에 등단하였다. 한국 현대시에 있어서 기독교적·주지적 시인으로 큰 봉우리를 이룬 그의 시는 신앙시를 넘어서 고독이라는 주제를 심미적 경지로 끌어올린 것으로 평가된다.

이육사 (1904~1944)

본명 원록. 경북 안동 출생. 1925년 독립운동 단체인 의열단에 가입, 독립운동을 시작했고, 조선은행 대구지점 폭파사건에 연루되어 3년간의 옥고를 치루기도 했다. 그때의 수인번호 64를 따서 호를 '육사'라고 지었다. 1933년 육사란 이름으로 시 「황혼」을 「신조선」에 발표하여 시단에 데뷔했고, 1937년 윤곤강, 김광균 등과 함께 동인지 「자오선」을 발간했다. 그 무렵 유명한 「청포도」를 비롯하여 「교목」「절정」「광야」 등을 발표했다. 일제 강점기에 끝까지 민족의 양심을 지키며 죽음으로써 일제에 항거한 시인으로 목가적이면서도 웅혼한 필치로 민족의 의지를 노래했다. 1944년 베이징 감옥에서 옥사했다.

박성룡 (1932~)

전남 해남 출생. 호는 남우. 중앙대학교 영문과 졸업. 1956년 「문학예술」에 「화병정경」「교외」 등이 추천되어 등단하였다. 박희진, 박재삼 등과 함께 「60년대 사화집」의 동인 활동을 했다.

다양한 나무의 상징

플라타너스
김현승
교목
이육사
과목
박성룡

우리는 자연의 변화를 보면서 계절이 바뀌는 것을 느낀다. 파릇파릇 피어나는 새싹을 보면서 지루한 겨울이 가고 봄이 왔음을 알게 되고, 색색으로 단풍이 든 나무들을 보면서 여름이 가고 가을이 오는 것을 느낀다. 아울러 '십 년이면 강산도 변한다'는 말이 있듯이 자연의 변화를 통해 시간의 흐름을 알게 된다. 특히 시간의 흐름에 따라 여러 가지 옷을 갈아입는 나무는 인간에게 있어서 인생의 반려자와도 같다. 우리가 무심하게 지나쳐 버리는 동안에도, 나무는 항상 자신의 자리를 꿋꿋이 지키면서 삶의 위안을 제공해 준다.

나무는 시공을 초월한 어떤 징표의 역할을 하기도 한다. 영화에서는 사랑하는 사람들이 추억이 될 만한 물건들을 커다란 나무 밑에 묻어두고 다시 만날 약속을 한다. 또한 어린 시절 나무에다가 이름을 새겨 넣기도 하는데, 이런 것들을 먼 훗날 다시 찾았을 때는 말로 표현 못할 애잔한 감동이 밀려오게 된다. 나무는 언제 다시 찾든지 그 추억들을 고스란히 간직하고 있다가 전해준다.

종교와 신화에 등장하는 나무는 창조의 중심으로 형상화된다. 신화 속의 커다란 나무는 대개 우주의 중심을 뜻하며 그 나무 주위는 신성한 공간이 된다. 단군 신화의 신단수나 중국 신화의 '건목(建木)', 인도의 불교에서 깨달음의 나무인 보리수, 북유럽 신화의 우주목 등은 모두 우주의 중심을 상징하는 대표적인 나무들이다. 이처럼 다양한 의미를 지닌 나무가 시의 소재로 쓰일 때는 어떤 의미를 지니게 되는지 살펴보자.

김현승의 「플라타너스」에서는 나무가 인생의 반려자로 등장한다. 길거리에서 흔히 볼 수 있는 플라타너스가 이 시에서는 화자의 꿈과 사랑 그리고 고독을 함께 느끼는 '너'로 설정되어 있다. 1연에서 화자는 나무를 보면서 '저 나무에게도 꿈이 있을까' 하고 생각한다. 파란 하늘에서 나부끼는 나뭇잎이 나무의 머리가 파란 하늘에 젖어 있는 것처럼 보인다. 그러고 보면 '나무에게도 꿈이 있을까' 하는 의문은 괜한 것이었다. 오로지 하늘을 향해 서 있는 나무는, 인간이 보기에 이미 하늘 속에 있다. 따라서 인간보다 먼저 꿈을 알고 있는 것이다.

꿈을 아는 나무는 사랑을 알 수 있다. 2연에서 '너는 사모할 줄을 모르나' 라는 표현을 보자. 나무는 인간처럼 말을 건넴으로써, 혹은 몸과 몸을 맞댐으로써, 사랑의 마음을 표현할 수는 없지만, 즉 자신의 일부를 통해 직접 사랑하는 대상에게 다가갈 수는 없지만, '그늘을 늘' 려 조건 없는 더 넓은 사랑을 표현한다. 따라서 길을 따라 늘어선 플라타너스는, '호올로 되어 외로' 운 어느 누구의 고독도 위로해 줄 수 있는 드넓은 포용력을 지닌 존재가 되는 것이다. 이러한 플라타너스 앞이라면 화자는 자신의 사랑이 상처받고 돌아오지는 않을까 근심하고 주저할 필요가 없게 된다.

4연에서 화자는, 인간은 신이 아니라서 플라타너스에게 '영혼을 불어넣' 을 수는 없다고 탄식한다. 그렇지만 플라타너스의 생명은 유한하지 않다. 나무는 화자의 마음속에서 영원히 살기 때문이다. 화자도 비록 언젠가는 죽는 인간이지만, 플라타너스와 함께 자신도 영원할 수 있기를 기대한다.

이제 화자는 '우리의 길이 다하는 어느 날' 에도 길이 '너를 지켜 네 이웃이 되고 싶을 뿐' 이라고 말한다. 그곳은 '아름다운 별과 나의 사랑하는 창이 열린 길' 이다. 마침내 플라타너스와 화자는 영원히 같은 길을 가는 인생의 반려자가 된 것이다.

김현승의 「플라타너스」가 나무를 통해 인생의 근원적인 고독을 위로하고 있다면, 이육사의 「교목」은 나무를 본보기로 삼아서 좀더 의지적인 삶을 살겠다고 다짐하고 있다.

'교목'은 줄기가 곧고 굵으며 높이 자라는 나무로서, 큰 키 나무의 총칭이다. 1연에서 푸른 하늘에 닿을 듯이 우뚝 서 있는 교목은 굽힐 줄 모르는 의지를 뜻한다. '차라리 봄도 꽃피진 말아라'에서 '봄'과 '꽃'은 헛된 희망을 의미한다. 헛된 희망을 바라면서 자신의 의지를 약화시키지 않겠다는 뜻이다. 화자가 어떤 상황에 놓여 있든지 외부에서 주어지는 희망을 바라면서 나약하게 살지 않겠다는 것이며, 극한 상황이 언제 닥칠지 모르니 마음속의 긴장을 늦추지 않겠다는 표현이기도 하다.

이는 김현승의 시에서 파란 하늘에 닿아 있는 플라타너스가 꿈을 아는 낭만적인 존재로 표현되었던 것과는 대조적이다. 이 시에서 '교목'은 고독한 인생을 함께 할 반려라기보다는 그것을 통해 끊임없이 살아가는 태도를 배워야 할 본보기이다.

화자의 삶에 대한 의지적 태도는 2연으로 이어진다. '낡은 거미집 휘두르고' 있는 교목은 피폐한 현실이 반영된 것이고, '끝없는 꿈길'은 괴로운 현실 속에서 화자가 바라는 미래상을 의미한다. 따라서 '끝없는 꿈길에 혼자 설레이는 마음'이 '뉘우침'이 아니라는 구절에는 새로운 세계를 기다리는 자신에게 어떠한 갈등도 없을 것이라는 다짐이 담겨 있다.

1연에서 헛된 희망을 바라지 않겠다는 의지의 표현을 상기해 보자. 또 2연에서 '아예'라는 표현을 떠올려 보자. 그러면 '설레이는 마음은 아예 뉘우침 아니라'는 표현은 화자의 의지 안에 '설레이는 마음'은 애당초 없어야 한다는 뜻이 된다. 즉 화자는 노력 없이 희망만을 바라는 나약한 태도를 끊임없이 경계하고 있는 것이다.

이러한 태도는 3연에서 더욱 강하게 표현된다. '검은 그림자'는 화자가 처한 환경에 가해지는 외부의 시련이자, 의지를 나약하게 하는 마음의 갈등이다. 화자는 만약 검은 그림자가 자신의 정신상태를 흐리게 하려 하면, '마침내 호수 속 깊이 거꾸러져 차마 바람도 흔들진 못'하게 하겠다고 다짐한다. 여기서 '바람'은 그의 의지를 꺾으려는 외부의 힘, 혹은 유혹이나 타협을 상징한다. 즉 '검은 그림자'와 동일한 상징성을 띠고 있다. 마지막 연에서 화자는 그러한 '바람' 조차도 자신을 흔들지는 못한다고 했다. 오로지 자신과의 싸움을 통해서 새로운 세계와 만날 수 있도록 해야 한다는 결연한 의지만을 드러내고 있을 뿐이다.

이육사의 「교목」을 통해 나타났던 의지적인 삶은 박성룡의 「과목」에서 좀더 구체적으로 표현된다. 이육사의 시가 인고의 과정과 의지적인 태도에 중점을 두고 있다면, 박성룡의 시는 그 결실에 좀더 주목하고 있다. 또 「플라타너스」가 나무를 인생의 반려로, 「교목」은 인간이 본받아야 할 의지적 태도의 상징으로 그려냈다면, 「과목」은 나무를 통해 자연의 섭리를 그려낸다.

1연에서 화자는 '과목에 과물들이 무르익어 있는' 것을 하나의 '사태'로 간주한다. '사태'라는 시어의 사용이 특이하다. 화자는 나무에 과일이 열리는 평범한 현상을 하나의 '사태'로 받아들일 만큼 경이롭게 여긴다. 그래서 화자는 그 광경을 보고 '경악'했다고 말한다. 도대체 화자는 과일이 열리는 광경 속에서 무엇을 보았기에 그토록 '경악'한 것인가.

이 시에서 나무는 양질의 토양에서 따뜻한 태양을 받으면서 자란 것이 아니다. '박질 붉은 황토'에 뿌리를 박고, 가지는 '비바람들 속'에서 시달린다. 그러나 나무는 고달픈 현실을 극복하고 결국 열매를 맺는다. '황홀한 빛깔과 무게의 은총을 지니게' 되는 것이다. 이런 과목의 모습이 화자에게는 기적 같다. 화자는 가을날 과일이 무르익는 광경 속에서 '자연의 섭리'를 발견했기 때문이다. 이야말로 '경악'케 하기에 충분한 '사태'인 것이다.

가을이 되면, 나무는 푸른 잎을 벗고 소멸을 준비한다. 하지만 죽어가는 나뭇잎 사이로 황홀하게 익어가는 '과물'이 화자의 '시력을 회복'시키고 있다. 여기서 '시력을 회복한다'는 것은 무슨 뜻일까. 일차적인 의미로 가을의 어둡고 메마른 이미지 속에서 '과물' 이라는 풍성한 이미지를 보게 된다는 의미다. 더 나아가서 소멸과 생성이라는 자연의 섭리를 깨닫는 눈이 화자에게 생겼다는 것을 의미한다. 즉, 죽음과 탄생이 반복되는 자연의 섭리를 깨달았다는 뜻이다.

플라타너스 _ 김현승

꿈을 아느냐 네게 물으면,
플라타너스
너의 머리는 어느덧 파아란 하늘에 젖어 있다.

너는 사모할 줄을 모르나
플라타너스
너는 네게 있는 것으로 그늘을 늘인다.

먼 길에 올 제,
홀로 되어 외로울 제,
플라타너스
너는 그 길을 나와 같이 걸었다.

이제 너의 뿌리 깊이
나의 영혼을 불어넣고 가도 좋으련만,
플라타너스
나는 너와 함께 신(神)이 아니다!
수고로운 우리의 길이 다하는 어느 날
플라타너스

너를 맞아줄 검은 흙이 먼 곳에 따로이 있느냐?

나는 오직 너를 지켜 네 이웃이 되고 싶을 뿐,

그곳은 아름다운 별과 나의 사랑하는 창(窓)이 열린 길이다.

1953년 잡지 「문예」

교목喬木 _ 이육사

푸른 하늘에 닿을 듯이
세월에 불타고 우뚝 남아 서서
차라리 봄도 꽃피진 말아라.

낡은 거미집 휘두르고
끝없는 꿈길에 혼자 설레이는
마음은 아예 뉘우침 아니리.

검은 그림자 쓸쓸하면
마침내 호수 속 깊이 거꾸러져
차마 바람도 흔들진 못해라.

1946년 「육사시집」

과목果木 _ 박성룡

과목(果木)에 과물(菓物)들이 무르익어 있는 사태(事態)처럼
나를 경악(驚愕)케 하는 것은 없다.

뿌리는 박질(薄質) 붉은 황토(黃土)에
가지들은 한낱 비바람들 속에 뻗어 출렁거렸으나

모든 것이 멸렬(滅裂)하는 가을을 가려 그는 홀로
황홀(恍惚)한 빛깔과 무게의 은총(恩寵)을 지니게 되는

과목(果木)에 과물(菓物)들이 무르익어 있는 사태(事態)처럼
나를 경악(驚愕)케 하는 것은 없다.

──흔히 시(詩)를 잃고 저무는 한 해, 그 가을에도
나는 이 과목(果木)의 기적(奇蹟) 앞에 시력(視力)을 회복(回復)한다.

1959년 20인 시화집 「신풍토」

1. 이육사의 「교목」은 삶에 대한 결연한 의지적 태도를 보인다는 점에서 유치환의 「바위」
   와 유사하다. 이 두 작품을 비교하면서 읽어보자.

   이육사의 「교목」은 곧게 뻗어있는 교목을 본보기로 삼아 좀더 의지적인 삶을 살
   겠다는 시적 화자의 결연한 태도가 돋보이는 시다. 이러한 모습과 유사한 태도를
   보이는 시인으로 바로 생명파의 시인으로 알려져 있는 청마 유치환을 들 수 있다.
   청마는 「깃발」, 「생명의 서」 등에서 치열하게 삶을 살아가는 모습을 그려내 보인바
   있다. 특히 「바위」에서 그는 다음과 같이 다짐한다.

   "내 죽으면 한 개 바위가 되리라. / 아예 애련(愛憐)에 물들지 않고 / 희로(喜
   怒)에 움직이지 않고 / 비와 바람에 깎이는 대로 / 억 년(億年) 비정(非情)의
   함묵(緘默)에 / 안으로 안으로만 채찍질하여 / 드디어 생명도 망각(忘却)하고
   / 흐르는 구름 / 머언 원뢰(遠雷). / 꿈 꾸어도 노래하지 않고, / 두 쪽으로 깨
   뜨려져도 / 소리하지 않는 바위가 되리라."

   시에서 그는 거짓된 환상으로 즐거워하지 않을 것이며, 어떠한 고통에도 무릎을
   굽히지 않을 것이라 말한다. 즉, 희노애락의 감정에 휘둘리지 않고 변함없는 바위
   처럼 자신도 굳건하게 삶을 꾸려나갈 것이라고 청마는 다짐하고 있는 것이다.

2. 신화적 상징에서 '우주목' 이란 말이 의미하는 바가 무엇인지 찾아보자.

   동화 같은 사랑이야기를 슬프게 그려내고 있는 드라마 〈가을 동화〉에서 주인공

은서는 죽어서 나무가 되겠다고 한다. 과거와 현재를 오가며 사랑을 이루지 못한 연인들의 슬픈 운명을 그리고 있는 영화 〈은행나무침대〉에서 이들의 사랑은 혼이 되어 고목 은행나무에 스며든다. 이처럼 나무는 시공을 초월한 어떤 징표와 같은 역할을 한다. 이것은 아마도 쉽게 그 푸르름을 잃어버리지 않는 나무의 속성 때문일지도 모른다.

　나무가 지니고 있는 이러한 무한한 생명력 때문인지, 세계의 많은 신화에는 나무에 신성성을 부여하여 세계 창조의 중심으로 형상화하는 것들이 많다. 신화 속의 커다란 나무는 대개 우주의 중심, 생명의 근원, 우주의 창조성, 지혜의 원천 등을 뜻하며 그 나무 주위는 신성한 공간이 된다. 단군 신화의 신단수나 중국 신화의 '건목' 등은 우주의 근원으로서의 생명의 나무, 혹은 우주목이라 할 수 있다. 특히 『우파니샤드』에서 우주는 하늘에 뿌리를 두고 땅 위에 가지를 드리운 거대한 나무로 그려진다. 이러한 우주목은 생명력의 근원이고, 창조력의 근원이기 때문에 지혜의 원천으로 그려지기도 한다.

김남조(1927~)

경북 대구 출생. 대학 재학시절인 1950년 《연합신문》에 시 「성수」 등을 발표하며 등단하였다. 1953년 첫 시집 『목숨』을 발간하면서 그는 인간성에 대한 확신과 왕성한 생명력을 형상화하고자 했다. 그러나 두 번째 시집 『나아드의 향유』(1955)부터는 정열의 표출보다는 내면화된 기독교적 신앙을 통해 절제와 인고를 배우며 자아를 성찰하는 모습을 보여준다. 모윤숙, 노천명의 뒤를 이어 1960년대 여류시인의 계보를 마련했다는 평가를 받는다.

고은(1933~)

전북 군산 출생. 군산중학 재학 중 가출하여 12년간 승려 생활을 했다. 《불교신문》 초대 주필을 지냈으며 환속 후 서정주의 추천을 받아 문단에 데뷔하였다. 1970년 12월 자유실천문인협회 등에 관계하면서 옥고를 치르기도 하였으며 1970~80년대 민중문학을 주도하였다. 시집, 산문집, 소설, 문학론 등 100여 권의 저서가 있으며, 현재도 활발한 문필 활동을 하고 있다.

김수영(1921~1968)

서울 출생. 학병 징집을 피해 만주로 이주했다가, 8 · 15 광복과 함께 귀국하여 시작 활동을 했다. 김경린 · 박인환 등과 함께 합동시집 『새로운 도시와 시민들의 합창』을 간행하여 모더니스트로서 주목을 끌었다. 한국전쟁 때 의용군으로 끌려갔다가 거제도 포로수용소에서 석방되었다. 그후 교편 생활, 잡지사 · 신문사 등을 전전하며 시작과 번역에 전념하였다. 초기에는 모더니스트로서 현대 문명과 도시생활을 비판했으나, 4 · 19 혁명을 기점으로 현실비판의식과 저항정신을 바탕으로 한 참여시를 썼다.

2

순백의 꽃

순   백

'눈' 하면 무엇이 떠오르는가. 어떤 사람은 나뭇가지에 맺혀 있는 순백의 눈꽃을 떠올리면서 아름다움을 연상할 것이고, 또 어떤 사람은 크리스마스를 떠올릴 것이다. 반면 눈이 많이 오는 지역에 사는 사람은 작년 겨울, 눈을 치우느라 고생했던 경험을 떠올리며 지긋지긋해 할지도 모른다. 이런 것들은 모두 눈에 대한 개별적인 인상이다.

그런 한편으로 사람들에게 일반적으로 받아들이는 눈의 이미지가 있다. 이런 일반적인 눈의 이미지는 시에서도 많이 사용되는 것들이다.

우선 눈은 시련과 고통을 상기시킨다. 추운 겨울, 눈보라가 몰아치는 벌판을 떠올리면 금방 상상할 수 있다. 또 예로부터 눈을 뚫고 피어난 매화를 대견하게 여기는 것은, 매화의 여리고 붉은 꽃이 눈이라는 시련을 헤치고 피어났다고 간주하는 까닭이다. 둘째로 눈은 순수함의 상징으로 종종 사용된다. 하얀 눈은 우리에게 아무것도 씌어 있지 않은 백지와 마찬가지로 때 묻지 않은 깨끗하고 착한 마음을 연상시키기 때문이다. 마지막으로 눈은 정화의 의미를 갖는다. 아침에 일어나서 간밤에 내린 흰 눈이 온 세상을 덮고 있는 것을 보면, 세상의 모든 더럽고 추악한 것들이 깨끗하

게 정화된 듯한 느낌을 갖게 된다.

일반적으로 눈의 상징적인 의미는 대략 세 가지 정도지만, 실제로 작품 속에서는 훨씬 더 다양한

상징으로 나타난다. 다음 나올 세 편의 작품을 감상하면서 '눈'이 어떤 의미를 지니는지를 서로

비교해 보자.

모두 5연으로 되어 있는 김남조의 「설일」은, 메시지를 직접 서술하고 있는 2·3·4연을, 1연과 5연이 각각 앞뒤에서 감싸고 있는 구조이다. 1연에서 겨울 나무가 바람에 부드럽게 나부끼는 모습은 시인이 시상을 떠올리게 된 순간이다.

쓸쓸한 계절인 겨울에는 모든 것이 고독하고 외로운 것처럼 보인다. 그런데 화자는 쓸쓸한 겨울 나무가 바람에 나부끼는 모습을 보고, '나무도 바람도 혼자가 아닌' 것이라고 깨닫는다. 2연에서 화자는 깨달음을 직접적으로 서술하고 있다. 사람은 '누구도 혼자는 아니다'라는 것인데, 이는 어떤 경우에라도 하늘(神)만은 인간을 보살펴 주기 때문이다. 이 때문에 삶이 돌층계를 오르는 것처럼 힘든 일일지라도 그것은 은총으로 가는 계단이 되고, 사랑이 자갈밭을 기어가는 것처럼 고통스러운 것일지라도 섭리가 이루어지는 한 장소라고, 긍정할 수 있게 되는 것이다.

이런 긍정적인 태도는 4연에서 타인에 대한 태도의 변화로 이어진다. 시인은 다른 사람에게서 상처를 입으면 그만큼 가시 돋힌 말로 되갚아주려 했던 그 동안의 태도를 반성한다. 그리고 이제는 너그럽게 용서하는 삶을 살겠다고 다짐한다. 왜냐하면 깨달음을 얻은 시인에게 세상을 살아간다는 것은 '황송한 축연', 즉 축하 파티와 같기 때문이다. 이때 하늘에서 내리는 눈은 깨달음을 얻은 사람들의 눈물이 승화된 것이다. 순수의 결정체인 눈은 사람들의 슬픔을 위로해 주는 '하늘'의 선물이 아닐 수 없다.

김남조의 '눈'이 지상의 슬픔과 고독을 위로하는 하늘의 선물로 그려지면서 종교적인 성격을 갖는다면, 고은의 「(속)눈길」 역시 그 점에서는 유사하다. '온 겨울을 떠돌고' 온 화자는 눈에 덮여 있는 '낯선 지역'을 바라보면서, 마치 처음 보는 것인 양 '눈'에 감동하고 있다('나의 마음속에 처음으로 눈 내리는 풍경'). '묵념의 가장자리'에 있는 듯한 지극히 고요한 세상을 덮고 있는 눈은 마음의 평화를 의미한다. 온 겨울을 떠돌고 다니면서 고행의 길을 걷게 했던 화자의 괴로움은 이제 어떤 평화로운 경지에 다다른 듯 보인다.

　새로운 경지에서 화자는, 새로운 눈을 뜨고 새로운 귀를 연다. 그 새로운 눈과 귀는 '온갖 것의 보이지 않는 움직임'과 '대지의 고백' 소리를 보고 들을 수 있게 된다. 이런 상태를 표현한 구절이 바로 '나의 마음은 밖에서는 눈길, 안에서는 어둠이노라' 이다. 이때의 어둠은 막막하고 두려운 부정적인 어둠이 아니다. 화자의 마음속에 있던 방황과 번민의 감정이 모두 사그라든 위대한 적막의 상태를 가리키는 긍정적인 어둠이다. 불교에서 말하는 무념무상의 상태와 비슷한, 고요하고 평화로운 마음의 상태를 이 시에서는 '어둠'이라고 표현한 것이다. 화자는 고행을 통해 그 '어둠'처럼 평화로운 경지에 비로소 도달하게 된 것이다.

　김수영의 「눈」은 또 다르다. 1연에서 핵심적인 어휘는 '눈'과 '살아 있다'이다. 하얗고 깨끗한 눈은 우리에게 순수함을 상기시킨다. '살아 있다'라는 시어는 눈에 '생명력'이라는 의미를 부여한다. 그런데 '떨어진'이라는 시어는 죽음을 암시한다. 이 같은 내용을 정리해 보면 순수한 존재인 '눈'은 죽었지만 살아 있다는 역설적인 진술이 된다.

　그렇다면 죽은 눈이 살아 있다는 1연의 내용을 어떻게 이해해야 할까. 1연의 반복인 3연의 내용을 참조해 보면, '죽음을 잊어버린 영혼과 육체를 위하여' 눈은 살아 있다고 한다. 여기서 죽음을 잊어버린 영혼과 육체란 자신의 죽음을 두려워한 나머지 타인의 죽음에 대해 눈감고 사는 비굴한 사람들을 의미한다. 그리고 눈은 이런 사람들을 깨우치는 참되고 순결한 생명이자, 자신을 희생하여 참된 가치를 실현하는 고귀한 죽음의 표상인 것이다. 타인의 생명을 구하고자 자신의 목숨을 바친 의인들이나 나라를 구하기 위해 희생한 우국지사들, 그리고 억압에 저항하면서 자신을 희생한 사람들을 떠올려 보자. 이 모두는 우리에게 참되고 순결한 생명이 무엇인지를 깨우쳐 주는 고귀한 죽음의 표상, 즉 '눈'과 같은 존재인 것이다.

화자는 누구보다 깨어 있고 살아 있어야 할 '젊은 시인들'을 질타한다. 억압적인 시대 상황 속에서 자신의 죽음을 두려워하고 타인의 죽음을 모른 척하는 비굴한 태도를 질타한다. 눈 앞에서 부끄럽지 않냐고, 눈 앞에서 살아 있는 자신의 모습을 보여주라고 호통을 친다. 그 살아 있다는 신호가 바로 '기침'이다. '기침을 하자'라는 절박한 권유는 제정신으로, 똑바로 살라는 권유이다. 살아 있다고 크게 기침하는 게 힘들다면, 네 안에 있는 더러운 가래라도 뱉어내라는 호통이다.

운율 韻律 rhythm

시의 음악성을 이루는 '운'과 '율'을 한데 합쳐서 일컫는 말이다. 먼저 운(韻, rhyme, rime)이란 규칙적으로 반복되어 나타나는 같거나 비슷한 소리를 말한다. 이런 소리의 반복이 시의 리듬감을 만들어 낸다. 반복되는 소리가 음절이나 문장, 행의 첫머리에 오면 그것을 두운이라고 한다. 서정주의 「귀촉도」에 보면 '신이나 삼아줄 걸 슬픈 사연의/올올이 아로새긴 육날 메투리'라는 구절이 나온다. 여기서 반복되어 나타나는 'ㅅ'과 'ㅇ'이 바로 두운이다. 구(句)나 행 중간에 반복하여 다는 운율을 요운이라 하는데, 다른 것에 비해 잘 사용되지는 않는다.(각운은 306쪽을 보세요.)

한편 율(律)은 고저, 장단, 강약 등의 반복에 의해 만들어지는 리듬감을 가리킨다. 율격이라고도 하는데, 음수율과 음보율 등이 있다.

우선 음수율은 음의 숫자가 만들어내는 리듬감이다. 3·4조니 7·5조니 하는 말을 들어본 적이 있을 텐데, 이것이 바로 음수율이다. 가령 '나보기가 역겨워/가실 때에는'을 보자. 글자 하나하나를 세어보면, 7개와 5개가 된다. 이처럼 7개와 5개로 나뉘어지는 것을 7·5조라고 한다. 마찬가지로 '이몸이 죽고죽어 일백번 고쳐죽어'의 경우는 글자가 3개와 4개로 나뉘어진다. 이런 경우를 3·4조라고 한다. 음수율은 대체로 소리내어 읽으면서 그 느낌이 전해지는데, 크게 3·4조와 4·4조, 7·5조가 가장 많이 사용된다.

음보율은 띄어 읽는 단위에 따라 생기는 리듬감을 말한다. '나보기가 역겨워/가실 때에는'을 읽어 보자. '나보기가' 다음에 쉬고, '역겨워' 다음에 쉬고, '가실 때에는'은 한 번에 읽게 된다. 따라서 이 행은 3음보로 되어 있다. 크게 3음보인지 4음보인지 정도를 구별할 수 있으면 된다.

현대시는 대부분 내재율을 갖고 있기 때문에 음수율이나 음보율이 정확하게 적용되지는 않는다. 따라서 빈번하게 나타나는 정도에 따라 대략적으로 나누어 볼 수 있을 뿐이다.

고전시가 「관동별곡」을 보면 '해타(咳唾)'라는 말이 나온다. 이 말은 글자 그대로는 '기침을 하고 침을 뱉다'라는 의미이지만, 관용적으로는 '글쓰기'를 뜻한다. 기침을 하고 가래를 뱉으라는 시인의 외침은, 당대 문인들에게 검열과 탄압을 두려워하지 말고 양심적으로 시대의 진실을 써내자는 호소인 것이다.

그러나 시인의 이 절박한 권유는 누구보다도 그 자신을 향하고 있기 때문에 더욱 설득력이 있다. 이 같은 시인의 태도는 항상 자기 자신의 수양을 강조했던 강직한 선비의 전통과도 맥이 닿아 있다고도 할 수 있다.

설일雪日 _ 김남조

겨울나무와

바람

머리채 긴 바람들은 투명한 빨래처럼

진종일 가지 끝에 걸려

나무도 바람도

혼자가 아닌 게 된다

혼자는 아니다

누구도 혼자는 아니다

나도 아니다

하늘 아래 외토리로 서보는 날도

하늘만은 함께 있어 주지 않던가

삶은 언제나

은총의 돌층계의 어디쯤이다

사랑도 매양

섭리의 자갈밭의 어디쯤이다

이적진 말로써 풀던 마음

말없이 삭이고

얼마 더 너그러워져서 이 생명을 살자

황송한 축연이라 알고

한세상을 누리자

새해의 눈시울이

순수의 얼음꽃, 승천한 눈물들이

다시 땅 위에 떨구이는

백설을 담고 온다

1971년 『제7시집』

(속)눈길 _ 고은

이제 바라보노라.
지난 것이 다 덮여 있는 눈길을.
온 겨울을 떠돌고 와
여기 있는 낯선 지역을 바라보노라.
나의 마음속에 처음으로
눈 내리는 풍경.
세상은 지금 묵념의 가장자리
지나 온 어느 나라에도 없었던
설레이는 평화로소 덮이노라.
바라보노라, 온갖 것의
보이지 않는 움직임을.
눈 내리는 하늘은 무엇인가.
내리는 눈 사이로
귀 귀울어 들리나니 대지(大地)의 고백(告白).
나는 처음으로 귀를 가졌노라.
나의 마음은 밖에서는 눈길
안에서는 어둠이노라.
온 겨울의 누리 떠돌다가
이제 와 위대한 적막(寂寞)을 지킴으로써

쌓이는 눈더미 앞에

나의 마음은 어둠이노라.

1960년 시집 「피안감성」

눈 _ 김수영

눈은 살아 있다
떨어진 눈은 살아 있다
마당 위에 떨어진 눈은 살아 있다

기침을 하자
젊은 시인(詩人)이여 기침을 하자
눈 위에 대고 기침을 하자
눈더러 보라고 마음놓고 마음놓고
기침을 하자

눈은 살아 있다
죽음은 잊어버린 영혼(靈魂)과 육체(肉體)를 위하여
눈은 새벽이 지나도록 살아 있다

기침을 하자.
젊은 시인이여 기침을 하자
눈을 바라보며
밤새도록 고인 가슴의 가래라도
마음껏 뱉자

1959년 시집 「달나라의 장난」

1. 시인 고은의 청년기 행적을 조사해 보고, 시 「눈길」에 나오는 방황과 고행 그리고 깨달음의 의미에 대해서 더 생각해 보자.

최근 한국작가로는 최초로 노벨문학상 후보에 오른 고은의 실제 삶은 그리 평탄하지 못했다. 한국전쟁의 체험과 2년 가량의 승려 생활, 자살 여행, 5.18 광주항쟁으로 인한 구속 등 그의 삶은 고통의 연속이었다. 게다가 그는 사람들이 쉽게 이해하지 못할 기이한 행동으로 더욱 고립된 삶을 살아야했다. 물론 작가의 삶이 문학작품에 그대로 반영된다고는 할 수 없지만, 이러한 배경적인 지식은 고은의 시를 이해하는데 좀더 도움이 될 수 있다.

「눈길」에서 온 겨울을 떠돌다 눈에 덮여 있는 '낯선 지역'을 바라보면서 마치 눈을 처음 보는 것인 양 감동하고 있는 화자의 모습에서 우리는 고통스러운 삶의 여정에서 하나의 깨달음을 얻은 시인의 모습을 발견할 수 있다. 깨달음을 얻은 뒤에 펼쳐진 세상은 이전의 세상과는 분명 다를 것이다. 화자는 이 새로운 눈으로 지금까지는 보이지 않던 '온갖 것의 보이지 않는 움직임'을 느낀다. 이것은 아마도 우주의 리듬을 느끼는 것이며, 충만함의 경험일 터이다. 그렇기 때문에 화자의 마음 속에 있다는 '어둠'은 결코 부정적인 것이 될 수 없다. 이 '어둠'은 고통스러운 삶의 여정을 통과한 시인의 잔잔한 마음의 표상일 것이기 때문이다.

2. 김수영의 시 「꽃잎」을 찾아서 읽어보자. 이 시에서 떨어지는 꽃잎은 시 「눈」에서 떨어지는 눈과 어떤 점에서 유사하다고 볼 수 있을까?

김수영의 시 「눈」에서 반복되고 있는 구절은 '눈은 살아있다'이다. 김수영은 여기에 '떨어진' 이라는 시어를 덧붙인다. 눈은 살아있는데, 이 눈은 떨어진 눈이라는 것이다. 화려한 수식어가 전혀 없는 간결한 어투와 함께 '떨어진다' 는 하강의 이미지는 시인의 목소리에 힘을 실어준다. 즉, '떨어지는 눈' 은 결코 시름시름 힘없이 죽어가는 눈이 아니다. 오히려 자신의 목소리를 당당하게 소리치지 못하고 죽어가는 '젊은 시인' 에게 '기침을 하라' 고 호통을 치는 그러한 존재이다. 즉, 눈은 타인의 죽음에 대해 눈감고 사는 비굴한 사람들을 깨우치는 순결한 생명이자, 자신을 희생하여 참된 가치를 실현하는 고귀한 죽음의 표상이다.

이러한 고귀한 죽음의 표상은 시 「꽃잎」에서도 그려지고 있다. '꽃잎' 은 타인의 죽음을 모른 척 하는 사람들에게 머리를 숙이지 않는다. '꽃잎' 이 머리를 숙이는 것은 사람보다 평범한 것에게이다. 김수영이 생각하기에 죽어가는 타인을 보며 고통을 느끼는 것, 슬픔을 느끼는 것은 아주 평범한 행위인 것이다. 그래서 이렇게 꽃잎이 떨어지는 것은 '마당에서 바람도 안부는 데 옥수수가 흔들리듯 그렇게 조금' 흔들릴 정도의 대단치 않은 것이다. 그러나 이 대단치 않은 한 잎의 꽃잎의 떨어짐은 혁명과도 같고 바위와도 같은 대단한 힘을 지닌 것이다. 소리 없이 떨어지는 눈, 그리고 꽃잎이지만 이러한 작은 힘들이 모여 큰 변화를 이끌어낸다는 것을 김수영을 말하고 싶었던 셈이다.

고은(1933~)

전북 군산 출생. 군산중학 재학 중 가출하여 12년간 승려 생활을 했다. 《불교신문》 초대 주필을 지냈으며 환속 후 서정주의 추천을 받아 문단에 데뷔하였다. 1970년 12월 자유실천문인협회 등에 관계하면서 옥고를 치르기 도 하였으며 1970~80년대 민중문학을 주도하였다. 시집, 산문집, 소설, 문학론 등 100여 권의 저서가 있으 며, 현재도 활발한 문필 활동을 하고 있다.

이성부(1942~)

전남 광주 출생. 시인 김현승으로부터 가르침을 받았다. 1959년 고교 재학시절 《전남일보》 신춘문예에 당선되 었으며, 1961~62년 『현대문학』에 「소모의 밤」 「백주」 「열차」 「이빨」로 추천 완료되었다. 그의 초기 시는 매우 직선적인 대사회적 메시지를 담고 있었다. 그러다가 1970년 이후 철저한 자기 응시를 통해 고통을 감내하는 결연한 운명의 세계를 다루는 쪽으로 점차 변해 갔다.

김수영(1921~1968)

서울 출생. 학병 징집을 피해 만주로 이주했다가, 8·15 광복과 함께 귀국하여 시작 활동을 했다. 김경린·박 인환 등과 함께 합동시집 『새로운 도시와 시민들의 합창』을 간행하여 모더니스트로서 주목을 끌었다. 한국전 쟁 때 의용군으로 끌려갔다가 거제도 포로수용소에서 석방되었다. 그후 교편 생활, 잡지사·신문사 등을 전전 하며 시작과 번역에 전념하였다. 초기에는 모더니스트로서 현대 문명과 도시생활을 비판했으나, 4·19 혁명을 기점으로 현실비판의식과 저항정신을 바탕으로 한 참여시를 썼다.

가녀린 것들의 생명력

가 녀 린 것

노자의 『도덕경』 36장에 보면 '유약승강강(柔弱勝剛强)'이라는 말이 나온다. 유약한 것, 즉 부드럽고 약한 것이 굳세고 강한 것을 이긴다는 뜻이다. 잘 알려져 있다시피, 노자가 도덕경을 통해 전하려는 핵심은 자연의 원리[道]를 삶에서 운용하자는 것이다. 그런데 노자가 보기에 자연의 원리, 즉 도(道)가 작용하는 모습은 매우 유약하며(弱者, 道之用 : 40장), 그 '유약'은 살아 있는 것들의 일반적인 모습이다(柔弱者生之徒 : 76장). 그래서 노자는 유약함의 가치를 높이 평가했다. 노자의 이러한 말들은 자연의 본래적인 모습을 묘사하는 말이기도 하지만, 노자 자신이 기획한, 부드럽고 여성적인 문명이, 공자나 법가(法家)식의 남성적인 문명보다 훨씬 우월하다는 자신감의 표현이기도 하다.(최진석, 『노자의 목소리로 듣는 도덕경』 소나무 참고)

문명화되고 훼손된 도시에서 시를 쓰는 현대 시인들의 상황을 어느 비평가는 "시인은 숲으로 가지 못한다"는 간명한 말로 요약하기도 했다. 그럼에도 불구하고 여전히 자연의 목소리에 가장 섬세하게 귀기울이는 사람은 시인일 수밖에 없다. 인간보다는 기꺼이 자연의 편을 선택했던 시인들은, 따라서 자연의 본래적인 '유약함', 즉 부드럽고 약한 것들의 가치를 간파할 수 있었다. 그들은 부드럽고 약한 것들의 편에 서서 굳세고 강한 것들의 파괴적인 속성과 맞서 왔고, 문명의 전횡(專橫)에 맞서 자연의 가치들을 옹호해 왔다.

다음에 살펴 볼 시들은 '유약승강강'의 진리를 실천하는 시들로 작고 약하지만 질긴 생명력을 갖고 있는 것들을 따듯한 시선으로 그려내고 있다.

고은의 「열매 몇 개」에는 가녀리고 약한 것들을 아끼고 중요시하는 시인의 태도가 잘 나타나 있다. 가을 어느 날 찔레 열매를 본 시인은 여름 한철 찔레가 겪어야 했을 고통과 시련(땡볕, 찔볕, 어둠)을 떠올린다. 그러나 시인은 찔레가, 그 고통과 함께 '놀아' 서 열매를 맺었다고 표현한다. 고통과 함께 논다는 긍정적인 생각은 시인 특유의 기질이다. 찔레 열매 몇 개를 보고 그 열매 맺음을 대견하게 여기는 것은 그런 기질에서 비롯된 것이다.

　　2연에서 시인은 열매를 맺는 데 기여한 숨은 공로자를 하나 더 찾아낸다. 그리고는 '옳거니!' 라고 감탄한다. 그 공로자는 바로 '귀뚜라미' 다. 귀뚜라미가 열심히 울어주어서 자그마한 찔레 열매 몇 개가 맺어질 수 있었다는 유쾌한 상상이다. 서정주의 「국화 옆에서」도 비슷한 발상에서 나온 시이다. 국화꽃을 피우기 위해 소쩍새가 울고 천둥이 울었다. 하지만 이 시는 불교의 연기설을 바탕으로 하고 있어 숭고한 느낌을 준다. 이에 반해 「열매 몇 개」는 천진난만한 애니메이션의 한 장면처럼 읽는 이로 하여금 슬며시 미소 짓게 한다.

　　시인은 '찔레 열매 몇 개' 라고 하는 이 작고 소박한 생명체의 탄생에서 생명력을 발견하고 놀라워한다. 어떤 것에 감탄할 줄 안다는 것은 그것의 가치를 안다는 것이다. 작고 가녀린 것의 가치를 아는 사람만이 작고 가녀린 것의 생명력 앞에서 감탄할 줄 안다. 감탄할 줄 아는 능력, 그것은 우리가 잃어버린 많은 것들 중의 하나이다.

　　이성부의 「벼」는 들판에 어우러져 있는 벼의 모습을 통해 '어우러짐' 의 힘을 노래하고 있다. 벼 하나하나는 가녀리고 약한 존재에 지나지 않지만, '서로 어우러져 기대고' 살기 때문에 강한 생명력을 얻는다. 2연에서 시인은 벼를 보고 자신이 떠올린 것이 무엇인지 솔직히 털어놓고 있다. 시인에게 서로 어우러져 기대고 있는 벼는 '백성들' 이다. '서로가 서로의 몸을 묶어' 어우러지고 '더 튼튼해진 백성들' 이 된 것이다. 여기서 튼튼한 백성들은 어우러짐이 뿜어내는 강인한 생명력을 의미한다.

역사와 시대의 상황을 고려할 때, 백성에 비유한 벼는 억압적인 1970년대를 살아 갔던 한국의 민중들을 가리킨다. '죄도 없이 죄지어서 더욱 불타는' 이라는 표현은 우리에게, 독재정권에 맞서고 민주주의를 주장했다는 죄로 고통받았던 많은 사람들을 떠올리게 만든다. 다 자란 벼는 베어지게 마련이다. 그러나 베어진 벼에서 나온 씨앗들은 다시 새로운 벼로 자라난다. 따라서 벼의 쓰러짐은 단순한 끝이 아니라 새로운 희망을 준비하는 것이다. 이는 자기희생의 은유로 파악할 수 있다.

또 개개의 벼는 약하지만, 한데 묶인 벼들은 강하다. 민중의 생명력도 이런 벼의 생명력을 닮았다. '서로가 서로의 몸을 묶'었을 때 '더 튼튼해진 백성들'이 된다는 구절은, 서로의 아픔을 위로하는 동반자적 의식으로 백성들이 한데 뭉칠 때 역사를 바로잡는 강한 힘을 얻게 될 것임을 은유적으로 드러낸 것이다. 이것이 바로 부드럽고 강한 것들의 생명력인 것이다.

「풀」은 시인 김수영이 불의의 교통사고로 세상을 떠나면서 남긴 마지막 작품이다. 이 시는 이성부의 「벼」와 함께, 민중의 생명력을 노래한 작품으로 해석되어 왔다. 그러나 「풀」은 이성부의 시처럼 분명한 등식으로 해석되지는 않는다. 그러한 해석들은, 흔히 쓰는 '민초(民草)'라는 말처럼 풀이 민중의 상징으로 사용되어 왔다는 사실에 지나치게 의지하고 있기 때문이다.

1연에서 풀은 바람에 나부껴 눕고, 운다. '운다'는 표현 때문에 '바람'은 풀을 억압하고 탄압하는 어떤 외부 세력으로 이해되어 왔다. 더 구체적으로 독재정권이나 외세 등을 의미하는 것으로 간주되어 왔다. 그러나 풀을 민중으로, 바람을 독재 권력 혹은 외세라고 보는 선입견은 잠시 접어두자. 다만 풀은 바람이라는 원인에 의해 수동적으로 움직이는 존재라는 점만 주목해 두자.

2연을 보면 풀은 바람보다 더 빨리 눕는다. 상식적으로 풀은 바람에 의해서만 움직일 수 있다. 즉 바람이 오면 그때 누워야 한다. 그렇기 때문에 바람보다 늦다. 풀이

다시 일어날 수 있는 것도 반대 방향으로 부는 바람에 의해서만 가능하다. 그러나 2연은 이러한 상식적인 틀을 깨고 있다. 이제 풀은 바람보다 '더 빨리' 눕고 바람보다 '먼저' 일어난다. 1연과는 달리 2연의 풀은 능동적이다.

3연에서 풀은 바람보다 '늦게' 누워도 바람보다 '먼저' 일어난다. 늦게 눕고 늦게 일어나는 것도 아니고, 더 빨리 눕고 먼저 일어나는 것도 아니다. 늦게 누워도 먼저 일어난다는 것이다. 3연의 풀은 1연의 풀도 아니고 2연의 풀도 아닌, 그 양자를 역설적으로(모순적으로) 뒤섞어버린 풀이다. 이제 풀은 바람이라는 힘과는 거의 무관하게 움직인다. 3연에서의 풀은 독립적이다.

이렇게 풀이해 보자. 1연의 풀은 바람에 '의해' 움직이고, 2연의 풀은 바람을 '거슬러' 움직인다. 이때까지 둘은 여전히 '바람'이라는 대상과 연결되어 있고, 그것에 얽매여 있다. 그러나 3연의 풀은 바람이라는 외부적 힘으로부터 독립해 있고 스스로 존재하는 대상이 되어 있다. 이런 상태를 흔히 우리는 대상으로부터의 '초월'이라고 부른다.

이 시는 풀이라는 부드럽고 유약한 존재가 외부적 힘인 바람으로부터 독립해서 스스로 자유로운 상태가 되어가는 과정을 노래한 것이다. 김수영의 '풀'이 표상하는 존재는 초월적 경지에 도달한 존재, 초연하고 자유로운 노장(老莊)적 성인의 경지이다. 물론 그 경지에 도달하는 일은 말처럼 쉽지 않다. 그래서 시는 '날이 흐리고 풀뿌

「풀」의 또 다른 해석
김수영의 「풀」에 대한 가장 일반적인 해석은 '풀'을 민중으로, '바람'은 민중을 억압하는 힘으로 파악하는 것이다. 이때 풀은 바람에 의해 시련을 받는 나약한 존재이지만 결코 영원히 굴복하는 존재가 아니라, 마침내는 바람의 억압을 극복하는 강인한 생명력을 가진 존재로 해석된다.

리가 눕는다' 는 말로 끝난다.

그렇다고 풀이 다시 원래의 상태로 되돌아간 것은 아니다. 그런 경지에 도달하고자 하는 노력을 포기하지 않겠다는 의지를 갖고 풀은 오늘도 여전히 바람 부는 벌판에서 나부끼며 눕고 있는 것이다. 시인은 풀이라는 부드럽고 유약한 존재에서, 어떤 정신적인 높이에 도달하기 위해 끝없이 노력하는 한 존재의 모습을 나타내고자 했던 것이다.

열매 몇 개 _ 고은

지난 여름내
땡볕 불볕 놀아 밤에는 어둠 놀아
여기 새빨간 찔레열매 몇 개 이룩함이여

옳거니! 새벽까지 시린 귀뚜라미 울음 소리
들으며 여물었나니

1980년 『아침이슬』

벼 _ 이성부

벼는 서로 어우러져
기대고 산다.
햇살 따가워질수록
깊이 익어 스스로를 아끼고
이웃들에게 저를 맡긴다.

서로가 서로의 몸을 묶어
더 튼튼해진 백성들을 보아라.
죄도 없이 죄지어서 더욱 불타는
마음들을 보아라. 벼가 춤출 때,
벼는 소리없이 떠나간다.

벼는 가을하늘에도
서러운 눈 씻어 맑게 다스릴 줄 알고
바람 한 점에도
제 몸의 노여움을 덮는다.
저의 가슴도 더운 줄을 안다.
벼가 떠나가며 바치는
이 넓디넓은 사랑,

쓰러지고 쓰러지고 다시 일어서서 드리는

이 피묻은 그리움,

이 넉넉한 힘…….

1974년 시집 「우리들의 양식」

풀 _ 김수영

풀이 눕는다
비를 몰아오는 동풍에 나부껴
풀은 눕고
드디어 울었다
날이 흐려서 더 울다가
다시 누웠다

풀이 눕는다
바람보다도 더 빨리 눕는다
바람보다도 더 빨리 울고
바람보다도 먼저 일어난다

날이 흐리고 풀이 눕는다
발목까지
발밑까지 눕는다
바람보다 늦게 누워도
바람보다 먼저 일어나고
바람보다 늦게 울어도
바람보다 먼저 웃는다

날이 흐리고 풀뿌리가 눕는다

1968년 「창작과 비평」

1. 이성부의 다른 시 「봄」을 찾아서 읽고, 「벼」와 비교해 보자. '벼'를 백성(민중)의 상징
   으로 읽는다면, 시 「봄」에서 '봄'은 어떤 의미로 읽힐 수 있을까?

　　이성부의 「벼」는 들판에 어우러져 있는 벼의 모습을 통해 민중의 '어우러짐'을
노래하는 시다. 벼 하나하나는 가녀리고 약하지만 '서로 어우러져 기대고' 살기 때
문에 강한 생명력을 얻는다. 이러한 벼의 속성에서 시인은 민중의 모습을 발견하고
민중의 생명력을 읽어낸다. 즉, 이성부의 시에서 '벼'는 민중을 상징하는 시어라 할
수 있다.

　　억압받는 민중들의 삶을 따뜻한 시선으로 그려온 이성부는 「봄」이라는 시에서
'기다리지 않아도, 기다림마저 잃었을 때도 너는 온다'고 말한다. 여기서 '너'는
'봄'이다. 억압받는 민중들의 삶에 봄이 온다는 것은 희망에 가득찬 올바른 세상이
도래할 것임을 의미한다. 「봄」과 같은 시를 통해 이성부는 고달픈 삶을 힘차게 살아
가는 민중을 위무하고, 민중에게 삶의 희망을 주고 있는 것이다.

2. 김수영의 시 「풀」에 대한 다양한 해석들을 찾아서 검토해 보고 일반적으로 해석한 시
   「풀」과 비교해 보자.

　　김수영의 「풀」에 대한 가장 일반적인 해석은 '풀'을 민중으로, '바람'을 민중을
억압하는 힘으로 파악하는 것이다. 이때 풀은 바람의 시련을 받는 나약한 존재이지
만, 결코 영원히 굴복하는 존재가 아니라, 마침내는 바람의 억압을 극복하는 강인
한 생명력을 가진 존재로 해석되어 왔다.

　　그러나 시적 상징이란 다양한 의미로 해석될 수 있으므로 이러한 시각만이 정답

이라 할 수 없다. 「풀」을 바라보는 또다른 시선은 풀이라는 부드럽고 유약한 존재가 외부적 힘인 바람으로부터 독립하여 자유로운 상태가 되어가는 과정을 노래한 것으로 해석하는 것이다. 이러한 해석의 장점은 단지 억압자와 피억압자의 대결구도로 봤을 때 놓칠 수 있는 다양한 의미망을 발견하고 있다는 점이다. 시가 단 하나의 의미로 고착될 때 그 시는 어떠한 새로운 의미를 생성하지 못하고 그 순간부터 점점 죽어간다. 시를 읽는다는 것은 모범답안을 찾는 것이 아니라 나의 시각을 발견하는 것임을 잊지 말자.

이장희(1900~1929)

호는 고월. 대구 출생. 『금성』의 동인이 되어 「청천의 유방」 「실바람 지나간 뒤」를 발표하여 시단에 등단하였다. 우울하고 비사교적인 성격 때문에 지기(知己)도 적고, 작품도 많이 남기지 못했다. 그러나 섬세한 감각과 심미적인 이미지를 작품에 표출시켜 「봄은 고양이로다」 「하일소경」 등의 주옥같은 시편을 낳았다. 복잡한 가정환경과 친일파인 부친과의 갈등 때문에 고민하다가 28세에 음독 자살하였다.

전봉건(1928~1988)

평남 안주 출생. 1950년 「사월」 등을 『문예』에 발표, 문단에 등단했다. 한국전쟁 때 참전한 경험을 살려, 김종삼 등과 함께 『전쟁과 음악과 희망과』를 간행함으로써 젊은 전쟁세대의 의식 형성에 촉매 역할을 했다. 이와 같은 작품을 통해 그는, 초기에는 '순수 이미지의 추구'를 실험했으며, 그 뒤로 계속해서 의미의 부여와 기교의 천착이라는 양면성을 추구했다.

정지용(1902~1950)

충북 옥천 출생. 독실한 가톨릭 신자로 순수시인이었으나, 광복 후 좌익 문학단체에 관계하다가 전향, 보도연맹에 가입하였으며, 한국전쟁 때 공산군에 끌려간 후 사망했다. 1933년 『카톨릭 청년』의 편집고문으로 있을 때, 이상의 시를 실어 그를 시단에 등장시켰으며, 1939년 『문장』을 통해 조지훈, 박두진, 박목월 등 청록파를 등장시켰다. 섬세하고 독특한 언어를 구사하여 대상을 선명히 묘사, 한국 현대시의 신경지를 열었다는 평가를 받는다.

4

실제보다 더 실제적인 이미지

실   제   보   다   더

이미지란 무엇일까. '그 사람 이미지 참 좋아'라고 말할 때의 이미지란 '인상'을 뜻한다. 그러나 이미지는 이처럼 시각적인 특징에만 한정되지는 않는다. 때에 따라서는 청각이나 촉각, 후각, 미각 등을 포함하기도 한다. 즉 이미지를 좁은 의미로 사용할 때는 시각적 대상이나 장면 묘사만을 의미하지만, 넓은 의미로 파악하면 감각적인 지각을 환기시키는 비유 언어 일반을 가리키는 것이다.

이미지는 막연한 느낌이나 추상적인 개념을 구체화시키는 역할을 한다. 가령 사랑하는 사람과 같이 있을 때의 푸근한 느낌을 표현할 때, 그저 어쩐지 '평안하다' '잔잔하다' 등의 표현으로는 충분치 못하다. 이럴 때 시에서는, 은유나 직유를 사용해서 그 감정을 이미지화한다. '내 마음은 호수요'라는 구절을 읽으면, 호수의 잔잔하고 평화로운 느낌이 고스란히 전달되어 온다. 마찬가지로 '종소리가 울린다'라는 말은 단순한 사실을 전달하는데 그치지만, '분수처럼 쏟아지는 푸른 종소리'라는 공감각적인 이미지를 활용하면 종소리가 울려 퍼질 때 느껴지는 분위기까지 전달할 수 있다.

언어를 매체로 하는 예술인 시에서 이미지는 매우 중요하다. 시각 이미지를 직접 전달하는 사진

이나 회화 그리고 청각을 직접적으로 자극하는 음악과는 달리, 시는 언어를 통해서만 감각적인

효과를 불러일으킨다. 그렇기 때문에 시에서는 다양한 감각적 효과를 동시에 불러일으킬 수 있는

이미지 기법이 활용된다. 때로는 시 한 편 전체가 많은 이미지들로 구성된 하나의 이미지일 수도

있다. 따라서 시에 사용된 다양한 이미지들의 반복적 패턴을 찾아내면 시를 이해하는 데 큰 도움

이 된다.

이장희의 「봄은 고양이로다」는 이미지를 활용하는 기본적인 방법을 배울 수 있는 시다. 이 시는 제목 자체가 하나의 은유로 되어 있다. 봄과 고양이를 동일시한 제목은 봄이라는 계절을 고양이를 통해 이미지화하겠다는 암시이다. 1연을 보자. '고운 봄의 향기'는 '꽃가루와 같이 부드러운 고양이의 털'로 이미지화된다. 햇살을 받은 고양이의 털 끝은 밝게 빛나며 꽃가루가 잔뜩 묻어 있는 꽃을 연상시킨다. 그 꽃의 시각적 이미지는 꽃의 향기, 즉 후각적 이미지로 바뀌면서 '봄의 향기'를 떠올리게 한다.

2연도 마찬가지다. 고양이의 '호동그란 눈'을 떠올리면, 마치 이글이글 타는 것 같다. 시인은 그 눈 속에서 아마도 아지랑이가 피어오르는 듯한 인상을 받았는지, 그것을 '미친 봄의 불길'이라고 묘사했다. 3연은 봄의 나른한 인상을 '고양이의 입술'에서 찾고 있다. 여기서도 상상의 힘이 필요하다. 봄볕 따사로운 오후에 포근히 잠들어 있는 고양이의 얌전하게 다문 입술에서 포근한 봄의 졸음을 떠올릴 수 있을 것이다.

마지막으로 4연에서는 겨우내 움츠렸던 만물이 소생하고 기운이 뻗어나가는 느낌을 곧게 쭉 뻗은 '고양이의 수염'을 통해 연상할 수 있다. 이처럼 이 시에서는 봄의 느낌들을 마치 눈으로 보는 것처럼 고양이의 다양한 이미지를 통해 환기시킨다. 시인은 감각적인 시각이미지를 생생하게 활용하여 대상의 특징을 잘 전달하고 있는 것이다.

이미지가 갖는 힘을 확인할 수 있는 또 하나의 시는 전봉건의 「피아노」이다. 시인은 어느 날 황홀하게 아름다운 피아노 연주를 듣는다. 그리고 가슴 시린 감동을 받는다. 이 체험을 어떻게 언어로 표현할 수 있을까?

그는 청각적 경험을 시각적 풍경으로 바꾸어 놓는다. 건반 위를 끊임없이 움직이는 손가락을 물고기에 비유해 분수처럼 튀어 오르는 눈부신 물고기의 무리들이 눈에 보이는 듯 느껴지게 한다. 그리고 시인은 그가 받은 감동을 다음과 같이 표현한다. '나는 바다로 가서 가장 신나게 시퍼런 파도의 칼날 하나를 집어 들었다.' 열정적인 연주를 들으면서 시인의 마음도 흥분되었나 보다. 연주자만큼 흥분한 시인은 신선한 물고기를 베고 싶었던 것일까. 화자는 '파도의 날 하나'를 집어 든다. 연주를 듣고 느낀 감동이라는 추상적인 마음은 이렇게 파도-칼을 집어 드는 남자의 모습을 통해 시각적으로 표현된다.

정지용은 감각적인 이미지들을 화려하게 구사하여 30년대 시단을 주름잡았다. 특히 그의 시 「유리창·1」은 '슬픔'이라는 추상적인 감정을 이미지들을 통해 보여준 뛰어난 작품으로 평가받는다.

「유리창·1」에 대한 표현론적 해석

「유리창·1」은 흔히 시인이 어린 아들을 잃고 그 비통한 심정을 노래한 시라고 알려져 있다. 이처럼 시인의 상황에 초점을 맞춰서 작품을 해석하는 방법을 표현론적 해석이라고 한다. 「유리창·1」을 표현론적인 관점에서 접근하면 그 해석이 조금 더 구체적일 수 있다.

다음 장면을 떠올려보자. 시인은 아들을 잃고 슬픔에 잠겨 김이 서린 유리창을 멍하니 바라보고 있다. 밖에서 비추는 불빛이 김 서린 유리창에 비치면 마치 어른어른한 살아 있는 이미지같이 느껴진다. 젊은 시인은 그것이 아들의 영혼인 양 허겁지겁 유리창을 닦지만, 그건 단순한 불빛일 뿐이다. 시인은 아들을 보고 싶은 안타까운 마음에 이번에는 다시 유리창에 입김을 불어 어른어른한 이미지라도 다시 보고자 한다. 이때 '유리창'은 이승과 저승의 운명적 단절을 의미하는 한편, 이승과 저승을 연결해 주는 역할도 하는 이중적인 대상으로 파악된다.

이렇게 보면 밤에 유리를 닦는 것은 외롭고 황홀한 심사라는 역설적 표현도 이해가 된다. 죽은 아들의 이미지를 김이 서린 유리창을 통해 얼핏 볼 수 있는 것은 황홀한 경험이지만, 이내 아들이 이 세상 사람이 아님을 깨닫고 외로움을 느낀다. 또, '고운 폐혈관이 찢어진 채로'라는 대목으로 미루어 시인의 아들이 폐질환으로 죽었음을 짐작할 수 있다. 마지막 연의 '산새'는 표현론적인 해석에서는 아들을 은유적으로 표현한 시어가 된다.

방에 홀로 있는 화자는 깊은 슬픔으로 반쯤은 넋이 나가 있다. 그러다가 그는 문득 유리창에 '차고 슬픈 것'이 어른거리는 것을 본다. 환각을 본 것일까? 그는 유리창으로 다가가 입김을 분다. 그러자 그 입김에 반응하듯, '차고 슬픈 것'은 길들은 새처럼 '언 날개를 파닥거린다'. 그가 본 것은 죽은 이의 영혼이다. 영혼이 '파닥거리는 새'처럼 시인에게 날아온 것이다. 유리창 앞에 붙어 서서 죽은 이의 영혼을 간절하게 만지려는 화자는 그 불가능한 일을 포기하지 않는다. 그는 사랑하는 이의 죽음을 아직 온전히 받아들이지 못하고 있는 것이다.

그러나 화자는 마침내 자신이 하고 있는 행동의 헛됨을 깨닫는다. 문득 그의 눈에는 한 줄기 눈물이 주르륵 흘러내린다. 별이 물을 먹은 것처럼 반짝 하고 빛나는 순간, 바로 화자의 눈에서 한 줄기 눈물이 흘러내린 것이다. 이제 그는 사랑하는 이의 죽음을 받아들인다. 오랫동안 거부해왔던 진실, '고운 폐혈관이 찢어진 채로' 사랑했던 이는 '산새처럼 날아갔'다는 사실을 받아들인다. 그리고는 오랫동안 참아왔던 슬픔이 마지막 문장의 느낌표처럼 울컥 터져 나온다.

이 대목에서 받는 감동은 다른 데서 오는 것이 아니다. 시인이 시의 앞부분에서 '슬픔'의 감정을 늘어놓지 않고, 파닥거리는 새, 유리창에 입김을 불고 지우고 불고 지우고 하는 한 사람의 모습, 물 먹은 별이 보석처럼 반짝 하는 모습 등의 이미지로 간접화해, 그 감정을 절제했기 때문이다. 관객은 무대에서 스스로 울어버리는 배우를 보면서는 울지 않는다. 곧 슬픔으로 터질 듯하지만 아슬아슬하게 그 슬픔을 억제하고 있는 배우의 회색빛 무표정이 오히려 관객을 울게 만드는 것이다. 「유리창·1」에서 시인은 시각적 이미지들을 통해 이 억제와 간접화의 효과를 불러일으킨 것이다.

봄은 고양이로다 _ 이정희

꽃가루와 같이 부드러운 고양이의 털에
고운 봄의 향기(香氣)가 어리우도다.

금방울과 같이 호동그란 고양이의 눈에
미친 봄의 불길이 흐르도다.

고요히 다물은 고양이의 입술에
포근한 봄 졸음이 떠돌아라.

날카롭게 쭉 뻗은 고양이의 수염에
푸른 봄의 생기(生氣)가 뛰놀아라.

1924년 시집 「금성」

피아노 _ 전봉건

피아노에 앉은
여자의 두 손에서는
끊임없이
열 마리씩
스무 마리씩
신선한 물고기가
튀는 빛의 꼬리를 물고
쏟아진다.

나는 바다로 가서
가장 신나게 시퍼런
파도의 칼날 하나를
집어 들었다.

1980년 시집 「꿈 속의 뼈」

유리창琉璃窓 · 1 _ 정지용

유리에 차고 슬픈 것이 어른거린다.

열없이 붙어서서 입김을 흐리우니

길들은 양 언 날개를 파닥거린다.

지우고 보고 지우고 보아도

새까만 밤이 밀려나가고 밀려와 부딪히고,

물 먹은 별이, 반짝, 보석처럼 박힌다.

밤에 홀로 유리를 닦는 것은

외로운 황홀한 심사이어니,

고운 폐혈관(肺血管)이 찢어진 채로

아아 너는 산새처럼 날아갔구나!

1930년 시집 「조선지광」

주제심화 Q&A

1. 이미지를 분류하는 방법에는 여러 가지가 있지만 '비유적 이미지' 와 '서술적 이미지'
   로 분류하는 방법이 널리 통용된다. 이 분류법에 대해서 더 자세히 알아보고 그 이미지
   들의 구체적인 사례들을 찾아보자.

　　이미지를 분류하는 방법 중 하나인 '비유적 이미지' 란 말 그대로 비유의 방법,
즉 은유법, 환유법, 직유법, 제유법, 대유법 등을 사용하여 이미지를 창조해내는 것
이다. '내 마음은 호수다' 라는 표현으로 우리는 시적 화자의 마음이 호수와 같이 잔
잔하면서도 외부의 조그만 자극에도 쉽게 파문이 생길 수 있는 상태에 놓여있다는
것을 짐작하게 된다. 반면, '서술적 이미지' 란 '비유적 이미지' 처럼 형상화하고 싶
은 대상을 다른 대상에 의지하여 표현하는 것이 아니라 대상 그 자체를 묘사함으로
써 획득되는 이미지를 말한다.

　　이러한 비유법을 본격적으로 이야기한 한국의 시인은 김춘수다. 그는 자신의 시
에서 일체의 관념을 삭제하고 이미지만 존재하는 서술적 이미지를 구현하겠다고 말
한 바 있다. 서술적 이미지에는 비유적 이미지와 달리 그 배후에 관념이 없기 때문에
존재의 모습, 사실이 그대로 드러나게 된다고 그는 설명한다. 그러나 그는 후기시에
서 이러한 이미지 또한 관념을 내포할 수밖에 없다고 말하며 이미지도 삭제하고 오
직 음악성만 남은 '무의미시' 를 주장했다. 형식과 내용이 통일이 된 양식이 음악이
라고 했을 때, 김춘수는 이러한 경지에 도달한 시를 쓰고 싶었던 것이라 할 수 있다.

2. '이미지즘' 이라고 불리는 유파에 대해서 조사해보고 그들의 주장에 대해서 알아보자.

　　'이미지즘' 은 1910년대 초반에서 1917년경 까지 영미 시인들이 주장했던 반 낭

만주의 시운동이다. 처음 이미지즘을 제창한 사람은 영국의 철학자 흄이며, 에즈라 파운드는 흄의 철학을 바탕으로 당시 유행하던 상징주의와 낭만주의를 비판하며, 영국시의 침체된 분위기에 활력을 제공하고 분위기를 혁신하기 위해 '이미지즘'을 주장하기에 이른다.

이미지즘 시운동의 목적은 시인의 주관적 감정 표출 혹은 그 형상화에 있는 것이 아니라, 세계를 객관적으로 묘사하여 청신한 이미지를 획득해내는 데 있다. 즉, 이미지즘에서 이미지는 사물의 인식에 관한 문제이며 낭만주의에서 주요한 시적 원리로 작용했던 시인 개개인의 주관을 표현하는 것과는 상관없는 문제다. 이미지즘 시의 특성은 일상어를 사용하여 리얼리티를 구체적으로 표현하고, 구체적 객관성을 지향하고 감상성이 드러나는 것을 감추며, 규칙적인 리듬을 피하고, 시 창작 이전에 과학의 구체적인 방법에 가까운 구체적 관찰이 뒷받침된다는 데 있다.

정지용(1902~1950)

충북 옥천 출생. 독실한 가톨릭 신자로 순수시인이었으나, 광복 후 좌익 문학단체에 관계하다가 전향, 보도연맹에 가입하였으며, 한국전쟁 때 공산군에 끌려간 후 사망했다. 1933년 『카톨릭 청년』의 편집고문으로 있을 때, 이상의 시를 실어 그를 시단에 등장시켰으며, 1939년 『문장』을 통해 조지훈, 박두진, 박목월 등 청록파를 등장시켰다. 섬세하고 독특한 언어를 구사하여 대상을 선명히 묘사, 한국 현대시의 신경지를 열었다는 평가를 받는다.

정한모(1923~1991)

호는 일모. 충남 부여 출생. 1945년 동인잡지 『백맥』에 시 「귀향시편」을 발표하면서 문단에 등단, 이어 동인지 『시탑』을 6집까지 주재했으며 전광용 등과 『주막』의 동인으로 활약했다. 그의 시는 주로 인간의 본질적인 순수 서정과 휴머니즘을 노래했다.

윤곤강(1911~1949)

본명은 붕원. 충남 서산 출생. 소학교 교원을 지내다가 1936년경 시로 문단에 등장했다. 초기에는 경향파 시인으로 출발하였으나 곧 퇴폐적·풍자적 사조에 휩싸여 작품을 썼다. 8·15 광복 후에는 한국의 전통적 정서를 대상으로 하는 고전의 세계로 기울어졌다.

순수와 환상의 신비로운 생명체

손에 잡힐 듯 잡힐 듯 잡히지 않는 나비를 잡으려고 애쓰던 기억은 누구에게나 있을 것이다. 잡기 힘들어서 더 예뻐 보이는 나비는, 잡힐 듯 잡히지 않는 아름다움과 신비의 상징으로 자주 사용된다. 또한 조금만 부주의하게 다루면 쉽게 찢기는 날개를 가진 나비는, 자칫 잘못하면 훼손되기 쉬운 순수를 상징하기도 한다.

이러한 나비가 등장하는 이야기로 중국의 사상가인 장자의 『호접몽』이 있다. 나비가 되어 훨훨 나는 꿈을 꾼 장주가 꿈에서 깨어난 뒤, 자신이 꿈에서 나비가 된 것인지, 아니면 나비가 꿈에 장주가 된 것인지 알 수가 없었다는 내용이다. 이 이야기 속에서 장주와 나비 사이에는 피상적인 차이만이 존재할 뿐, 절대적인 차이나 변화는 존재하지 않는다.

이런 관점에서 보면 지금 살고 있는 현실 세계가 반드시 절대적인 것은 아닐지도 모른다. 오히려 꿈이나 환상 속의 세계가 더 본질적일 수도 있다. 바로 이러한 상상 속의 세계, 즉 현실 너머에 있어서 눈에 보이지도 않고 지각할 수도 없지만, 더없이 중요한 창조적 무의식의 세계를 은유를 통해 담아내는 것이 바로 시이다. 시는 종교와 함께 정신 영역을 넓혀 주는 역할을 하는 것이다.

신 비 로 운 생 명 체

『호접몽』에서 꿈의 세계, 무의식의 세계를 상징하는 '나비'는 시의 빈번한 소재가 된다. 그것은 '새'라는 상징과 더불어 환상적인 생명체로서 표현되며, 연약하지만 자유로운 인간 정신을 상징한다. 이제 나비를 소재로 한 세 편의 시를 통해 시인들이 그려내고자 하는 나비의 상징은 무엇인지를 살펴보자.

정지용의 시 「나비」의 화자는 산 정상에 있는 산장에 머물고 있다. 난로에 불을 지피고 등불을 닦아놓고 달력을 보니 다음날 날짜가 붉은색이다. 다가올 아침은 휴일인 것이다. 화자는 가을하늘 아래에서 산길을 거닐 생각에 가슴이 부풀어 오른다. 그러다가 시계 초침 소리에 빗소리가 겹쳐지는 듯해서 창밖을 보니, 산장 유리창에는 손바닥만한 나비가 붙어 있다. 나비는 열리지 않는 창에 붙어서 날아갈 기운도 없는 듯 날개를 떨고 있다. 산장 안에는 난로가 활활 타고 있지만, 유리창 밖에는 비가 내린다. 바위 같은 잿빛 구름이 유리창에 부딪칠 것처럼 낮게 깔린 궂은 날씨다. 그리고 '비 맞은 환상을 호흡' 하는 나비가 한 마리 붙어 있다. 여기서 나비는 단순한 소재가 아니다. 밤은 나비가 나타날 시간이 아니다. 그리고 비가 내리치는 산장이라는 공간적 배경도 나비와는 잘 어울리지 않는다.

그렇다면 나비는 무엇을 상징하는 것일까? 모두가 휴식을 취하는 밤에 나타난 나비는 주인공의 마음을 의미한다. 그것은 꿈을 통해 도달할 수 있는 환상 속으로 화자를 안내하는 존재이다. 환상의 세계는 익숙한 일상의 공간을 벗어나기 때문에 신비롭기도 하지만, 바로 그 이유 때문에 두렵기도 하다. '날개가 찢어진 채 검은 눈을 잔나비처럼 뜨지나 않을까 무서워라' 라고 말하는 것은 화자가 일상을 벗어난 저 너머의 세계에 대해 느끼는 두려움을 표현한 것이다.

연작시 「아가의 방」 중에서 다섯 번째 작품인 정한모의 「나비의 여행」에 나오는 나비도, 일상을 벗어난 세계를 상징한다는 점에서는 정지용의 「나비」와 유사하다. 그러나 정한모의 시에 나타난 일상은 전쟁의 공포로 가득한 공간이다. 그래서 나비가 안내하는 일상을 벗어난 세계는 동경과 기대만이 가득하다.

정한모의 작품에는 '아가' 가 많이 등장하는데, '아가' 는 순수한 인간의 전형을 뜻한다. 물론 이 시에서 나비는 '아가' 와 동일한 의미를 갖는다. 나비의 여행은 바로 아가의 꿈이다. '깜깜한 절벽' '헤어날 수 없는 미로' '아비규환하는 화약 냄새 소용

돌이 '파란 공포' '공포의 독수리'로 표현되는 전쟁의 상황에서 벗어나서, '빛 뿌리는 들판' '내일의 바다' '사랑은 날아가는 파랑새' '그리움은 꿈' 등으로 표현되는 때묻지 않은 순수로 회귀하고자 하는 화자의 소망이 바로 아가의 꿈이자 나비의 여행이다.

그런데 이 시에서 아가, 즉 나비의 여행은 매우 위험스러운 것이기도 하다. 현실의 공포는 너무나 강력한데 아가는 너무나 연약한 존재이기 때문이다. 그러나 그처럼 연약하기에 아가의 순수함은 더욱더 지켜져야 한다. 쉽게 얻을 수 없기에 더욱 훼손되어서는 안 된다. 나비는 이처럼 연약한 순수성을 상징하고 있다. 화자는 순수한 세계에 대한 동경을 아가와 나비라는 상징을 통해 표현한다. 시인은 이를 통해 궁극적으로는 인간성 회복에 대한 염원을 노래하고 있는 것이다.

정한모의 '나비'는 부조리한 현실 속에서 밝은 미래를 꿈꾸며 미래지향적인 태도를 취한다. 이에 반해 윤곤강의 「나비」는 과거 지향적인 태도를 보이고 있다. 이 시에서 나비는 순수의 상징도 환상과 무의식의 상징도 아니다. 아름다울 것도 신비스러울 것도 없는 '날개 찢어진 늙은 노랑나비'일 뿐이다. 나비는 '그리운 꽃밭을 찾아갈 수 없는 슬픔'에 잠겨서, '화려한 춤 재주'도 옛날의 영화일 뿐인 현실 속에서 한숨짓고 있다. 시는 어떠한 희망도 소망도 보이지 않는다. 다만 화자는 담담한 어조로 생의 애상(哀傷)을 담아낼 뿐이다.

이 시에서 나비의 이미지는 무척 쓸쓸하고 초라하다. 시인은 청춘의 화려함과 아름다움이 사라진 노년의 모습을 늙은 노랑나비로 이미지화 한다. '날개 찢어진 늙은 노랑나비'에게 화려함과 아름다움은 이미 지나간 옛이야기일 뿐이다. 이제는 '그리운 꽃밭'을 찾아 날아갈 기력도 없고, '화려한 춤'도 어떻게 추는지 기억나지 않는다. 여기서 '그리운 꽃밭'과 '화려한 춤'은 청춘 또는 젊음을 상징한다. 이처럼 청춘을 잃어버린 나비의 모습은, 더 이상 굿판에서 신명나게 춤을 출 수 없는 늙은 무당의 모습과 겹쳐지면서 노년의 모습을 더욱 쓸쓸하고 애상적으로 그린다.

　　모든 노년이 이런 모습은 아니다. 시에서의 노년은 생을 비극적으로 인식하는 시인의 절망적인 세계관이 반영되었기 때문이다. 똑같이 '나비'라는 소재를 다루더라도 시인의 세계관이나 태도에 따라서 그것의 의미가 달라진다. 때로는 밝은 미래를 의미하고, 때로는 화려한 과거와 대조를 이루는 어두운 현실을 의미하게 되는 것이다.

나비 _ 정지용

시키지 않는 일이 서둘러 하고 싶기에 난로에 싱싱한 물푸레 갈아 지피고 등피 (燈皮) 호 호 닦아 끼우어 심지 튀기니 불꽃이 새록 돋다 미리 떼고 걸고 보니 카렌다 이튿날 날짜가 미리 붉다 이제 차츰 밟고 넘을 다람쥐 등솔기같이 구부레 뻗어나갈 연봉(連峰) 산맥길 우에 아슬한 가을 하늘이여 초침소리 유달리 뚝닥거리는 낙엽 벗은 산장 밤 창유리까지에 구름이 드뉘니 후 누 누 누 낙수 짓는 소리 크기 손바닥만 한 어인 나비가 따악 붙어 들여다본다 가엾어라 열리지 않는 창 주먹 쥐어 징징 치니 날을 기식(氣息)도 없이 네 벽이 도리어 날개와 떤다 해발 오천 척 우에 떠도는 한 조각 비 맞은 환상 호흡하노라 서툴리 붙어 있는 이 자재화(自在畫) 한 폭은 활활 불피워 담기어 있는 이상스런 계절이 몹시 부러웁다 날개가 찢어진 채 검은 눈을 잔나비처럼 뜨지나 않을까 무서워라 구름이 다시 유리에 바위처럼 부서지며 별도 휩쓸려나려가 산 아래 어느 마을 우에 총총하뇨 백화(白樺)숲 희부옇게 어정거리는 절정 부유스름하기 황혼 같은 밤.

1941년 시집 『백록담』

나비의 여행旅行 _ 정한모

아가는 밤마다 길을 떠난다
하늘하늘 밤의 어둠을 흔들면서
수안(睡眼)의 강을 건너
빛 뿌리는 기억의 들판을
출렁이는 내일의 바다를 날으다가
깜깜한 절벽
헤어날 수 없는 미로에 부딪히곤
까무러쳐 돌아온다

한 장 검은 표지를 열고 들어서면
아비규환하는 화약 냄새 소용돌이
전쟁은 언제나 거기서 그냥 타고
연자색 안개의 베일 속
파란 공포의 강물은 발길을 끊어버리고
사랑은 날아가는 파랑새
해후는 언제나 엇갈리는 초조
그리움은 꿈에서도 잡히지 않는다
꿈에서 지금 막 돌아와
꿈의 이슬에 촉촉히 젖은 나래를

내 팔 안에서 기진맥진(氣盡脈盡) 접는

아가야!

오늘은 어느 사나운 골짜기에서

공포의 독수리를 만나

소스라쳐 돌아왔느냐.

1965년 잡지 『사상계』

나비 _ 윤곤강

비바람 험상궂게 거쳐 간 추녀 밑—
날개 찢어진 늙은 노랑나비가
맨드라미 대가리를 물고 가슴을 앓는다.

찢긴 나래에 맥이 풀려
그리운 꽃밭을 찾아갈 수 없는 슬픔에
물고 있는 맨드라미조차 소태 맛이다.

자랑스러울손 화려한 춤 재주도
한 옛날의 꿈조각처럼 흐리어
늙은 무녀(舞女)처럼 나비는 한숨진다.

1930년 잡지 「시문학」

1. 시에서 '나비'가 절대적인 정신적 자유를 표현할 때, 그것은 '새'와 유사한 상징성을 지닌다고 할 수 있다. 그렇다면 '나비'라는 상징을 사용하는 것이 '새'의 상징과는 달리 시에서 어떤 효과를 가져올 수 있는지 생각해 보자.

　　날개가 달린 생물들은 두 발로 땅을 딛고 살아야 하는 인간보다도 더 자유로운 것처럼 보인다. 그래서 이러한 생물들은 자유의 상징으로 활용되는 경우가 많다. 그러나 그것이 새인 경우와 나비인 경우는 약간의 차이를 보일 수 있다.

　　새의 날개가 비록 속이 빈 것이라 하더라도 뼈와 가죽으로 구성된 것이라면 나비의 날개는 손을 잡으면 찢어지고 말 아주 얇은 막 한 장일 뿐이다. 새는 바람을 가르고 나는 것이지만 나비는 얕은 바람에도 날아가버리고 말 약한 곤충에 불과하다. 상대적으로 나비는 새보다 더 연약한 생물인데, 이 때문에 시에서의 나비는 파괴되기 쉬운 자유, 지켜내기 어려운 꿈 등을 표현할 때 쓰인다.

　　나비는 자유이며 꿈이지만, 새가 아니라 나비일 때 그것은 시의 독자로하여금 위태로움과 조바심을 느끼게 하여 희망적이지 않은 시인의 전망을 효과적으로 전달한다.

2. 나비를 중심 모티프로 삼고 있는 시들을 더 찾아 읽어보고, 나비의 다양한 상징성에 대해 생각해 보자.

　　나비는 그 연약하지만 공중에 날아다니는 특성 때문에 종종 죽은 사람의 영혼이 환생한 것으로 여겨지기도 한다. 사십구재 향을 치르는 어느 할머니가 그 오랜 나이에도 아직 누군가에 대한 그리움의 표정을 보이고 있다면, 그 때의 그 향이 피워

올린 연기가 마치 죽은 이가 환생하여 흰나비 되살아나 할머니의 주위에 팔랑거리는 것처럼 보일지도 모를 일이다. 또한 죽은 이에 대한 할머니의 애틋한 마음, 그 죽은 이가 생전에 할머니의 머릿속에 각인시켰을 여러 추억들을 상상해볼 수 있을 것이다. 그러나 동시에 생과 사에는 매정한 절벽이 가로놓여 있듯이, 나비와 할머니가 서로를 못알아 볼 수 밖에 없는 그 현실이 또한 팍팍해 보였을 것이다. 문태준의 「흰나비재」를 보자.

한마리 흰나비가 뻑적지근한 숨을 고르는/ 할망구 흰머리카락 위 폴폴 고추 모종밭 공중에 날고 있다./ 사십구재 향을 사르고 있는 것이다/ 할망구 두개골에 눈물이 꼭 고였다/ 저 흰머리 할망구 두개골에 찍힌 발자국을 훔쳐간 도둑은 누구인가/ 저 흰머리 할망구 두개골에는/ 할망구 신발코에 발을 대보다 그냥 댓돌로 내려서는 깜깜한 구들장 같은 사내가 있던가/ 깜깜한 협곡에서 비가 내려선다/ 때때로 나도 나비도 할망구도 할망구의 두개골에 찍혀 있는 사내도/ 살고 죽는 일에 이, 저곳을 넘어가고 돌아오지 못해 꽉 눈이 막힌다는 것./ 비내려 나비도 이,저곳을 날지 못할 바에야/ 맴도는 흰나비도 매정한 절벽 사이에 갇혀 있다는 것.// 오도 가도 못하는 귀신 같은 흰나비의 발자국 몇개만 아주 남았다

천상병(1930~1993)

경남 창원 출생. 1949년 마산중학 5학년 때, 『죽순』 11집에 시 「공상」 외 1편을 추천받았고, 1952년 『문예』에 「강물」 등을 추천받은 후 여러 문예지에 시와 평론 등을 발표했다. 그는 가난·무직·방탕·주벽 등으로 많은 일화를 남겼다. 시인이 정신병원에 감금되어 있어서 생사를 알 수 없어 첫 시집 『새』가 유고시집으로 발간된 일도 있었다. 그러나 그의 시는 우주의 근원, 죽음과 피안, 인생의 비통한 현실 등이 간결하게 압축되어 있어 많은 사람들의 사랑을 받고 있다.

박남수(1918~1994)

평양 출생. 1932년부터 신문과 동인지에 시와 희곡을 발표해 오다가 『문장』에 정지용의 추천을 받아 본격적인 작품 활동을 시작하였다. 1·4 후퇴 때 월남하여, 1954년 『문학예술』 편집위원, 한국시인협회 창립회원, 1959년 『사상계』 편집위원 등을 거쳐 한양대 강사, 한국시인협회 심의위원장 등을 역임했다.

김광섭(1906~1977)

호는 이산. 함북 경성 출생. 1927년 창간한 순문학 동인지 『해외문학』과 1931년 창간한 『문예월간』 동인으로 문학 활동을 시작했다. 이 무렵 「고독」「푸른 하늘의 전락」 등 고요한 서정과 냉철한 지적 성격의 시편들을 발표하여 주목을 끌었다. 그 이후의 작품에는 식민지시대 지식인이 겪는 고뇌와 민족 의식이 짙게 나타난다.

순수한 존재

조앤 롤링의 『해리포터와 마법사의 돌』을 보면, 주인공 해리포터는 호그와트 마법

학교에 입학하기 전에 필요한 준비물의 하나로 부엉이를 사는 장면이 나온다.

이처럼 새가 주인의 어깨나 팔뚝에 머리를 꼿꼿이 세우고 앉아 있는 모습은 영화나 만화에 자주

등장한다. 이는 만화나 영화뿐 아니라 인류의 원형적 상상력을 담고 있는 신화에서도 마찬가지이

다. 지혜의 여신인 미네르바는 부엉이를 가지고 있으며, 용과의 대결을 위해 모험을 떠나는 영웅

들은 자주 새와 동행한다. 왜 멋진 주인공이나 영웅들은 다른 동물이 아닌 새를 가지고 있을까?

신화에서 새는 하늘로 비상할 수 있다는 점에서 초월, 혼, 승천 등을 상징한다. 또 새는 하늘과

지상의 경계를 넘나드는 존재로서, 신의 뜻을 인간에게 전달해 주는 전령으로 나타나기도 한다.

때로는 신(神)이 모습을 바꿔서 나타난 동물을 상징하기도 한다.

뿐만 아니라 새는 생각이나 지성, 상상력 등을 상징하기도 한다. 독수리와 같이 몸집이 큰 새는

태양신이나 천둥신 또는 바람과 동일시되며, 나무에 앉아 있는 새는 신의 힘이 강림한 것을 의미

하기도 한다. 이러한 새의 상징은 문화권이나 지역에 따라 다양한 상징적 의미들이 덧붙여진다.

그러므로 문학작품에서 '새'는 단순한 동물이 아닌 이런 풍부한 상징을 포함하고 있는 것이다.

신화와 문학작품에는 다양한 동물 상징이 존재한다. 그런데 한국 문학에 나타나는 동물 상징은 특히 '새'에 집중되어 있다. 천상병의 「새」, 박남수의 「새」, 김광섭의 「성북동 비둘기」를 읽고 각각의 시에서 새의 상징적 의미에 대해 생각해 보자.

천상병의 「새」에서 새는 외로운 시인의 영혼을 상징한다. 그 새는 세상 속에서 어울려 살기보다는 외딴 곳에서 외롭게 세상을 관찰한다. 옛날부터 나뭇가지에 앉아 있는 새는 종종 지상과 천상의 경계에 있는 혼의 상징으로 받아들여졌다. 새의 목청 은 낡았다. 그것은 새가 오랫동안 목청껏 울어보지 못했기 때문일 것이다. 살아서는 목청껏 노래해 보지 못한 시인이, 죽어 새가 되어서 세상의 슬픔과 아름다움을 노래 할 것이라는 소망이 시에 담겨 있다.

우리 나라의 시에서 망자의 넋이 새가 되어 떠돈다는 생각은 흔히 접할 수 있다. 김소월은 「접동새」에서 새어머니의 시샘 때문에 죽은 누이의 혼이 접동새가 되어 아 홉이나 되는 동생들을 걱정하며 운다는 민간 설화를 서글픈 시로 형상화했다. 또 나 병 시인 한하운은 「파랑새」에서 '나는 나는 죽어서 파랑새 되리'라고 노래했다. 이와 마찬가지로 「새」도 고단하고 슬픈 삶을 살아가는 시인의 맑은 영혼을 새에 빗대서 표 현한 것이다.

시인의 전기적 사실에 비추어 시를 읽는 것이 좋은 감상법이라고 할 수는 없다. 이런 사실들은 오히려 작품을 읽는 데 방해가 된다. 그러나 때로는 이런 사실들을 연 관시켜 감상하면 더 깊은 감동을 받는 경우도 있다. 천상병 시인의 경우가 그렇다. 그는 행려병자로 정신병원에 감금되기도 했으며, 풀려난 뒤에도 평생을 온전치 못하 게 살았던 사람이었다. 그런 시인이 「귀천 歸天」이라는 시에서 '나 하늘로 돌아가리 라……아름다운 이 세상 소풍 끝내는 날, 가서 아름다웠더라고 말하리라'라고 읊은 대목은 무척 애달프게 느껴진다. 이 시도 마찬가지로 죽은 후에 생의 아름다움을 노 래하겠다는 동일한 주제를 담고 있다. 전혀 아름답지 못한 생을 살았던 그가 '외롭게 살다 외롭게 죽을 영혼의 빈 터에 한 마리 새'가 되어 '산다는 것의 아름다움을 노 래' 하겠다고 했기에 이 시는 더 애달프다.

천상병의 「새」가 '영혼'을 상징한다면, 박남수의 「새」는 가식을 모르는 자연의 순수함을 상징한다. 박남수의 「새」는 자신이 부르는 노래가 노래인 줄도 '모르면서' 노래한다. 그리고 사랑인 줄도 '모르면서' 진정한 사랑을 나눈다. 바로 이 '모르면서'라는 시어에서 새의 순수함이 그대로 드러나고 있다.

'순수'는 무지와 순진이라는 두 가지 측면을 갖고 있다. 기독교에서 아담과 이브는 선악과를 따먹고서 선악을 구별할 수 있는 지혜와 이성을 얻었다. 그래서 그들은 똑똑해졌지만, 대신 더 이상 순수하지 않게 되었다. 우리는 어린 시절 순진하고 무지했지만, 대신 순수했다. 그러나 살아가면서 지혜와 지식이 늘어나 무지하지 않게 되

함축적 의미

어떤 어휘 속에 사전적인 뜻 이외의 의미를 내포하거나 그것이 연상시키는 것을 말한다. 즉 어휘가 스스로 가진 의미를 넘어서, 문맥에 따라 적절한 연상으로 알 수 있는 또 다른 의미를 말한다. 함축적 의미는 크게 세 가지로 나누어 볼 수 있다.

우선 개인적 체험에 의해 생겨난 함축적 의미이다. 가령 마포에서 큰 교통사고를 당한 사람이 '마포에서 피어오르는 공포의 물결/마포는 나의 무덤'이라고 표현했다고 하자. 이때 '마포'는 작자의 개인적인 체험에 따른 의미가 첨가되어 있다. 읽는 사람은 '아…… 마포에서 이 사람에게 무슨 안 좋은 일이 있었구나' 하고 그 함축적 의미를 어느 정도 짐작할 수 있게 된다.

두번째는 집단적인 체험에 의해 생겨난 함축적 의미이다. 현재 남북이 분단되어 있는 상황에서 대한민국 국민들에게 '대동강아 내가 왔다/을밀대야 내가 왔다'라는 노래 가사는 예사롭지가 않다. 여기서 '대동강'과 '을밀대'는 평범한 지명이 아니다. 가고 싶어도 못 가는 고향이나 분단의 아픔이라는 함축적 의미가 담겨 있는 것이다. 「그리운 금강산」에서 '금강산' 역시 마찬가지다. 이 단어들에는 민족적인 체험에 의한 함축적 의미가 담겨 있는 것이다.

마지막으로 전 인류에 보편화된 함축적 의미이다. 가령 '포연이 자욱한 전장 위로 비둘기 한 마리가 날아올랐다'는 문장에서, '비둘기'의 사전적 의미는 새의 일종이지만, 세상 사람들은 보편적으로 '평화'를 떠올린다.

이와 같은 함축적 의미를 가진 시어들이 시에서는 매우 빈번하게 사용된다. 따라서 시의 감상과 이해를 위해서는 함축적 의미에 대한 정확한 해석이 무척 중요하다. 시어의 함축적 의미를 해석하는 것은 곧바로 시를 이해하는 것이나 마찬가지이기 때문이다.

면서 순수함을 잃었다. 시에서 시인은 이렇듯 인간이 잃어버린 자연의 순수함을 '새'라는 대상을 통해 드러내고 있다.

그러나 그 순수를 의도적으로 겨냥할 때, 그것을 잡았다고 생각하는 순간 순수는 사라져버린다. 단지 순수의 그림자인 '피에 젖은 한 마리 상한 새'만이 남는 것이다.

이 시에서 새의 순수함은 뒤이어 묘사된 인간들의 비정함과 강렬하게 대조된다. 시인은 포수와 상한 새의 이미지를 통해 순수함을 얻으려는 인간의 노력이 부질없음을 폭로한다. 그리고 새의 순진 무구한 이미지와 포수의 총에 맞아 피에 젖은 새의 대조적인 이미지를 나란히 결합해 놓음으로써 순수함을 잃은 인간의 비정함과 폭력성을 고발하고 있다.

'새'로 상징되는 자연의 순수함이 인간의 비정함과 문명에 의해 파괴되는 것을 보여주는 또 다른 시가 김광섭의 「성북동 비둘기」이다. 이 시에서도 '성북동 비둘기'는 인간과 대조되는 '자연'을 상징한다. 그리고 평화의 상징이라는 본래의 의미도 함께 가지고 있다. 시에서 비둘기가 보금자리를 잃고 방황하면서 옛날을 그리워하는 모습은, 1960년대 중반 이후 급격히 진행된 산업화, 도시화로 인해 자연으로부터 소외된 현대인의 모습을 의미하기도 한다.

인간은 자연에서 태어나서 자연을 삶의 터전으로 삼았다. 자연은 인간에게 먹을 것과 입을 것을 주었고 잠잘 곳을 주었다. 그러나 인간은 거기에 만족하지 않고 끝없는 욕망을 채우기 위해 자연을 파괴하였다. 이제 인간이 살아가는 터전은 자연이 아닌 문명 공간이며, 문명은 자연과 공존할 수 없는 대립적인 것처럼 되어버렸다. 이 시에서 '성북동'은 인간이 자신의 터전을 만들기 위해 자연을 파괴하고 있는 현장을 의미한다.

신화에서 비둘기는 하늘과 땅 사이를 오가며 신으로부터 평화를 인간에게 전하는 전령이다. 그처럼 이 시에서도 비둘기는 성북동을 떠나지 않고 평화와 순수함을 전하려 한다. 하지만 이제는 전처럼 사람과 같이 더불어 살지 못하고 허공을 맴도는 새가 되어버렸다. 비둘기를 쫓은 것은 바로 인간들이다. 시는 평화로운 새벽을 흔드는 채석장의 포성과 여리고 순한 비둘기라는 대조적인 이미지를 통해 현대 문명에 의해 파괴되는 자연을 고발하고 있다.

외롭게 살다 외롭게 죽을
내 영혼의 빈 터에
새 날이 와 새가 울고 꽃잎 필 때는,
내가 죽는 날,
그 다음 날.

산다는 것과
아름다운 것과
사랑한다는 것과의 노래가
한창인 때에
나도 도랑과 나무가지에 앉은
한 마리 새.

정감에 그득찬 계절
슬픔과 기쁨의 주일(週日),
알고 모르고 잊고 하는 사이에
새여 너는
낡은 목청을 뽑아라.

살아서

좋은 일도 있었다고

나쁜 일도 있었다고

그렇게 우는 한 마리 새.

1971년 시집 『새』

새 _박남수

⟨1⟩
하늘에 깔아 논
바람의 여울터에서나
속삭이듯 서걱이는
나무의 그늘에서나, 새는 노래한다.
그것이 노래인 줄도 모르면서

새는 그것이 사랑인 줄도 모르면서
두 놈이 부리를
서로의 죽지에 파묻고
따스한 체온(體溫)을 나누어 가진다.

⟨2⟩
새는 울어
뜻을 만들지 않고
지어서 교태로
사랑을 가식(假飾)하지 않는다.

〈3〉

—포수는 한덩이 납으로

그 순수(純粹)를 겨냥하지만

매양 쏘는 것은

피에 젖은 한 마리 상(傷)한 새에 지나지 않는다.

1964년 시집 「신의 쓰레기」

성북동城北洞 비둘기 _ 김광섭

성북동 산에 번지가 새로 생기면서
본래 살던 성북동 비둘기만이 번지가 없어졌다.
새벽부터 돌 깨는 산울림에 떨다가
가슴에 금이 갔다.
그래도 성북동 비둘기는
하느님의 광장 같은 새파란 아침 하늘에
성북동 주민에게 축복의 메시지나 전하듯
성북동 하늘을 한 바퀴 휘돈다.

성북동 메마른 골짜기에는
조용히 앉아 콩알 하나 찍어 먹을
널찍한 마당은커녕 가는 데마다
채석장 포성이 메아리쳐서
피난하듯 지붕에 올라 앉아
아침 구공탄 연기에서 향수를 느끼다가
산 1번지 채석장에 도로 가서
금방 따낸 돌 온기에 입을 닦는다.
예전에는 사람들을 성자(聖者)처럼 보고
사람 가까이서

사람과 같이 사랑하고
사람과 같이 평화를 즐기던
사랑과 평화의 새 비둘기는
이제 산도 잃고 사람도 잃고
사랑과 평화의 사상까지
낳지 못하는 쫓기는 새가 되었다.

1968년 잡지 「월간문학」

1. 천상병의 「새」나 김소월의 「접동새」가 보여주는 동물변신 모티프와 불교적 윤회사상
과의 관계를 생각해보자.

　　새어머니의 시샘 때문에 죽은 누이의 혼이 접동새가 되어 아홉 동생들을 걱정하
며 운다는 민간 설화를 내용으로 하는 소월의 「접동새」나 "나는 나는 죽어서 파랑
새되리"라 노래한 한하운의 「파랑새」처럼 우리 시에는 죽음 이후 동물, 특히 '새'로
다시 태어나는 동물변신모티프를 사용하고 있는 작품들이 많다. 다시 태어난다는
점에서 이러한 동물변신모티프는 불교윤회사상을 배경으로 한다고 볼 수 있다.

　　불교에서 가장 이상적인 모습으로 간주하는 것은 현세의 윤회의 고리를 끊고 해
탈하는 것이다. 이런 면에서 생각해볼 때, 불교에서 윤회론은 상당히 부정적인 의
미를 내포한다. 그러나 상대적으로 현세의 삶을 중요하게 여기는 한국의 전통사상
에서 윤회론은 현세에 이루지 못한 소망을 실현하기 위한 방법으로 상상되었다. 소
월의 「접동새」에서 죽은 누이가 다시 '접동새'로 태어나는 이유는 남겨진 아홉 동
생에 대한 걱정 때문이고, 천상병의 「새」에서 화자가 다시 태어나고 싶은 이유는 자
유로운 새로 환생하는 것으로 현세의 외로움을 극복할 수 있을 것이라 생각하기 때
문이다. 이와 같이 우리 시에서 발견되는 환생과 동물변신모티프의 조합은 불가능
한 소망을 실현하고 싶은 강력한 욕망의 발현이라 할 수 있다.

2. 우리는 무지하지 않으면서 순수해질 수는 없는 것일까? 현대 문명과 자연은 반드시 대
립하는 것일까? 최근에 중요성이 제기되고 있는 환경문제와 환경파괴로 인해 인간에
게 돌아오고 있는 재앙들을 박남수의 「새」나 김광섭의 「성북동 비둘기」같은 작품들과
연관하여 생각해보자.

'웰빙 Well-being' 이 유행인 시대다. 자연주의를 표방한 화장품이 인기를 끌고, 유기농으로 재배된 작물들이 아주 비싼 값에 팔리고 있다. 이상 기후 현상이 나타나고, 아토피로 고통받는 사람들이 많아지는 등 환경오염의 폐해를 직접 체험하게 되면서 현대인은 자연보호의 필요성을 몸으로 느끼기 시작했다.

　이러한 시대를 살아가고 있는 우리에게 박남수의 「새」나 김광섭의 「성북동 비둘기」는 많은 시사점을 던져준다. 지금까지 우리는 순수의 상징인 '새'를 향해 총구를 겨누고 있는 포수였고, '성북동 비둘기'의 삶의 터전을 빼앗아 나의 삶의 터전으로 삼는 이기적인 존재였다. 그러나 자연에 대한 이러한 적대적 태도는 사실 우리의 심장에 총구를 겨누는 것이었다. 우리 역시 자연의 한 부분이기 때문이다. 이제야 총구를 겨누었던 대상이 바로 우리라는 점을 깨닫기 시작한 사람들은 조금씩 반성하고 있는 듯하다.

　하지만 그렇다고 우리의 문명을 모두 부정하고 원시시대로 돌아갈 수는 없는 일이다. 이런 극단적인 생각보다는 자연과 공생하는 삶의 방식을 찾는 것이 보다 더 현명한 태도일 것이다.

박두진(1916~1998)

경기도 안성 출생. 1939년 문예지 『문장』에 시가 추천됨으로써 시단에 등단하였다. 1946년부터 박목월, 조지훈과 함께 청록파 시인으로 활동한 이래, 자연과 신의 영원한 참신성을 노래한 30여 권의 시집과 평론·수필·시평 등을 통해 문학사에 큰 발자취를 남겼다.

함형수(1914~1946)

함북 경성 출생. 1936년 『시인부락』 동인으로 「해바라기의 비명」 「형화」 등을 발표하여 호평을 받았다. 1940년에는 《동아일보》 신춘문예에 시 「마음」으로 당선하였다. 8·15 광복 당시 고향에서 심한 정신착란증으로 시달리다가 사망했다. 작품 수가 모두 합해서 17편 밖에 되지 않지만, 내 무덤 앞에 빗돌을 세우지 말고 노란 해바라기를 심어 달라는 「해바라기의 비명」은 그의 대표작으로 1930년대 후반기 문학사에 자주 인용되고 있다.

김춘수(1922~)

경남 충무 출생. 1948년에 첫 시집 『구름과 장미』를 내며 문단에 등단했다. 주로 『문학예술』 『현대문학』 『사상계』 『현대시학』 등의 잡지에 작품을 발표하였고, 평론가로도 활동하였다. 초기의 시들은 라이너 마리아 릴케의 영향을 받았으나, 1950년대에 들어서면서 사실을 분명히 지시하는 산문 성격의 시를 썼다. 그는 사물의 이면에 내재하는 본질을 파악하는 시를 써 '인식의 시인'으로도 일컬어진다.

1

꽃의 의미

꽃   의

사랑 하는 사람에게 사랑 고백을 말로써 표현 못할 때, 우리는 흔히 꽃을 선물하곤

한다. 사람들이 꽃으로 사랑의 마음을 전할 수 있다고 믿는 것은, 꽃이 어느

누구의 눈에도 아름답게 보일 것이라는 믿음 때문이다.

아름다움과 사랑의 대명사인 꽃은 시에서 가장 빈번히 사용되는 소재 가운데 하나이다. 그것은

또한 우리의 현실에서의 삶이 아름다움과 사랑을 끊임없이 열망하고 있기 때문이다. 꽃의 종류가

수만 가지인 것처럼, 꽃의 상징적인 의미도 매우 다양하다. 서양에서 장미는 여신들의 꽃으로 아

름다움, 은총, 행복, 정념 등을 뜻하지만, 시들어 떨어지는 장미는 죽음과 슬픔을 뜻하기도 한다.

또한 부처가 태어난 연꽃이 모체로서의 바다를 상징하는 것처럼 꽃은 다양한 상징성을 지녔다.

그러나 시 작품에서는 이런 일반적인 상징을 빌려오지 않는다. 똑같은 꽃을 소재로 삼았다고 해

도, 작품에 따라 그 꽃은 다양한 의미로 해석될 수 있다. 가령 조선시대의 시조에서 국화는 선비

의 지조를 의미하지만, 서정주의 「국화 옆에서」는 중년의 원숙함을 의미한다.

이제 꽃을 제목으로 하고 있는 대표적인 세 편의 시를 읽어보자. 우선 청록파의 박두진과 생명파

의 함형수가 노래한 시를 살펴보자. 청록파는 주로 자연의 신비를 탐구하고, 생명파는 강렬한 생

명력을 탐구한다는 점에서 상이한 경향을 지니는 유파다. 이처럼 상이한 경향의 시인들이 '꽃'이

라는 동일한 소재를 어떻게 다루고 있는지 비교해 보는 것은 흥미로운 일이 될 것이다. 더 나아

가, 꽃을 좀더 철학적인 측면에서 다룬 김춘수의 「꽃」과 앞의 두 작품을 비교하여 다양한 꽃의

상징을 접해 보자.

제목을 모르는 상태에서 박두진의 「꽃」을 읽는다면, 이 시가 과연 무엇을 의미하는지 막연하게 느껴질 것이다. '속삭임' '울음' '피흘림' '핏방울' '정적' '호심' 등은 꽃의 외양과는 무관한 표현이다. 게다가 이 시어들끼리도 별로 관련이 없어 보인다. 시에서 꽃을 떠올릴 수 있는 시어는 '한 떨기' 뿐이다. 그렇다면 꽃이라는 제목과 시의 내용을 어떻게 연결시킬 수 있을까.

이 시에서 마지막 연을 제외한 4연까지는 모두 '꽃은 ……이다' 라는 형식으로 이루어져 있다. 1연에서 꽃은, '먼 해와 달의 속삭임'이자 '비밀한 울음'이다. 해와 달이 조용히 속삭인다는 것은, 무슨 일인지는 알 수 없지만 매우 신비스러운 작업을 하고 있다는 뜻이다.

2연에서 해와 달의 비밀스런 작업은, '한 번만의 어느날의 아픈 피흘림'으로 드러난다. 그 작업이 오직 한 번만 일어나는 아픈 피 흘림이라는 것이다. 언제 일어나는지도 알 수 없다. 우리는 피 흘림이라는 시어를 통해 그 비밀스런 작업이 무엇인지 짐작할 수 있다. 피의 붉은 색은 빨간 꽃잎을 떠올리게 한다. 더 나아가 피를 흘린다는 것은 탄생의 순간을 상징한다. 즉 피 흘림이란 꽃이 피는 순간이자, 모든 생명이 태어나는 순간이다. 이러한 생명 탄생은 '한 번만의' '다시는 못 돌이킬' 이라는 표현에서 볼 수 있듯이 일회적이고 유한한 것이다.

바람에 흔들리는 꽃잎은 언제든지 꺾일 수 있는 매우 연약한 것이다. 시인은 인간 생명의 유한함을 '꺼질 듯 보드라운' 꽃잎으로 표현하고 있다. 그러한 연약함은 '한 떨기' 라는 어휘 속에 잘 드러나고 있다. 그러나 시인은 꽃이라는 생명의 일회성이나 연약함에 대해서 회의적인 시선을 보내지는 않는다. 오히려 연약함을 통해 시인은 생명의 아름다움, 생명의 신비를 한층 고조시키고 있다.

'아름다운 정적' '펼치면 일렁이는 사랑의 호심' 이라는 표현이 그렇다. 꽃 한 떨기 한 떨기가 모여서 꽃밭이 되면, 그것은 호수의 물결처럼 잔잔히 일렁이게 된다.

한순간에 꺼질 것 같은 연약한 생명이, 절대로 끊어지지 않는 부드러운 물의 이미지를 갖게 되는 것이다.

이와 같이 박두진의 「꽃」은 꽃이 피어나는 순간을 생명 탄생의 순간에 비유함으로써, 그 순간의 경이로움을 표현하고 있다. 그리고 더 나아가 모든 생명 있는 것들에 대한 경이로움을 표현하고 있다.

함형수의 「해바라기의 비명」은 꽃을 통해 열정적이고 의지적인 태도를 노래하고 있다. 우선 소재가 되고 있는 '해바라기'는 향일성 꽃, 즉 태양을 향해 뻗어 나가는 성질을 지녔다. 이 점을 떠올리면, 화자의 태도가 쉽게 짐작이 된다.

또한 '노오란 해바라기' '태양' '푸른 보리밭'과 같은 강렬한 색채적 이미지는, '말라' '달라' '생각하라' 등의 단호한 시어와 함께 어울려 이 시의 정열적 분위기를 고조시킨다. 그렇다면 이렇게 강렬한 이미지를 가진 '해바라기'라는 꽃을 통해 시가 드러내고자 하는 것은 무엇일까.

시에서 화자는 죽음을 앞두고 있다. 그 죽음 앞에서 화자는 자신의 무덤 앞에 비석 대신에 노란 해바라기를 심어달라고 부탁한다. 화자는 그 해바라기의 긴 줄기 사이로 끝없는 보리밭을 볼 수 있을 것이라고 기대한다. 죽어가는 화자에게 해바라기와 보리밭은 죽을 때까지 포기할 수 없는 것들이다. 시인은 다소 소박하게, 해바라기는 '화려한 나의 사랑'이라고 말한다. 그리고 보리밭 사이 하늘로 날아오르는 노고지리를 '나의 꿈'이라고 말한다. 화자가 살아가는 이유는 그러한 사랑과 꿈을 지키기 위한 것이었다. 그리고 그 사랑과 꿈은 죽어서도 포기할 수 없는 것이다. 이는 화자의 삶에 대한 열정을 잘 드러내 준다. 빈센트 반 고흐의 「해바라기」를 연상시키는 강렬한 색채 이미지, 즉 노란 해바라기와 푸른 보리밭으로 표현된 강렬한 노란색과 푸른색의 대비는 이러한 삶에 대한 열정을 효과적으로 전달한다.

김춘수의 「꽃」에서 화자인 '나'에게 '그'라는 존재는, 내가 그의 이름을 불러주기 전에는 나에게 아무런 의미가 없었다. 그저 하나의 몸짓일 뿐이다. 그러나 내가 그의 이름을 불러주면서 '꽃' 이 되었다. 단순히 말하자면, '그' 라는 사람이 '나' 라는 화자에게 개인적으로 특별한 존재가 된 것을 의미한다.

일상적인 경우를 예로 들어보자. 우리가 주변에서 마주치는 사람들 중에는 서로 얼굴도 알고, 이름도 알지만, 서로 이야기를 건네 본 적이 없기 때문에 그냥 지나치는 사람이 있다. 그 사람은 다른 반 친구일 수도 있고, 이웃에 사는 사람일 수도 있다. 그런데 어느 날 내가 용기를 내서 그에게 '너 이름이 ○○맞지?' 라고 인사말을

카타르시스 Katharsis, Catharsis

"세계화의 물결 가운데 승자는 늘 부강한 나라들이죠. 그렇지만 축구에서는 달라요. 가난한 나라도 이길 수 있죠. 현실에서 도저히 우위를 차지할 수 없는 빈국들이 승리를 맛볼 수 있는 겁니다. 거기에 카타르시스적 쾌감이 있어요" 2002년 한일 월드컵 때 프랑스의 석학 기 소르망이 한 말이다. 이 때 '카타르시스' 는 한마디로 속 시원한 느낌을 뜻한다. 어떤 사건이나 상황이 심리적으로 통쾌한 느낌을 줄 때 우리는 '카타르시스' 를 느낀다고 말한다. 말하자면 배설의 쾌감 같은 느낌을 카타르시스라고 하는 것이다.

원래 '카타르시스' 는 그리스어로 정화 작용이란 뜻을 갖고 있었다. 아리스토텔레스가 비극의 심리적 효과에 관해서, '연민과 공포를 통해서 비극은 그 감정들의 카타르시스를 가져온다' 라고 시학 제6장에서 밝힌 이후로 카타르시스는 비극이 가져오는 감정의 정화라는 의미를 가지게 되었다. 슬픈 영화를 보면서 손수건까지 꺼내가며 펑펑 울고 난 다음에 오는 평안하고 순수해진 느낌 같은 것을 떠올리면 된다.

그러나 카타르시스는 이런 단순히 심리적 효과뿐만이 아니라 비극의 고통 너머로 어떤 지혜나 직관에 순간적으로 도달하게 되기도 한다. 헤어짐과 만남이 반복되는 슬픈 이야기에 울며 웃다가 '어쩌면 인생이란 이런 것일지도 몰라' 하는 막연한 깨달음 같은 것이 떠오른다면, 그것이 바로 카타르시스인 것이다.

현재는 그 용법이 조금 확대되어 앞서 말했던 것처럼 속시원한 느낌이나 대리만족을 느끼게 하는 경우에도 '카타르시스' 라는 말을 쓴다.

건넨다면, 그와 나는 이제 서로 낯설지 않은 사이가 된다. 서로에 대한 태도가 무관심에서 적극적인 관심으로 바뀌게 되는 것이다.

　인간이란 본래 고독한 존재이다. 그런데 간혹 우리는 혼자 있을 때보다도 여러 사람들과 함께 있을 때 더 고독을 느끼기도 한다. 그래서 다른 사람에게 자신의 존재를 확인받고 싶어한다. 이 시에서 '너는 나에게 나는 너에게 잊혀지지 않는 하나의 눈짓이 되고 싶다'는 표현은 바로 이러한 인간의 근원적 고독을 암시한다. 그러므로 이 시에서 '꽃'은 우리가 타인으로부터 관심과 애정 어린 시선을 받고 있다는 느낌의 표현이라고 할 수도 있다. 내가 그의 '눈짓'이자 '꽃'이 된다는 말은, 그에게 내가 의미 있는 존재가 된다는 것이다. 그래서 이 시는 연애시로도 읽을 수 있다. 사랑하는 사람에게 가장 소중하고 의미 있는 존재가 되고 싶은 마음, 그것이 바로 이 시가 노래하고 있는 것이다.

꽃 _ 박두진

이는 먼
해와 달의 속삭임
비밀한 울음.

한 번만의 어느날의
아픈 피흘림.

먼 별에서 별에로의
길섶 위에 떨궈진

다시는 못 돌이킬
엇갈림의 핏방울.

꺼질 듯
보드라운

황홀한 한 떨기의
아름다운
정적(靜寂)

펼치면 일렁이는

사랑의

호심(湖心)아.

1962년 시집 『거미의 성좌』

해바라기의 비명碑銘 _ 함형수

—청년 화가 L을 위하여—

나의 무덤 앞에는 그 차거운 비(碑)돌을 세우지 말라.

나의 무덤 주위에는 그 노오란 해바라기를 심어 달라.

그리고 해바라기의 긴 줄거리 사이로 끝없는 보리밭을 보여 달라.

노오란 해바라기는 늘 태양같이 태양같이 하던 화려한 나의 사랑이라고 생각하라.

푸른 보리밭 사이로 하늘을 쏘는 노고지리가 있거든 아직도 날아 오르는 나의 꿈이라고 생각하라.

1936년 잡지 『시인부락』

꽃 _ 김춘수

내가 그의 이름을 불러주기 전에는
그는 다만
하나의 몸짓에 지나지 않았다.

내가 그의 이름을 불러주었을 때
그는 나에게로 와서
꽃이 되었다.

내가 그의 이름을 불러준 것처럼
나의 이 빛깔과 향기에 알맞은
누가 나의 이름을 불러다오.
그에게로 가서 나도
그의 꽃이 되고 싶다.

우리들은 모두
무엇이 되고 싶다.
나는 너에게 너는 나에게
잊혀지지 않는 하나의 눈짓이 되고 싶다.

1955년 잡지 「현대문학」

1. 꽃을 소재로 한 시들을 더 찾아서 읽어보고, 꽃이 드러내는 다양한 상징적 의미를 생각
   해보자.

　　꽃은 그 아름다움 때문에 사랑을 고백하는 순간의 그 떨림을 연인들과 항상 함께
해 왔다. 그리고 사랑이 끝나는 슬픈 순간에도 꽃은 연인들과 함께 했다. 이형기는
그 유명한 시구, "가야할 때가 언제인가를 분명히 알고 가는 이의 뒷모습은 얼마나
아름다운가"를 「낙화」에서 노래하고 있다.

　　사람이 사랑을 한다는 것은 타인과 가장 밀접하게 관계를 맺는다는 뜻이다. 이런
점에서 사랑은 단순한 젊은 날의 열병이 아니라 삶의 모든 것들을 자기 안에서 감
당하는 인간의 행위라 할 수 있다. 그래서 사랑의 상징인 '꽃'도 달콤한 연애시나
슬픈 이별시에만 등장하는 것이 아니라 인간 존재를 고민하는 무거운 주제의 시에
도 등장한다. 대표적인 시로 신석초의 「꽃잎 절구」가 있다. 신석초는 이 시에서 아
주 짧은 순간 존재하는 꽃의 아름다움을 인간 삶의 유한함에 비유하고 있다. 그러
나 그는 꽃의 아름다움에서 허무함을 발견하는 것이 아니라 짧은 순간이지만 뜨겁
게 생을 살다 가는 꽃잎처럼, 우리도 삶을 "저문 산 길가에 져 뒹굴지라도 마냥
붉게 타다 가는 환한 목숨"처럼 충실하게 살아야 함을 강조한다.

2. 김춘수는 「꽃」이외에도 「구름과 장미」, 「꽃의 소묘」, 「꽃을 위한 서시」 등 꽃을 표제로
   삼고 있는 시를 많이 발표하고 있다. 김춘수가 꽃을 통해 의미하려는 바가 무엇인지 생
   각해보자.

　　김춘수는 「꽃」에서 고독한 존재인 인간이 타인과 관계를 맺어나가는 모습을 그

려 보인 바가 있다. 「꽃」에서 보여지듯, 김춘수에게 '꽃'은 직접적인 연애 감정과 관련된 생각들을 표상하는 소재가 아니라 사물의 존재 방식에 관련된 사유의 표상으로 선택된다. 즉, 김춘수는 「꽃」이나 「꽃을 위한 서시」에서 '꽃'을 소재로 하여 존재의 본질을 탐구하고 있는 셈이다.

시인에게 존재의 본질은 '얼굴을 가리운 신부'처럼 쉽게 드러나지 않는 미지의 것이다. 그래서 시인은 이 미지의 것에 불 밝히기 위해 '한밤내 울지만' 존재의 본질은 결국 발견하지 못한다. 그래서 「꽃」에서 시인은 존재의 의미를 발견할 수 있는 방법으로 이름을 부르는 호명행위를 선택한다. "내가 그의 이름을 불러 주었을 때 그는 나에게로 와서 꽃이 되었다." 이렇게 본다면 '꽃'은 어둠 속에 감춰졌던 미지의 신부인 셈이다.

최남선(1890~1957)

호는 육당. 와세다대학에서 유학할 당시 유학생 회보인 《대한흥학회보》를 편집하여 새로운 형식의 시와 시조를 발표했다. 1908년 잡지 『소년』를 창간하여 논설문과 새로운 형식의 자유시 「해에게서 소년에게」를 발표한다. 한국 근대문학의 선구자 가운데 한 사람으로 평가받는다. 1919년 3·1운동 때는 독립선언문을 기초하고 민족 대표 48인 중의 한 사람으로 참여했지만 나중에는 재일 조선인 유학생의 학병 지원을 권고하는 강연을 하는 등 친일 행위에 가담하게 된다.

김기림(1908~?)

본명 인손. 필명 편석촌. 함북 학중 출생. 1930년대 초반에 《조선일보》 기자로 활약하면서 문단에 등단했다. 첫 시집 『기상도』(1936)는 현대시의 본질이라고 할 수 있는 주지적인 성격, 회화적 이미지, 문명비판적 의식 등을 포함한 장시로서의 가능성을 보여주었다. 두 번째 시집 『태양의 풍속』(1939)에서는 이미지즘이 더욱 분명한 경향으로 자리잡고 있다. 8·15 광복 후 월남해서, 서울대학교 등에서 문학을 강의하다가 한국전쟁 때 납북되었다.

정지용(1902~1950)

충북 옥천 출생. 독실한 가톨릭 신자로 순수시인이었으나, 광복 후 좌익 문학단체에 관계하다가 전향, 보도연맹에 가입하였으며, 한국전쟁 때 공산군에 끌려간 후 사망했다. 1933년 『카톨릭 청년』의 편집고문으로 있을 때, 이상의 시를 실어 그를 시단에 등장시켰으며, 1939년 『문장』을 통해 조지훈, 박두진, 박목월 등 청록파를 등장시켰다. 섬세하고 독특한 언어를 구사하여 대상을 선명히 묘사, 한국 현대시의 신경지를 열었다는 평가를 받는다.

동경과 두려움의 대상

동 경 과 두 려

우리 민족은 삼 면이 바다로 둘러싸인 반도에서 살아온 것에 비해 바다에 대한 관심이 그리 높지는 않았다. 그러던 것이 개화기에 이르러 외국과의 교섭이 빈번해지고 서양 문물에 대한 관심이 높아지면서, 비로소 바다의 중요성이 부각되었다. 이 시기에 바다는 경계선이나 끝이 아니라 더욱 발전된 세계와 문명으로 가는 출발점이라는 새로운 의미를 얻게 되었다.

이런 사정은 문학에서도 마찬가지였다. 많은 문인들이 바다를 소재로 한 작품을 남겼고, 그들은 바다를 지향해야 할 동경의 대상으로 그렸다. 서구 열강과 비교해 현저하게 열악한 조선의 현실을 개혁하는 길은, 하루라도 빨리 엄청난 해일처럼 밀려오는 선진 문명을 받아들이는 것밖에 없다는 생각에서였다.

그러나 바다가 무작정 그들을 새로운 세계로 인도해 주지는 않았다. 바다를 항해하다 보면 때로는 폭풍우와 맞서야 하듯이, 선진 문명을 배우는 것도 그리 평탄하지는 않았다. 문화나 문명은 무조건 받아들인다고 해서 내 것이 되지는 않는다. 받아들인 이가 그것을 제대로 소화할 수 있을 때, 비로소 한 걸음 더 나아갈 수 있다. 그러나 개화기와 식민지 시대의 지식인들에게는 서구 문명을 제대로 성찰할 여유가 없었다. 순식간에 성난 파도처럼 몰려온 새로운 삶의 방식은 아직 준비가 덜 된 사람들을 엄청난 혼란 속으로 몰아넣었다. 그러자 막연한 동경의 대상으로 그려지던 바다는, 시간이 흐르면서 두렵고 냉혹한 대상으로 받아들여지게 되었다.

이처럼 바다는 상황에 따라서 여러 가지 의미를 갖는다. 앞으로 살펴볼 세 편의 시에서는 바다가 어떤 대상으로 그려지는지를 염두에 두면서 작품들을 감상해 보도록 하자.

1908년『소년』창간호의 첫머리에 신체시「해에게서 소년에게」가 실렸다. 신체시(新體詩)란 말 그대로 '새로운 형태의 시'를 뜻한다. 갑오경장 이후 우리 나라에는 시조나 가사와 같은 전통적인 형식과는 다른 새로운 형태의 시가들이 시도되었다. 신체시도 이때 등장한 것으로 개화기의 짧은 기간 동안만 창작되었다.

「해에게서 소년에게」에서 각 연의 구성은 정형성을 지니고 있지만, 각 행의 구성이 시조나 가사의 3·4조와는 다르다. 신체시는 정형시 특성과 자유시 특성을 함께 가지고 있는 과도기 양식이었다. 일반적으로 시는 정형시에서 자유시로 변화한다. 시대가 변하면서 새롭게 분출되는 다양한 욕구들을 담아내기에 정형시는 제약이 너무 많기 때문이다. 우리 나라의 경우도 시조나 가사는 양반 사대부들의 생각을 담기에는 적합한 양식이었지만, 새롭게 등장한 개화 지식인들에게는 만족스럽지 못했다. 그래서 그들은 자신의 생각을 담을 새로운 형식을 고안해냈고, 신체시도 그중 하나였다.

「해에게서 소년에게」는 신체시의 효시로 일컬어지는 작품으로, 신체시의 계몽적인 특성이 뚜렷하게 드러나 있다. 이 작품에서 '바다'는 새로운 문명을 의미한다. 파도가 '처……ㄹ썩 처……ㄹ썩' 소리를 내며 모든 것을 부숴버리듯이, 엄청난 기세로 몰려오는 선진 문명은 낡아빠진 관습과 제도를 부숴버린다. 어느 것도 새로운 문명의 힘을 당해내지 못한다. 그러나 그런 바다도 소중히 여기는 대상이 있다. 그것은 아직 미완의 존재인 소년이다. 소년들이야말로 과거의 악습에서 비교적 자유로운 존재이기 때문이다. 1~4연 각각의 3, 4, 5행에 등장하는 대상들은 '소년'과 대립되는 것들로써 극복해야 할 대상들을 가리키고 있다. 새로운 문명은 소년을 통해 낡은 과거의 잔재를 부수고 새로운 세계를 건설하고자 한다. 이 시에는 조선의 문명이 낙후되어 있다는 사실과 그것을 개혁하기 위해서는 소년과 같은 자세로 서구 문명을 적극적으로 받아들여야 한다는 의지가 담겨 있다.

이후 30여 년이 지난 1939년『여성』에 발표된 김기림의「바다와 나비」에 이르면, 바다는 무조건 찬양해야 할 대상이 아닌 두려움의 대상이 된다. 이 작품에서도 역시 '바다'는 나비가 동경하는 대상이기는 하지만, 그곳으로 나아가는 길은 순탄치 않다. 여린 소년처럼 나비는 순수한 꿈과 낭만적 정열을 가지고 아무런 두려움 없이 바다에 다가간다. 하지만 나비는 마치 성 밖으로 한 번도 나서본 적이 없는 공주처럼 현실의 냉혹함을 알지 못한다. 나비는 바다가 '청무우밭'처럼 환상적이고 아름다운 줄로만 알고 있다. 그러나 거기에는 나비로서는 감당하기 힘든 거친 물결도 함께 있다. 결국 나비는 현실적이지 못한 낭만적 동경만으로는 아무 것도 이룰 수 없다는 사실, 바다가 낙원만은 아니라는 사실을 깨닫게 된 것이다. 이 시에서 나비는 새로운 세계를 동경하는 순수한 존재다. 그리고 바다는 거대한 문명을 상징한다. 따라서 바다로 나아갔다가 지쳐서 돌아오는 나비의 모습은, 새로운 문명에 대해서 막연한 기

개화기 시가의 종류

1. 개화가사: 전통으로 내려오던 가사의 리듬인 3·4조, 4·4조에 새로운 내용인 개화사상을 담은 시가를 말한다. 넘쳐나던 신사상을 담을 새로운 형식이 미처 나오기 전이어서, 내용에 제약이 없고 비교적 자유로운 형식이었던 가사가 새로운 사상을 전달하는 양식으로 채택된 것이다. 시조 또한 자유로웠지만 길이가 너무 짧고, 사회적 내용보다는 개인적인 정서를 읊는 데 적합했다.

2. 창가: 개화기 가사에 기원을 두고 발전된 형태로, 찬송가 및 일본 현대 음악의 영향을 받아 새롭게 생겨난 형식이다. 역시 계몽적인 내용을 담고 있는 것이 많았으며, 초기에는 4·4조의 가사 양식을 따랐으나 점차 7·5조, 8·5조, 6·5조 등의 변형이 생겨났다. 노래로 불려진 것이 대부분이나 그 가사만을 놓고 본다면, 개화가사나 신체시와 구분하기 어렵다.

3. 신체시: 말 그대로 새로운 형태의 시를 뜻하며, 여기서 새로운 형태란 기존의 유일한 정형률이던 3·4조에서 벗어난 모습을 보였기 때문이다. 그렇다고 3·4조를 전혀 이용하지 않은 것은 아니었으며, 기존의 3·4조와 새로운 율조인 7·5조 등이 뒤섞여 있는 형태였다. 신체시는 기존의 정형률을 깨뜨렸다는 점에서 자유시에 한발 다가선 형태로 평가받고 있다. 즉 정형시에서 자유시로 이전하는 과도기적 형태로 한국 근대시의 초기 형태라고 볼 수 있다.

대를 가지고 달려갔다가 그 거대한 문명 앞에서 무릎 꿇게 된 지식인의 모습과도 비슷하다.

따라서 이 시는 전반적으로 보면, 「해에게서 소년에게」와는 달리 새로운 문명을 습득하는 것이 쉬운 일만은 아니며, 또 그러한 문명이 무조건 좋은 것만은 아니라는 메시지를 전하고 있다. 김기림은 정지용만큼은 아니지만, 선명한 이미지를 제시하려고 노력했던 시인이다. 「바다와 나비」에서도 그러한 그의 노력이 드러나 있다. 이 작품에서는 특히 시각적 색채 대비가 인상적이다. 봄 바다의 청색과 나비의 흰색, 초생달의 새파란 색깔이 선명한 대비를 이루고 있다. 특히 '나비 허리에 새파란 초생달이 시리다'는 망망대해 위에 홀로 날고 있는 나비의 서글픈 모습, 즉 새로운 문명 앞에서 막막해하는 지식인의 모습을 선명하게 이미지로 나타낸 빼어난 표현이다.

한편 이 작품은 각 연을 모두 '—다'의 형태로 종결시켜 작자의 감정을 드러내지 않고 있다. 이 같은 태도는 냉정하고 단정적이라는 느낌을 주며, 감정 표현을 자제하려고 애썼던 이 시기 모더니즘 시들의 특징이기도 하다.

1935년 『시원』에 발표된 「바다 · 9」는 정지용의 초기 시를 대표하는 작품들 가운데 하나다. 정지용은 '바다'라는 동일한 제목으로 총 9편의 시를 남겼으며, 그중 가장 마지막 작품이다. 이 시에서의 '바다'는 앞선 두 작품과는 또 다른 의미를 지닌다. 정지용은 바다를 동경의 대상이 아닌, 단지 묘사의 대상으로만 바라본다. 그래서 그는 역동적인 바다의 모습을 한 폭의 풍경화처럼 담아내려고 한다.

움직이는 것들을 정지된 화면에 담아내면서 그 역동적인 이미지를 놓치지 않는 것은 쉬운 일이 아니다. 그래서 그는 바다를 바다와는 매우 낯선 이미지인 '푸른 도마뱀떼'와 같다고 말한다. 이는 파도가 밀려왔다 빠져나가는 모습을 연상시킨다. 또한 파도가 밀려왔다 빠져나가는 모습을 지구가 연잎처럼 오므라졌다 펴진다고 표현한다. 정지용은 이러한 표현들을 통해 바다의 역동적인 모습을 선명하게 제시한다.

대상의 순간적인 느낌을 전혀 낯선 이미지와 결합시켜 표현해내는 정지용의 능력을 확인할 수 있는 작품이다.

「바다 · 9」 역시 모더니즘 계열의 시로 평가된다. 바다에 대한 객관적인 묘사만 있을 뿐 화자의 감정은 전혀 개입되어 있지 않다. 대상과의 거리를 유지하고 이미지만으로 시를 완성하려 했기 때문이다. 이 시는 정지용의 대표작으로 자주 인용되는 「향수」 「유리창 · 1」보다 감정의 절제가 더 뚜렷한 작품이다. 김기림, 정지용들로 대표되는 이 시기 모더니스트들은, 참신하고 선명한 이미지만으로 시를 구성하는 것을 목표로 했다. 이를 위해 그들은 대상에 정확하게 들어맞는 단 하나의 이미지를 찾아내기 위해 고심했으며, 언어를 갈고 다듬는 데 세심한 관심을 쏟았다. 이 시의 '재재발랐다' 와 '앨쓴' 이나 「향수」의 '해설피' 같은 단어들은 모두 그러한 노력의 산물이다.

모더니즘 Modernism

모더니즘은 19세기 말부터 유럽의 소시민 지식인들 사이에서 일어나, 20세기 이후에 크게 유행한 사조이다. 이전까지 있어 왔던 사실주의와 유물론적 세계관, 전통적 신념에서 벗어나려는 문화운동을 가리키는 말이다. 그래서 모더니즘이 넓은 의미로 사용될 때는 극단적인 개인주의나 도시 문명이 가져다 준 인간성 상실에 대한 문제 의식 등에 기반을 둔 다양한 문예사조를 통칭하게 된다.

1930년대 한국의 모더니즘은 이미지즘, 또는 주지주의를 가리킨다. 평론가인 최재서나 시인이자 평론가인 김기림에 의해 주도되었던 모더니즘 운동은, 기존의 낭만주의적인 시들이 내용에 너무 치우쳤고 감정을 지나치게 노출했다고 비판하면서, 단단한 형식과 지성에 의한 감정의 통제를 주장했다. 그래서 당시 모더니즘적인 시들은 대부분 감정을 드러내기보다는 되도록 절제하고, 그 대신 한 폭의 풍경화를 보는 듯한 시각적인 이미지를 제시하려고 노력했다. 대표적인 시인으로는 정지용과 김기림, 김광균 등을 들 수 있다.

참고로 이상 역시 모더니즘에 기반한 시를 쓴 것으로 간주되는데, 이 경우의 모더니즘은 '다다이즘' 이나 '초현실주의' 를 가리킨다.

해海에게서 소년少年에게 _ 최남선

1

처……ㄹ썩, 처……ㄹ썩, 척, 쏴……아.

따린다. 부순다. 무너 바린다.

태산 같은 높은 뫼, 집채 같은 바윗돌이나.

요것이 무어야, 요게 무어야.

나의 큰 힘 아나냐, 모르나냐, 호통까지 하면서

따린다. 부순다. 무너 바린다.

처……ㄹ썩, 처……ㄹ썩, 척, 튜르릉, 꽉.

2

처……ㄹ썩, 처……ㄹ썩, 척, 쏴……아.

내게는 아모 것도 두려움 없이,

육상(陸上)에서, 아모런 힘과 권(權)을 부리던 자라도,

내 앞에 와서는 꼼짝 못하고,

아모리 큰 물건도 내게는 행세하지 못하네.

내게는 내게는 나의 앞에는

처……ㄹ썩, 처……ㄹ썩, 척, 튜르릉, 꽉.

3

처……ㄹ썩, 처……ㄹ썩, 척, 쏴……아.
나에게 절하지 아니한 자가,
지금까지 있거든 통기하고 나서 보아라.
진시황(秦始皇), 나팔륜, 너희들이냐.
누구 누구 누구냐 너희 역시 내게는 굽히도다.
나허구 겨룰 이 있건 오나라.
처……ㄹ썩, 처……ㄹ썩, 척, 튜르릉, 꽉.

4

처……ㄹ썩, 처……ㄹ썩, 척, 쏴……아.
조고만 산모를 의지하거나,
좁쌀 같은 작은 섬, 손벽 만한 땅을 가지고,
고 속에 있어서 영악한 체를,
부리면서, 나 혼자 거룩하다 하난 자,
이리 좀 오나라, 나를 보아라.
처……ㄹ썩, 처……ㄹ썩, 척, 튜르릉, 꽉.

5

처……ㄹ썩, 처……ㄹ썩, 척, 쏴……아.
나의 짝 될 이는 하나 있도다.
크고 길고, 넓게 뒤덮은 바 저 푸른 하늘.
저것은 우리와 틀림이 없어,

적은 시비 적은 쌈 온갖 모든 더러운 것 없도다.

조따위 세상에 조 사람처럼.

처……ㄹ썩, 처……ㄹ썩, 척, 튜르릉, 꽉.

6

처……ㄹ썩, 처……ㄹ썩, 척, 쏴……아.

저 세상 저 사람 모다 미우나,

그 중에서 똑 하나 사랑하난 일이 있으니,

담 크고 순진한 소년배(少年輩)들이,

재롱처럼 귀엽게 나의 품에 와서 안김이로다.

오나라 소년배 입맞춰 주마.

처……ㄹ썩, 처……ㄹ썩, 척, 튜르릉, 꽉.

1908년 잡지 「소년」 창간호

바다와 나비 _ 김기림

아무도 그에게 수심(水深)을 일러준 일이 없기에
흰나비는 도무지 바다가 무섭지 않다.

청(靑)무우밭인가 해서 나려갔다가는
어린 날개가 물결에 절어서
공주처럼 지쳐서 돌아온다.

삼월(三月)달 바다가 꽃이 피지 않아서 서글픈
나비 허리에 새파란 초생달이 시리다.

1939년 잡지 「여성」

바다는 뿔뿔이
달아나려고 했다.

푸른 도마뱀떼같이
재재발랐다.

꼬리가 이루
잡히지 않았다.

흰 발톱에 찢긴
산호보다 붉고 슬픈 생채기!

가까스로 몰아다 붙이고
변죽을 둘러 손질하여 물기를 씻었다.

이 앨쓴 해도(海圖)에
손을 씻고 떼었다.
찰찰 넘치도록
돌돌 구르도록

회동그라니 받쳐들었다!

지구는 연잎인 양 오므라들고…… 펴고……

1935년 잡지 「시원」

1. 나비를 소재로 한 「나비」(정지용), 「나비」(윤곤강), 「나비의 여행」(정한모)를 읽고 김기
림의 시와 비교해보자.

   가벼운 이미지를 항상 내포하고 있는 '나비'는 시에서 고통스런 현실의 굴레에
서 벗어나 아름다운 환상적인 공간으로 날아갈 수 있는 존재나 현실의 폭력으로부
터 고통 받는 연약한 존재의 표상으로 그려졌다. 정한모의 「나비의 여행」이나 김기
림의 「바다의 나비」가 이에 해당한다. 정한모의 '나비'나 김기림의 '나비'는 아주
쉽게 여행을 떠나지만 그 결과는 세상의 무서움을 경험할 따름이다. '나비'의 연약
함은 정한모의 시에서 '아기' 이미지와 함께 그려진다. 밤마다 길을 떠나는 아기는
출렁이는 내일의 바다를 날다가 그만 깜깜한 절벽, 헤어 나올 수 없는 미로에 부딪
혀 까무라쳐 돌아와 기진맥진 날개를 접는다. 김기림의 '나비' 역시 세상은 온통 청
무우밭인 줄 알았더니 알고 보니 무서운 바다였음을 알고는 '공주처럼 지쳐서 돌아
온다.'
   한편 정지용의 시 「나비」에서 '나비'는 실제와 환상의 경계지점에서 이 두 세계
의 뚜렷한 경계선을 와해하는 존재로 그려진다. 화자는 무심코 유리창을 바라본다.
그런데 그 유리창에는 손바닥만한 나비가 붙어있다. 이 '나비'는 '한조각 비맞은
환상'으로 '서툴리 붙어있는 자화상 한 폭'으로 그 이미지가 변주되며 비약된다.
'나비'가 '자화상의 한 폭'이 되면서, 이제 '나비'는 시적 화자를 상징하는 시어가
된다. 윤곤강의 '나비' 역시 정지용의 시처럼 시적화자의 모습을 담아내는 역할을
하고 있다. 윤곤강의 시에서 '나비'는 '날개 찢어진 호랑나비'라는 외롭게 늙어가
는 시적화자의 애수를 담아내고 있는 이미지로 그려진다. 가벼움의 대표 상징이라
할 수 있는 '나비'는 이처럼 쉽게 환상의 세계로 날아갈 수도 있지만 세상의 폭력으
로부터 쉽게 상처받을 수 있는 그러한 존재인 것이다.

2. 정지용의 대표작 「향수」, 「유리창·1」, 「바다·9」를 읽고 대상을 표현하기 위해 사용된 감각적 이미지를 찾아보자.

　　파도가 부서지는 모습을 '푸른 도마뱀떼', '흰 발톱에 찢긴 산호보다 붉고 슬픈 생채기!'라 표현할 수 있는 시인이 과연 몇이나 될까. 청신한 감각의 적절한 활용으로 한국 현대시의 수준을 한 차원 높였다고 평가될 만큼 정지용의 시에는 독창적이고 기발한 감각적 이미지들을 많이 찾아볼 수 있다.

　　고향에 대한 그리움을 아름다운 이미지로 형상화한 「향수」는 정지용이 일본 유학 시절 창작한 작품으로 알려져 있다. 그는 이 시에서 그의 고향을 '얼룩백이 황소가 해설피 금빛 게으른 울음을 우는 곳'이고, '흙에서 자란 내 마음 파아란 하늘 빛이 그리워 함부로 쏜 화살을 찾으러 풀섶 이슬에 함초롬 휘적시든 곳'이라 회상한다. 정지용의 고향이 그의 시에서 이렇게 아름다운 곳으로 다시 태어날 수 있었던 것은 언어의 마술사 정지용의 힘이 크다.

　　자신의 고향을 이렇게도 아름답게 묘사할 수 있었던 정지용은 아들을 잃은 안타까운 슬픔의 감정마저도 시를 읽는 사람은 아름답게 느낄 수 있도록 만든다. 「유리창·1」에서 그는 아들을 잃은 뒤의 자신의 복잡한 심정을 '외로운 황홀한 심사'와 같은 정제된 표현으로 감정의 직접적인 표출을 절제한다. 이러한 감정의 절제는 오히려 그의 슬픔을 바라보는 독자를 더욱 안타깝게 만든다.

02
전통의 시적 변용과 미적 세계

김소월(1902~1934)

본명은 정식. 평북 정주 출생. 그의 시적 재능을 알아본 스승 김억의 주선으로 1922년 잡지 『개벽』에 「먼 후일」「진달래꽃」등을 발표했다. 소학교 교사, 신문사 지국장 등을 지냈지만 실패를 거듭했으며 33세의 나이로 아내와 함께 음독자살한 것으로 알려져 있다. 그가 시를 창작한 기간은 짧았지만, 그의 작품들은 한(恨)이라는 한국적 정서를 가장 한국적인 민요 율격으로 노래한 것으로 평가된다.

조지훈(1920~1968)

본명 동탁. 경북 영양 출생. 1939년 「고풍의상」「승무」, 1940년 「봉황수」로 『문장』의 추천을 받아 시단에 등단했다. 고전적 풍물을 소재로 하여 우아하고 섬세하게 민족 정서를 노래한 시풍을 높이 평가받았다. 박두진, 박목월과 함께 1946년 시집 『청록집』을 간행하여 '청록파'라 불리게 되었다.

서정주(1915~2000)

전북 고창 출생. 호는 미당. 중앙불교전문강원에서 수학했으며 1936년 《동아일보》 신춘문예에 「벽(壁)」이 당선되어 문단에 등단하였다. 동인지 『시인부락』을 주재하였으며 이후 서라벌예대, 동국대 등의 교수를 역임하였다. 보들레르적 경향과 야수파적 생명의 출렁임으로 가득 찬 초기 시들이 보여주는 세계는 이후 그가 탐구했던 신라정신 즉 영생주의와 영원주의로 나아가면서 새로운 시 세계를 열어보였다고 평가된다.

설화의 시적 변용

설   화   의

그리스

비극은 누구나 알고 있듯이 신화에서 소재를 빌어온 것이다. 특히 그리스 비극 중에서 널리 알려진 『오이디푸스왕』은 희랍 신화의 내용을 바탕으로 만들어졌다. 이 신화는 소포클레스 이외의 다른 많은 작가들에 의해서도 드라마로 각색되었다. 셰익스피어의 비극도 마찬가지이다. 신화나 설화는 본격적인 소설이 창작되기 이전의 구비문학 정도로 많이 생각하지만, 때로는 『오이디푸스왕』처럼 소설뿐만 아니라 시에서도 중요한 소재로 이용된다. 그렇다면 작가들은 왜 이렇게 신화나 설화를 소재로 자주 사용하는 것일까?

신화나 설화는 이미 널리 알려진 것들이다. 그래서 시인은 독창적인 소재를 궁리해 내야 하는 경우보다 심리적인 여유를 얻게 된다. 시인은 시의 내용보다는 형식에 더 노력을 기울일 수 있게 되고, 그 결과 작품의 미학·형태 면에서 예술성은 상대적으로 높아질 가능성이 많다. 뿐만 아니라 신화나 설화는 그 민족 구성원 전체에게 알려진 것이기 때문에, 보편적이고 민족적인 정서나 가치를 느끼게 해주는데 용이하다. 구한말과 일제 강점기에 유독 위인전기나 신화에 대한 열기가 고조되었던 것을 생각하면 쉽게 이해가 될 것이다. 민족적 정체성이나 유대감에 대한 강한 열망

이 문학에도 반영되는 것이다.

살펴볼 세 편의 작품에서도 각각의 시인이 설화의 수용을 통해 드러내고자 하는 우리 민족의 정

서가 어떤 것이었는지에 대해 관심을 기울여 보자.

김소월의 대표작 중 하나인 「접동새」를 이해하기 위해서는 먼저 그 배경 설화를 알아야 한다.

옛날 평북 진두강가에 살고 있는 한 소녀에게는 아홉이나 되는 동생이 있었다. 어머니가 죽자 아버지는 의붓 어머니를 얻었는데, 성질이 포악한 계모는 끼니도 제대로 주지 않고 십 남매를 매일같이 구박했다. 소녀는 나이가 들자 어느 도령과 혼인을 약속하게 되었고, 부자인 약혼자 집에서는 많은 예물을 보냈다. 그런데 이를 시기한 계모가 그 예물을 빼앗고 소녀를 친어머니의 장롱 속에 가두고 불에 태워 죽였다. 아홉 동생은 누나가 타 죽은 재를 헤치며 슬프게 울었다. 그때 재 속에서 한 마리 접동새가 날아올랐다. 접동새로 환생한 소녀는 죽어서도 계모가 무서워 대낮에는 나오지 못하고, 남들이 모두 자는 야삼경(夜三更)이 되어서야 아홉 동생이 자는 창가에 날아와 목 놓아 울었다. 이 설화가 그대로 시의 내용이 되었다.

설화의 중요한 부분만을 내용으로 하고 있는 이 시는, 전통 민요의 3음보 율격과 잘 맞아떨어지는 7 · 5조의 율격을 활용하여 전통적이고 민요적인 느낌을 잘 살려내고 있다. 또한 설화 속의 '아홉 오래비'의 활음조인 '아우래비'라는 시어를 매개하는 등 율격과 형식 면에서 세심한 배려를 했다.

김소월이 전하는 설화를 바탕으로 한 이 시에서 우리는, 흔히 민족의 고유한 정서로 이야기되는 한(恨)을 느낄 수 있다. 한이란 체념해야 하는 줄 알면서도 쉽게 미련을 버리지 못하는 것이다. 죽어 새가 되어서도 동생들 주변을 떠나지 못하는 심정은 이런 한의 정서와 통한다. '접동새' 설화의 핵심에는 어머니의 죽음이라는 '어머니 상실 의식'이 놓여 있다. 아이를 가장 많이 사랑해 주는 어머니의 죽음은 아이에게 깊은 상처를 남기고, 성인이 되어서도 그 아이의 상처는 쉽게 낫지 않는다. 또한 어머니의 죽음은 식민통치로 인한 모국 상실 의식과도 연결시킬 수 있다.

조지훈의 「석문」은 경북 지방에서 내려오는 황씨 부인 전설을 배경으로 한다. 옛날 일월산 근처 마을에 황씨 처녀가 살고 있었다. 그녀를 좋아하던 두 총각이 있었는데, 그중 한 사람에게 시집을 갔다. 신혼 첫날 밤, 뒷간에 다녀오던 신랑은 방문에 칼 그림자가 비친 것을 보고 놀라서 멀리 달아났다. 마당에 있던 대나무 그림자가 비친 것을 칼 그림자로 오해했던 것이다. 신부는 결혼식 때 입었던 족두리와 원삼도 벗지 않고, 신랑이 오기만을 기다리다 한스럽게 죽는다. 세월이 지난 후 신랑이 돌아왔을 때 놀랍게도 신부는 결혼식 때 모습 그대로 앉아 있었다. 그러다가 그 모습이 애처로워진 신랑이 매만지자 재가 되어 부서져 내렸다. 신랑은 자신의 과오를 뉘우치고, 시신을 일월산에 모신 뒤에 사당을 지어 위로했다.

신부는 기다리던 신랑이 돌아왔을 때 어떤 말을 건네고 싶었을까. 작품에는 그 한스런 푸념이 경어체로 호소하듯 표현되어 있다. 그래서 님을 기다리는 신부의 간절한 심정이 서정주의 시보다 더 짙게 드러난다. 이 시의 시상이 가장 집중되어 있는 시어는 '돌문'이다. 돌이 오래도록 변치 않는 것처럼 신부의 사랑과 기다림이 변치 않는 것임을 의미한다.

서정주의 「신부」도 몇 가지 다른 점이 있기는 하지만, 거의 동일한 내용을 시로 만들어내고 있다. 「신부」는 산문체로 되어 있고, 특별한 형식적 기교도 눈에 띄지 않는다. 시인은 평이한 구어체 문장이 가장 내용을 잘 전달할 것으로 생각한 모양이다. 「신부」가 실린 『질마재 신화』에 수록된 시들에는 신라와 불교, 토속적인 것과 신화에 대한 시인의 관심이 나타나 있다.

「신부」에는 전통적인 여인의 정서인 절개와 한, 영적인 것의 존재 등이 주된 소재로 등장한다. 시인은 그런 가치들이 점점 잊혀지는 것을 안타까워했던 것 같다. 신랑이 오기만을 애타게 기다리다 죽은 신부의 모습은 전통적 여인의 정서와 행동을 대표한다.

살펴본 세 작품은 모두 여인을 대상으로 하고 있다. 우리의 전통적 정서인 한은 여성적인 정서이다. 옛날 봉건 사회에서 여성은 대부분 남성보다 열등한 존재로 취급받았고, 여러 억압과 구속 속에서 살아갈 수밖에 없었다. 지금 보면 매우 수동적이고 부정적인 여인상이다. 한은 우리 나라 민요와 설화에서 빠지지 않는 가장 중요한 정서이며, 시대에 따라서는 억압받는 모든 계층의 보편적인 정서로 확장되기도 했다.

세 작품은 모두 설화를 바탕으로, 한이라는 비극적인 정서를 시적인 장치들을 통해 아름다움으로 승화시켜 표현했다. 때문에 읽는 이로 하여금 더 진한 여운을 갖게 한다.

설화를 수용해서 얻는 효과는 거기에 그치지 않는다. 때로 시인은 현실적인 삶의 고통을 초월하기 위해 신화나 설화를 도입하기도 한다. 세상이 부도덕하거나 정의롭지 않을 때, 시인에게 현실은 악몽이 된다. 그래서 현실을 언젠가는 깰 수 있는 꿈으로 치부하고, 자신은 신화나 설화 속의 주인공과 동일시한다. 이는 현실을 신화화해서 일상적인 삶의 고통을 초월하려는 것이다. 특히 김소월의 「접동새」는 억압받는 식민지 시절에 쓰여진 것이다. 그렇다면 이 작품이 식민지 지식인의 좌절과 허무에서 비롯된 것이라는 해석도 가능할 것이다.

접동새 _ 김소월

접동
접동
아우래비 접동

진두강 가람가에 살던 누나는
진두강 앞 마을에
와서 웁니다.

옛날, 우리 나라
먼 뒤쪽의
진두강 가람가에 살던 누나는
의붓어미 시샘에 죽었습니다.

누나라고 불러 보랴
오오 불설워
시샘에 몸이 죽은 우리 누나는
죽어서 접동새가 되었습니다.
아홉이나 남아 되는 오랍동생을
죽어서도 못 잊어 차마 못 잊어

야삼경(夜三更) 남 다 자는 밤이 깊으면

이 산 저 산 옮아가며 슬피 웁니다.

1923년 『배재』 2호

석문石門 _ 조지훈

    당신의 손끝만 스쳐도 소리 없이 열릴 돌문이 있습니다. 뭇사람이 조바심치나 굳이 닫힌 이 돌문 안에는 석벽난간(石壁欄干) 열두 층계 위에 이제 검푸른 이끼가 앉았습니다.

    당신이 오시는 날까지는 길이 꺼지지 않을 촛불 한 자루도 간직하였습니다. 이는 당신의 그리운 얼굴이 이 희미한 불 앞에 어리울 때까지는 천년이 지나도 눈감지 않을 저의 슬픈 영혼의 모습입니다.

    길숨한 속눈썹에 항시 어리우는 이 두어 방울 이슬은 무엇입니까. 당신이 남긴 푸른 도포자락으로 이 눈물을 씻으랍니까. 두 볼은 옛날 그대로 복사꽃빛이지만 한숨에 절로 입술이 푸르러감을 어찌합니까.

    몇만 리 굽이치는 강물을 건너와 당신의 따슨 손길이 저의 흰 목덜미를 어루만질 때 그때야 저는 자취도 없이 한 줄 티끌로 사라지겠습니다. 어두운 밤하늘 허공중천(虛空中天)에 바람처럼 사라지는 저의 옷자락은 눈물어린 눈이 아니고는 보이지 못하오리다.

    여기 돌문이 있습니다. 원한도 사모칠 양이면 지극한 정성에 열리지 않는 돌문이 있습니다. 당신이 오셔서 다시 천년토록 앉아 기다리라고 슬픈 비바람에 낡아가는 돌문이 있습니다.

1952년 시집 「풀잎단장」

신부新婦 _ 서정주

    신부는 초록 저고리 다홍치마로 겨우 귀밑머리만 풀리운 채 신랑하고 첫날밤을 아직 앉아 있었는데, 신랑이 그만 오줌이 급해져서 냉큼 일어나 달려가는 바람에 옷자락이 문 돌쩌귀에 걸렸습니다. 그것을 신랑은 생각이 또 급해서 제 신부가 음탕해서 그 새를 못 참아서 뒤에서 손으로 잡아다니는 거라고, 그렇게만 알곤 뒤도 안 돌아보고 나가 버렸습니다. 문 돌쩌귀에 걸린 옷자락이 찢어진 채로 오줌 누곤 못 쓰겠다며 달아나 버렸습니다.

    그러고 나서 40년인가 50년이 지나간 뒤에 뜻밖에 딴 볼일이 생겨 이 신부네 집 옆을 지나가다가 그래도 잠시 궁금해서 신부방 문을 열고 들여다 보니 신부는 귀밑머리만 풀린 첫날밤 모양 그대로 초록 저고리 다홍치마로 아직도 고스란히 앉아 있었습니다. 안스러운 생각이 들어 그 어깨를 가서 어루만지니 그때서야 매운재가 되어 폭삭 내려앉아 버렸습니다. 초록 재와 다홍 재로 내려앉아 버렸습니다.

1975년 시집 「질마재 신화」

1. 위 작품은 모두 설화를 바탕으로 하고 있지만, 어느 정도 시인의 상상력이 개입되어 있다. 시인의 상상력이 개입된 부분을 찾아보고, 그 정도를 비교해보자.

김소월의 「접동새」는 계모의 구박으로 죽은 한 소녀가 접동새로 환생하여, 낮에는 계모가 무서워 나오지 못하고 남들이 모두 자는 야삼경이 되어서야 아홉 동생이 자는 창가에 날아와 목 놓아운다는 설화를 바탕으로 한 시고, 조지훈의 「석문」과 서정주의 「신부」는 경북 지방의 황씨 부인 전설을 시로 형상화한 것이다. 세 시 모두 한스러운 여인의 삶을 배경으로 하고 있으며, 한이라는 비극적인 정서를 시적인 장치들을 통해 아름다움으로 승화시켜 표현하고 있는 공통점을 갖는다. 이처럼 설화를 배경으로 하는 시들은 설화의 주된 내용을 시의 주된 내용으로 하고 있다. 그러나 작가의 독특한 시선은 같은 내용의 설화라 하더라도 다른 느낌의 시를 만들어낸다.

조지훈의 「석문」은 시적 화자를 신부로 설정하여 그녀의 한스러움을 보다 직접적으로 드러내어 신부의 간절함이 보다 구체적으로 독자에게 전달되는 반면, 서정주의 「신부」는 신부를 쳐다보고 있는 사람, 즉 독자와 동일시될 수 있는 사람을 화자로 내세워 신부의 안타까운 심정을 함께 공감하고 슬퍼할 수 있게 한다.

2. 신화나 설화가 사람들에게 주는 긍정적인 측면과 부정적인 측면에 대해서 생각해보자.

신화나 설화는 오랜 세월 동안 여러 인생들의 경험이 축적되어 온 것이라 할 수 있다. 특히 민중이 쉽게 사용할 수 있는 문자가 없었으므로, 건국신화가 아닌 이상 대부분의 설화는 구비전승 되어온 것이 태반이다. 구비전승 되어 이어져왔다는 것은 많은 사람들의 인생이 덧붙여졌다는 것을 말하며, 많은 사람들이 공감해왔다는 것을 의미한다. 따라서 신화나 설화를 통해 우리는 오랜 세월 동안 축적되어온 인생의 참된 지혜를 배울 수 있을 것이다.

하지만 신화나 설화는 그 내용이 고착되어 있어 쉽게 변하지 않는 고정관념을 만들어낼 수 있다. 「접동새」 설화는 계모를 악랄한 존재로 만들어버린다. 그러나 요즘과 같이 이혼율이 급증하고, 편부모 가정도 증가하는 추세에 이러한 계모의 이미지는 많은 가정에 상처를 줄 수 있는 원인이 되기도 한다. 따라서 신화나 설화를 현대의 분위기에 맞게 읽을 수 있는 융통성이 필요하다.

전봉건(1928~1988)

평남 안주 출생. 1950년 「사월」 등을 『문예』에 발표, 문단에 등단했다. 한국전쟁 때 참전한 경험을 살려, 김종삼 등과 함께 『전쟁과 음악과 희망과』를 간행함으로써 젊은 전쟁세대의 의식 형성에 촉매 역할을 했다. 이와 같은 작품을 통해 그는, 초기에는 '순수 이미지의 추구'를 실험했으며, 그 뒤로 계속해서 의미의 부여와 기교의 천착이라는 양면성을 추구했다.

서정주(1915~2000)

전북 고창 출생. 호는 미당. 중앙불교전문강원에서 수학했으며 1936년 《동아일보》 신춘문예에 「벽(壁)」이 당선되어 문단에 등단하였다. 동인지 『시인부락』을 주재하였으며 이후 서라벌예대, 동국대 등의 교수를 역임하였다. 보들레르적 경향과 야수파적 생명의 출렁임으로 가득 찬 초기 시들이 보여주는 세계는 이후 그가 탐구했던 신라정신 즉 영생주의와 영원주의로 나아가면서 새로운 시 세계를 열어보였다고 평가된다.

박재삼(1933~1997)

일본 도쿄 출생, 경남 삼천포에서 성장. 초등학교를 졸업한 뒤 집안 사정 때문에 중학교 진학을 못하고 중학교 사환으로 들어가 일했다. 그러다 그곳 교사이던 시조시인 김상옥을 만나 시를 쓰게 됐다. 1953년 『문예』에 시조 「강물에서」를 추천받았고, 1955년 『현대문학』에 시 「섭리」 등을 추천받아 등단했다. 그의 시는 가난과 설움에서 우러나온 정서를 아름답게 다듬은 언어 속에 담고, 전통 가락에 향토적 서정과 서민생활의 고단함을 실었다는 평가를 받는다.

2

춘향의 목소리들

시에는 시인의 눈으로 바라본 세계와 사물이 담겨 있기 때문에 시 속에서는 시인의 '독자적인' 세계가 만들어진다. 따라서 시인의 독자적인 세계를 어느 정도 파악하게 되면, 시를 읽는 어려움은 상당히 줄어들 것이다. 그런데 어떤 시들은 익히 알고 있는 이야기를 바탕으로 만들어져 있어 화자가 만들어놓은 세계를 이해하기가 훨씬 수월해진다.

『춘향전』은 동화책을 통해 또는 영화로도 많이 접해 내용을 잘 알고 있는 것이다. 너무도 익숙한 내용 때문에 춘향의 마음에서 순간순간 일어나는 심정의 변화에는 관심을 기울이지 않는다. 이몽룡과의 신분 차이를 잘 알고 있었던 춘향이 처음 이몽룡과 만났을 때의 심정은 어땠을까. 그녀가 변학도에게 욕설을 퍼부어줄 때의 심정은 어땠을까. 날이 새면 죽을 것이라는 사실을 알았을 때, 감옥에서 칼을 쓰고 앉은 춘향의 심정은 어땠을까. 이 심정이란, 자신의 처지를 벗어나고 싶은 절망적인 희망일 수도 있고, 기생이라는 신분에 대한 한(恨)일 수도 있다. 어쩌면 죽음마저 넘어서는 지고한 사랑일지도 모른다.

이제 살펴볼 세 편의 시는 이와 같은 춘향의 심정에 초점을 맞춘 시편들로 춘향이라는 동일 인

물을 화자로 내세우고 있다. 이야기의 흐름을 가진 소설에 비해, 시는 시간이 정지한 일정한 장

면에 초점이 맞추어진다. 춘향이라는 인물의 행동보다 미처 살펴 보지 못했던 내면의 목소리에

좀더 귀기울여 보자.

전봉건의 「춘향연가」는 춘향을 화자로 내세운 장시이다. 춘향은 여기서 온갖 어려움을 겪으면서도 이 도령과 만나야만 하겠다고 말한다. 본문에 예시된 부분을 보면, 춘향이 광한루에서 이 도령을 만나고 있지만, 사실 이것은 춘향의 착각이다. 춘향은 지금 칼을 차고 깊은 밤 감옥 안에 앉아 있다. 현실의 그녀는 고문 때문에 '몸이 꺾이고 찢기고 갈라지고 부러지'고 있다. 다만 그 부서진 몸으로도 이 도령을 만나야겠다는 강렬한 사랑 때문에 그만 현재와 과거를 혼동하고 환상을 본 것이다.

시는 고통스럽고 혼란스러운 춘향의 목소리로 가득 차 있다. 이것이 어쩌면 우리가 쉽게 상상할 수 있는 춘향의 목소리일 것이다. 육체적인 고통에도 불구하고 끝내 버릴 수 없는 사랑하는 님에 대한 그리움으로 뒤범벅이 된 이 목소리는 전형적인 춘향의 목소리다.

그러나 서정주는 춘향의 다른 목소리를 듣고 있다. 그의 「춘향 유문」에서, 날이 새면 곧 죽게 되는 춘향이는 감옥에 앉아 이몽룡에게 유서와 같은 편지를 쓰고 있다. 아직도 자신을 구하러 오지 않는 이몽룡이 원망스럽지는 않을까. 원망스러움은 없다 하더라도 임박한 죽음이 두렵지는 않을까. 그러나 서정주는 칼을 쓰고 감옥에 앉은 춘향에게서 아주 맑고 차분한 목소리를 듣는다.

이몽룡에게 이승에서의 마지막 인사를 하고 있는 1, 2연에서는 이별의 격정도, 죽음에 대한 공포도 없다. 다만 여성적이고 차분한 감정만이 느껴진다. 그 이유는 3연에서 알 수 있다. 바로 사랑 때문이다. 이몽룡에 대한 춘향의 사랑은 하도 넓고 큰 것이어서, 저승과 이승의 거리도 충분히 넘나들 만하다. 이것이 4, 5연으로 가면 윤회설로 나타난다. 저승의 어디에 있어도 춘향은 이몽룡의 곁에 있을 수 있다는 것이다. 저승에서 물이 된다면 구름으로, 구름이 된다면 비로 변해서 이승의 이몽룡에게로 직접 간다고 한다.

넓고 깊은 사랑 때문에 춘향은 죽어도 죽는 것이 아니고 헤어져도 헤어지는 것이 아니다. 이 신비로운 경지에서 춘향의 표정이란 한없이 맑고 평화로운 것이다. 춘향은 슬픈 것에 대해 슬프다고 소리내어 울지 않는다. 자신의 사랑하는 마음과 신비로운 지혜, 즉 윤회설을 통해 그것을 담담히 극복해 내고 있다.

박재삼의 「무봉천지」에서 춘향의 마음은 자연과 구분이 되지 않는다. '우리의 할 말은 우리의 살과 마음 밖에서 기쁘다면 우리보다도 기쁘게 슬프다면 우리보다도 슬프게 확실히 쟁쟁쟁 아지랑이 되어 있는' 것이다. 춘향이 슬픔에 대해 말하려 하면 때까치나 빗소리가 먼저 울어버린다. 옷고름이 풀리면 사람이 없어도 부끄럽다. 춘향의 기도에 복사꽃이 웃으면서 화답한다. 다시 말하지만 춘향의 마음은 자연과 구분이 되지 않는다. 스스로 그러함[自然]이라는 춘향의 마음은 그 소박한 마음으로 이도령과 만나 옛말하고 오순도순 살 일을 꿈꾸고 있는 것이다.

춘향연가 _ 전봉건

여기서요.

광한루, 여기서 만났어요.

지금도 나는 여기 있어요.

나는 사랑하고 있는걸요.

이제는 우거진 숲에 들어도

무섭지 않아요. 햇살이 안 드는

어둔 곳이 오히려 정다워요.

풀잎에 손이 스치면

슬며시 허리께가 부끄럽기도 해요.

나는 사랑하고 있는걸요.

나는 여기 앉아 있어요.

그이는 저만치 서서 있어요.

지금도 나는 놀라워요.

그이는 나를 언제나 놀랍게 해요.

흰 돌 위 쓸리는 물에, 목욕하고 앉은 제비. 사람을 보고, 그 놀란 제비.

그것이 그이 앞의 나에요.

내 입술은 반쯤 열려 있어요.

물에 젖어서 반쯤 흔들리는 연꽃이에요.

나는 사랑하고 있는걸요.

보세요, 나는 이렇게 앉아 있는데,
저만치 서서 있는 그이.

(중략)

그래요, 나는 이곳에 앉아 있는데.
나는 칼을 쓰고 앉아 있다고요.
칼을 쓰고, 칼을 쓰고, 칼을 쓰고.
저만치 있는 것은
목 매달아 죽은 귀신.
이곳은 광한루가 아니라고요.
지금은 궂은 비 퍼붓는
깊은 밤의 삼경이라고요.
저것은 난장 맞아 죽은 귀신, 저것은 형장 맞아 죽은 귀신이라고요.
"이년!
잡아 내리라!
형틀에 올려 매어
물고를 내어라!
매우 쳐라! 매우 쳐라!"
팔다리가 갈라지나요.
어머니, 팔다리가 갈라지나요.
어머니, 그러나 나는 죽지 않아요.
그이는 살아서 있는 것을.

나는 네 가닥으로 떨어져 나간대도,

팔 다리가 머리를 이고, 가슴과

허리는 받쳐들고, 그이에게로 가요.

나는 가서 그이와 함께 살아요.

나는 사랑하고 있는걸요.

육천 번을 죽인대도 매한가지.

육천 마디 얽힌 사랑인 것을.

육천 마디 맺힌 마음인 것을.

"큰 칼 씌워 하옥하라!

큰 칼 씌워 하옥하라!"

보세요, 저것은 부서진 죽창.

보세요, 이것은 무너진 벽.

보세요, 이것은 헐고 낡은 자리.

나는 이곳에 앉아 있어요.

보세요 어머니, 찢겨져 피 흐르는

살에는 낭자한 바람

그러나 어머니, 나는 보아요.

나는 이곳에 앉아 있어도,

나는 옥중에 앉아 있어도,

나는 광한루, 앉아 있는 것.

육천 마디 맺힌 마음인 것을.

육천 마디 얽힌 사랑인 것을.

보세요, 저만치 서서 있는 그이를,

서서 있는 그이를,

어머니!

1967년 시집 「춘향연가」에서 일부 발췌

춘향 유문春香遺文 _ 서정주

—춘향의 말 3—

안녕히 계세요
도련님.

지난 오월 단옷날, 처음 만나던 날
우리 둘이서, 그늘 밑에 서 있던
그 무성하고 푸르던 나무같이
늘 안녕히 안녕히 계세요.

저승이 어딘지는 똑똑히 모르지만
춘향의 사랑보단 오히려 더 먼
딴 나라는 아마 아닐 것입니다.

천 길 땅밑을 검은 물로 흐르거나
도솔천의 하늘을 구름으로 날더라도
그건 결국 도련님 곁 아니어요?

더구나 그 구름이 소나기 되어 퍼불 때
춘향은 틀림없이 거기 있을 거여요.

1995년 시집 「서정주 시선」

무봉천지 無縫天地 _ 박재삼

저저(底底)히 할 말을 뇌일락하면 오히려 사무침이 무너져 한정없이 멍멍한 거라요. 문득 때까치가 울어오거나 눈은 이미 장다리꽃밭에 홀려 있거나 한 거라요. 비오는 날도, 구성진 생각을 앞질러 구성지게 울고 있는 빗소리라요. 어쩔 수 어쩔 수 없는 거라요. 우리의 할 말은 우리의 살과 마음 밖에서 기쁘다면 우리보다도 기쁘게 슬프다면 우리보다도 슬프게 확실히 쟁쟁쟁 아지랑이되어 있는 거라요. 참, 그때, 아무도 없는 단오(端午)의 그네 위에서 아찔하였더니, 절로는 옷고름이 풀리어, 사람에게 아니라도 부끄럽던 거라요. 또는 변학도(卞學道)에게 퍼부을 말도 그때의 장독(杖毒)진 아픔의 살이, 쓰린 소리를 빼랑빼랑 내고 있던 거라요. 허구헌 날 서방님 뜻 높을진저 바라면, 맑은 정신 속을 구름이 흐르고 있었고, 웃녘에 돌림병(病)이 퍼져 서방님 살아 계시기를 빌었을 때에도 웃마을의 복사꽃이 웃으면서 뜻을 받아 말하고 있던 거라요. 그러니 우리가 만나 옛말 하고 오손도손 살 일이란 것도, 조촐한 비개인 하늘 밑에서 서로의 눈이 무지개선 서러운 산등성 같은 우리의 마음일 따름이라요.

1962년 시집 『춘향이 마음』

1. 춘향이 시적 화자인 다른 시들을 찾아보고, 그중에서 「추천사」의 춘향의 목소리는 어떤 것인지 생각해 보자.

　　자신의 사랑을 어떠한 어려움 속에서도 지켜나간 대표적인 인물이 바로 춘향이다. 춘향의 절대적인 사랑은 많은 시에서 변주되어 왔다. 소월의 「춘향과 이도령」, 서정주의 「추천사-춘향의 말1」, 「다시 밝은 날에-춘향의 말2」, 「춘향유문-춘향의 말3」, 김영랑의 「춘향」 등이 그것이다. 특히 서정주의 '춘향의 말' 연작시는 춘향이 직접 시적 화자로 그려지고 있다. '춘향의 말' 연작시 중 첫 번째 시인 「추천사」는 세상의 고뇌를 초월하려는 모습의 춘향이 그려지고 있는 특성을 보인다. 춘향은 그네를 타며 '산호도 섬도 없는 저 하늘', 즉 자신의 사랑을 막는 장애물이 하나도 없는 이상향의 공간으로 날아올라가고 싶어 한다. 그러나 그네는 언제나 하늘 높이 솟구쳤다가 다시 땅으로 내려와야 한다. 하늘을 향해 치솟고 싶은 춘향이 그네를 타고 있다는 것은 그녀가 도달하기 어려운 곳을 지향하고 있다는 것을 상징한다. 그러나 그녀가 그네를 타고 있다는 사실이 중요하다고 할 수 있다. 그녀가 하늘에 가장 가까이 갈 수 있는 것은 오직 그네를 통해서이기 때문이다.

2. 「춘향 유문」이 보여준 동양적 지혜에 대해 생각해보고, 서정주의 다른 시 「인연설화조」에서 보여준 윤회와 비교해보자.

　　「춘향유문」에서 춘향은 이도령을 향한 자신의 사랑이 영원히 존재할 것이므로 한갓 현세의 이별이 영원한 이별은 되지 못할 것이라 담담하게 노래한다. 그녀의 사랑법은 같은 시인의 「인연설화조」에 나타나는 윤회의 방식보다 더욱 강렬하다.

「춘향유문」에서 춘향은 "저승이 어딘지는 똑똑히 모르지만 춘향의 사랑보단 오히려 더 먼 딴 나라는 아마 아닐 것입니다. 천길 땅밑을 검은 물로 흐르거나 도솔천의 하늘을 구름으로 날더라도 그건 결국 도련님 곁 아니어요? 더구나 그 구름이 소나기 되어 퍼불 때 춘향은 틀림없이 거기 있을 거여요."라고 확신에 찬 어조로 말한다. 천길 땅밑을 검은 물로 흐르거나 도솔천의 하늘을 구름으로 난다는 것은 굳이 현세로 윤회하여 님의 근처에서 존재하지 않더라도 자신의 사랑이 존재하는 한 그깟 윤회의 굴레마저 극복할 수 있다는 것을 의미한다. 뿐만 아니라 이도령을 향한 자신의 사랑은 분명 다시 만날 수 있을 만큼 강렬하다는 것을 춘향은 확신하고 있다.

신석초(1909~1976)

본명 응식. 사회주의 사상의 영향을 받아 카프(KAPF)에 가담했으나 카프의 도식주의적 경향에 실망하여 박영희와 함께 탈퇴했다. 1935년경부터 이육사를 알게 되어 그를 통해 시 「호접」 「비취단장」 「바라춤 서사」 「파초」 등을 발표했으나 일제강점기 말에는 고향에 묻혀 침묵하였다.

조지훈(1920~1968)

본명 동탁. 경북 영양 출생. 1939년 「고풍의상」 「승무」, 1940년 「봉황수」로 『문장』의 추천을 받아 시단에 등단했다. 고전적 풍물을 소재로 하여 우아하고 섬세하게 민족 정서를 노래한 시풍을 높이 평가받았다. 박두진, 박목월과 함께 1946년 시집 『청록집』을 간행하여 '청록파'라 불리게 되었다.

신경림(1936~)

충북 중원 출생. 1955~1956년 『문학예술』에 이한직의 추천을 받아 시 「낮달」 「갈대」 등을 발표하며 등단했다. 건강이 나빠 고향에서 초등학교 교사로 근무하다, 서울로 올라와 현대문학사 등에서 편집일을 맡았다. 한때 절필하기도 했으나 1965년부터 다시 시를 창작하였다. 이때부터 초기 시에서 두드러졌던 관념적인 세계를 벗어나 핍박받는 농민들의 애환을 노래하였다. 그의 작품세계는 주로 농촌 현실을 바탕으로 농민의 한과 울분을 노래한 것으로 알려져 있다.

감정을 발산하는 몸짓

바리춤
신석초
승무
조지훈
농무
신경림

감 정 을 　 발 산

사람들은 오랫동안 육체와 정신을 따로 떼어놓고 사유해 왔다. 그러나 최근 들어 육체에 관한 관심이 높아지면서 몸과 마음의 하나됨에 대한 성찰이 확대되고 있다. 몸이 마음보다 먼저 말하고 행동할 때 우리는 육체의 솔직함에 놀라게 된다. 또 마음의 흔적이 몸에 새겨질 때 우리는 혼과 육체가 하나가 되는 것을 새삼스레 깨닫곤 한다.

몸으로 표현하는 인간의 여러 행위 중에서도 으뜸으로 꼽을 수 있는 것이 바로 춤이다. 춤은 아름답고 역동적인 몸짓을 통해 자신의 감정을 다른 사람들에게 전달하는 예술이다. 이에 반해 시는 언어를 통해 감정을 표현하는 예술이어서 춤과는 별 관련이 없는 것처럼 여겨진다. 그러나 춤과 시는 우리가 단순히 생각하는 것처럼 무관한 것이 아니었다.

문학이 하나의 장르로 독립되지 않던 때 시와 춤은, 함께 뒤섞여 있었다. 이를 원시종합예술(ballad dance) 이라고 부른다. 지금은 각기 떨어져 나와 독자적인 영역을 구축하고 있지만, 시와 춤은 같은 뿌리를 가지고 있던 것이다. 그래서인지 몇몇 시인들은 작품 속에서 어떤 감정이나 사유를 춤사위로 그려내고 있다.

다음의 시는 공통적으로 춤을 소재로 한 작품들이다. 신석초의 「바라춤」과 조지훈의 「승무」는 불가의 춤을, 신경림의 「농무」는 농민들이 일상 속에서 즐기는 춤을 소재로 취하고 있다. 이 세 편의 시를 서로 비교해서 읽어보면서, 춤이라는 소재가 작품 속에서 형상화되는 다양한 방식을 알아보자.

신석초의 「바라춤」에서 화자는, 자신을 옭아매고 있는 속세의 인연과 그것을 넘어서려는 열망 사이에서 갈등하고 있다. 이 열망은 해탈을 하고자 하는 불교적인 열망이다. '열반'이나 '사바' 등 불교와 관련된 시어들을 통해서도 알 수 있듯이, 제목 '바라춤'도 이 시가 불교적 색채를 띠고 있음을 알게 해준다.

시의 서두부터 화자의 속세에 대한 관심과 종교적인 열망 사이의 갈등은 비교적 선명하게 제시된다. 1연에서 화자는 언제나 더럽혀지지 않을 '티 없는 꽃잎'으로 살고자 했다고 고백한다. 화자가 몸담고 있는 세상은 더러움에 물들어 있다. 그러나 화자가 꿈꾸는 경지는 '티 없는 꽃잎', 즉 아름답고 순수한 삶이다. 세속의 인연을 초월하려 해도 여전히 화자는 벗어날 수 없어 탄식한다. 그것이 구슬픈 샘물에 담겨 있는 속뜻이다. 2연에 등장하는 '잠 못 이루는 두견' 또한 이런 고뇌가 투영된 정서적 등가물이다.

3연에서 갈등은 더욱 심화된다. 화자는 '무상한 열반'을 꿈꾸지만, 결코 거기에 가 닿지는 못한다. '어지러운 티끌' 같은 세속의 번뇌들이 그의 정신을 흐려 놓기 때문이다. 그 번뇌들은 화자 자신도 '모르는' 사이에 이미 다가와 있다. 여기까지 읽으면 독자들은 과연 화자가 번뇌를 다 떨쳐 내고 궁극의 경지에 도달할 수 있을까 궁금히 여기게 된다. 그러나 이 시에서 두 대립 구도는 해소되지 않는다. 화자는 끝내 '비밀한 뱀이 꿈어리는 형역'에서 벗어나지 못한다. 그러나 시인은 그것을 실패라고 말하려는 것은 아니다. 그보다는 '짐승', 특히 '뱀'으로 상징되는 육체적인 욕망이 정신에 의해 결코 지배될 수 없음을 말하고자 하는 것이다.

조지훈의 「승무」는 신석초의 「바라춤」과 마찬가지로 불교적인 색채를 띠고 있으며, 불가에서 추는 춤을 소재로 삼고 있다. 「승무」는 춤의 이미지를 보다 더 강조하고 있다. 「바라춤」이 춤을 소재로 하고 있음에도 춤사위의 역동적인 이미지들은 거의 생략되어 있는 반면, 「승무」에는 아름다운 춤사위가 그대로 담겨져 있다. 그래서 더 감각적이다. 「바라춤」과 비교하면, 「승무」에서는 세속적인 번뇌와 해탈 사이에 놓인 화자의 갈등보다는 승무의 우아한 아름다움이 부각되어 있다.

「승무」의 화자는 춤을 추는 여승을 보고 있다. 춤이 시작되면서 시는 도입부의 정적인 분위기에서 춤의 동적인 묘사로 옮아간다. 춤추는 이의 외씨보선은 마치 '날아갈 듯' 하다. 춤사위를 만들어내는 손은 '휘어져 감기우고 다시 접어 뻗' 어진다.

그러나 이 동적인 움직임 사이에, 여승의 눈동자가 먼 하늘의 별빛에 모아지는 정적인 순간이 있다. 우리는 이 별빛을 향한 눈동자가 승화된 경지를 갈구하고 있다는 사실을 알 수 있다. '세사에 시달려도 번뇌는 별빛이라' 는 시구는 결국 세속의 번뇌들은 사라지고 화자가 해탈의 순간을 맞이했음을 의미한다. 이 시는 춤을 통해 해탈의 궁극에 도달한 상태를 보여준다. 끈질긴 속세의 인연과 고뇌에서 끝내 벗어나지 못했던 「바라춤」과의 차이점이 여기에 있다.

조지훈의 「승무」와 신석초의 「바라춤」이 불가의 춤을 소재로 삼았다면, 신경림의 「농무」는 농민들의 춤을 소재로 삼고 있다. 이러한 소재의 차이는 시어의 선택과 어조의 차이로 나타난다. 예를 들어, 「승무」의 '하이얀' '살포시' '감추오고' 등의 시어들은 분위기를 예스럽고 우아하게 만든다. 이와는 대조적으로, 「농무」에 쓰인 '킬

시의 회화성

현대시는 직접적인 이미지의 제시보다는 상관물을 통한 이미지의 상호 결합으로 정서와 사상을 효과적으로 표출시키는 특성을 지닌다. 파운드, 흄, 엘리어트 등은 현대 문명의 특징이 시각적 문화에 바탕을 두고 있다는 점에 착안하여, 근대시가 청각성에서 벗어나 이미지로서의 시각적 또는 회화성을 획득해야 한다고 주장하였다. 시는 구체적인 형상이나 이미지를 통해서 정서와 사상을 환기하는 것이기 때문에 근대시의 음악성 강조에 비해 회화성에 기반을 둔 현대시를 강조한 것이다. (출처 정한모, 『현대시론』)

킬댄다' '해해댄다' 와 같은 시어들은 겉치장 없는 농민의 실제 삶을 잘 보여준다. 시의 어조 또한 투박하고 직설적이다. 「농무」는 '비료값도 안 나오는 농사' 와 같이 삶의 절박한 문제들을 노래하고 있다. 이렇듯 농민들의 삶을 소재로 만들어진 이 시의 정서는 삶의 애환과 분노다. 그리고 '답답하고 고달프게 사는' 것에 대한 '원통함' 이다. 그들은 장이 내리고 난 뒤 '분이 얼룩진 얼굴' 로 학교 앞 소줏집으로 향한다. 그곳은 그들이 삶의 애환을 털어놓는 장소다. 시인은 농민들의 불합리한 농정에 대한 분노를 작품 속에 고스란히 담아낸다.

그러나 이 시의 가장 큰 매력은 농민들의 원통함과 울분이 어느새 '신명' 으로 변해 있다는 점이다. 시인은 농민들이 추는 농무에서 신명을 발견한다. 「농무」에서 형상화된 춤사위는 '한 다리를 들' 고, '고갯짓을 하' 고 '어깨를 흔드' 는 것으로 「승무」와는 사뭇 다르다. 이 시에서 농무는 관념적인 사유를 담는 춤이 아니다. 농민의 모든 분노를 응축하는 수단이자 터져 나오는 민중의 힘 그 자체다. 이러한 춤사위가 제시되는 시의 마지막 대목은 농민의 숨은 힘을 말해 주는 시의 절정이라고 할 수 있다.

바라춤 _ 신석초

언제나 내 더럽히지 않을
티 없는 꽃잎으로 살어여러 했건만
내 가슴의 그윽한 수풀 속에
솟아오르는 구슬픈 샘물을 어이할까나.

청산 깊은 절에 울어 끊인
종 소리는 아마 이슷하여이다.
경경히 밝은 달은
빈 절을 덧없이 비초이고
뒤안 이슥한 꽃가지에
잠 못 이루는 두견조차
저리 슬피 우는다.

아아 어이 하리. 내 홀로
다만 내 홀로 지닐 즐거운
무상한 열반을
나는 꿈꾸었노라.
그러나 나도 모르는 어지러운 티끌이
내 맘의 맑은 거울을 흐리노라.

몸은 서러라.
허물 많은 사바의 몸이여!
현세의 어지러운 번뇌가
짐승처럼 내 몸을 물고
오오, 형체, 이 아리따움과
내 보석 수풀 속에
비밀한 뱀이 꿈어리는 형역(形役)의
끝없는 갈림길이여.

구름으로 잔잔히 흐르는 시냇물 소리
지는 꽃잎도 띄워 둥둥 떠내려가것다.
부서지는 주옥의 여울이여!
너울너울 흘러서 창해에
미치기 전에야 끊일 줄이 있으리.
저절로 흘러가는 널조차 부러워라.

1959년 시집 『바라춤』

얇은 사(紗) 하이얀 고깔은

고이 접어서 나빌레라.

파르라니 깍은 머리

박사(薄紗) 고깔에 감추오고

두 볼에 흐르는 빛이

정작으로 고와서 서러워라.

빈 대(臺)에 황촉(黃燭)불이 말없이 녹는 밤에

오동잎 잎새마다 달이 지는데

소매는 길어서 하늘은 넓고

돌아설 듯 날아가며 사뿐이 접어올린 외씨보선이여.

까만 눈동자 살포시 들어

먼 하늘 한 개 별빛에 모두오고

복사꽃 고운 뺨에 아롱질 듯 두 방울이야

세사(世事)에 시달려도 번뇌(煩惱) 별빛이라.

휘어져 감기우고 다시 접어 뻗는 손이

깊은 마음 속 거룩한 합장(合掌)인 양하고

이 밤사 귀또리도 지새우는 삼경(三便)인데

얇은 사(紗) 하이얀 고깔은 고이 접어서 나빌레라.

1946년 시집 『청록집』

농무農舞 _ 신경림

징이 울린다 막이 내렸다.

오동나무에 전등이 매어달린 가설 무대

구경꾼이 돌아가고 난 텅빈 운동장

우리는 분이 얼룩진 얼굴로

학교 앞 소줏집에 몰려 술을 마신다

답답하고 고달프게 사는 것이 원통하다

꽹과리를 앞장세워 장거리로 나서면

따라붙어 악을 쓰는 건 쪼무래기들뿐

처녀애들은 기름집 담벽에 붙어 서서

철없이 킬킬대는구나

보름달은 밝아 어떤 녀석은

꺽정이처럼 울부짖고 또 어떤 녀석은

서림이처럼 해해대지만 이까짓

산구석에 처박혀 발버둥친들 무엇하랴

비료값도 안나오는 농사 따위야

아예 여편네에게나 맡겨 두고

쇠전을 거쳐 도수장 앞에 와 돌 때

우리는 점점 신명이 난다

한 다리를 들고 날라리를 불꺼나

고갯짓을 하고 어깨를 흔들꺼나

1971년 잡지 「창작과 비평」

1. 세속적인 번뇌와 종교적인 해탈은 우리 시들의 오래된 주제이다. 이러한 주제를 다른
   관점으로 조망한 시들을 읽어보고 위 시들과 비교해 보자.

    우리는 많은 시들에서 '욕망'은 억제하거나 종교적 차원으로 승화시키는 것을
본다. 이러한 시들은 기본적으로 욕망 그 자체를 어둡고 부정적인 것으로 보는 것
이다. 욕망은 보통 이성적인 정적의 상태를 깨뜨리고 인간을 혼돈으로 몰아넣기 때
문이다. 그래서 인간은 되도록 욕망을 억제하거나 다른 종류의 에너지로 바꾸려고
노력해왔다. 법구경에는 심지어 평정심을 유지하기 위해 사랑에 빠지지 말라는 가
르침도 나온다. 그러나 이와는 정반대로 욕망의 역동성을 긍정적으로 보는 시들도
있다.

    서정주의 시가 대표적이라 할 수 있다. 「화사」를 비롯한 서정주의 초기시들은 관
능적 욕망을 그대로 노출하면서 그 역동성을 느낄 수 있게 해준다. 거기에는 절제
나 자기 단련이 결여되어 있으며 오히려 그 거대한 혼돈 속에서 강한 생명력을 찾
고자 한다.

    이렇게 거칠고 강력한 욕망이 아니라 하더라도 우리는 종종 사랑의 힘을 예찬하
는 시들을 발견하곤 하는데, 이러한 시들도 사랑의 욕망을 억제하려하지 않는다는
점에서 종교적 해탈과는 다른 맥락이라 할 수 있겠다.

2. 춤을 소재로 한 다른 시들을 읽어보고 역동적 이미지들을 찾아보자.

    춤을 소재로 삼고 있는 시 중 이동주의 「강강술래」가 있다. 전통적인 아름다움을
찾아 시의 소재로 활용했던 이동주는 청록파 이후 한국 전통 서정시의 맥을 잇고

있다는 평을 듣는 시인이다. 그는 한국 전통 군무인 '강강술래'를 제재로 하여 군무의 특징인 도취성과 역동성을 훌륭히 형상화하고 있으며, 역동성 속에서 은근하게 배어나오는 한의 정서를 잘 그려내고 있다. 「강강술래」의 전문은 다음과 같다.

여울에 몰린 은어떼 // 삐비꽃 손들이 둘레를 짜면 / 달무리가 비잉빙 돈다. // 가아웅 가아웅 수우워얼 래에 / 목을 배면 설음이 솟고……. // 백장미 밭에 / 공작이 취했다. // 뛰자 뛰자 뛰어나 보자 / 강강술래. // 늬누리에 테이프가 감긴다. / 열두 발 상모가 마구 돈다. // 달빛이 배이면 술보다 독한 것. // 기폭이 찢어진다. / 갈대가 스러진다. / 강강술래 / 강강술래.

시인은 춤을 추기 위해 모여든 처녀들을 아름다운 '은어떼'로 비유한다. 처음에는 천천히 돌아가다가 점점 슬픔과 설움이 가슴 속에서 치솟아오를 때, 이들은 속도를 내기 시작한다. 그리고 춤의 흐름에 도취되면서 점점 독한 술에 취한 듯 춤에 취해간다. 이 시는 강강술래의 고조되는 리듬감과 리듬의 역동성 속에서 느낄 수 있는 도취감을 통해 민족의 삶의 애환을 달래고 있다.

조지훈(1920~1968)

본명 동탁. 경북 영양 출생. 1939년 「고풍의상」「승무」, 1940년 「봉황수」로 『문장』의 추천을 받아 시단에 등단했다. 고전적 풍물을 소재로 하여 우아하고 섬세하게 민족 정서를 노래한 시풍을 높이 평가받았다. 박두진, 박목월과 함께 1946년 시집 『청록집』을 간행하여 '청록파'라 불리게 되었다.

신석초(1909~1976)

본명 응식. 사회주의 사상의 영향을 받아 카프(KAPF)에 가담했으나 카프의 도식주의적 경향에 실망하여 박영희와 함께 탈퇴했다. 1935년경부터 이육사를 알게 되어 그를 통해 시 「호접」「비취단장」「바라춤 서사」「파초」등을 발표했으나 일제강점기 말에는 고향에 묻혀 침묵하였다.

김상옥(1920~)

경남 충무 출생. 호는 초정. 시조시인. 1938년 시조시인 이병기에 의해 『문장』에 「봉선화」「백자부」가 추천되어 문단에 등단했다. 1941년 《동아일보》에 「낙엽」이 당선되면서 본격적인 작품 활동을 시작했다. 전통적인 율격과 제재로 사실적 기법을 활용하여 현대시조의 새로운 경지를 개척했다고 평가된다.

4

전통적인 것의 아름다움

전 통 적 인 것

혹시 전통적인 것은 재미없고 지루한 것이라고 생각하고 있지는 않은가? 아니면 전통 문화는 겨우 박물관의 유리 안에서만 유지되고 있다고 생각하는 것은 아닌지 모르겠다.

우리에게 처음 다가왔던 서구적인 현대 문명은 효율을 중시하며, 전통적인 곡선의 세계를 종횡무진 가로지르며 직선으로 재구획해 놓았다. 곧게 뻗은 포장도로와 높이 올라간 빌딩들이 주는 시각적인 매혹과 능률적이며 기능적이라는 것에 도취되어 네모 반듯반듯한 것이 미로 상징되었다. 그러나 요즘은 빌딩과 자동차들은 둥글면 둥글수록 세련되고 아름다운 것으로 인식되고 있다. 고속도로는 화물차들의 도로가 되었으며, 풍경을 즐기면서 여행하려는 사람들은 구불구불한 국도를 일부러 찾아 여행한다. 이런 일련의 현상은 전혀 새로운 경향이 아니다. 우리의 전통 속에 예전부터 있었던 것이다. 어찌 보면 현대인의 미에 대한 감각이 우리의 전통 미학에 가까워지는 것이라 볼 수 있다.

이제 더 이상 '전통적인 것'과 '현대'는 대립하는 것이 아니다. 전통적인 우리 문화는 낡은 것이 아니고, 현대적인 서양 문화는 우수한 것이 아니다. 우리의 전통은 조금씩 그 가치를 인정받고 있다.

그런데 몇몇 시인들은 이미 오래 전에 우리 전통의 아름다움을 작품으로 남겨 놓았다. 현대 문명과는 다른 우리 전통의 미학을 이 시들에서 찾아보자.

조지훈의 「고풍의상」은 우리의 전통적인 건축물과 여인의 의상이 가진 아름다움을 잘 드러낸 시다. 이 시의 시간적 배경은 밤이다. 모든 것을 그대로 드러내는 대낮과는 달리 밤은 은은한 빛으로 대상을 더욱 신비롭게 만든다. 부드러운 곡선의 처마 밑으로 부드럽게 흔들리는 주렴(珠簾, 구슬로 된 발)이 드리워져 있고, 그 뒤로 반달이 곱게 숨어서 비추고 있다. 주렴 뒤로 봄밤의 정경이 아른아른하게 보일 듯 말 듯하다. 시인은 봄밤의 정경에 취해 '곱아라 고와라' 라며 감탄하고 있다. 주렴은 모든 것들을 반을 가리고 그대로 다 보여주지 않는다. 그래서 밤과 반달과 함께 모두 '숨김의 미학' 이라는 전통미를 잘 보여주는 소재가 된다.

　　이때 한복을 입은 여인이 들어온다. 파르란 구슬빛 바탕에 자주빛 호장저고리, 그리고 하얀 동정은 봄밤과 달빛의 색을 그대로 담은 듯하다. 직선인 듯 곧게 퍼져 내리다 스스로 돌아 부드러운 곡선을 이루며 물결치는 치마의 선은, 비단만이 만들어낼 수 있는 부드러운 이미지이다.

　　치마는 움직이는 여인의 발을 보일 듯 말 듯 감춘다. 여인의 모습은 봄밤의 환상적인 분위기와 어우러져 고전적인 우아함을 나타낸다. 그리고 부드럽게 흔들리는 곡선의 아름다움은 나비를 떠올리게 한다. 화자는 봄바람 같은 자신의 거문고 가락에 맞춰 가는 버들처럼 순결하고 우아한 흰 손을 흔들며 춤을 추어달라고 여인에게 부탁한다.

　　「고풍의상」은 전통적 아름다움에 대한 탐미적인 시선과 찬사를 보여준다. 이 시에 나타난 전통적 아름다움은 낭만적이다. 또 감추면서 보여주는 숨김의 미학이고, 부드럽게 흔들리는 유동의 미학이다.

　　조지훈의 「고풍의상」이 지극히 정적인 순간을 밀도 있게 묘사해 환상적인 아름다움을 잡아냈다면, 신석초의 「고풍」은 소박하면서도 직설적으로 노래하고 있다.

　　상대적으로 일상적인 시선을 보여주는 신석초의 「고풍」은, 아침을 배경으로 하고 있다. 난간에 기댄 채 움직이지 않는 여인은, 그림처럼 한 자리에 서 있는 평면적 여인이다. 화자의 시선은 회장 저고리에서 외씨 버선으로 다시 화관 족두리로 이어지며 상하를 반복해 움직인다. 처음에는 저고리의 색채미, 이어서 치마와 버선의 우아한 곡선미를 보이고 다음에는 멋들어진 어여머리, 화관 몽두리 그리고 황금 용장의 고아한 모습을 보여주고 있다. 특히 이러한 묘사는 부분에서 전체로 점차 확대되어 가는 이른바 영상 기법을 사용하여 한 폭의 풍속화를 보는 느낌을 갖게 한다. 또한 화자는 고유의 언어를 그대로 사용하면서도 그 언어 사용을 절제하고 생략과 간결을 주축으로 함으로서 고전적인 소재인 한복의 멋과 아름다움을 더욱 단아하고 우아하게 표현하고 있다.

또한 아침에 일어나, 전통적인 의상과 머리 장식을 새로이 하고 말없이 수줍은 듯 고개를 숙인 채 난간에 서 있는 여인의 모습을, 은은한 그림자로 장지에 비치고 있는 모습으로 나타내어, 그윽하고 고아한 분위기와 함께 한국 여인의 우아하고 신비로운 자태를 훌륭하게 표현하고 있다. 그러나 전통적 입장을 고수하고 있는 「고풍」은 「고풍의상」에는 없는 소박함이 배어 있다.

김상옥의 「백자부」는 백자의 순박한 아름다움을 노래한 현대시조다. 1연과 3연에서 화자는 백자에 새겨진 그림을 보며 잃어버린 신화의 세계를 떠올린다. 백자에 그려진 그림을 보며 화자는 십장생이 뛰놀고 불로초가 자라는 신화 세계에 대한 꿈에 잠기는 것이다. 2연에서는 몹시 기다리던 님이 오시는 날 백자에 술을 담아 대접할 것이라고 상상한다. 술은 오랜 시간 동안 익히면 맑은 빛과 향을 갖게 된다. 화자는 그 술처럼 임을 기다리며 그리워한 마음도 잘 익어 맑은 빛과 향을 갖게 되리라고 생각한다.

이 시의 주제가 가장 잘 드러난 구절은 4연의 '불 속에 구워 내도 얼음같이 하얀 살결'이다. 물과 흙으로 빚은 자기를 수천 도의 불 속에서 구워 내면 오히려 얼음같이 흰 살결을 얻게 된다. 뜨거운 불을 견디면 어느덧 흙의 기억은 지워지고 백자가 되는 것이다. 그 과정에서 잡티 하나라도 들어가면 그대로 흠이 생겨버린다. 따라서 백자는 순결함과 순수함의 결정체인 것이다.

「백자부」는 고아하고 순결한 아름다움을 노래한다. 앞의 두 시가 보여준 전통적 아름다움이 수줍고 가녀린 여성적 우아한 아름다움이라면, 「백자부」가 보여주는 것은 시련을 견디면서 얻어진 고아하고 순결한 아름다움인 것이다.

고풍의상古風衣裳 _ 조지훈

하늘로 날을 듯이 길게 뽑은 부연 끝 풍경이 운다.

처마끝 곱게 늘이운 주렴에 반월(半月)이 숨어

아른아른 봄밤이 두견이 소리처럼 깊어가는 밤

곱아라 고와라 진정 아름다운지고

파르란 구슬빛 바탕에

자주빛 호장을 받친 호장저고리

호장저고리 하얀 동정이 환하니 밝도소이다.

살살이 퍼져나린 곧은 선이

스스로 돌아 곡선을 이루는 곳

열두 폭 기인 치마가 사르르 물결을 친다.

치마 끝에 곱게 감춘 운혜(雲鞋) 당혜(唐鞋)

발자취 소리도 없이 대청을 건너 살며시 문을 열고

그대는 어느 나라의 고전(古典)을 말하는 한 마리 호접(蝴蝶)

호접(蝴蝶)인 양 사풋이 춤을 추라 아미(蛾眉)를 숙이고……

나는 이 밤에 옛날에 살아

눈감고 거문고줄 골라보리니

가는 버들인양 가락에 맞추어

흰손을 흔들지어다.

1939년 잡지 『문장』

고풍古風 _ 신석초

분홍색 회장저고리

남 끝동 자주 고름

긴 치맛자락을

살며시 치켜들고

치마 밑으로 하얀

외씨 버선이 고와라.

멋들어진 어여머리

화관(花冠) 몽두리

화관 족두리에

황금 용잠(黃金龍簪) 고와라.

은은한 장지 그리메

새 치장하고 다소곳이

아침 난간에 섰다.

1971년 「시문학」 창간호

백자부 _ 김상옥

찬 서리 눈보라에 절개 외려 푸르르고
바람이 절로 이는 소나무 굽은 가지
이제 막 백학(白鶴) 한 쌍이 앉아 깃을 접는다.

드높은 부연(附椽) 끝에 풍경(風磬) 소리 들리던 날
몹사리 기다리던 그린 임이 오셨을 제
꽃 아래 빚은 그 술을 여기 담아 오도다.

갸우숙 바위 틈에 불로초 돋아나고
채운(彩雲) 비껴 날고 시냇물도 흐르는데
아직도 사슴 한 마리 숲을 뛰어드노다.

불 속에 구워내도 얼음같이 하얀 살결!
티 하나 내려와도 그대로 흠이 지다.
흙 속에 잃은 그날은 이리 순박(淳朴)하도다.

1947년 시조집 『초적』

1. 하나의 대상을 치밀하게 묘사하여 얻어지는 시적 효과를 생각해 보자.

시 언어는 소설 언어와 달리 음악성, 상징성, 함축성 등의 특성을 보인다. 현대시에는 음악성의 비중이 상당히 줄어들고, 그 대신 상징성과 함축성의 비중이 상대적으로 늘어난 경향이 있지만, 시를 다른 문학 갈래와 구별 짓게 하는 것은 음악성이라 할 수 있다. 상징성과 함축성 역시 시적 언어를 특징짓는 중요한 성향이라 할 수 있다. 특히 직유법, 은유법, 의인법, 활유법, 제유법, 대유법 등 시에서 활용되고 있는 비유법은 아주 세밀하게 분화되어 시적 표현의 다양함을 창출하고 있다.

그러나 묘사와 서사와 같이 주로 서사문학에 많이 사용되는 표현법이 시에서 활용되지 않는 것은 아니다. 또한 비유법과 같이 시문학에 주로 사용되는 표현법 역시 서사문학에서도 활용된다. 예를 들어 김기림의 「길」과 같은 작품은 수필로 분류되기도 하고, 시로 분류되기도 한다. 이것은 서사문학과 시문학의 경계가 생각만큼 분명하지 않다는 것을 의미한다.

뿐만 아니라 시적 서정성과 함축성이 특정 소설만의 개성이 될 수도 있다. 이것은 시문학에도 동일하게 해당되는바, 하나의 대상을 세밀하게 묘사하는 경우나 어떤 사건의 서사를 치밀하게 그려내는 시들은 일반적인 다른 시들과는 차별성을 획득한다. 예를 들어 백석의 「여우난 곬족」과 같은 시는 명절날의 풍경을 사실하게 묘사하여 어린 시절의 흥겨운 기억들을 떠올리게 만든다.

2. 전통적 미의식의 대중성을 생각해보자.

흔히 전통이라는 단어와 연관되는 이미지들을 떠올리면 고루하고 지루한 것들로

채워지곤 한다. 36년 동안 일본 제국주의의 식민지였던 한국은 주체적인 근대화를 이루어내지 못하고 일본에 의해 기형적으로 근대화가 이루어졌다. 우리의 훌륭한 정신적 유산들은 모두 옛 것, 구식의 것으로 치부되고, 오직 서양에서 흘러들어온 것만이 새로운 것으로 인식되었다. 이러한 분위기에서 전통 문화 유산은 발전하지 못하고 정체되었으며, 더욱 우리의 삶과 동떨어진 낯선 것으로 전락했다. 전통이라는 단어와 고루함이라는 이미지가 쉽게 연결되는 것은 이러한 배경이 작용하고 있기 때문이다.

그러나 잘 다듬어지고 잘 발전되어 온 전통만큼 우리의 정신세계와 쉽게 융화될 수 있는 것도 드물다. 특히 한복의 고아한 곡선의 아름다움, 전통 찻집에서 느낄 수 있는 망중한(忙中閑), 전통 재래시장에서 느낄 수 있는 역동성 등에서 우리는 친근함과 편안함을 느낄 수 있다. 풍부한 전통 문화는 문화적 다양성을 획득하는 데 큰 힘이 될 것이다.

김소월(1902~1934)

본명은 정식. 평북 정주 출생. 그의 시적 재능을 알아본 스승 김억의 주선으로 1922년 잡지 『개벽』에 「먼 후일」 「진달래꽃」 등을 발표했다. 소학교 교사, 신문사 지국장 등을 지냈지만 실패를 거듭했으며 33세의 나이로 아내와 함께 음독자살한 것으로 알려져 있다. 그가 시를 창작한 기간은 짧았지만, 그의 작품들은 한(恨)이라는 한국적 정서를 가장 한국적인 민요 율격으로 노래한 것으로 평가된다.

서정주(1915~2000)

전북 고창 출생. 호는 미당. 중앙불교전문강원에서 수학했으며 1936년 《동아일보》 신춘문예에 「벽(壁)」이 당선되어 문단에 등단하였다. 동인지 『시인부락』을 주재하였으며 이후 서라벌예대, 동국대 등의 교수를 역임하였다. 보들레르적 경향과 야수파적 생명의 출렁임으로 가득 찬 초기 시들이 보여주는 세계는 이후 그가 탐구했던 신라정신 즉 영생주의와 영원주의로 나아가면서 새로운 시 세계를 열어보였다고 평가된다.

박재삼(1933~1997)

일본 도쿄 출생, 경남 삼천포에서 성장. 초등학교를 졸업한 뒤 집안 사정 때문에 중학교 진학을 못하고 중학교 사환으로 들어가 일했다. 그러다 그곳 교사이던 시조시인 김상옥을 만나 시를 쓰게 됐다. 1953년 『문예』에 시조 「강물에서」를 추천받았고, 1955년 『현대문학』에 시 「섭리」 등을 추천받아 등단했다. 그의 시는 가난과 설움에서 우러나온 정서를 아름답게 다듬은 언어 속에 담고, 전통 가락에 향토적 서정과 서민생활의 고단함을 실었다는 평가를 받는다.

한(恨)

한

우리 민족에게 '한'은 몸으로 느껴지는 감정이다. 한의 실체에 대해 정확한 정의를 내릴 수는 없지만, 한이 민족 고유의 정서라는 점은 거부감 없이 받아들인다.

그렇다면 한이란 무엇일까?

한이란 다분히 개인적인 감정이다. 한의 감정은 나라를 잃었거나, 남편을 잃고 평생을 수절했거나, 지독한 가난에 시달리는 극단적인 상황 속에서 생겨난다. 흔히 한은 비애의 감정과 유사한 것으로 설명되기도 한다. 서로 모순되는 복잡한 감정의 충돌이자 미해결된 감정이라는 점에서 비애와 유사하다. 즉 한이란 앞으로 나아갈 수도 뒤로 돌아올 수도 없는 자기 모순의 감정인 것이다. 이러한 자기 모순의 감정, 진퇴양난의 감정이 가슴속에 쌓이고 쌓이면 바로 한이 된다.

이처럼 자아가 한을 느끼게 되는 근본적인 원인은 여러 가지다. 그러나 한은 자아의 이상과 현실 사이의 메울 수 없는 거리감 때문에 생겨난다. 반드시 민족 정서라는 거창한 말을 사용하지 않아도 좋다. 우리의 일상생활에서도 한의 감정을 유발하는 상황은 나타날 수 있다. 이 작품들은 그러한 상황을 대면하는 개인의 감정을 작품에서 효과적으로 형상화한 것이다.

한국 문학 속에서 이러한 한의 감정을 가장 잘 보여주는 시로 김소월의 「진달래꽃」을 꼽는다. 김

소월은 우리 민족의 정한을 가장 잘 표현한 시인이라고 평가되기도 한다. 이어진 서정주의 「귀촉

도」와 박재삼의 「추억에서」도 한의 감정을 형상화하고 있다.

김소월의 「진달래꽃」과 서정주의 「귀촉도」는 사랑하는 님과의 이별, 혹은 사별로 인한 한을 주된 정서로 하고 있다. 반면, 박재삼의 「추억에서」는 가난 때문에 생긴 한이 드러나 있다.

「진달래꽃」의 화자는 자신을 사랑하던 님이 사랑이 식어 떠난다면 '말없이 고이 보내 드리'겠다고 한다. 게다가 곱기로 이름난 영변의 약산 진달래꽃을 한 아름 따다가 님이 가시는 걸음마다 뿌리겠다고 한다. 여기서 진달래꽃은 화자의 마음속을 상징적으로 보여주는 소재다. 진달래꽃은 흔히 두견화라고 하는데, 이것은 두견새가 한 맺힌 절규를 하면서 흘리는 핏방울이 진달래꽃으로 피어나기 때문이라고 전해진다. 지금 화자의 마음속에는 피눈물이 흐르고 있는 것이다.

사랑하는 님이 떠나갈 때 붙잡거나 매달리지 않고, 죽어도 눈물을 흘리지 않겠다는 태도는, 우리 전통의 정한인 애이불비(哀而不悲)를 떠올리게 한다. 슬퍼도 그 슬픔을 겉으로 드러내지 않고 마음속에서 삭이는 태도는 원망을 초극한 애정을 보여준다.

그런데 이 시의 시구들을 하나하나 음미하면서 읽어보면, 화자가 단순히 체념의 감정에만 빠져 있는 것이 아님을 알 수 있다. 이별의 상황에서 떠나가는 님을 붙잡지 않고, 죽어도 눈물을 흘리지 않겠다는 결연한 의지의 표명은, 어느 정도는 당신에게 구차하게 굴지 않겠다는 자기 보호의 표현으로 볼 수도 있다. 사랑이 식어 떠나는 님에게 추한 모습을 보이지 않겠다는 의지가 담겨 있는 것이다.

서정주의 「귀촉도」에는 죽은 님에 대한 무조건적인 사랑을 담고 있다. '서역 삼만리' '파촉 삼만리'라는 구절로 보아 님은 이미 이 세상 사람이 아니다. 이런 표현들은 보통 죽어서 다시는 오지 못할 길을 떠났다는 의미로 쓰는 것들이기 때문이다.

2연에서는 화자는 죽은 님이 가시는 길에 자신의 머리카락으로 '육날 메투리'를 만들어드려야 했다고 자책한다. 이는 죽은 님과의 이루어질 수 없는 사랑에 대한 회한의 감정을 간접적으로 보여준다.

　이 시의 소재인 귀촉도 자체도 죽은 님과의 사랑이라는 의미를 담고 있다. 귀촉도는 동양에서는 자규, 불여귀, 두견새, 소쩍새, 접동새 등으로 불린다. 이 새는 고국 촉나라로 돌아갈 수 없음을 통곡한 두우(杜宇)라는 왕의 넋이 환생한 것이라고 전해진다. 설화 속에서 두우는 죽어서라도 이승의 집에, 그리운 사람의 곁으로 돌아가고자 하지만, 그런 바람을 현실에서는 도저히 이룰 수 없었다. 시에서는 이 같은 이야기가 숨어 있는 소쩍새를 통해 실현될 수 없는 소망에 대한 집착을 한으로 형상화한 것이다.

　「진달래꽃」에서의 화자는 떠나는 님 앞에서 죽어도 눈물을 흘리지 않겠다고 말하고 있지만, 「귀촉도」의 화자는 '제 피에 취한 새가 귀촉도 운다'고 하면서 참을 수 없는 눈물을 통해 회한의 감정을 보여주고 있다. 한스러운 상황 자체는 유사하지만 그러한 상황을 대하는 태도에 있어서는 두 시가 미묘한 차이를 드러내고 있다. 한쪽은 드러내지 않기에 처연하고, 다른 한쪽은 격정적으로 드러내기 때문에 처절하다.

　박재삼은 김소월의 한의 정서를 계승하여 한국적 서정성으로 보편화시켰다고 알려져 있다. 실제로도 시인은 '눈물'과 '죽음'을 소재로 사용한 시들을 많이 발표했다. 「추억에서」는 어떤 한이 스며 있는 것일까. 일단 '추억'이란 제목에서부터 심상치 않다. 추억이란 지나간 것을 떠올리는 것이다. 다시 되돌리고 싶은 기억이건 그렇지 않은 기억이건 간에 지나간 것은 모두 애절하고 아련하게 느껴진다. 하지만 되돌릴 수 없다. 되돌리고 싶은 소망과 되돌릴 수는 없는 현실이 '한'의 정조를 자아낸다.

　이 시에서 화자는 생계를 책임져야 하는 어머니의 고단한 삶과 그 어머니를 골방에서 떨면서 기다리던 때를 떠올린다. 특히 '은전만큼 손 안 닿는 한'이란 구절에서는 가난의 한스러움이 고조되어 드러난다. 그러한 가난의 한스러움은 '울엄매의 마음'으로 표현되고, 마지막에는 '달빛 받은 옹기'라는 이미지로 옮아간다.

골방 안에서 시린 손을 비비며 엄마를 기다리던 오누이가 보던 별은 깜박거리며 반짝인다. 또 강물을 보며 돌아오는 '엄매'의 마음은 달빛 받은 옹기같이 눈물로 글썽이면서 반짝인다. 이렇게 반짝이는 것들이 그들의 '손 안 닿는 한'을 달래준다. 이 시에서 한과 그리움이라는 정서는 반짝이는 속성을 지닌 결정들로 이미지화되어 있다. 한의 이미지들이 유년의 지울 수 없는 추억으로 화자의 마음속에 각인되어 있는 것이다.

세 작품은 모두 공통적으로 한을 지배적 정서로 삼았다. 진달래꽃, 귀촉도, 달빛 받은 옹기는 각각 한을 드러내는 객관적 상관물이다. 그러나 한이 발생하는 원인은 조금씩 다르며, 그런 한스러운 감정을 표현하는 방식도 각각 다르다. 이는 한이 매우 복잡 미묘한 감정이라는 것에 대한 반증이다. 이러한 주제에 대한 접근 외에도 이 시들이 중요한 까닭은, 주제를 시로 형상화한 표현 방법에 있다. 「진달래꽃」에서 나타

객관적 상관물 客觀的 相關物, objective correlative

시인이 어떤 감정을 전달하려고 할 때 그 감정을 직접 표현하면 예술적인 감동이 생겨나기 어렵다. 예를 들어, 어떤 사람이 사랑하는 사람과 이별했을 때 그 슬픈 느낌을 '나는 누구누구와 헤어졌다. 그래서 너무나 슬프다. 아! 정말 슬프다!'와 같이 표현한다면 별다른 느낌을 주지 않는다. 그러나 '오늘도 사랑했던 여인의 사진 위에는 비가 내립니다. 나의 슬픈 눈물 때문에 개일 날이 없을 겝니다'와 같이 표현하면, 우리는 어떤 정황을 상상하게 되고 그 슬픔에 공감할 수가 있다.

이처럼 시는 특정한 정서나 사상을 어떤 사물, 정황, 혹은 일련의 사건을 통해 표현하는데, 이럴 때 활용되는 사물이나 정황 혹은 사건을 객관적 상관물이라고 한다. 이는 감정의 직접적인 노출을 피하고 간접적으로 정서를 환기시키려는 문학적 장치인 것이다. 김소월의 「진달래꽃」에서는 버림받은 여자가 혼자 말하는 객관적인 정황이 제시되어 있다. 바로 이 정황이 객관적 상관물이다.

원래 객관적 상관물이라는 용어는 엘리어트의 『햄릿과 그의 문제들』이라는 에세이에서 우연히 소개되었는데, 그 이후 문학비평에서 엘리어트 자신도 놀랄 정도로 빈번히 사용되었다.

나는 역설이나, 「귀촉도」에서의 상징, 「추억에서」의 이미지는 말로 표현될 수 없는
한이라는 정서가 시에서 어떻게 표현되는지를 우리에게 보여준다.

진달래꽃 _ 김소월

나 보기가 역겨워
가실 때에는
말없이 고이 보내 드리오리다.

영변의 약산
진달래꽃
아름 따다 가실 길에 뿌리오리다.

가시는 걸음 걸음
놓인 그 꽃을
사뿐히 즈려 밟고 가시옵소서.

나 보기가 역겨워
가실 때에는
죽어도 아니 눈물 흘리오리다.

1922년 잡지 「개벽」

눈물 아롱아롱

피리 불고 가신 임의 밟으신 길은

진달래 꽃비 오는 서역(西域) 삼만리.

흰 옷깃 여며 여며 가옵신 임의

다시 오진 못하는 파촉(巴蜀) 삼만리.

신이나 삼어 줄 걸, 슬픈 사연의

올올이 아로새긴 육날 메투리.

은장도 푸른 날로 이냥 베어서

부질없는 이 머리털 엮어 드릴 걸

초롱에 불빛 지친 밤하늘

구비구비 은핫물 목이 젖은 새.

차마 아니 솟는 가락 눈이 감겨서

제 피에 취한 새가 귀촉도 운다.

그대 하늘 끝 호올로 가신 임아.

1943년 잡지 「춘추」

진주(晋州) 장터 생어물전(生魚物廛)에는
바닷밑이 깔리는 해다진 어스름을,

울엄매의 장사 끝에 남은 고기 몇 마리의
빛 발(發)하는 눈깔들이 속절없이
은전(銀錢)만큼 손 안 닿는 한(恨)이던가
울엄매야 울엄매,

별밭은 또 그리 멀리
우리 오누이의 머리 맞댄 골방안 되어
손 시리게 떨던가 손 시리게 떨던가,

진주(晋州) 남강(南江) 맑다 해도
오명가명
신새벽이나 밤빛에 보는 것을,
울엄매의 마음은 어떠했을꼬,
달빛 받은 옹기전의 옹기들같이
말없이 글썽이고 반짝이던 것인가.

1962년 시집 「춘향이 마음」

1. 김소월의 「진달래꽃」의 정서는 흔히 고려가요 「가시리」와 정철의 가사 「사미인곡」과 일맥상통한다고 알려져 있다. 세 작품은 어떤 점에서 유사하며, 어떤 점에서 차이가 나는지 생각해보자.

이별의 정한을 노래한다는 점에서 김소월의 「진달래꽃」은 고려가요 「가시리」, 정철의 「사미인곡」은 공통점을 지닌다. 특히 「진달래꽃」에서 떠나는 님을 축복하며 진달래꽃을 뿌리는 산화공덕은 정철의 「사미인곡」에서는 원앙새 무늬가 있는 비단으로 님의 옷을 지어 님에게 보내려는 시적 화자의 모습과 유사하다. 물론 떠나는 님이 평안하게 길을 걸어가기를 바라는 마음으로 꽃을 뿌리는 「진달래꽃」의 화자와 자신이 여전히 님을 사랑하고 잊지 못하고 있음을 알리기 위해 옷을 짓는 「사미인곡」의 화자의 마음에 미묘한 차이는 존재하지만 결국 님을 걱정하고 사랑한다는 마음은 동일하다고 할 수 있다.

또한 「진달래꽃」이 고려가요 「가시리」의 영향을 받은 시라는 해석이 많은 이들에게 인정을 받을 만큼 이 두 작품은 상당히 유사하다고 할 수 있다. 이별의 정한을 노래한다는 것 외에도 반복되는 형식이나 시상이 전개되는 방식의 유사성을 두 작품에서 쉽게 찾아볼 수 있다. 두 작품 모두 3음보의 기-승-전-결의 구조로 구성되어 있다. 그러나 「진달래꽃」이 절제의 미학을 통해 슬픔의 정서를 그려내고 있다면, 「가시리」는 슬픔을 직접적으로 토로하고 있는 차이점을 보인다.

2. 「진달래꽃」과 「귀촉도」에서 시적 자아가 한스러운 감정을 다스리는 방식에서 차이가 있다. 그 차이에 대해 각자 나름대로의 생각을 정리해보자.

같은 이별의 정한을 그리고 있지만 「진달래꽃」과 「귀촉도」는 한스러운 감정을 다스리는 방식에 있어 미묘한 차이를 보인다. 「진달래꽃」의 화자는 이별의 상황에서 떠나는 님을 붙잡는 대신 산화공덕을 통해 자신을 떠나가는 님마저 축복하겠다는 결연한 태도를 보이고 있다. 그러나 이런 모습 뒤에 피울음을 우는 화자의 모습이 있음을 우리는 시를 통해 쉽게 추측할 수 있다. 반면 「귀촉도」의 화자는 '제 피에 취한 새가 귀촉도 운다'라며 아픈 심사를 직접적으로 표출하고 있다. 이는 이미 사랑하는 임이 다시는 돌아오지 못할 불귀의 객이 되어버렸기 때문일 것이다. 「진달래꽃」의 화자는 자신을 떠나는 님을 보며 죽어도 눈물 한방울 흘리지 않을 것이라 다짐하지만, 이러한 다짐도 살아있는 님이어야 가능하다. 「귀촉도」의 화자는 다시는 님을 위해 해주지 못할 일들을 생각하며 회한의 정서를 가슴 아프게 소리치고 있고, 「진달래꽃」의 화자는 떠나는 님을 보며 소리 죽인 울음을 토해내고 있는 것이다.

03

그리움, 향수 그리고 동경

백석(1912~1963?)

평북 정주 출생. 본명은 기행. 어린 시절의 이야기를 북쪽 지방의 독특한 정서를 통해 시화했다. 『여성』에서 편집을 맡아보다가 1935년 8월 《조선일보》에 「정주성」을 발표하면서 작품 활동을 시작했다. 해방 후 고향 정주에 머물면서 글을 썼으며, 한국전쟁 뒤에는 북한에 그대로 남았다. 1936년에 펴낸 시집 『사슴』에 그의 시 대부분이 실려 있다. 외로움과 서러움의 정조를 바탕으로 고향의 지명이나 이웃의 이름 그리고 무속적인 소재를 자주 사용했다. 그는 시에서 사투리를 그대로 썼는데, 이것은 일제 강점기에 모국어를 지키려는 의지를 보여주고 있다고 평가된다.

윤동주(1917~1945)

북간도 출생. 도시샤(同志社)대학 영문과 재학 중 1943년 여름방학을 맞아 귀국하다 사상범으로 일경에 체포되어, 규슈 후쿠오카 형무소에서 옥사했다. 1941년 연희전문을 졸업하고 도일하기 앞서 19편의 시를 묶은 자선시집을 발간하려 했으나 뜻을 이루지 못했다. 1948년에 유고 30편을 모아 『하늘과 바람과 별과 시』가 간행되었다. 1938~41년에 씌어진 그의 시에는 불안과 고독과 절망을 극복하고 희망과 용기로 현실을 돌파하려는 강인하고 순결한 정신이 표출되어 있다.

김종길(1926~)

경북 안동 출생. 1947년 《경향 신문》의 신춘 문예에 「문」으로 등단한 뒤, 고전적 품격을 지닌 이미지즘 시풍의 시를 썼다. 그의 시재(詩材)는 일상생활의 주변에서 얻어지며, 열띤 감정이나 감상 또는 혼돈에 빠지지 않는 시풍(詩風)을 이루고 있다. 그의 시는 유가적 품격과 이미지스트로서의 시어가 조화를 이루어 균형과 절제 속에서 시상이 펼쳐지고 있다고 평가된다.

그리운 어린 시절

대부분의 청소년들은 빨리 어른이 되고 싶어한다. 아마도 청소년 시기가 힘들고 고통스럽기 때문일 것이다. 그러나 막상 어른이 되고 나면 오히려 어린 시절을 그리워한다. 자유와 권리만큼 그에 따르는 책임이 주어지기 때문이다.

우리는 때로 누군가가 골치 아픈 일들을 모두 해결해 주면 좋겠다고 생각하면서 어린 시절을 그리워한다. 아버지와 어머니가 모든 문제를 해결해 주던 어린 시절은 얼마나 행복했던가. 그래서 누군가는 어린 시절을 그리워하는 것을 '퇴행'이라고 말한다. 책임을 회피하고 현실에 적응하지 못하는 경우에 나타나는 현상이라는 것이다.

물론, 어린 시절이라고 해서 무조건 행복한 것은 아니다. 추억이 아름다운 것은 사람들이 행복한 일들만 기억하려 하기 때문인지도 모른다. 어린 시절과 과거를 그리워한다고 해서 모두 현실에 적응하지 못하기 때문이라고 말할 수는 없다. 그러나 어린 시절에 대한 그리움이 혼자서 아무리 노력해도 적응할 수 없을 정도로 현실이 힘들거나, 사라져 가는 소중했던 가치들에 대한 안타까움 때문인 것은 사실이다.

예민한 감수성을 지닌 시인은 어린 시절에 대한 그리움을 표출하는 것으로, 그런 현실의 고단함

과 안타까움을 드러낸다. 그러므로 시인이 어린 시절을 노래할 때, 우리는 그가 현재의 어떤 부

분이 문제라고 생각하는지, 과거의 어떤 가치를 그리워하는지를 알 수 있어야 한다.

백석의 「여우난곬족」은 여우난골 부근에 사는 일가 친척들의 이야기를 산문시의 형식으로 쓴 시이다. 그러나 산문시임에도 반복, 열거, 댓구 등의 기법을 사용하여 율동감이 살아 있다. 이 율동감은 운율과 같은 효과를 내며, 화자인 어린아이의 시각과도 잘 어울리고 있다. 이 시의 주된 소재는 명절이다. 명절은 공동체의 화합을 도모하는 기능을 떠맡고 있다. 어린 시절의 기억이 담긴 이 작품은 명절의 풍경을 통해 풍요로운 신화적 공동체에 대한 동경을 표현하고 있다.

백석의 시는 우리에게 매우 낯설다. 낯선 평안북도 사투리를 사용하고, 소재도 지금은 사라졌거나 도시에서는 볼 수 없는 것들이기 때문이다. 이 시가 발표되었을 당시에도 알기 어려울 정도였다.

1연은 명절을 맞아 차례를 지내기 위해 온 가족이 큰집으로 모이는 장면이다. 2연에는 친척들에 관한 설명이 있다. 묘사된 외모나 행동의 특징만으로도 그 사람의 성격을 짐작하게 한다. 3연과 4연에는 명절을 맞아 음식과 새 옷을 준비하고 놀이를 즐기는 평화스러운 모습이 담겨 있다. 이런 모습은 요즘은 찾아보기 힘든 명절 풍경이 되었다.

그런데 이 시가 단지 지금은 사라져 버린 풍속을 제시하는 데 그치는 것일까? 시의 화자는 어린아이다. 화자에게 명절이란 흥성스럽고 떠들썩한 날이다. 작품 속의 세상은 근심이나 고통을 찾을 수 없는 평화로운 세계이며, 여러 사람들이 하나로 화합할 수 있는 공동체적 삶의 세계이다. 지난 월드컵 때 수백만 명의 인파가 거리로 뛰쳐나와 하나가 되었다. 우리가 그 속에서 맛본 것은 한동안 잊고 있었던 공동체적 정서이다. 「여우난곬족」은 얼핏 보면 어린 시절의 기억과 여러 사물을 나열하고 있는 것 같지만, 그 밑바탕에는 지금은 많이 사라져버린 공동체적 정서에 대한 그리움이 자리잡고 있다.

윤동주의 유고시집에 수록되어 있는 「별 헤는 밤」에도 행복하고 아름다웠던 어린 시절이 나타난다. 시에서 가장 중심이 되는 시어는 '별'이다. '별'은 대부분 꿈, 희망, 동경 등을 상징하는데, 이 작품에서도 마찬가지다. 여기서 '별'은 과거를 떠올리게 하는 회상의 매개체이면서, 동시에 동경의 세계를 나타낸다. 어느 가을 밤 화자는 우연히 하늘을 쳐다보다가 수많은 별들을 목격하게 되고, 별의 숫자만큼이나 많은 과거의 추억을 떠올리게 된다. 4, 5연에 열거된 것들은 모두 아름다웠던 어린 시절을 대표하는 것들이다. 그러나 별이 멀리 있어 닿을 수 없듯이 추억도 되돌릴 수 없음을 깨닫는다. 6, 7연을 지나 8, 9연에서 화자는 회상을 그치고 현재로 되돌아온다. 사람은 추억으로만 살 수 있는 것이 아니기 때문이다. 현실의 화자는 자신의 이름을 부끄러워한다. 그가 왜 자신의 이름을 부끄러워하는지는 구체적으로 제시되어 있지 않다. '봄'으로 상징되는 미래의 어느 날에는, 부끄러운 이름이 그리운 이름이

산문시 prose poem

산문시는 행과 연의 구분이 없는 시로, 의도적으로 시적인 율격을 배제하고 있는 서정시의 하나이다. 외형적 운율이 없고 리듬이나 연·행의 현저한 구분이 분명치 않은 산문체로 자유시의 인습적인 요소를 지양·극복하기 위한 것이다. 산문시는 서정적 내용을 가지면서도 리듬을 행에 두지 않고 한 문장, 나아가서는 한 문단에다 두기 때문에 시행을 나누지 않는다. 시행을 나누지 않는다는 점이 자유시와는 다른 산문시의 가장 큰 특징이다.

자유시나 정형시는 행 단위의 리듬 구성으로 읽기가 다소 느려지지만 산문시에서는 읽기가 거침없이 진행되어 다소 호흡이 가빠진다. 때문에 긴 산문시는 대개 성공하지 못하거나 그냥 시적인 산문, 일종의 수필이 되어 버린다.

서양에서는 많은 문인들이 시적인 산문을 썼지만, 산문시가 일종의 장르로 인식되기 시작한 것은 보들레르, 랭보, 말라르메 등 프랑스의 상징주의 시인들이 산문시를 쓴 이후부터다.

우리 문학에서는 주요한의 「불놀이」, 조지훈의 「봉황수」, 백석의 「여우난곬족」 등이 산문시에 해당된다.

자 자랑스러운 이름으로 남기를 화자는 바라고 있다.

우리는 윤동주를 민족시인으로 간주하여, 그의 작품을 해석할 때도 일제시대의 작품인 것을 유독 강조한다. 이 작품 또한 '봄'이 현재의 고난이 끝나는 날, 즉 광복의 날을 상징한다고 해석해 버린다. 그러나 그러한 해석은 작품의 내용을 시대적 상황과 관련시켜 이해하는 외재적 비평 방법 중의 하나일 뿐이다. '봄'을 항상 '광복'으로 이해할 필요는 없다. '봄'은 그저 '겨울'과 대립적인 의미로 사용되었음을 알고, '봄'의 의미를 여러 가지 시각으로 상상해 보면 된다.

김종길의 「성탄제」는 아버지가 그리움의 대상이라는 아버지라는 점에서 독특하다. 어머니나 누이를 그린 작품은 많지만, 아버지의 사랑을 노래한 작품은 흔치 않다. 또한 이 작품은 '옛 것이란 거의 찾아볼 길 없는 성탄제 가까운 도시'라는 구절을 통해 문명비판적 경향도 포함하고 있다. 성탄절은 사랑이 충만해야 할 시기인데, 이 시의 화자는 성탄절이 가까워져도 따스한 사랑을 찾아보기 어렵다고 말한다. 그만큼 세상은 각박해졌다.

「성탄제」는 시간의 흐름에 따라 구성되어 있는데, 과거를 회상하는 매개체는 '눈'이다. 성탄절 가까운 어느 겨울 날, 서른 살 화자는 내리는 눈의 감촉을 통해 옛날 '젊은 아버지의 서느런 옷자락'을 떠올린다. 그 옛날 아버지는 아픈 자신을 위해 차가운 눈 속을 헤치고 산수유 열매를 구해 오셨다. 그래서 차가운 눈이 아버지를 연상시킨다. 눈발을 헤치며 구해 온 '산수유 열매'는 이 글의 중심 소재로, 곧 아버지의 사랑을 의미한다. 그래서 '서느런'이라는 단어가 오히려 따뜻하게 느껴지는 것이다. 그렇게 아버지의 사랑으로 가득했던 과거에 비해 7연 이후에 보이는 현재의 모습은 삭막하기만 하다. 화자는 지고지순한 사랑을 찾아볼 수 없는 현실을 안타까워하며 어린 시절의 추억을 그리워한다.

살펴 본 세 편의 시 가운데 백석의 시에는 어린 화자가, 윤동주와 김종길의 시에는 성인 화자가 등장한다는 차이점이 있다. 하지만 세 편 모두 현실을 부정적으로 바라보고, 과거를 지향한다는 공통점이 있다. 비록 백석의 시에는 현실 비판이 명확히 드러나 있지 않지만, 그의 작품도 사라져가는 공동체에 대한 동경이라는 점에서 현실 비판적인 성격을 찾아볼 수 있겠다.

명절날 나는 엄매아배 따라 우리집 개는 나를 따라 진할머니 진할아버지가 있는
큰집으로 가면

얼굴에 별자국이 솜솜 난 말수와 같이 눈도 껌벅거리는 하루에 베 한 필을 짠다
는 벌 하나 건너 집엔 복숭아나무가 많은 신리(新里) 고모 고모의 딸 이녀(李女) 작
은 이녀(李女)

열여섯에 사십(四十)이 넘은 홀아비의 후처가 된 포족족하니 성이 잘 나는 살빛
이 매감탕 같은 입술과 젖꼭지는 더 까만 예수쟁이 마을 가까이 사는 토산(土山) 고
모 고모의 딸 승녀(承女) 아들 승(承)동이

육십 리(六十里)라고 해서 파랗게 뵈이는 산을 넘어 있다는 해변에서 과부가 된
코끝이 빨간 흰 옷이 정하던 말 끝에 섧게 눈물을 짤 때가 많은 큰골 고모 고모의 딸
홍녀(洪女) 아들 홍(洪)동이 작은 홍(洪)동이

배나무접을 잘하는 주정을 하면 토방돌을 뽑는 오리치를 잘 놓는 먼 섬에 반디젓
담그러 가기를 좋아하는 삼촌 삼촌엄매 사촌누이 사촌동생들

이 그득히들 할머니 할아버지가 있는 안간에들 모여서 방안에서는 새 옷의 내음
새가 나고

또 인절미 송구떡 콩가루차떡의 내음새도 나고 끼니 때의 두부와 콩나물과 볶은
잔디와 고사리와 도야지비계는 모두 선득선득하니 찬 것들이다.

저녁술을 놓은 아이들은 오양간섶 밭마당에 달린 배나무 동산에서 쥐잡이를 하
고 숨굴막질을 하고 꼬리잡이를 하고 가마 타고 시집 가는 놀음 말 타고 장가 가는

놀음을 하고 이렇게 밤이 어둡도록 북적하니 논다.

　밤이 깊어가는 집안엔 엄매는 엄매들끼리 아르간에서들 웃고 이야기하고 아이들은 아이들끼리 웃간 한 방을 잡고 조아질하고 쌈방이 굴리고 바리깨돌림하고 호박떼기하고 제비손이구손이 하고 이렇게 화디의 사기방등에 심지를 몇 번이나 돋우고 흥게닭이 몇 번이나 울어서 졸음이 오면 아랫목 싸움 자리 싸움을 하며 히드득거리다 잠이 든다. 그래서는 문창에 텅납새의 그림자가 치는 아침 시누이 동세들이 욱적하니 흥성거리는 부엌으론 샛문 틈으로 장지문 틈으로 무이징게국을 끓이는 맛있는 내 음새가 올라오도록 잔다.

1963년 시집 「사슴」

별 헤는 밤 _ 윤동주

계절이 지나가는 하늘에는
가을로 가득 차 있습니다.

나는 아무 걱정도 없이
가을 속의 별들을 다 헤일 듯합니다.

가슴 속에 하나둘 새겨지는 별을
이제 다 못 헤는 것은
쉬이 아침이 오는 까닭이요,
내일 밤이 남은 까닭이요,
아직 나는 청춘이 다하지 않은 까닭입니다.

별 하나에 추억과
별 하나에 사랑과
별 하나에 쓸쓸함과
별 하나에 동경(憧憬)과
별 하나에 시(詩)와
별 하나에 어머니, 어머니

어머님, 나는 별 하나에 아름다운 말 한마디씩 불러봅니다. 소학교 때 책상을 같이 했던 아이들의 이름과, 패, 경, 옥, 이런 이국 소녀들의 이름과, 벌써 아기 어머니 된 계집애들의 이름과, 가난한 이웃 사람들의 이름과, 비둘기, 강아지, 토끼, 노새, 노루, 프란시스 잼, 라이너 마리아 릴케, 이런 시인의 이름을 불러봅니다.

　　이네들은 너무나 멀리 있습니다.
　　별이 아스라이 멀듯이,

　　어머님,
　　그리고 당신은 멀리 북간도(北間島)에 계십니다.

　　나는 무엇인지 그리워
　　이 많은 별빛이 내린 언덕 위에
　　내 이름자를 써 보고,
　　흙으로 덮어 버리었습니다.

　　딴은 밤을 새워 우는 벌레는
　　부끄러운 이름을 슬퍼하는 까닭입니다.
　　그러나 겨울이 지나고 나의 별에도 봄이 오면
　　무덤 위에 파란 잔디가 피어나듯이
　　내 이름자 묻힌 언덕 위에도
　　자랑처럼 풀이 무성할 게외다.

1948년 유고시집 『하늘과 바람과 별과 시』

성탄제 聖誕祭 _ 김종길

어두운 방안엔
빠알간 숯불이 피고,

외로이 늙으신 할머니가
애처로이 잦아드는 어린 목숨을 지키고 계시었다.

이윽고 눈 속을
아버지가 약(藥)을 가지고 돌아오시었다.

아 아버지가 눈을 헤치고 따오신
그 붉은 산수유 열매—

나는 한 마리 어린 짐생,
젊은 아버지의 서느런 옷자락에
열로 상기한 볼을 말없이 부비는 것이었다.

이따금 뒷문을 눈이 치고 있었다.
그날 밤이 어쩌면 성탄제의 밤이었을지도 모른다.

어느새 나도
그때의 아버지만큼 나이를 먹었다.

옛것이라고 찾아볼 길 없는
성탄제 가까운 도시에는
이제 반가운 그 옛날의 것이 내리는데,

서러운 서른 살 나의 이마에
불현듯 아버지의 서느런 옷자락을 느끼는 것은,

눈 속에 따오신 산수유 붉은 알알이
아직도 내 혈액 속에 녹아흐르는 까닭일까.

1955년 잡지 『현대문학』

주제심화 Q&A

1. 백석의 「여우난곬족」에서 감각을 환기시키는 부분들을 찾아보고, 오감 중에서 주로 사용된 것을 찾아보자.

만일 당신이 어느 추운 겨울날 사랑하는 사람을 기다렸다고 하자. 그리고 언젠가 그 기다림의 시간을 회상한다고 상상해보자. 그렇다면 당신은 '나는 몇 월 몇 일 어디에서 누구를 몇 분 동안 기다렸다'는 사실적인 문장으로 기억한다기 보다는 그 추운 날 오소소 돋았던 소름들, 추위에 매만졌던 그 소름의 까슬함, 흩어지는 입김으로 뿌옇게 변하는 가로등 불빛 등의 이미지로 기억할 것이다. 기억이란 '건조한 사실'로 이루어 진 것이 아니고, 구체적인 감각들로만 되살아나기 때문이다.

「여우난곬족」 또한 마치 영화처럼 어린 시절 고향 마을 어디쯤의 영상을 떠올리고 있다. 영상이라 했거니와 "살빛이 매감탕 같은 입술과 젖꼭지는 더 까만", "파랗게 뵈이는 산", "코끝이 빨간 흰 옷이 정하던"와 같은 표현은 물론 시각적이다. 그러나 이것은 영화가 아니라 구체적인 체험이므로 촉각도 사이사이 끼여있는데, "선득선득하니 찬 것"이 촉각이다. 그러나 무엇보다 이 시에서 가장 인상적이고 이 시의 분위기 전체를 좌우하는 것은 후각이다. "새 옷의 내음새", "인절미 송구떡 콩가루차떡의 내음새", "무이징게국을 끓이는 맛있는 내음새"처럼 온통 냄새로 가득 차있다.

2. 윤동주의 「별 헤는 밤」에서 '별'의 이미지와 대응되는 것을 김종길의 「성탄제」에서 찾아보자.

「별 헤는 밤」의 화자는 지금 하늘의 별을 보고 있을 것이다. 조금만 더 상상해 본다면, 그는 어린 시절 풀밭에 누워 혼자서 혹은 동무들과 별을 세며 저 별은 누구의 별, 또 저별은 누구의 별, 하는 아이들의 놀이를 하였을 것이다. 어른이 되어 고향 땅을 떠나 문득 바라본 하늘의 별이 그 시절을 떠올리게 했으리라. 이 시의 별은 화자를 과거로 이끌고 자신을 돌아보게 만드는 매개체인 것이다.

이러한 이미지에 대응되는 것을 찾는다면, 나를 과거로 이끄는 어떤 것을 찾아야 할 것이다. 「성탄제」에서 그것은 '눈'이다. 이 시의 화자는 어린 시절 큰 열병을 앓았는데, 그의 아버지는 아들을 위한 마음에 그 추운 날 산수유 열매를 따러 산으로 들로 다니다 밤이 깊어서야 집으로 돌아왔다. 그 때 화자의 이마에 스친 그 아버지 옷자락의 서늘함으로 어린 화자는 아버지의 사랑을 물씬 느꼈을 것이다. 시간이 흘러 화자는 그러한 어린 시절을 잊고 각박한 도시 생활에 찌들렸을 것인데, 어느 날 눈이 내려 화자의 이마에도 눈의 차가움이 느껴진다. 그 때 화자는 아버지 옷자락의 서늘함을 다시 느끼며 그 순간을 고스란히 이 시로 옮겨놓고 있지 않은가.

정인보(1892~1950)

서울 출생. 어려서부터 외삼촌 서병수를 통해 양명학 등을 수학하였다. 이때 양명학에 대한 깊은 이해와 역사에서 정신적 요소를 강조하는 학문관의 기초가 이루어졌다. 1923년부터 연희전문의 전임이 되어 한문학과 조선문학을 강의했으며, 《동아일보》《시대일보》의 논설위원으로 활동했다.

정한모(1923~1991)

호는 일모. 충남 부여 출생. 1945년 동인잡지 『백맥』에 시 「귀향시편」을 발표하면서 문단에 등단, 이어 동인지 『시탑』을 6집까지 주재했으며 전광용 등과 『주막』의 동인으로 활약했다. 그의 시는 주로 인간의 본질적인 순수 서정과 휴머니즘을 노래했다.

박목월(1915~1978)

경북 경주 출생. 본명은 영종. 1933년 잡지 『어린이』에 「통딱딱 통짝짝」이 당선되어 동요시인으로 등단한 후, 『문장』에 정지용의 추천을 받아서 문단에 등단했다. 1946년에 조지훈, 박두진과 더불어 3인 시집인 『청록집』을 펴내었다. 박목월은 청록파의 한 사람으로서 전통적 서정시를 계승하였으며, 시의 운율을 중시하면서 지순한 세계를 회화적 심상으로 담아내었다고 평가된다.

2

숭고한 사랑의 모습

자모사
정인보
어머니
정한모
가정
박목월

부모님은 우리를 낳아주셨을 뿐 아니라, 얼굴 생김새와 행동거지는 물론 사고방식과 세계관에 이르기까지 많은 것을 물려 준다. 따라서 부모님이 남긴 어떤 흔적은, 곧 그들의 사랑에 대한 애절한 그리움으로 이어진다. 이는 지극히 자연스러운 일이다.

사람들이 부모를 사무치게 그리워하며 부모님의 은혜를 높이 칭송하는 것은, 역설적으로 그 은혜를 생전에는 결코 다 갚을 수 없는 인간의 무능력함 때문일 것이다.

어머니와 아버지의 헌신은 놀라운 데가 있지만, 그렇다고 해서 어머니와 아버지가 늘 이렇게 은혜와 희생의 모습으로만 다가오는 것은 아니다. 다른 한편으로 인간에게 부모란, 그들이 극복해야 할 그 무엇을 표상하기도 한다. 이러한 점은 특히 아버지에게 두드러지게 투영된다. 어머니상(象)이 자식과 가정을 위해 자신을 희생하는 모습으로 우리에게 익숙한 것과 마찬가지로, 아버지가 다른 세상을 꿈꾸는 아들들이 넘어야 할 산으로 그려지는 것도 낯설지는 않다. 아버지는 때때로 기성의 견고한 권위를 나타내기 때문이다.

누구나 언젠가는 부모가 된다. 그렇다면 그때 우리는 어떤 부모의 모습을 하고 있을까? 문학 작

품에 나타난 부모의 모습을 보면서 조금쯤은 짐작해 볼 수 있을 것 같다.

정인보의 「자모사」는 4음보의 정형률로 이루어진 현대시조다. '자모사(慈母思)'
라는 제목이 일러주듯이, 이 시조는 어머니를 그리워하는 아들의 애틋한 마음을 담
고 있다. 화자의 어머니는 이미 세상에 없다. 지금 아들은 죽은 어머니의 얼굴을 흙
으로 덮으며 슬퍼한다. 부모를 잃고 하는 탄식, 즉 풍수지탄(風樹之嘆)이란 말은 현
재 화자가 놓인 상황을 잘 설명해 준다. 어리석은 사람들은 부모가 죽은 후에야 그
소중함을 깨닫게 된다. 하지만 이미 늦은 뒤다. 사람들은 대부분 이런 잘못을 저지르
며 산다. 이 시의 화자 또한 마찬가지다.

어머니가 세상을 떠나고 난 뒤, 화자가 할 수 있는 일은 어머니의 사랑을 회고하
는 것뿐이다. 늘 식은 음식만 잡수시던 어머니, 얇은 옷으로 겨울을 보내시던 어머
니, 지극한 사랑과 그만큼의 희생으로 자식들을 돌보았던 어머니……. 그 어머니에
대한 그리움과 연민이 화자의 가슴에 가득 찬다. 이런 시인의 개인적 체험은 일반 독
자에게 공감을 불러일으키는데, 이는 시에 나타난 어머니의 이미지가 전통적인 한국
의 어머니상과 일치하기 때문이다.

정한모의 「어머니」도 마찬가지로 어머니의 위대한 사랑을 말하고 있지만 개인적
인 차원에서는 많이 물러나 있다. 눈여겨 볼 것은 이 시에 나타난 대립 구도로, '맹
물' '눈물' '진주' '태양' 등의 상징을 사용하여 어머니의 사랑과 이를 방해하는 부
정적인 세력 간의 대립을 선명하게 나타내고 있다. '눈물'과 '광택의 씨'는 어머니의
사랑을 의미하며, '검은 손'과 '암흑'은 그 사랑을 방해하는 힘을 의미한다. 그리고
이 두 이미지의 대립으로 어머니의 인내와 사랑이 부각된다. 어머니가 사랑과 인내
로 이런 방해하는 힘을 이겨 내고 성취해 낸 것이, 눈부신 '진주'와 '태양'이다. 이에
대한 기대가 어머니를 어둠 속에서 침묵만으로도 견딜 수 있게 만든다.

그러나 검은 손의 힘은 이러한 어머니의 성취를 무(無)로 돌려버릴 정도로 위력
적이다. 그렇기 때문에 어머니의 숭고한 사랑을 그리고 있는 시인은 이 부정적인 힘

앞에서 분노한다. 어머니의 희생과 사랑의 결실을 상징하는 태양을 다시 진주로, 진주를 다시 눈물로, 눈물을 급기야 맹물로 만들어버리는 '검은 손'에 화자는 당당히 맞서려고 한다. '검은 손이여 사라져라'라는 기원은 화자의 이런 의지를 잘 보여주고 있다. 이 점에서 시는 어머니를 노래하는 여타의 시들과 다르다. 어머니의 사랑과 희생을 무조건적으로 찬양하는 것이 아니라, 이에 반하는 사회의 어두운 이면을 포착하고 그것과 대결하려는 의지가 함께 나타나 있다.

앞의 두 시의 소재가 어머니의 사랑이라면, 박목월의 「가정」은 아버지를 소재로 삼고 있다. 게다가 자식이 바라본 아버지의 모습이 아니라 아버지의 자의식을 문제 삼고 있다는 점에서 특징적이다. 이런 경우는 매우 드물다. 더욱이 시에서 조명되고 있는 가정은 여느 가정과는 조금 다르다. 바로 '시인의 가정'이기 때문이다. 시에는 시인으로서의 화자와 아버지로서의 화자가 서로 갈등하면서도 조화를 이루고자 하는 마음의 움직임이 나타나 있다.

화자는 가족과 자신을 지상에 놓인 신발에 비유한다. 그들이 모두 각자의 인생 길을 걸어가야 한다는 의미다. 화자의 십구문 반 신발은 '눈과 얼음의 길'을 걸어 아홉 켤레의 신발 곁에 놓인다. 화자가 그러했던 것처럼 아홉 켤레의 신발, 곧 아홉 명의 자식들도 인생의 험난한 길을 헤쳐 나아가야 한다. 아버지로서 화자는 자신의 삶이 고달팠던 것처럼 자식들도 그러리라 생각하고 불쌍히 여기는 것이다.

4연에는 시인의 자식에 대한 사랑이 잘 표현되어 있다. 4연에서 화자의 가정은 조그마한 아랫목으로 묘사된다. 아홉 마리의 강아지가 모여 있는 아랫목은 시인의 가족들이 사랑이라는 유대감으로 짜낸 작은 공간이다. 그러나 우리는 미소하는 이 아버지의 얼굴 앞에서 마냥 즐거워할 수는 없다. 왜냐하면 신발의 주인인 시인이, 그의 가족들 앞에서 아버지라는 '어설픈' 모습을 보일 수 밖에 없기 때문이다.

시인은 굴욕과 굶주림과 추운 길을 걸어야만이 자식들에게 아버지 노릇을 할 수 있다. 생활을 꾸려가기 위한 가난한 시인의 눈물겨운 노력은 이 '어설픈 것'이라는 한마디에 축약된다. 아마도 중년에 이르렀을 이 시인의 삶의 무게는, 겪어보지 않고는 알 수 없을 것이다. 가정을 지키려는 가난한 시인 아버지의 안간힘이 잔잔한 연민의 모습으로 우리 앞에 펼쳐지는 시다.

12

바릿밥 남 주시고 잡숫느니 찬 것이며

두둑이 다 입히고 겨울이라 엷은 옷을.

솜치마 좋다시더니 보공(補空) 되고 말아라.

37

이 강이 어느 강가, 압록이라 여짜오니

고국 산천이 새로이 설워라고

치마끈 드시려 하자 눈물 벌써 굴러라.

40

설워라 설워라 해도 아들도 딴 몸이라.

무덤 풀 욱은 오늘 이 '살' 부터 있단 말가

빈말로 설운 양함을 뉘나 믿지 마옵소.

1948년 『담원 시조집』

어머니 _ 정한모

어머니는
눈물로
진주를 만드신다.

그 동그란 광택의 씨를
아들들의 가슴에 심어주신다.

씨앗은
아들들의 가슴속에서
벅찬 자랑,
젖어드는 그리움,
때로는 저린 아픔으로 자라나
드디어 눈이 부신
진주가 된다.
태양이 된다.

검은 손이여
암흑이 광명을 몰아내듯이
눈부신 태양을

빛을 잃은 진주로

진주를 다시 쓰린 눈물로

눈물을 아예 맹물로 만들려는

검은 손이여 사라져라.

어머니는

오늘도

어둠 속에서

조용히

눈물로

진주를 만드신다.

1975년 시집 『새벽』

가정 _ 박목월

지상에는

아홉 켤레의 신발.

아니 현관에는 아니 들깐에는

아니 어느 시인의 가정에는

알전등이 켜질 무렵을

문수(文數)가 다른 아홉 켤레의 신발을.

내 신발은

십구문 반(十九文半)

눈과 얼음의 길을 걸어

그들 옆에 벗으면

육문 삼(六文三)의 코가 납작한

귀염둥아 귀염둥아

우리 막내둥아.

미소하는

내 얼굴을 보아라.

얼음과 눈으로 벽(壁)을 짜올린

여기는

지상.

연민하는 삶의 길이여.

내 신발은 십구문 반(十九文半)

아랫목에 모인

아홉 마리의 강아지야

강아지 같은 것들아.

굴욕과 굶주림과 추운 길을 걸어

내가 왔다.

아버지가 왔다.

아니 십구문 반(十九文半)의 신발이 왔다.

아니 지상에는

아버지라는 어설픈 것이

존재한다.

미소하는

내 얼굴을 보아라.

1964년 시집 『청담』

주제심화 Q&A

1. 모성과 부성을 예찬적인 자세로 그린 다른 시들을 읽고 부모님의 사랑에 대해 생각해
   보자.

  젊은이들은 필사적으로 부모의 그늘에서 벗어나려고 한다. 혼자 힘으로 일어서
서, 혼자 힘으로 도약할 때에만 한 사람의 인간으로 인정받을 수 있기 때문이다. 그
러나 젊은이들은 곧 세상이 혼자 힘으로는 도무지 어찌해 볼 수 없는 상대라는 것
을 알게 된다. 그들은 온갖 시련과 굴욕을 경험하면서도 어느새 이룬 자신의 가정
을 지키기 위해서 행복한 미소를 짓고 집으로 향한다. 그 즈음 젊은이는 필사적으
로 벗어나려 했던 그 부모의 그늘을 생각해 본다.

  그제서야 젊은이는 생각한다. 부모의 사랑은 모든 세상의 시련으로부터 아이를
보호해주며, 심지어 자연을 아이를 위한 요람으로 바꾸는 것 같기도 하다. 어머니
의 사랑 안에서 세상 모든 것은 아이를 보살펴주는 유모와 같고 우주만물이 어머니
의 품으로 변한다. 서정주의 「어머니」를 보자.

  「애기야 ……」/ 해 넘어가, 길 잃은 애기를/ 어머니가 부르시면/ 머언 밤 수풀
은 허리 굽혀서/ 앞으로 다가오며/ 그 가슴 속 켜지는 불로/ 애기의 발부리를
지키고// 어머니가 두 팔을 벌려/ 돌아온 애기를 껴안으시면/ 꽃 뒤에 꽃들/
별 뒤에 별들/ 번개 뒤에 번개들/ 바다에 밀물 다가오듯/ 그 품으로 모조리 밀
려 들어오고// 애기야/ 네가 까뮈의 異邦人의 뫼르쏘오같이/ 어머니의 臨終
을 내버려 두고/ 벼락 속에 들어앉아 꿈을 꿀 때에도/ 네 꿈의 마지막 한 겹
홑이불은/ 永遠과, 그리고는 어머니뿐이다.//

2. 우리 시대의 올바른 부모상에 대해서 생각해 보자.

'부모'는 오직 아이를 가진 어른들에게만 수여되는 이름이다. 그러니까 부모는 이 세상에 없던 존재를 지금 여기에 불러낸 사람들이다. 그들에게는 새로 태어난 이 존재가 이 세상에 무사히 안착할 수 있도록 보살펴야할 의무가 있다. 적어도 부모들 자신이 그러한 의무를 스스로에게 부여한다. 그래서 그들은 온갖 시련을 견디고 굴욕도 참아낸다. 부모에 대한 많은 시들은 이러한 부모의 숭고한 희생에 대해 찬사를 보내고 있다.

우리들 또한 멀지 않은 미래에 부모가 될 것이고 아이들을 위해 그러한 희생을 기꺼이 받아들일 것이다. 하지만 우리가 견뎌야 할 시련은, 이전 세대의 시에서 익히 봐왔던 물질적 어려움 같은 것이 아닐 것이다. 우리는 오히려 물질적 풍요 속에서 정신적 곤란을 겪고 있으니 말이다. 우리는 수 많은 광고판과 네온싸인과 이정표 속에서 거리를 걷고 있으면서도, 방황하고 있다는 느낌에서 벗어나지 못하곤 한다. 우리에게 '진정한 길'을 지칭하는 정신적 가르침은 어디에 있는가. 이제 우리가 부모 세대가 되어 우리 아이들이 세상에 지쳐 돌아왔을 때 주어야 할 것은 물질적인 안식처보다는 정신적인 안정감일지도 모른다. 이 산문의 시대에 필요한 부모는 정신적 스승과도 같은 아버지, 어머니가 아닐까.

정지용(1902~1950)

충북 옥천 출생. 독실한 가톨릭 신자로 순수시인이었으나, 광복 후 좌익 문학단체에 관계하다가 전향, 보도연맹에 가입하였으며, 한국전쟁 때 공산군에 끌려간 후 사망했다. 1933년 『카톨릭 청년』의 편집고문으로 있을 때, 이상의 시를 실어 그를 시단에 등장시켰으며, 1939년 『문장』을 통해 조지훈, 박두진, 박목월 등 청록파를 등장시켰다. 섬세하고 독특한 언어를 구사하여 대상을 선명히 묘사, 한국 현대시의 신경지를 열었다는 평가를 받는다.

백석(1912~1963?)

평북 정주 출생. 본명은 기행. 어린 시절의 이야기를 북쪽 지방의 독특한 정서를 통해 시화했다. 『여성』에서 편집을 맡아보다가 1935년 8월 《조선일보》에 「정주성」을 발표하면서 작품 활동을 시작했다. 해방 후 고향 정주에 머물면서 글을 썼으며, 한국전쟁 뒤에는 북한에 그대로 남았다. 1936년에 펴낸 시집 『사슴』에 그의 시 대부분이 실려 있다. 외로움과 서러움의 정조를 바탕으로 고향의 지명이나 이웃의 이름 그리고 무속적인 소재를 자주 사용했다. 그는 시에서 사투리를 그대로 썼는데, 이것은 일제 강점기에 모국어를 지키려는 의지를 보여주고 있다고 평가된다.

오장환(1918~1948?)

충북 보은 출생. 『낭만』, 『시인부락』, 『자오선』 등의 동인으로 활동했다. 『조선문학』에 「목욕간」을 발표, 문단에 등단한 이래 1937~47년 『성벽』, 『헌사』, 『병든 서울』, 『나 사는 곳』, 『붉은 기』 등 5권의 시집을 냈다. 그의 시는 대체로 세 가지 경향으로 나뉜다. 첫째는 비애와 퇴폐의 정서를 바탕으로 한 모더니즘 지향이며, 둘째는 향토적 삶을 배경으로 한 순수 서정시의 세계이다. 셋째는 계급의식이 나타난 시 세계이다. 8 · 15 광복 후 '조선문학가동맹'에 가담하여 활동하다 1946년 월북하였다.

근원으로 돌아가고픈 향수

향수
정지용
고향
백석
고향 앞에서
오장환

요즘 젊은이들은 '고향'이라는 말을 들어도 별다른 감흥을 느끼지 못할 것이다. 도시에서 태어난 이들이 많고, 이사를 가더라도 교통이 편리해서 언제든지 고향을 찾을 수 있기 때문이다.

하지만 고향이라는 말만 들어도 가슴 떨리는 사람들이 있다. 멀리 타국으로 유학이나 이민을 떠난 사람, 외국이 아니더라도 고향에 사랑하는 가족들을 남겨둔 사람들에게 고향은, 여전히 애틋하고 포근한 안식처이다. 사람에게는 누구나 자신의 근원으로 돌아가고 싶은 향수가 있기 때문이다.

고향은 때로 출생지라는 단순한 장소의 의미를 넘어선다. 한 사람의 근원이라는 것은 물리적 장소에만 국한되지 않는다. 한 권의 책, 어떤 인물, 어떤 문화가 자신의 사고를 형성한 모태가 될 때, 우리는 그것을 정신의 고향이라고 부르기도 한다. 현재의 자신을 존재하게 한 최초의 것들은 모두 고향이라는 이름을 부여받을 자격이 있는 것이다.

시 속에 등장하는 고향도 마찬가지이다. 고향의 의미도 제각각이며, 고향에 대한 느낌도 시인들

마다 다르다. 식민지 시기, 유학이나 생계를 위해 유랑을 떠났던 지식인들은 고향에 대한 그리움

을 읊은 시들을 많이 남겼다. 그들이 표현한 고향과 지금 우리가 떠올리는 고향을 비교하면서 읽

어보자.

일본 유학 시절에 창작된 정지용의 「향수」는, 작품 속 화자는 성인이지만, 작품 속에 묘사된 고향의 모습은 어릴 적 보았던 풍경이다. 특히 「향수」에서 그리고 있는 고향은 '고향' 하면 떠오르는 매우 낯익은 정경이다. 또 도시에 사는 사람들이 막연히 떠올리는 농촌의 모습과도 닮아 있다.

노래로도 더 잘 알려져 있는 「향수」는 '그곳이 차마 꿈엔들 잊힐리야' 라는 후렴 같은 구절이 연 중간에 삽입되어 있어, 음율을 느끼게도 한다. 고향에 대한 그리움을 직설적으로 표현한 이 구절은 장면과 장면을 연결하는 구실을 하고 있다. 이 작품의 구조는 여러 장면을 후렴구로 연결해 놓은 매우 단순한 형식을 취하고 있다. 이 작품에서 뛰어난 부분은 작가의 이미지 구사 능력이다. 고향의 여러 모습 중에서 가장 인상적인 장면을 찾아내고, 그것을 감각적인 언어로 그려낸 능력은 단연 돋보인다. '옛이야기 지줄대는 실개천' '금빛 게으른 울음' '밤바람 소리 말을 달리고' 와 같은 구절은, 청각적 이미지를 시각적 이미지로 전이시켜 그려낸 빼어난 표현이다. 특히 풍부한 시각적 이미지는 잘 그려낸 한 폭의 풍경화를 바라보는 느낌이 들게 하여, 이미지 중심의 시가 갖는 회화적인 특징을 잘 보여준다.

정지용의 「향수」가 시각적 이미지의 풍경화 같은 시인데 반해, 백석의 「고향」은 한 편의 이야기를 듣는 것 같다. 시인은 자신의 감정을 직접 시어로 드러내지 않는다. 시는 담담하게 언젠가 타향을 떠돌다 병이 나서 의원을 찾았는데, 알고 보니 그 의원이 아버지의 친구였다는 내용을 전하고 있다.

하지만 이 작품을 읽다 보면 화자가 얼마나 고향과 가족을 그리워하는지 알 수 있다. 겪어본 사람을 알겠지만, 타향에서 고향과 가족이 가장 그리울 때는 몸이 아플 때다. 그런 순간에 자신을 치료해 줄 사람으로 고향 사람을 만났으니 얼마나 반갑고 기뻤을까. 그런데도 작가는 냉정을 잃지 않는다. 조용하게 '고향도 아버지도 아버지의 친구도 다 있었다' 라는 말로 당시의 감정을 전할 뿐이다. 이 담담한 표현 뒤에는

'타지에서 아버지의 친구를 만나니까 마치 고향에 온 것 같고 아버지를 만난 것만큼 기쁘다'는 뜻이 숨어 있다. 때로는 적절하게 감정을 절제하는 것이 시를 읽는 이에게 더 깊은 감동을 준다. 이는 상상을 통해서 그 감정에 더욱 깊이 빠져들 수 있기 때문이다.

백석의 시는 대부분 가족들과 고향에 대한 그리움을 표현하고 있다. 「고향」 역시 평범한 일화 속에 가족과 고향 마을에 대한 그리움이 배어 있다. 시인은 그 그리움을 표현하기 위해 향토적이고 토속적인 소재들을 선택한다. 백석의 다른 시들을 읽을 때도 이 점을 염두에 두고 감상한다면, 언뜻 보기에는 여러 가지 소재를 나열한 것처럼 보이는 초기의 시들도 쉽게 이해할 수 있을 것이다.

「향수」와 「고향」이 고향에서 멀리 떨어진 곳에서 고향을 그리워하는 내용이라면, 오장환의 「고향 앞에서」는 고향을 떠났던 사람이 고향 가까이에서 느끼는 묘한 감정이 나타나 있다. 때는 어느 봄날, 화자는 오랫동안 타향을 떠돌다 고향 근처에 와 있다. 그런데도 그는 선뜻 고향에 들어서지 못하고 머뭇거린다. 왜 일까? 화자는 지금 낯선 행인의 손만 쥐어도 마음이 따뜻해질 만큼 고향에 대한 그리움이 많은 사람이지만, 너무나 오랜만의 귀향이라 고향이 온전한 모습으로 남아 있을까 하는 두려움이 앞서기 때문이다. 6연에 제시되어 있는, 고향의 모습은 온데간데없다는 주막집 늙은이의 말이 화자를 더욱 망설이게 한다.

앞선 두 작품에서 화자가 떠올리는 고향은 오래된 추억 속의 고향이다. 그들에게 고향의 모습은 변하지 않는다. 왜냐하면 기억 속에 온전하게 남아 있는 고향의 모습은 영원하기 때문이다. 반면 「고향 앞에서」의 화자는 고향도 변한다는 사실을 알고 있다. 좀더 현실적인 셈이다. 또 앞선 두 작품의 화자들은 어쩔 수 없이 고향을 떠나야 했던 사람들인데 반해, 「고향 앞에서」의 화자는 스스로 고향을 등진 사람일 것이다. 고향을 떠나 고향을 잊으려 했던 사람이기에, 막상 고향을 찾은 지금은 고향이 자신을 받아들이지 않으면 어쩌나 하는 두려움에 사로잡혀 있다. 그래서 그는 그리움과 두려움의 갈등 속에서 고향을 지척에 두고도 계속해서 머뭇거리는 것이다.

한편 이 작품 속의 '고향'을 시대적 상황과 관련시켜 볼 수도 있다. 그렇다면 이 작품에서 고향이란 식민지 지배하의 조선을 의미한다. 고향이 너무나 피폐하게 변했기 때문에 선뜻 고향으로 들어서지 못하는 화자의 상황은, 조국의 상실로 인한 고통스런 현실을 은유적으로 나타낸 것으로 파악할 수도 있다.

향수鄕愁 _ 정지용

넓은 벌 동쪽 끝으로
옛이야기 지줄대는 실개천이 휘(回)돌아나가고,
얼룩배기 황소가
해설피 금빛 게으른 울음을 우는 곳,

― 그곳이 차마 꿈엔들 잊힐리야

질화로에 재가 식어지면,
비인 밭에 밤바람 소리 말을 달리고,
엷은 졸음에 겨운 늙으신 아버지가
짚베개를 돋아 고이시는 곳,

― 그곳이 차마 꿈엔들 잊힐리야.

흙에서 자란 내 마음
파아란 하늘빛이 그리워
함부로 쏜 화살을 찾으러
풀섶 이슬에 함추름 휘적시던 곳,

— 그곳이 차마 꿈엔들 잊힐리야.

전설(傳說) 바다에 춤추는 밤물결 같은
검은 귀밑머리 날리는 어린 누이와
아무렇지도 않고 예쁠 것도 없는
사철 발벗은 아내가
따가운 햇살을 등에 지고 이삭 줍던 곳,

— 그곳이 차마 꿈엔들 잊힐리야.

하늘에는 성근 별
알 수도 없는 모래성으로 발을 옮기고,
서리까마귀 우지짖고 지나가는 초라한 지붕,
흐릿한 불빛에 돌아앉아 도란도란거리는 곳,

— 그곳이 차마 꿈엔들 잊힐리야.

1927년 잡지 「조선지광」

고향 _ 백석

나는 북간(北間)에 혼자 앓아누워서

어느 아침 의원을 뵈이었다

의원은 여래(如來) 같은 상을 하고 관공(關公)의 수염을 드리워서

먼 옛적 어느 나라 신선 같은데

새끼손톱 길게 돋은 손을 내어

묵묵하니 한참 맥을 짚더니

문득 물어 고향이 어데냐 한다

평안도 정주라는 곳이라 한즉

그러면 아무개씨 고향이란다

그러면 아무개씰 아느냐 한즉

의원은 빙긋이 웃음을 띠고

막역지간(莫逆之間)이라며 수염을 쓴다

나는 아버지로 섬기는 이라 한즉

의원은 또다시 넌즈시 웃고

말없이 팔을 잡아 맥을 보는데

손길은 따스하고 부드러워

고향도 아버지도 아버지의 친구도 다 있었다

1938년 잡지 「삼천리문학」

고향 앞에서 _오장환

흙이 풀리는 내음새
강바람은
산짐승의 우는 소릴 불러
다 녹지 않은 얼음장 울멍울멍 떠나려간다.

진종일
나룻가에 서성거리다
행인의 손을 쥐면 따듯하리라.

고향 가차운 주막에 들려
누구와 함께 지난날의 꿈을 이야기하랴.
양구비 끓여다 놓고
주인집 늙은이는 공연히 눈물지운다

간간이 잿내비 우는 산기슭에는
아즉도 무덤 속에 조상이 잠자고
설레는 바람이 가랑잎을 휩쓸어간다.
예 제로 떠도는 장꾼들이여!
상가(商賈)하며 오가는 길에

혹여나 보셨나이까.

전나무 우거진 마을
집집마다 누룩을 디듸는 소리, 누룩이 뜨는 내음새……

1940년 잡지 『인문평론』

1. 이 장에서 살펴본 시들을 윤동주의 「또 다른 고향」과도 비교하면서 읽어보자.

　　이 장에서 살펴본 시들은 한결같이 고향을 그리워하고 있다. 정지용은 꿈에도 잊히지 않는 고향의 이미지를 한폭의 풍경화와 같이 그려내고 있고, 백석은 아버지의 친구를 통해 고향의 따스함을 느끼고 있으며, 오장환에게서는 상실감이 느껴지지만 그 바탕에는 고향에 대한 그리움이 깔려있다.

　　그러나 윤동주의 「또 다른 고향」은 그런 그리움과 따스함과는 거리가 멀다. 보통 고향은 내가 지금 겪고 있는 각박한 현실 속에서 떠올리는 옛 시절의 포근함과 연관되어 있지만, 윤동주의 '또 다른 고향'은 과거가 아닌 미래적인 것이다. 윤동주는 고향 마을에서도 역시 현실적이고 타락한 자신의 모습(백골)을 바라보고 그러한 모습이 스며들지 못하는 새로운 고향을 꿈꾸고 있다. 그곳은 앞으로 윤동주가 건설하고자 하는 이상향이지 돌아가고 싶은 과거의 고향은 아닌 것이다.

2. 「향수」에서 감각적 심상이 표현된 곳을 찾아보고, 어떤 심상이 주로 쓰이고 있는지 살펴보자.

　　감각적 심상이란 오감을 사용한 이미지를 말한다. 예를들어 우리가 '고향의 포근함'을 표현하려고 했다고 하자. 이것을 개념적으로 설명할 수도 있겠지만 개념적 설명이 시는 아니다. 시적으로 표현하려면 볼 수 있거나 들을 수 있거나 맛 볼 수 있는 것으로 바꿔서 설명해야 하는데 이런 것을 감각적 심상이라 한다.

　　「향수」를 읽으면서 우리는 어떤 상상력을 주로 동원하는가. 우리는 이 시를 읽으면서 어떤 소리가 들린다거나 어떤 감촉을 느낀다기 보다는 주로 어떤 장면을 보는 상상을 하게 되는데, 이 시가 주로 시각적 심상을 쓰고 있기 때문이다.

"옛이야기 지줄대는 실개천이 휘돌아나가고"는 실개천의 물소리마저도 시각적으로 바꾼 장면이며, "해설피 금빛 게으른 울음을 우는 곳", "비인 밭에 밤바람 소리 말을 달리고" 또한 마찬가지이다. 또한 "전설 바다에 춤추는 밤물결 같은 검은 귀밑머리 날리는 어린 누이"는 어린 여동생의 검은 머리가 부드럽게 휘날리는 모습을 매우 아름답게 시각적으로 표현한 것이다.

신석정(1907~1974)

본명 석정. 전북 부안 출생. 1931년 『시문학』 3호부터 동인으로 참여하면서 본격적으로 작품 활동을 시작했다. 목가적인 서정시를 발표하여 독보적인 위치를 굳혔다. 초기의 전원시가 주류를 이룬 제1시집 『촛불』(1939)과, 역시 8·15 광복 전의 작품을 묶은 제2시집 『슬픈 목가』(1947) 등의 시집을 간행했다. 그의 시풍은 잔잔한 전원적인 정서를 음악적인 리듬에 담아 노래하는 데 특색이 있고, 읽는 이의 마음까지 순화시키는 감동적인 호소력을 지니고 있다.

박목월(1915~1978)

경북 경주 출생. 본명은 영종. 1933년 잡지 『어린이』에 「통딱딱 통짝짝」이 당선되어 동요시인으로 등단한 후, 『문장』에 정지용의 추천을 받아서 문단에 등단했다. 1946년에 조지훈, 박두진과 더불어 3인 시집인 『청록집』을 펴내었다. 박목월은 청록파의 한 사람으로서 전통적 서정시를 계승하였으며, 시의 운율을 중시하면서 지순한 세계를 회화적 심상으로 담아내었다고 평가된다.

백석(1912~1963?)

평북 정주 출생. 본명은 기행. 어린 시절의 이야기를 북쪽 지방의 독특한 정서를 통해 시화했다. 『여성』에서 편집을 맡아보다가 1935년 8월 《조선일보》에 「정주성」을 발표하면서 작품 활동을 시작했다. 해방 후 고향 정주에 머물면서 글을 썼으며, 한국전쟁 뒤에는 북한에 그대로 남았다. 1936년에 펴낸 시집 『사슴』에 그의 시 대부분이 실려 있다. 외로움과 서러움의 정조를 바탕으로 고향의 지명이나 이웃의 이름 그리고 무속적인 소재를 자주 사용했다. 그는 시에서 사투리를 그대로 썼는데, 이것은 일제 강점기에 모국어를 지키려는 의지를 보여주고 있다고 평가된다.

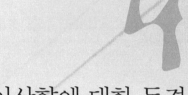

이상향에 대한 동경

이 　 　 상 　 　 향 　 　 에

사람들은 가벼운 동경을 가슴에 품고 산다. 매일 반복되는 학교 생활이 짜증스러울

때, 늘 똑같은 일만 반복되는 일상이 지루하다고 느껴질 때, 낯선 곳으로 훌쩍

여행을 떠나고 싶어한다.

이런 일탈의 욕망은 압력솥에서 수증기를 적당히 배출시키는 작은 장치와 비슷하다. 삶의 무게가

큰 압력으로 눌러 올 때, 우리는 속수무책일 수밖에 없다. 다행히도 우리는 가슴이 터져버리지

않도록 예방하는 작은 장치를 한구석에 가지고 있다. 그것은 전혀 다른 어떤 곳을 꿈꿀 수 있는

능력, 즉 이상향에 대한 동경심이다.

인간은 영원할 수 없는 유한한 존재다. 때문에 인간의 상상력은 끊임없이 '영원히 행복하게 살

수 있는 장소'를 꿈꿔 왔다.

종교학자인 엘리아데는 이런 인류의 원형적 상상력을 '낙원에의 노스탤지어'라고 명명했다. 대표

적인 예가 기독교 신화의 에덴 동산이다. 아담과 이브가 태초에 살았던 에덴 동산이 바로 이상향

의 원형인 것이다.

그러나 동양과 서양 그리고 문화권에 따라서 그 낙원의 모습은 조금씩 다르며 명칭도 다양하다.

기독교의 에덴 동산이나 그리스 신화의 아르카디아, 동양의 선경이나 무릉도원 등등이 그 대표적

인 낙원이다. 그렇다면 우리 시에 나타난 낙원의 모습은 어떤 것일까.

이상향이란 무엇일까? 시대마다 사회마다 또한 사람마다 생각하는 바가 달라 그 정의를 내리기는 쉽지 않다. 그러나 동서고금의 이상향이 공통으로 가지고 있는 특징은, 현 세상의 고단함이 없는 '저곳'이라는 점이다. 토마스 모어는 『유토피아』에서 자신이 생각하는 이상적인 국가체제, 즉 정치적 이상향을 그려 놓았다. 이후 유토피아는 이상향의 의미로 널리 쓰이게 되었는데, 이의 희랍어 어원인 ûtópos는 '아닌, 없는'을 뜻하는 û와 '장소, 곳'을 뜻하는 tópos를 결합한 것으로, '현실에는 존재하지 않는 곳'이라는 뜻이다. 우리는 이상향이라고 하면 이처럼 현실의 고통이 없는 어떤 먼 곳을 상상하게 된다.

신석정의 「그 먼 나라를 알으십니까」는 그중에서 낭만적이고 목가적인 이상향을 노래한다. 이 시는 그 먼 나라를 알고 있느냐는 질문과 먼 나라에 대한 설명, 그리고 그곳에 가서 해야 할 일에 대한 언급으로 구성되어 있다. 이 세 부분으로 구성된 한 연이 세 번 반복되고 있다. 이때 '그 먼 나라를 알으십니까'라는 질문은 실상 그 먼 나라에 가서 함께 살자는 소망을 간접적으로 표현한 것이다.

그렇다면 그 먼 나라는 어떤 곳인가? 그곳은 고요한 호수에 흰 물새가 날고 들길엔 장미가 아름다운 자연 공간이다. 노루새끼가 마음놓고 뛰어놀 수 있는 자유롭고 평화로운 장소다. 그리고 바다 건너 멀리 있는, 아무도 살지 않는 곳이다. 그런데 옥수수밭이 있고 흰 염소가 풀을 뜯는 곳이라면 가까운 과거엔 사람이 살았던 곳이다. 그러니까 그 먼 나라는 바다 건너 멀리 있는 나라이며, 멀지 않은 과거에 어떤 이유로 사람이 살지 않게 되었지만, 여전히 아름답고 자유롭고 평화로운 공간인 것이다. 그리고 노루새끼, 흰 염소, 비둘기, 어린 양 등등 약하고 여린 동물들이 마음껏 살고 있는 공간이다. 다시 말해 '그 먼 나라'는 약자들이 평화와 안식 그리고 자유를 누리며 살 수 있는 아름답고 목가적인 자연 공간이다.

화자는 어머니에게 그곳으로 가서 비둘기를 키우고, 어린 양을 기르고, 새빨간 능금을 따며 살자는 소망을 이야기한다. 비둘기는 평화, 어린 양은 순결함, 능금은 생명력을 상징한다. 이런 상징물들을 통해 시인은 '그 먼 나라'에 가서 평화와 순결함과 생명이라는 가치들을 소중히 지키면서 살고 싶다는 소망을 나타내고 있는 것이다.

박목월은 「청노루」에서 여백이 있는 동양화처럼 담담하고 단아한 이상향을 그려 내고 있다. 청노루는 현실에는 없는 동물로 시인이 상상 속에서 창조해 낸 동물이다. 시인은 노루라는 동물에 청색을 겹쳐 식물의 이미지를 갖게 했다. 노루가 갖고 있는 연약한 이미지와 식물 이미지가 합쳐진 청노루는 더욱 여리고 순수하며 신비로운 동물이라는 인상을 준다.

이 시의 공간석 배경은 '머언 산'에 있는 청운사라는 낡은 기와집이 보이는 어떤 장소이다. 시간적 배경은 자하산에 눈이 녹고 있는 봄이다. 청운사(靑雲寺)는 푸른 구름으로 지은 절이란 뜻이며, 자하산(紫霞山)은 보라빛 노을이 지는 산이라는 뜻이다. 색깔의 대조가 뚜렷이 느껴지는 그곳은, '머언 산'이고 느릅나무 속잎이 피어가는 열두 구비 길이 뻗어 있다. 무척 비현실적이고 환상적으로 느껴지는 이 공간에는 아마 사람은 살지 않을 것이다.

그곳에 순결한 짐승인 청노루가 서 있다. 맑은 눈동자 속에는 구름이 떠돌고 있다. 이는 청노루가 하늘의 구름을 바라보고 있다는 뜻이다. 그러나 조금 더 생각하면 눈동자에 하늘을 담고 있는 존재, 하나의 우주를 사색하는 신비한 존재라는 뜻도 된다. 박목월은, 속세와 떨어진, 사람이 살지 않는 순결한 자연 공간을 이상향으로 설정했다.

백석의 「나와 나타샤와 흰 당나귀」는 시인이 겪고 있는 좌절이 무엇이며, 그것을 어떻게 극복하려 하고 있는지가 잘 드러나 있는 시이다. 화자는 가난한 자신이 아름다운 나타샤를 사랑하기 때문에 오늘밤 푹푹 눈이 내린다고 한다. 자신이 나타샤를 사랑하는 만큼 아름답고 탐스러운 눈이 풍요롭게 내리고 있다고 생각하는 것이다.

그러나 실제로 그것은 폭설이다. 폭설은 '나'의 사랑이 나타샤에게 닿을 수 없음을 암시한다. 즉 내리는 눈이 오히려 나와 나타샤를 가로막고 있는 것이다.

화자는 혼자 소주를 마시며 나타샤와 함께 산골 오두막으로 갈 생각을 한다. 산골 오두막이란 세상과 떨어진 소박한 자연 공간이다. 그들의 사랑만으로 살아갈 수 있는 아늑한 공간인 것이다. 화자는 눈이 푹푹 쌓이는 밤에 떠나자고 한다. 눈은 차단의 이미지로 그들을 세상과 차단시켜 줄 것이다. 그리고 그들이 떠난 흔적마저 지워줄 것이다. 화자는 나타샤와 함께 자신의 이상향으로 떠나고자 한다. 그런데 나타샤는 나타나지 않는다. '나타샤가 아니 올 리 없다'고 생각하는 것은 역설적으로, 나

낙원에의 노스텔지어 Nostalgia

종교학자 엘리아데는 1907년 루마니아의 수도 부쿠레슈티에서 출생했다. 1986년 미국인으로 시카고에서 죽음을 맞이할 때까지, 종교학을 중심으로 문학 · 심리학 · 철학 등 다방면에 걸친 저술 활동을 했다. 엘리아데는 세계 각국의 신화를 수집 · 분석한 결과를 통해, 인간이 세계를 성스러운 공간과 세속적인 공간으로 나누어서 생각한다는 것을 밝혀냈다.

먼 옛날 사람들은 자신들이 살고 있는 세상과는 다른, 성스러운 지역을 설정했다. (국사시간에 배웠던 '소도'와 같은 곳이다.) 그리고 그 성스러운 지역을 '세계의 중심'으로 생각했다. 그곳은 흔히 '대지의 배꼽(omphalos)'이라 불리는 커다란 돌이나, '우주목(宇宙木)'이라고 불리는 나무가 자리잡고 있다.(에덴 동산에 있는 선악과, 단군신화의 신단수 등) 그리고 사람들은 그곳을 완전하고 행복한 '낙원'으로 여겼다.

하지만 과학이 발달하고 자연의 신비가 조금씩 벗겨지면서 그런 성스러운 지역은 점차 사라져갔다. 그러나 사람들은 한편으로 '낙원'에서 추방되었다는 느낌을 갖게 되었다. 엘리아데는 세계 곳곳에 퍼져 있는 신화들을 분석하여, 이제는 잃어버린 '낙원'에 대한 인간의 이런 그리움과 욕망을, '낙원에의 노스텔지어'라고 명명하고 그 예로 기독교 신화를 들었다. '에덴 동산에서의 추방' 이후 인간은 낙원을 동경한다는 것이다. 또한 그는 역사적으로, '지리상의 발견' 시기에 행해졌던 신대륙 탐험이 현실적으로는 분명히 경제적 목적을 추구하고 있었지만, 동시에 행복의 섬이나 지상 낙원을 발견하려는 인간의 욕망을 품고 있었다고 한다.

타샤가 오지 않는다는 사실을 믿을 수 없는 화자의 심정을 보여준다.

시에서 화자는 두 가지 좌절을 겪는다. 하나는 가난한 내가 아름다운 나타샤를 사랑한다는 것이고, 다른 하나는 나타샤가 오지 않는다는 것이다. 화자는 믿어지지 않는 좌절 앞에서 고통스러워하는 대신 상상으로 자신의 소망을 보상하려고 한다. 이 시는 더러운 세상에서의 패배(가난)와 사랑의 실패라는 현실을, 눈 내리는 아름다운 풍경과 자신의 연인에 대한 사랑과 소주 때문에 오른 취기로 부드럽게 감추고 있다. 그리고 화자는 현실 속의 좌절에서 벗어나기 위해 이상향을 떠올린 것이다. 세상과 차단된 산골이자 사랑하는 사람과 단둘이서만 살고 싶은 소박한 자연 공간으로서의 이상향을 말이다.

그 먼 나라를 알으십니까 _ 신석정

어머니,
당신은 그 먼 나라를 알으십니까?

깊은 삼림 지대를 끼고 돌면
고요한 호수에 흰 물새 날고
좁은 들길에 들장미 열매 붉어.

멀리 노루새끼 마음놓고 뛰어 다니는
아무도 살지 않는 그 먼 나라를 알으십니까?

그 나라에 가실 때에는 부디 잊지 마셔요
나와 같이 그 나라에 가서 비둘기를 키웁시다.

어머니,
당신은 그 먼 나라를 알으십니까?

산비탈 넌지시 타고 내려오면,
양지밭에 흰 염소 한가히 풀 뜯고
길 솟는 옥수수밭에 해는 저물어 저물어.

먼 바다 물 소리 구슬피 들려 오는
아무도 살지 않는 그 먼 나라를 알으십니까?

어머니, 부디 잊지 마셔요.
그때 우리는 어린 양을 몰고 돌아옵시다.

어머니,
당신은 그 먼 나라를 알으십니까?

오월 하늘에 비둘기 멀리 날고
오늘처럼 촐촐히 비가 내리면,
꿩 소리도 유난히 한가롭게 들리리다.
서리가마귀 높이 날아 산국화 더욱 곱고,
노란 은행잎이 한들한들 푸른 하늘에 날리는
가을이면 어머니, 그 나라에서
양지밭 과수원에 꿀벌이 잉잉거릴 때,
나와 함께 그 새빨간 능금을 또옥 똑 따지 않으렵니까?

1939년 시집 『촛불』

청노루 _ 박목월

머언 산 청운사(靑雲寺)
낡은 기와집

산은 자하산(紫霞山)
봄눈 녹으면

느름나무
속잎 피어가는 열 두 구비를

청노루
맑은 눈에

도는
구름

1946년 3인 시집 「청록집」

나와 나타샤와 흰 당나귀 _백석

가난한 내가
아름다운 나타샤를 사랑해서
오늘밤은 푹푹 눈이 나린다

나타샤를 사랑은 하고
눈은 푹푹 날리고
나는 혼자 쓸쓸히 앉아 소주를 마신다
소주를 마시며 생각한다
나타샤와 나는
눈이 푹푹 쌓이는 밤 흰 당나귀 타고
산골로 가자 출출이 우는 깊은 산골로 가 마가리에 살자

눈은 푹푹 나리고
나는 나타샤를 생각하고
나타샤가 아니 올 리 없다
언제 벌써 내 속에 고조곤히 와 이야기한다
산골로 가는 것은 세상한데 지는 것이 아니다
세상 같은 건 더러워 버리는 것이다

눈은 푹푹 나리고

아름다운 나타샤는 나를 사랑하고

어데서 흰 당나귀도 오늘밤이 좋아서 응앙응앙 울을 것이다

*마가리 : 오막살이

1938년 잡지 「여성」

1. 이상향이 가지고 있는 긍정적 의미와 부정적 의미는 무엇인가? 현실을 개선하려는 신념과 의지가 드러난 시들을 찾아 읽어보고 비교하여 이야기해 보자.

사람들은 좀더 나은 미래를 꿈꾼다. 이 희망은 현실을 보다 충실하게 살아가게 하는 힘이 된다. 그러나 현실이 너무나 고통스러울 때 사람들은 현실에서 도피할 수단으로 이상향을 상상하기도 한다. 이 때의 이상향은 좀 더 나은 미래를 위한 현실의 또 다른 모델이 아니라 현실의 고통에서 잠시나마 벗어나기 위한 환상적인 시공간이 되어버린다. 그러나 환상의 세계를 상상하는 것이 현실 도피라는 부정적인 의미만을 지니고 있는 것은 아니다. 상상력으로 창조된 환상적 세계들은 삶의 모범 답안이 단 하나만은 아니라는 열린 태도를 취하도록 유도하기도 한다.

문학작품에서 현실을 개선하려는 작가의 신념과 의지가 승할 때 독자들은 아무래도 작가의 세계관을 따라갈 수밖에 없게 된다. 프롤레타리아 계급의 투쟁을 선도하기 위해 창작된 임화의 「우리오빠와 화로」와 같은 카프 계열의 시들이 좋은 문학적인 평가를 받지 못하는 이유도 이러한 점에 놓여있다. 문학이란 기본적으로 상상력을 먹고 사는 장르다. 이상향을 상상하는 것은 문학에서 가장 기본적인 환상이다. 그러므로 이상향을 상상하는 것 자체에 비판을 가할 수는 없다. 그러나 이상향에 대한 동경이 현실 도피 수단으로 전락할 때, 이 환상적 세계는 현실을 변혁할 수 있는 힘을 잃게 될 것이다.

2. 동양적 이상향과 서양적 이상향에는 어떤 것들이 있는지 생각해보고, 그것이 잘 드러
난 시들을 찾아 읽고 비교해보자.

동양과 서양의 이상향은 문화의 차이로 인해 그 이미지가 조금씩 다르다고 할 수
있다. 대표적인 동양적 이상향은 무릉도원이다. 무릉도원은 도교적인 상상력이 발
현된 것으로 신선이 사는 곳이다. 신선이란 인간의 유한함을 이겨낸 도인이다. 이
들에게는 인간 세상의 고통도 하찮은 것으로 여겨지지만, 인간 세상의 부귀영화 역
시 이들에게는 하찮은 것이다. 이러한 상상력은 필요이상의 부유함이 도덕적 비판
의 대상이 되어 온 동양의 정신문화가 배경으로 작용했기 때문으로 여겨진다. 그래
서 조선 가사의 작품들에서는 속세의 어지러움을 피해 강호의 즐거움을 누리는 삶
을 바로 무릉도원의 그것에 비유하곤 했다.

대표적인 서양적 이상향은 서양의 정신문화의 토대인 기독교 신화에서 찾아볼
수 있다. 기독교 신화에서 인간은 원래 에덴이라는 낙원에서 살았다. 그러나 신이
금지한 선악과를 따먹은 죄로 그만 이 낙원에서 쫓겨나고 말았다. 그래서 인간은
항상 잃어버린 낙원 에덴을 그리워하고 향수한다는 것이다. 이 에덴동산에 대한 향
수는 신을 향한 그리움이라 할 수 있다. 그러나 현실 삶에 충실해야만 다시 낙원으
로 돌아갈 수 있다는 기독교적 교리 때문에 이러한 이상향을 꿈꾸는 대부분의 시에
서 현실은 고단하지만 충분히 살아갈 의미가 있는 공간으로 그려진다. 김남조는
「설일」에서 '삶은 언제나 은총의 돌층계 어디쯤이다'라고 했고, 김현승은 '눈물'이
가장 값진 것이라고 말한 것은 이러한 점이 배경으로 작용했기 때문이다.

김수영(1921~1968)

서울 출생. 학병 징집을 피해 만주로 이주했다가, 8 · 15 광복과 함께 귀국하여 시작 활동을 했다. 김경린 · 박인환 등과 함께 합동시집 『새로운 도시와 시민들의 합창』을 간행하여 모더니스트로서 주목을 끌었다. 한국전쟁 때 의용군으로 끌려갔다가 거제도 포로수용소에서 석방되었다. 그후 교편 생활, 잡지사 · 신문사 등을 전전하며 시작과 번역에 전념하였다. 초기에는 모더니스트로서 현대 문명과 도시생활을 비판했으나, 4 · 19 혁명을 기점으로 현실비판의식과 저항정신을 바탕으로 한 참여시를 썼다.

박남수(1918~1994)

평양 출생. 1932년부터 신문과 동인지에 시와 희곡을 발표해 오다가 『문장』에 정지용의 추천을 받아 본격적인 작품 활동을 시작하였다. 1 · 4 후퇴 때 월남하여, 1954년 『문학예술』 편집위원, 한국시인협회 창립회원, 1959년 『사상계』 편집위원 등을 거쳐 한양대 강사, 한국시인협회 심의위원장 등을 역임했다.

한하운(1920~1975)

본명 태영. 함남 함주 출생. 중국 베이징(北京)대학 농학원을 졸업한 후 함남 · 경기 도청 등에 근무하던 중 나병의 재발로 사직하고, 고향에서 치료하다가 1948년에 월남했다. 1949년 제1시집 『한하운 시초』를 간행하여 나병시인으로서 화제를 낳았다. 이어 제2시집 『보리피리』를 간행했다. 천형과도 같은 문둥병의 고달픔을 구슬프게 읊은 그의 시는 애조 띤 가락으로 하여 많은 사람의 심금을 울렸다.

자유를 향한 동경

자   유   를

어느 날 내가 누군가의 주문에 빠져 그 사람과 똑같은 생각을 하게 된다면 나는 '나'일까 아닐까. 평소의 나와 다른 생각을 하는 꿈속의 나는 '나'일까 아닐까.

이런 질문들에 대한 대답을 찾으려는 과정에서, '나'의 범주는 언제나 자유와 연관된다는 사실을 알 수 있다. 스스로를 '나'라고 부를 수 있는 최소한의 조건 가운데 하나가 바로 '자유'이다. 그래서 인류의 역사에는 더 많은 자유를 얻기 위한 목숨을 건 투쟁이 있어 왔는지도 모른다. "나는 톱니바퀴가 아니라 바로 '나 자신'이다"라는 간단한 명제를 증명하기 위해서 말이다.

그러나 이 간단한 명제가 결코 간단하게 실현되지는 않는다. 우리가 살아 있는 이상 근원적으로 우리를 제한하는 것들이 있다. 중력과 질병은 신체 조직을 제약하고, 언어는 사고를 제약한다. 이런 제약이 인간인 이상 누구나 겪는 숙명과 같은 것이라면, 중세 시대의 신분적인 제약이나 20세기 초 제국주의 시대에 피식민지인들이 감수해야 했던 역사적인 제약도 있다.

어떤 시인들은 인간의 자유를 근원적으로 제약하고 있는 숙명에 대해 아파하고 그 제약으로부터

의 자유를 꿈꾸기도 한다. 또 어떤 시인은 특정한 역사적·사회적 제약에 분노하고 이 제약을 혁

파하기 위한 방법을 고민하기도 한다.

김수영의 「푸른 하늘을」은 자유에 대한 시인의 태도가 잘 드러나 있는 시이다. 1연에서 시인은 노고지리를 예찬한 어느 시인의 표현이 잘못되었음을 지적하고 있다. '푸른 하늘'은 자유의 공간으로 설정되어 있으며, 그것을 제압한다는 것은 단순히 즐겁게 노니는 것이 아님을 말하는 것이다. 시인은, 자유에는 '피 냄새가 섞여 있'다고 한다. 또 자유를 획득하기 위한 혁명은 고독하다고도 한다. 그렇다면 자유에 피 냄새가 섞여 있다는 말은 무슨 의미일까. 1960년 4월 19일의 혁명을 떠올려보자. 이때 사람들은 경찰의 총칼에 맞서 자유와 민주주의를 요구했고, 많은 시민과 학생들의 희생이 뒤따랐다. 그런 희생이 있고서야 비로소 이승만 대통령의 독재를 끝마칠 수 있었다. 이 시는 그런 4·19 혁명이 있은 지 2개월이 지난 후에 씌어진 시다. 이 점을 고려한다면, '피 냄새'란 사람들의 노력과 고통과 희생을 의미한다고 할 수 있다. 가만히 앉아서 높이 나는 노고지리의 자유를 동경한다고 자유가 주어지는 것은 아니라는 말이다. 자유는 적극적으로 요구하고 쟁취해야 하는 것이며, 그 과정에서 필연적으로 희생이 따를 수밖에 없다는 의미인 것이다.

그렇다면 혁명은 왜 고독해야 하는가. 혁명이란 부도덕한 구질서의 파괴와 새로운 질서의 완성을 동시에 이루려는 행동이다. 그런데 부도덕한 구질서의 파괴가 말처럼 쉽지만은 않다. 아주 간단한 일에서도 사람들은 타성적인 삶에서 빠져 나오기가 무척 어렵다. 매일 8시에 일어나다가 6시에 일어나는 일이 어디 쉬운 일인가. 이처럼 사소한 일도 바꾸기가 어려운데, 구질서를 파괴하고 새로운 질서를 세우려는 사람은 오죽 마음가짐이 단단해야 할까. 따라서 혁명을 원하는 사람일수록 더욱 철저한 마음가짐으로 어떤 유혹에도 굴하지 않는 극기의 자세가 필요하다. 사소한 인정에도 흔들리지 말아야 한다. 그리고 이런 꼿꼿한 자세는 항상 고독할 수밖에 없다. 타성적인 구질서에서 빠져 나오는 일은 무척 어렵고 힘든 길이기에, 그리고 희생이 따르는 일이기에 동반자가 별로 없을 수밖에 없기 때문이다.

결론적으로 시인은 '자유'가 노고지리의 비상만을 보고 그것을 낭만적으로 동경하는 태도로는 획득될 수 없다고 말하고 있는 것이다. 자유를 되찾기 위한 혁명에는 피 냄새가 배어 있는 노력과 희생이 필요하다. 또 구질서에 길들여져 있는 자기 자신을 철저히 바꿀 때까지 외로운 길을 홀로 걸을 수 있는 확고한 의지도 필요하다. 이와 같은 조건이 갖추어졌을 때야 비로소 자유의 획득이 가능하다는 것이다.

자유를 종소리라는 이미지를 통해 형상화한 박남수의「종소리」는, 우선 소리 나지 않는 종을 '청동의 벽에 역사를 가두어놓은 칠흑의 감방'으로 설정했다. 그 청동의 벽에 갇혀 있던 나는 '진폭의 새'가 되고, '광막한 하나의 울음'을 우는 '하나의 소리'가 되어 무한한 자유의 세계로 뻗어간다. '나'는 아무런 형체가 없는 '소리'이기 때문에 더 이상 칠흑의 감방에 갇힐 이유가 없다. 그래서 이전에 나는 청동의 벽에 갇혀 있었지만 이제는 먹구름이 끼어도 오히려 그 먹구름의 힘을 통해 세상을 흔들 만한 뇌성이 된다. 그래서 어떠한 장애도 없는 하늘에서 뇌성이 되어 세상 곳곳으로 퍼져 나간다.

먹구름은 칠흑의 감방과 같은 검은 이미지이지만 그 의미는 다르다. '나'를 자유롭게 하지 못했던 칠흑의 감방과는 달리 먹구름은 더 이상 '나'를 구속하지 못한다. 오히려 소리의 증폭을 더욱 크게 한다. 이제는 어떠한 억압도 '나'를 가둘 수 없고, 소리를 멈추게 할 수도 없다. 이렇게 보면 '뇌성'은 절대적 자유의 경지로 해석된다.

「푸른 하늘을」이 4·19 혁명의 불완전함을 비판하며 자유에 대한 태도를 각성하는 시라면, 「종소리」는 종소리라는 이미지로 절대적 자유를 노래하고 있다. 이에 비해 한하운의「보리피리」는 그보다는 조금 소박한 자유를 노래한 시이다.

「보리피리」의 시인 한하운은 천형(天刑)이라 불렸던 나병을 앓았던 환자이다. 눈썹이 떨어져 나가고 팔다리가 뒤틀리는 나병 환자들은 전염성이 강해 사람들과 떨어져 지내야만 한다. 그래서 나병 환자들의 소망은 다른 사람들과 어울려 사는 것이다. 시에도 평범한 사람들과 섞여서 살고 싶어하는 시인의 애틋한 마음이 표현되어 있다. 병 때문에 살던 곳에서 쫓겨난 시인은 어린 시절의 고향을 그리워한다. 하지만 돌아갈 수는 없고 오직 '피ㅡㄹ닐니리' 보리피리를 부는 것으로 그리움을 달랠 뿐이다.

시인은 원하는 곳에 살 수 있는 자유를 빼앗겼지만 어떠한 원망이나 복수심도 품지 않는다. 오히려 시인의 한은 아름답게 승화되어 있다. 나병 환자도 똑같은 슬픔을 느끼는 한 인간이라는 사실을 이 시는 일러주고 있다. 시인은 인간 세상에서는 쫓겨났지만, 시에서는 보통 사람과 다를 바 없는 자유로운 사람인 것이다.

푸른 하늘을 _ 김수영

푸른 하늘을 제압(制壓)하는
노고지리가 자유로왔다고
부러워하던
어느 시인(詩人)의 말은 수정(修正)되어야 한다.

자유를 위해서
비상(飛翔)하여 본 일이 있는
사람이면 알지
노고지리가
무엇을 보고
노래하는가를
어째서 자유에는
피 냄새가 섞여 있는가를
혁명(革命)은
왜 고독한 것인가를

혁명(革命)은
왜 고독해야 하는 것인가를

1974년 시집 「거대한 뿌리」

종소리 _ 박남수

나는 떠난다. 청동(靑銅)의 표면에서
일제히 날아가는 진폭(振幅)의 새가 되어
광막한 하나의 울음이 되어
하나의 소리가 되어.

인종(忍從)은 끝이 났는가.
청동(靑銅)의 벽에
'역사'를 가두어놓은
칠흑의 감방에서.

나는 바람을 타고
들에서는 푸름이 된다.
꽃에서는 웃음이 되고
천상에서는 악기가 된다.

먹구름이 깔리면
하늘의 꼭지에서 터지는
뇌성(雷聲)이 되어
가루 가루 가루의 음향이 된다.

1964년 시집 「신의 쓰레기」

보리피리 _ 한하운

보리피리 불며
봄 언덕
고향 그리워
피―ㄹ닐니리.

보리피리 불며
꽃 청산(靑山)
어린 때 그리워
피―ㄹ닐니리.

보리피리 불며
인환(人寰)의 거리
인간사(人間事) 그리워
피―ㄹ닐니리.

보리피리 불며
방랑의 기산하(幾山河)
눈물의 언덕을 지나
피―ㄹ닐니리.

1955년 시집 「보리피리」

1. 「푸른 하늘을」에서 피의 상징적 의미를 생각해 보고, 이와 연관해서 시인이 생각하는
자유의 참 의미는 무엇인지 생각해 보자.

　　김수영의 「푸른 하늘을」은 자유에 대한 시인의 태도가 잘 드러나 있는 시다. 그
는 자유에는 '피 냄새가 섞여 있다'고 한다. 또 자유를 획득하기 위한 혁명은 고독
하다고 말한다. 시인은 자유가 쉽게 획득될 수 없는 어떤 것임을 '피 냄새'를 통해
이야기하고 싶어한다. 가만히 앉아서 높이 나는 노고지리의 자유를 동경한다고 자
유가 주어지는 것은 아니다. 사람들의 노력과 고통과 희생이 있어야만 자유를 획득
할 수 있는 것이다. 즉, 자유란 노고지리의 비상만을 쳐다보며 자유를 꿈꾸는 낭만
적인 태도로는 획득될 수 없으며, 고통스런 희생과 함께 고독한 자기 변혁 의지가
수반해야만 비로소 얻어질 수 있는 것임을 시인은 '피'라는 상징을 통해 말하고 싶
은 것이다.

2. 「종소리」에서 소리가 어떤 식으로 증폭되고 있는지, 그리고 이렇게 증폭되는 것의 의
미가 무엇인지 생각해 보자.

　　박남수의 「종소리」는 자유를 종소리라는 이미지를 통해 형상화하고 있다. 박남
수는 소리나지 않는 종을 '청동의 벽에 역사를 가두어놓은 칠흑의 감방'으로 설정
한다. 그 청동의 벽에 갇혀 있던 소리는 '진폭의 새'가 되고, '광막한 하나의 울음'
을 우는 '하나의 소리'가 되어 무한한 자유의 세계로 뻗어나간다.

　　이 증폭된 소리는 어떤 장애에도 얽매이지 않는 형체 없는 자유로운 것이기 때문
에 더 이상 칠흑같은 감방에 갇혀 구속될 이유가 없다. 이렇게 증폭되어 무한한 자

유의 세계로 뻗어나가는 소리는 하늘에서 '먹구름'을 만나도 두려워하지 않는다. 오히려 소리는 이 '먹구름'의 힘을 이용해 더욱 증폭된 소리 '뇌성'이 된다. 즉, 칠흑의 감방에 갇혀 있던 소리는 점점 힘을 얻어 세계를 울리는 뇌성으로까지 증폭되어 참자유의 경지에 이르게 된다.

유치환(1908~1967)

경남 통영 출생. 호는 청마. 극작가 유치진의 동생. 정지용의 시에서 감동을 받아 시를 쓰기 시작했다. 1931년 『문예월간』에 시 「정적」을 발표함으로써 시단에 등단하였다. 그의 시는 도도하고 웅혼하며 격조 높은 시심을 거침없이 읊은 데에 특징이 있다. 이는 자칫 생경한 느낌을 주기도 하지만 어떤 기교보다도 더 절실한 감동을 준다.

김동명(1900~1968)

강원 명주(溟州) 출생. 호 초허(超虛). 1930년 첫 시집 『나의 거문고』를, 1938년 제2시집 『파초(芭蕉)』를 간행하였는데, 이 중 「파초」는 남국을 떠나온 파초와 조국을 잃은 자신의 향수를 융합시켜 읊은 것이다. 그의 시는 전원적 · 목가적인 세계에서 점차 정치와 사회에 대하여 관심을 기울이게 되었다. 시집 『진주만(眞珠灣)』으로 1954년 '아시아 자유문학상'을 받았다.

황지우(1952~)

전남 해남 출생. 1980년 《중앙일보》 신춘문예에 「연혁」이 입선하고, 『문학과 지성』에 「대답 없는 날들을 위하여」를 발표, 등단하였다. 기호, 만화, 사진, 다양한 서체 등을 사용하여 시 형태를 파괴함으로써 풍자시의 새로운 지평을 열었다고 평가된다. 1980년대 민주화 시대를 살아온 지식인으로서 시를 통해 시대를 풍자하였다고 평가된다.

6 가슴 설레는 기다림

가 슴 설 레

"만일 이 세상에 사랑이 없다면 우리들의 마음은 어떻게 되겠소? 불빛이 없는 환등기와 마찬가지 아니겠소? 그것이오. 비록 그것이 순간적인 환상에 지나지 않는다 하더라도 우리들이 그 신기한 그림자에 매혹되어 소년처럼 황홀해 한다면, 그것 또한 우리들의 행복 아니겠소?" 이것은 괴테의 『젊은 베르테르의 슬픔』의 한 구절로, 베르테르가 연인 로테에 대한 애끓는 사랑의 감정을 표현한 것이다. 누구나 사랑을 하게 되면 세상이 달리 보이게 된다. 사소한 것이라도 이전과는 다른 의미를 지니게 되는 것이다.

흔히 사람들은 '사랑에 빠졌다'라고 말한다. 사랑이란 예기치 않은 덫에 걸리는 것처럼, 어느 순간 갑작스럽게 찾아온다는 뜻일 것이다. 사랑은 홍역처럼 모두가 한 번쯤은 겪어야 하는 고통스러우면서도 피해갈 수 없는 과정이다.

첨단 과학은 사랑의 감정조차 과학적인 언어로 설명하려 애쓰지만, 오히려 시적인 표현이 사랑의 본질에 더 가까이 접근할 수 있다. 그래서 사랑을 하게 되면 누구나 시인이 된다고 하는 것이리

라. 시는 우리에게 세상을 설명한다. 시인은 자기만의 창문을 통해 세상을 바라본다. 예전에는 무

심코 지나치던 것들이 새로운 의미로 다가오는 경험, 그것이 사랑과 시가 만나는 지점이다.

유치환은 1940년대 「깃발」 「생명의 서」 「바위」와 같은 작품들에서 주로 삶의 허무와 그 극복 의지를 다룬 것으로 알려져 있다. 서정주와 함께 생명파로 불리는 그는, 「생명의 서」와 「바위」에서 세속적인 고뇌를 극복하려는 강한 의지를 남성적인 목소리로 담고 있다. 그래서 유치환은 이육사와 함께 남성적 어조의 시인으로 평가되기도 한다.

그러나 「행복」은 성격이 좀 다르다. 시대 상황과 개인 상황이 바뀌면 시인의 시세계도 함께 변모하기 마련이다. 유치환은 해방 후 통영여자고등학교 교사로 근무하면서 알게 된 동료 교사 이영도와 열렬한 사랑에 빠지게 된다. 이후 그는 1947년부터 1967년 2월 교통사고로 사망할 때까지 하루도 빠짐없이 편지를 보냈고, 그의 사후 5,000여 통의 편지들은 200통으로 추려져 『사랑했으므로 행복하였네라』라는 서간집으로 간행되었다.

연인 사이에 오가는 편지만큼 애틋함이 가득 배어 있는 것은 없다. 유치환의 「행복」은 연인에게 편지를 보내고 그 기다림 속에서 행복해하는 사람의 모습을 그리고 있다.

'사랑하는 것은 사랑을 받느니보다 행복하나니라' 라는 첫 구절에 바로 이 시의 주제가 담겨 있다. 사랑은 베푸는 것이다. 사랑은 주고받는 것이 아니라 사랑하는 상대방에게 아무런 대가 없이 베풀고 싶은 것이다.

이 시의 화자도 그렇게 아낌없이 주고만 싶은 사랑에 빠져 행복하다. 그래서 하늘도 '에메랄드빛'이고 사람들의 얼굴도 자신처럼 행복하게 보인다. 사랑은 세상의 빛깔도 바꾸어 놓는다. 그런 화자가 보기에 우체국에 들른 사람들은 모두가 그리운 사람에게 다정한 사연들을 전하기 위해 온 것으로 보인다. 혼자라면 고달프고 외롭겠지만, 편지를 보낼 사람들이 있어서 행복하고, 사랑하는 사람들이 있어 행복할 수 있다. 시인은 그런 감정을 은유적으로 표현한다.

'인정의 꽃밭'이 된 세상에서, 너와 나의 애틋한 연분은 '진홍빛 양귀비꽃'처럼 아름다운 것이다. 사랑으로 가득 찬 화자는, 자신이 보내는 이 편지가 마지막이 될지라도 행복하다고 말한다. 설사 사랑받지 못하더라도, 사랑하고 있기 때문에.

사랑에 빠진 사람들은 그 사랑이 영원할 것이라고 믿는다. 그러나 사랑을 경험해 본 사람들은 그런 믿음이야말로 단지 환상에 지나지 않음을 깨닫게 된다. 사랑의 뜨거운 열정이 사그라지고 갑작스러운 이별을 맞게 되면 사랑했던 사람의 가슴속에는 외롭고 슬픈 애수만이 남게 된다. 김동명의 「내 마음은」에는 이와 같은 사랑의 열정과 애수라는 두 가지 측면이 함께 나타나 있다.

「내 마음은」은 은유법의 예로 자주 소개될 만큼, 각 연의 첫머리를 은유로 장식하고 있다. 시인은 사랑에 빠진 '내 마음'을 '호수' '촛불' '나그네' '낙엽'에 비유하는데, 이러한 보조관념들의 의미는 그 연의 내용을 잘 살펴보면 쉽게 파악할 수 있다.

우선 1연과 2연의 '호수'와 '촛불'은 사랑의 정열을 의미한다. 사람들은 보통 사랑에 빠지면 그 상대에게 한없이 너그러워진다. 상대방이 자신에게 상처를 입혀도 그것을 좋은 의미로 해석하려 하고, 그 결점마저도 귀엽고 사랑스럽게 느껴진다. 그리고 상대방을 위해서는 온몸이 부서지는 한이 있더라도 원하는 것은 뭐든지 해주고 싶어한다. 바로 그런 느낌을 시인은 '호수'와 '촛불'이라는 보조관념으로 표현한 것이다. '그대'를 위해서는 호수를 떠다니는 뱃전의 파도처럼 부서져도 좋고, 촛불처럼 온몸을 불살라도 좋다는 것이다. 바로 그런 사랑의 정열이 바로 '호수'와 '촛불'이라는 보조관념에 담겨 있는 것이다.

그러나 3연과 4연에서는 그와 같은 정열이 보이지 않는다. 대신 어떤 쓸쓸함이나 애상적인 느낌을 주는 '나그네'와 '낙엽'에 비유한다. 나그네는 원래 잠시 머물렀다 떠나는 존재로, '내 마음'은 '그대'의 피리소리를 들으며 하룻밤 쉬어갈 뿐이다. 영원히 머물 수 없다는 인식이 바로 '나그네'라는 보조관념에 담겨 있는 것이다. 가을

이 깊어가면서 하나둘씩 떨어지는 '낙엽' 역시 잠시 뜰에 쌓여 있다가는 바람이 불면 어디론가 쓸려가 버린다. 그와 같이 내 마음도 그대 곁에 잠시 머물 수 있을 뿐 영원할 수는 없다는 사랑의 무상함과 애상적인 느낌이 '나그네'와 '낙엽'이라는 보조관념을 통해 드러난다.

그러나 자세히 살펴보면, 1연과 2연에 나타난 사랑의 정열과 3연과 4연에 나타난 사랑의 무상함 사이에는 아무런 매개가 없이 단절이 되어 있다. 우리는 시인의 의도를 정확히 알 수는 없지만, 그 단절을 통해 달콤하고 정열적인 사랑의 끝은 아무런 예고 없이 우리에게 닥친다는 사실을 시인은 전하려고 했던 것이 아닌가 추측해볼 수 있다. 우리의 경험으로 그 단절은 충분히 이해하고 남음이 있기 때문이다.

「너를 기다리는 동안」은 김동명의 「내 마음은」과는 또 다른 깨달음을 보여준다.

반복과 전도

대부분의 시는 반복되는 부분을 가지고 있다. 한 가지 대상이 여러 가지 은유를 통해서 반복되기도 하고, 하나의 시어나 이미지가 반복되기도 하며, 때로는 한 행이나 한 연이 반복되기도 한다. 반복은 그만큼 시인이 그 부분을 중요하게 생각한다는 의미이기도 하지만 반복된다고 해서 똑같은 것이 되풀이된다는 것은 아니다. 반복되는 것들은 똑같은 것이면서도 조금씩 그 표현이나 배열, 글자 수를 달리하면서 점차 확장된다. 즉 점점 그 의미가 깊어지는 것이다.

예를 들어 유치환의 「깃발」을 보면, '이것은 ~이다'라는 문장 구조가 반복되고 있음을 알 수 있다. 그런데 시가 반복으로만 이루어져서는 안 된다. 시를 마무리하기 위해서는 반복되는 구조를 색다르게 변형시키는 것이 필요하다. 때문에 시에는 반복되던 것들과는 반대로 그것을 뒤집는 부분이 있기 마련이다. 이것을 전도라고 한다. 전도되는 부분은 전혀 다른 문장 구조나 정서로 이루어진다. 시는 단어 자체가 말하는 의미와 그 말에 감춰진 의미의 차이가 전도로 나타나기도 한다.

시를 볼 때 가장 먼저 살펴야 할 것은 반복되는 부분과 전도가 일어나는 부분이다. 그것이 시인이 가장 강조하고자 하는 부분이기 때문이다.

사랑과 삶에서 기다림은 본질적인 것이지만, 그대로 머물러서는 안 된다는 깨달음이다. 천천히 오고 있는 '너'를 위해서 때로는 '내'가 한 걸음 더 나아가기도 해야 한다. 이 시에서 기다림은 수동적인 것이 아니라 적극적으로 너에게로 다가가는 것이라는 깨달음에 이르고 있다.

연애시로 분류했지만 이 시의 '너'를 연인으로만 한정할 필요는 없다. 시어는 여러 가지로 해석될 수 있으며, 이런 많은 의미를 한 단어에 담을 수 있는 것이 시이기 때문이다. 특히 황지우는 실험적이고 전위적인 기법을 잘 활용하는 시인으로 평가된다. 1983년에 발표된 『새들도 세상을 뜨는구나』에서는 독재정권 치하에서 겪은 자유의 억압과 해방을 노래했다. 그는 실험적인 시로도 유명하지만, 사회적인 관심 또한 그의 시에서 중요한 부분을 차지한다. 따라서 「너를 기다리는 동안」에서의 '너'는 자유와 해방을 의미한다고도 볼 수 있다.

행복 _유치환

— 사랑하는 것은
사랑을 받느니보다 행복하나니라.
오늘도 나는
에메랄드빛 하늘이 환히 내다뵈는
우체국 창문 앞에 와서 너에게 편지를 쓴다.

행길을 향한 문으로 숱한 사람들이
제각기 한 가지씩 생각에 족한 얼굴로 와선
총총히 우표를 사고 전보지를 받고
먼 고향으로 또는 그리운 사람께로
슬프고 즐겁고 다정한 사연들을 보내나니.

세상의 고달픈 바람결에 시달리고 나부끼어
더욱 더 의지삼고 피어 헝클어진
인정의 꽃밭에서
너와 나의 애틋한 연분도
한 방울 연련한 진홍빛 양귀비꽃인지도 모른다.
— 사랑하는 것은
사랑을 받느니보다 행복하나니라.

오늘도 나는 너에게 편지를 쓰나니
― 그리운 이여, 그러면 안녕!
설령 이것이 이 세상 마지막 인사가 될지라도
사랑하였으므로 나는 진정 행복하였네라.

1953년 잡지 「문예」

내 마음은 _ 김동명

내 마음은 호수(湖水)요,
그대 노 저어 오오.
나는 그대의 흰 그림자를 안고,
옥(玉)같이 그대의 뱃전에 부서지리다.

내 마음 촛불이요,
그대 저 문을 닫아 주오.
나는 그대의 비단 옷자락에 떨며, 고요히
최후의 한 방울도 남김없이 타오리다.

내 마음은 나그네요,
그대 피리를 불어 주오.
나는 달 아래 귀를 기울이며, 호젓이
나의 밤을 새이오리다.

내 마음은 낙엽이요,
잠깐 그대의 뜰에 머무르게 하오.
이제 바람이 일면 나는 또 나그네같이, 외로이
그대를 떠나오리다.

1937년 잡지 「조광」

너를 기다리는 동안 _황지우

네가 오기로 한 그 자리에

내가 미리 가 너를 기다리는 동안

다가오는 모든 발자국은

내 가슴에 쿵쿵거린다.

바스락거리는 나뭇잎 하나도 다 내게 온다.

기다려본 적이 있는 사람은 안다.

세상에서 기다리는 일처럼 가슴 애리는 일 있을까.

네가 오기로 한 그 자리, 내가 미리 와 있는 이곳에서

문을 열고 들어오는 모든 사람이

너였다가

너였다가, 너일 것이었다가

다시 문이 닫힌다.

사랑하는 이여

오지 않는 너를 기다리며

마침내 나는 너에게 간다.

아주 먼 데서 나는 너에게 가고

아주 오랜 세월을 다하여 나는 지금 오고 있다.

아주 먼 데서 지금 천천히 오고 있는 너를

너를 기다리는 동안 나도 가고 있다.

남들이 열고 들어오는 문을 통해
내 가슴에 쿵쿵거리는 모든 발자국 따라
너를 기다리는 동안 나는 너에게 가고 있다.

1987년 시집 『나는 너다』

1. 「행복」에서 주제연을 찾아보고, 주제를 강조하기 위해 사용된 방법을 생각해보자.

　「행복」의 주제는, 그 시작하는 구절, "사랑하는 것은 사랑을 받느니보다 행복하나니라"로 표현되어 있다. 이 주제는 '나'가 '너'에게 편지를 쓰는 것과 겹쳐져 반복되고 나타난다.

　사랑하는 것이야말로 참행복이라고 생각하는 나는 언제나 그러했듯이 오늘도 우체국 창문 앞에서 너에게 편지를 쓴다. 쓰면서 우체국에 들어오는 사람들을 보니, 그들도 나처럼 누군가에게 사랑하는 마음을 전하려고 우체국으로 몰려드는 것만 같다. 비록 그들도 나도 우체국 밖에서는 고달픈 현실을 맛봐야 하지만, 누군가를 사랑하는 이 마음만은, 또 그 마음을 전하려고 하는 이 순간만큼은 한 송이 꽃처럼 아름다운 것이리라. 이런 저런 생각들과 함께 나는 "그리운 이여, 그러면 안녕!"이라고 편지를 끝마쳤다. 이 편지의 끝인사를 하면서 나는 생각한다. 네가 이 편지를 받아볼 수 없다고 하더라도, 답장을 하지 않더라도, 네가 더 이상 나와 만날 수 없는 처지라고 하더라도, 너를 사랑하는 이 마음을 가졌다는 것만으로 행복한 것이라고.

　그러므로 시가 전개됨에 따라 "사랑하는 것은 사랑을 받느니보다 행복하나니라"의 의미가 차츰 전개되어 마지막 연에 와서야 완성된다고 할 수 있고, 그래서 이 시의 주제연은 4연이라고 할 수 있다. 또한 주제를 강조하기 위해 "사랑하는 것은 사랑을 받느니보다 행복하나니라"가 반복적으로 사용되었음은 쉽게 알 수 있다.

2. 「너를 기다리는 동안」에서 '너'가 의미할 수 있는 것들에 대해서 생각해 보자.

　가슴 애리도록 기다리게 하는 '너'. 주위의 모든 발자국 소리에 귀기울이게 만들고, 그것이 혹시 너의 발자국 소리는 아닐까하고 기대했다가 실망하기를 반복하게 만드는 '너'. 마침내 너를 찾아 나서게 만드는 '너'. 이 너는 누구일까. 그것은 이 시의 독자가 사랑하고 기대하고 열망하는 모든 것, 그러나 아직 이루어지지 않은 것으로 의미화될 수 있다.

사랑에 빠져있지만 지금은 떨어져 있는 연인, 독재정권 아래에서 억압되어 있는 자유, 애타게 갈망하면서도 아직까지 체득하지 못한 종교적 깨달음 등, 이 모든 것이 이 시를 통해 '너'로 바뀌어, 독자들이 적극적으로 '너'를 향해 걸어가도록 하고 있다.

04
인간에 대한 존재론적 탐구

서정주(1915~2000)

전북 고창 출생. 호는 미당. 중앙불교전문강원에서 수학했으며 1936년 《동아일보》 신춘문예에 「벽(壁)」이 당선되어 문단에 등단하였다. 동인지 『시인부락』을 주재하였으며 이후 서라벌예대, 동국대 등의 교수를 역임하였다. 보들레르적 경향과 야수파적 생명의 출렁임으로 가득 찬 초기 시들이 보여주는 세계는 이후 그가 탐구했던 신라정신 즉 영생주의와 영원주의로 나아가면서 새로운 시 세계를 열어보였다고 평가된다.

유치환(1908~1967)

경남 통영 출생. 호는 청마. 극작가 유치진의 동생. 정지용의 시에서 감동을 받아 시를 쓰기 시작했다. 1931년 『문예월간』에 시 「정적」을 발표함으로써 시단에 등단하였다. 그의 시는 도도하고 웅혼하며 격조 높은 시심을 거침없이 읊은 데에 특징이 있다. 이는 자칫 생경한 느낌을 주기도 하지만 어떤 기교보다도 더 절실한 감동을 준다.

윤동주(1917~1945)

북간도 출생. 도시샤(同志社)대학 영문과 재학 중 1943년 여름방학을 맞아 귀국하다 사상범으로 일경에 체포되어, 규슈 후쿠오카 형무소에서 옥사했다. 1941년 연희전문을 졸업하고 도일하기 앞서 19편의 시를 묶은 자선시집을 발간하려 했으나 뜻을 이루지 못했다. 1948년에 유고 30편을 모아 『하늘과 바람과 별과 시』가 간행되었다. 1938~41년에 씌어진 그의 시에는 불안과 고독과 절망을 극복하고 희망과 용기로 현실을 돌파하려는 강인하고 순결한 정신이 표출되어 있다.

존재론적 고독

우리는 '존재'라는 말을 일상생활 속에서 자주 사용한다. 가령 '너란 존재는 도대체 이해가 안 돼'라고 할 때, 여기서 '존재'는 단순히 '사람' 또는 '인간'을 뜻한다. 우리가 '존재'라는 용어를 이처럼 별다른 생각 없이 일상생활에서 쓰고 있다는 것은, 그만큼 살아 있다는 것을 당연시한다는 것이다.

그러나 일상에서 조금이라도 벗어나면 상황은 달라진다. 살아 있다는 것이 무의미하게 느껴지는 순간이나 진퇴양난의 선택의 순간에 우리는 자신의 존재에 대해 실존적인 질문을 던지게 된다. '나는 왜 사는가'부터 시작해서, '어떻게 살아야 하는가', '무엇을 위해 살아야 하는가'에 이르기까지. 그러나 이러한 질문에 알맞은 대답을 구한다는 것은 불가능할지도 모른다. 삶을 영위해 가고 있는 매 시간 시간이 이러한 질문에 답을 구해 가는 과정이기 때문이다.

결국 우리는 자신의 존재 의의에 대해 명쾌한 답을 구하는 대신에, 끊임없이 질문을 던지면서 그 질문을 잊지 않고 살아갈 수밖에 없는 것이다.

다음 세 편의 시에서 화자들은 존재론적 질문을 던지고 있다. 그것은 모두 생명의 본질에 관한

것이다. 여기서 생명의 본질을 어떻게 정의하고 있는가에 주목할 필요는 없다. 다만 화자가 질문

에 대한 답을 구해 가는 과정에서 느끼는 갈등과 고민의 양상에 관심을 기울이면 된다.

서정주의 「화사」, 유치환의 「생명의 서」, 윤동주의 「또 다른 고향」은 생명의 본질은 무엇인가라는 질문을 던지고 있다. 이 시들은 존재의 본질에 접근해 가기 위해 고뇌하고 방황하는 자아상을 그리고 있다. 특히 서정주와 유치환은 생의 근원을 탐구한다는 공통점 때문에 '생명파' 또는 '인생파'로 묶이기도 한다.

서정주의 「화사」가 나온 무렵인 1930년대는 대부분의 시가 음악성을 중시했다. 그리고 이미지와 상징이 효과적으로 구사된 시가 높이 평가되었다. 이런 상황에서 등장한 「화사」가 보여준 강렬한 생명력의 이미지는 충격적이었다.

시에는 여러 가지 대립적인 요소들이 섞여 있다. 우선 중심 소재인 뱀은, 징그러우면서도 매혹적이다. 뱀은 기독교에서 인간에게 최초로 죄의식을 갖게 한 사탄의 상징이다. 그러나 뱀은 바로 그 이유 때문에 인간에게 더욱더 강렬한 유혹의 대상이 되기도 한다. 따라서 이 시에서 뱀은 '징그러운 몸둥아리'라는 저주받은 육체의 모습이지만, 또 한편으로는 '꽃대님보다도 아름다운 빛'을 발하는 아름다운 대상으로 표현되기도 한다.

뱀을 묘사하는 화자의 태도 또한 이중적이다. 시에서 화자는 '돌팔매를 쏘면서'도 '저놈의 뒤를 따르'고 있다. 즉 뱀을 혐오하면서도, 다른 한편으로는 강한 애정을 드러내는 것이다. 또한 화자는 뱀에게서 성적인 충동을 느낀다. '크레오파트라의 피 먹은 양 붉게 타오르는 고운 입술' '석유 먹은 듯……가쁜 숨결'과 같은 구절은 뱀이 성적인 상징임을 드러낸다. 이 시는 강렬한 생명력의 충동에 이끌리는 인간의 본능을 표현한 것이다.

인간이란 존재는 현실적인 제약 때문에 성적인 본능을 일정 부분 억제해야 한다. 그러나 강렬한 생명력의 충동인 성적 본능은 이성의 힘으로 쉽게 억제되는 것이 아니다. 기독교에서는 성적인 본능을 인류 타락의 원인이라며 부정한 것으로 치부해 버린다. 하지만 이런 본능은 사실 종족 번식이라는 인류의 생존을 이어주는 근본적인 힘인 것이다. 이것을 죄악시할 필요는 없다. 화자는 이와 같은 입장에서 본능에 대해 긍정하게 된다. '스며라! 배암' 이라는 외침은 이제 성적 본능의 유혹을 거스르지 않고, 본능을 그 자체로 인정하겠다는 표현이다. 이처럼 서정주의 「화사」는 꽃뱀이라는 상징물을 통해 인간의 삶 속에 내재된 본능적 충동과 관능의 세계를 노래한 것이다.

유치환의 「생명의 서」는 생의 근원에 자리잡고 있는 허무와 그 허무를 극복하기 위한 의지를 주제로 삼고 있다. 시인은 자신이 삶에 대한 회의와 번민을 스스로 감당하지 못해서 헤매게 될 때, 참된 '나' 를 찾기 위해 길을 떠날 것이라고 말한다. 이때 화자가 존재의 의미를 찾기 위해 모험을 떠나는 공간은 '사막' 이다. 그곳은 '일체가 모래 속에 사멸' 하는 극한의 공간이자, 절대 고독의 공간이다. 이처럼 자신을 극한적인 상황으로 내모는 까닭은 화자의 의지가 그만큼 강하기 때문이다.

사막이라는 절대 고독의 공간에서 화자는 진짜 '나' 와 만나고 싶어한다. 그래서 '원시의 본연한 자태' 를 배우고자 한다. 더 나아가, 생명의 본원적 세계에 도달하지 못했을 때에는 내 '백골' 조차도 회한이 없을 것이라고 한다. 죽어도 좋다는 것이다. 이는 참다운 삶을 찾고자 하는 화자의 비장한 의지를 표현한 것이다.

그런데 시인이 생각하는 '원시의 본연한 자태' 라는 것은 과연 무엇일까. 물론 시인이 아닌 이상 그것이 무얼 뜻하는지 정확하게 알기는 어렵다. 그러나 죽음까지도 각오하고 만나야 하는 것이라면, 일상적인 것은 아닌 게 분명하다. 일상적인 삶에 물들지 않은 인간의 본질, 즉 이상적인 자아를 의미한다.

그러나 시에서 중요한 것은 그러한 존재의 본질이 과연 무엇인가를 밝히는 데 있지 않다. 오히려 이 시를 읽는 우리에게는 끊임없이 인간적인 고뇌로부터 빠져 나오려고 애쓰는 화자의 삶에 대한 태도가 훨씬 더 중요하다.

윤동주의 시 「또 다른 고향」은 제목부터가 예사롭지 않다. 원래 고향은 단 한 곳일 수밖에 없다. 그러나 시의 제목은 '또 다른' 고향이 있다고 한다. 이 시에서 말하는 고향이 구체적인 지역이 아님을 제목이 암시하고 있다.

화자는 지금 고향에 와 있다. 고향에 있는 사람들은 편안하고 행복하다. 그런데 화자는 지금 고향에서 자신의 백골을 보고 있다. '백골'이라는 이미지는 '노골적(露骨的)'이라는 표현처럼 '적나라함'의 의미를 함축한다. 또 죽은 사람을 떠올리게 하므로 '불편함'의 의미도 함께 갖는다. 자신의 적나라한 현재 모습이 화자는 못마땅한

각운 rhyme

시는 음악성을 살리기 위해 말의 소리를 최대한 응용한다. 각운은 이런 음운 중에 하나로 시의 두 줄 또는 그 이상의 끝소리가 같은 소리로 조직되어 있는 것을 말한다. 혹시 힙합 음악을 좋아하는 학생이라면 이 각운을 금방 이해할 수 있을 것이다.

여기 있는 사람들 모두 높이 손을 들어/리듬에 맞춰서 신나게 몸을 흔들어/이게 진짜 파티야 하는 생각 너도 들어/나도 진짜 죽인다 하는 생각이 들어/골아픈 소리해도 절대 난 안 들어/거기 있는 아가씨 나는 아주 맘에 들어

조PD의 Fever라는 노래의 가사다. 각 행의 마지막 부분이 '어'로 끝나면서 특유의 운율을 만들어 내고 있다. 힙합 가수들은 이런 각운의 효과를 내기 위해 틈나는 대로 연습을 한다고 한다. 시에서의 각운도 이와 마찬가지다. 변영로의 「조선의 마음」을 보자.

조선의 마음을 어디 가서 찾을까/조선의 마음을 어디 가서 찾을까/굴속을 엿볼까, 바다밑을 뒤져 볼까/빽빽한 버들가지 틈을 헤쳐 볼까/아득한 하늘가나 바라다 볼까.(이하 생략)

여기서도 각 행의 마지막 부분이 '까'로 끝나면서 운율을 만들어 내고 있다. 이처럼 어절 단위의 각운도 있지만 음절 단위의 각운도 사용된다. 예를 들어 박두진의 「꽃」의 한 부분을 보면 '이는 먼/해와 달의 속삭임/비밀한 울음//한 번만의 어느 날의/아픈 피 흘림'이란 대목이 나온다. 여기서 2·3·5행의 'ㅁ'이 각운의 효과를 내고 있다.

것이다. 고향에 와 있기 때문에 더욱 그렇다. 무슨 이유 때문일까.

이 시가 일제 시대에 쓰여졌음을 염두하고 화자가 처한 상황을 상상해 보자. 화자는 일본이나 서울에서 대학 공부를 하다가 고향으로 돌아온 모양이다. 고향에 돌아와 보니 고된 노동으로 부모는 많이 늙으셨고 집안 형편은 말이 아니다. 돈 한푼 못 벌고 공부한답시고 객지에 나가 있는 게 죄송하고 송구스러운 생각이 들었을 것이다. 게다가 지금은 나라를 빼앗긴 시기다. 이런 시기에 그저 골방에 틀어박혀 공부하는 일이 그리 떳떳하지 않게 느껴지기도 한다. 아마도 이와 같은 생각들이 화자의 마음을 불편하게 만들었을 것이다. 고향으로 자신이 도망쳐 온 것 같이 느껴지기도 했을 것이다.

이런 경우 고향은 현실에 대한 안주나 부끄러운 자신과의 타협을 자각하는 공간으로 파악된다. 이 시의 화자는 스스로의 현재 삶에 대해서 만족하지 못하고 부끄러워하고 있는데, 이런 경우 고향이라는 공간은 편안함의 공간이 아니라 존재론적 반성의 공간이 된다.

「또 다른 고향」의 화자는 존재론적 반성의 계기를 맞고 있다. '방'이라는 좁고 밀폐된 공간이 무한한 '우주'로 통하게 되었다는 설정은, 시각적으로는 지붕이 없어서 하늘이 보이는 방을 연상시킨다. 이러한 공간의 이미지는 바로 '존재론적'이라는 수식어의 무거움을 명쾌하게 이미지화해 놓은 것이다.

우주에서는 바람이 불어와 나의 존재론적 반성을 유도하고 자극한다. 「서시」에서 윤동주는 '잎새에 이는 바람에도 나는 괴로워했다'라고 쓴 적이 있다. 윤동주에게 '바람'은 양심을 스쳐 지나가며, 반성 의식을 일깨우는 어떤 계시와도 같은 것이다. 그 바람은 추하고 부끄러운 노골적인 나의 모습을 스치고 지나가면서 나의 양심을 일깨운다.

존재론적 반성을 통해 화자인 '나'는 자연스럽게 분열된다. 부끄러운 나와 그 나를 바라보는 화자로서의 나, 그리고 내가 꿈꾸는 이상적인 나로 나눠진다. 나는 나의 '백골'을 들여다보면서 '아름다운 영혼'의 소유자인 '나'를 꿈꾼다.

이제 내가 가야할 길은 분명하다. 고향에 돌아와 백골의 환영을 보게 된다면, 그건 내 삶에 문제가 있는 것이다. 이제 나는 '아름다운 혼'을 가진 내가 되어야 한다. 그래야만 나는 고향에 돌아와도 편안하고 행복할 수 있을 것이다. 그 고향은 지금의 고향과는 다른 '또 다른 고향'이 될 것이다.

나는, 앞에서 '바람'이 이미 그러했듯이, 어둠 속에서 컹컹 짖는 개로부터 또 한번 어떤 계시를 받는다. 부끄러운 내 모습(백골)으로부터 벗어나, '아름다운 혼'으로

「또 다른 고향」과 「쉽게 쓰여진 시」

윤동주의 「쉽게 쓰여진 시」의 내용을 참조하면 「또 다른 고향」의 화자가 고향에서 느꼈음직한 마음의 불편함을 추측할 수 있다.

창 밖에 밤비가 속살거려/육첩방은 남의 나라.//시인이란 슬픈 천명인 줄 알면서도/한 줄 시를 적어 볼까,//땀내와 사랑내 포근히 품긴/보내 주신 학비 봉투를 받아//대학 노트를 끼고/늙은 교수의 강의 들으러 간다.//생각해 보면 어린 때 동무들/하나, 둘, 죄다 잃어 버리고//나는 무얼 바라/나는 다만, 홀로 침전하는 것일까?//인생은 살기 어렵다는데/시가 이렇게 쉽게 씌어지는 것은/부끄러운 일이다.(이하 생략)

시의 내용을 잠시 살펴보면, 화자는 일본에서 대학에 다니고 있다. 일본의 전통적인 다다미방인 '육첩방'은 화자가 일본에 거주하고 있음을 알려주고, 늙은 교수의 강의를 듣는다는 구절은 대학 교육을 받고 있음을 알려준다. 그의 학비는 아마도 고향에서 부모가 고생스럽게 모아서 보내주는 듯하다. '땀내'라는 시어에 부모의 고생스러움이 압축되어 나타나 있다. 화자는 이와 같은 현실에 처해 있는 자신에 대해 부끄러움을 느낀다. 국권을 강탈한 일본에서 부모님이 고생스럽게 보내 주는 학비로 편안하게 공부하는 데 대한 부끄러움이라고 생각할 수 있다. 이런 내용을 바탕으로 「또 다른 고향」을 읽으면 화자가 '고향'에서 느끼게 되는 심정을 조금은 추측할 수 있을 것이다.

도약해 가야 한다. 그리고 '아름다운 혼'이 거주할 수 있는 공간, 즉 나의 '아름다운 또 다른 고향'으로 가야 한다. 이 시에 나타난 존재론적인 고뇌의 모습은 세 가지 나의 모습이 벌이는 드라마이자, 두 곳의 각기 다른 고향에서 벌어지는 드라마이다.

화사花蛇 _ 서정주

사향(麝香) 박하(薄荷)의 뒤안길이다.

아름다운 배암……

얼마나 커다란 슬픔으로 태어났기에, 저리도 징그러운 몸둥아리냐

꽃대님 같다.

너의 할아버지가 이브를 꼬여내던 달변의 혓바닥이

소리 잃은 채 낼룽거리는 붉은 아가리로

푸른 하늘이다. ……물어 뜯어라, 원통히 물어 뜯어,

달아나거라, 저놈의 대가리!

돌팔매를 쏘면서, 쏘면서, 사향 방초(芳草)길

저놈의 뒤를 따르는 것은

우리 할아버지의 아내가 이브라서 그러는 게 아니라

석유 먹은 듯……석유 먹은 듯……가쁜 숨결이야

바늘에 꼬여 두를까부다. 꽃대님보다도 아름다운 빛……

클레오파트라의 피 먹은 양 붉게 타오르는

고운 입술이다……스며라! 배암.

우리 순네는 스물 난 색시, 고양이같이 고운 입술……스며라!
배암.

1936년 잡지 『시인부락』

생명生命의 서書 _ 유치환

—제1장—

나의 지식이 독한 회의(懷疑)를 구(救)하지 못하고
내 또한 삶의 애증(愛憎)을 다 짐지지 못하여
병든 나무처럼 생명이 부대낄 때
저 머나먼 아라비아의 사막(沙漠)으로 나는 가자.

거기는 한 번 뜬 백일(白日)이 불사신같이 작열하고
일체가 모래 속에 사멸(死滅)한 영겁(永劫)의 허적(虛寂)에
오직 알라의 신(神)만이
밤마다 고민하고 방황하는 열사(熱沙)의 끝.

그 열렬한 고독(孤獨) 가운데
옷자락을 나부끼고 호올로 서면
운명처럼 반드시 '나'와 대면(對面)케 될지니
하여 '나'란 나의 생명이란
그 원시의 본연한 자태를 다시 배우지 못하거든
차라리 나는 어느 사구(沙丘)에 회한없는 백골을 쪼이리라.

1947년 시집 「생명의 서」

또 다른 고향故鄕 _ 윤동주

고향에 돌아온 날 밤에
내 백골이 따라와 한방에 누웠다

어둔 방은 우주로 통하고
하늘에선가 소리처럼 바람이 불어온다

어둠 속에서 곱게 풍화작용하는
백골을 들여다보며
눈물짓는 것이 내가 우는 것이냐
백골이 우는 것이냐
아름다운 혼이 우는 것이냐

지조 높은 개는
밤을 새워 어둠을 짖는다

어둠을 짖는 개는
나를 쫓는 것일 게다
가자 가자
쫓기우는 사람처럼 가자

백골 몰래

아름다운 또 다른 고향에 가자

1948년 유고시집 「하늘과 바람과 별과 시」

1. 서정주 시에 나타난 '생명' 과 유치환 시에 나타난 '생명' 의 미묘한 차이점에 대해 생각해보자.

생명이란 무엇일까. 사전을 펼쳐보면, 생명이란 '살아있기 위한 힘의 바탕이 되는 것' 이라고 되어 있다. 이제 우리는 서정주와 유치환 두 시인에게 다시 한번 물어보자. 살아있기 위한 힘의 바탕은 또 무엇을 가리키는가? 시인이 직접 대답해 줄 처지가 안 되더라도 실망할 것은 없다. 우리에게는 그들이 남긴 시가 있으니까.

「화사」의 저 성적 이미지, 어딘가 들떠 있는 목소리, 헐떡이는 호흡은 그 자체로 우리가 제시한 질문에 하나의 답변이 된다. 삶이란 교과서와 같은 규율 속에서 차분히 정리되는 것이 아닐지도 모른다. 교과서와 같은 삶이라면, 매뉴얼대로만 작동되는 삶이라면 기계 장치의 작동과 다를바 없다. 이렇게 본다면, 생명이란 징그러우면서도 매혹적인 본능적 충동에 가까운 것인지도 모른다.

그러나 「생명의 서」를 보면 또 다른 답이 있다. "생명이 부대낄 때"는 독한 회의도 구하지 못하고 삶의 애증도 다 짊어지지 못한 때이다. 반대로 생명이 충만할 때란 이러저러한 삶의 의미를 찾기 위해 안락한 상태를 버리고 사막과 같은 곳으로 나아가는 수행자의 태도를 가질 때이다.

이 두 시가 보여주는 생명의 차이는 그 두 시의 분위기의 차이와 흡사하다. 그것은 각각 어둡고 은밀하면서도 흥분되어 있는 것이고, 또 수행자의 자세이며 결연한 의지이다.

2. 윤동주의 다른 시들을 함께 읽어보면서, 윤동주의 시에서 '고향'이 갖는 의미에 대해 생각해 보자.

　　「또 다른 고향」에서 본 '고향'의 의미를 정리해보자. 우리는 윤동주의 '고향'이 서로 다른 두 개의 의미를 동시에 갖고 있음을 보았다. 그것은 '고향'에 가서야 자신의 적나라한 실체(백골)를 발견할 수 있는 각성의 공간이라는 것, 그러면서 동시에 각성한 내가 진정한 나(아름다운 혼)를 찾아갈 수 있는 이상적 공간이라는 것이다. 우리는 「돌아와 보는 밤」에서도 이러한 구도를 확인할 수 있다. 나를 각성시키고 진정한 나를 찾도록 인도하는 고향. 피로한 도시 생활을 하는 식민지 지식인에게 그곳은 비록 눈을 감아야만 보이는 곳이었지만 그러나 사상이 저절로 익어가는 곳이기도 하다.

　　세상으로부터 돌아오듯이 이제 내 좁은 방에 돌아와 불을 끄옵니다. 불을 켜 두는 것은 너무나 피로롭은 일이옵니다. 그것은 낮의 연장이옵기에//
　　이제 창을 열어 공기를 바꾸어 들여야 할 텐데 밖을 가만히 내다보아야 방안과 같이 어두워 꼭 세상 같은데 비를 맞고 오든 길이 그대로 비속에 젖어 있사옵니다.//
　　하루의 울분을 씻을 바 없어 가만히 눈을 감으면 마음속으로 흐르는 소리, 이제 사상이 능금처럼 저절로 익어 가옵니다.//

이상(1910~1937)

서울 출생. 본명은 김해경. 1931년 7월 처녀시 「이상한 가역반응」 등을, 8월에 일문시 「조감도」, 10월에 「삼차각설계도」를 각각 『조선과 건축』에 본명 김해경으로 발표했다. 1934년 구인회에 입회하여 본격적인 문학활동 시작했다. 이태준의 소개로 《조선중앙일보》에 「오감도」를 연재하다가 문단에 파문을 일으키기도 하였다. 폐병을 가지고서 도일했으나 1937년 만 26세의 나이로 동경제대 부속병원에서 객사하였다.

윤동주(1917~1945)

북간도 출생. 도시샤(同志社)대학 영문과 재학 중 1943년 여름방학을 맞아 귀국하다 사상범으로 일경에 체포되어, 규슈 후쿠오카 형무소에서 옥사했다. 1941년 연희전문을 졸업하고 도일하기 앞서 19편의 시를 묶은 자선시집을 발간하려 했으나 뜻을 이루지 못했다. 1948년에 유고 30편을 모아 『하늘과 바람과 별과 시』가 간행되었다. 1938~41년에 씌어진 그의 시에는 불안과 고독과 절망을 극복하고 희망과 용기로 현실을 돌파하려는 강인하고 순결한 정신이 표출되어 있다.

서정주(1915~2000)

전북 고창 출생. 호는 미당. 중앙불교전문강원에서 수학했으며 1936년 《동아일보》 신춘문예에 「벽(壁)」이 당선되어 문단에 등단하였다. 동인지 『시인부락』을 주재하였으며 이후 서라벌예대, 동국대 등의 교수를 역임하였다. 보들레르적 경향과 야수파적 생명의 출렁임으로 가득 찬 초기 시들이 보여주는 세계는 이후 그가 탐구했던 신라정신 즉 영생주의와 영원주의로 나아가면서 새로운 시 세계를 열어보였다고 평가된다.

2

나르키소스의 후예들

우리는 자신의 얼굴을 직접 볼 수 없다. 얼굴은 항상 거울이라는 도구를 통해서만 확인이 가능하다. 거울을 통해 볼 수 있는 자신의 얼굴은 굴곡을 지워버린 평면에 불과하며 또한 반사되는 조건에 따라 시시각각 변하기도 한다. 따라서 거울로 볼 수밖에 없는 얼굴이 진정한 나의 얼굴인지 확신할 수 없다. 이러한 의심은 자신의 얼굴을 똑바로 보고 싶은 욕망을 불러일으키기 때문에 어쩔 수없이 또다시 거울을 들여다보게 된다. 그러다 어느 순간 자신의 얼굴이 낯설게 느껴지기도 한다.

호수에 비친 제 얼굴에 반해서 먹고 마시는 것도 잊은 채 굶어 죽은 청년이 있다. 그가 바로 죽어서 수선화가 된 청년 나르키소스다.

사람들은 자신이 생각하는 이상적인 자아상과 현실의 자신이 맞지 않을 때 절망한다. 또 한편으로는 익숙한 자신의 모습에 연민을 느끼며 자신의 절망을 스스로 위로하기도 한다. 거울을 보면서 느끼게 되는 자신의 모습에 대한 절망과 연민은 비단 외적인 측면에 머무르지 않는다. 거울에 비친 자신의 모습을 통해서 우리는 조용히 자신을 돌아보기도 한다.

시인들이 바라본 자신의 모습은 어떠했을까. 스스로에게 반해 죽음에 이르게 된 나르키소스처럼 시인들도 자신의 삶에서 나르시즘을 느끼는 것은 아닌지. 다음의 시들은 시인이 돌아본 자신의 모습을 담고 있다. 시인들의 자아상은 어떤지 살펴보자.

이상의 「거울」과 윤동주의 「자화상」은 각각 거울과 우물을 통해 자신의 얼굴을 비춰보고 있다는 점에서 발상이 동일하다. 서정주의 「자화상」은 스물세 해 동안의 자신의 삶을 담담하게 되돌아보는 서술로 이루어져 있다. 앞서의 두 작품과는 달리 어떤 모티프를 사용하지는 않았지만, 자신의 모습에 대한 절망과 연민을 표현하고 있다는 점에서 주제는 비슷하다.

이상의 「거울」에 나타난 '거울 속의 나'는, 거울을 들여다보고 있는 화자의 반성된 자아이다. 거울을 들여다보는 나는 거울 속의 나에 대해 연민의 감정을 갖고 있다. 그런데 그런 연민의 시선이 거울 속 나에게만 향해 있는 것은 아니다. 그것은 거울 속의 나와 거울 밖의 나 사이에 존재하는 메울 수 없는 거리에 대한 안타까운 시선으로 발전한다.

거울 밖의 나, 거울 속의 나, 그리고 결코 만날 수 없는 둘의 현실을 안타깝게 바라보는 화자, 이처럼 이 시에는 세 종류의 자아가 존재한다. 이들을 한자리에 모아주는 구실을 하는 것이 바로 '거울'이다. 거울이 없다면 거울 속의 나를 만질 수 있기는커녕 그것을 보는 것조차 불가능하다. 그런데 거울은 분열된 나를 직시하게 한다. 나를 비춰주되, 비춰진 것은 분열된 나 자신이다. 시에는 이처럼 분열을 거듭하는 자신을 동정하고 근심하는 태도가 잘 나타나 있다.

윤동주의 「자화상」에서는 우물이 거울의 역할을 하고 있다. 이 시에는 한 사나이가 등장한다. 그는 홀로 외딴 우물가를 찾아가서 우물에 자신의 모습을 비춰본다. 그러면 그 모습에 미움과 연민, 또 그리움의 감정이 생겨난다. 우물에 비춰진 자신의 모습에 미움을 느끼는 이유는 무엇일까. 이는 사나이가 현재 자신의 모습을 불만족스럽게 여기고 있기 때문이다. 그러나 그 미움은 용서가 가능한 받아들일 수 있는 것이다. 자신이 미운 이유를 스스로 잘 알기 때문에 그 감정은 연민으로 바뀔 수 있다.

그렇다고 해서 연민의 감정이 지속될 수는 없다. 왜냐하면 사나이는 자신의 현재 모습을 그대로 인정하고 체념할 수 없기 때문이다. 이상적으로 생각하는 자신의 모습이 무엇이라고 규정할 수는 없지만, 적어도 현재의 모습은 아니다. 따라서 시에서 사나이는 어쩔 수 없이 미움과 연민 사이에서 감정의 시소를 계속 타고 있는 것이다.

이상의 「거울」에서 화자는 거울을 사이에 두고 분열된 자아를 안타까운 시선으로 바라본다. 그는 현실의 삶에서 자아가 분리된 모습으로 존재할 수밖에 없다는 사실 자체에 대한 안타까움을 드러내는 데에 중점을 두고 있다. 반면, 윤동주의 「자화상」에서는 이상적인 수준에 도달하지 못하는 자아에 대한 반성이 존재한다.

우물 속에는 '달이 밝고 구름이 흐르고 하늘이 펼치고 파아란 바람이 불고 가을이 있'고, '추억처럼 사나이가 있'다는 마지막 연을 보자. 우물에 비친 자신의 모습은 미움과 연민의 대상이다. 그것이 추억처럼 있다는 것은, 언젠가는 이상적인 자화상을 보고 싶다는 마음의 표현이다. 자신이 바라는 이상적인 자아상이 실현되었을 때, 미움과 연민의 대상이었던 이전의 자아상은 단지 추억이 될 뿐이다. 그러나 이상적인 자아상은 너무나 멀리 있다. 현실 속에서 사나이는 끊임없이 현실의 나에 대해 미움과 연민의 감정을 반복해서 느낄 것이다. 못마땅한 현실의 내가 완벽하게 추억이 될 수 있는 날도 너무 멀리 있다. 그래서 추억이 있다가 아니라 추억 '처럼' 있다는 직유를 사용한 것이다.

윤동주의 「자화상」과 동일한 표제인 서정주의 「자화상」은 거울이나 우물을 통해 자신을 비춰보지는 않는다. 그러나 자아는 나름대로 스물세 해 동안의 삶을 돌아보며 속마음을 고백한다. 시를 감상함에 있어서, 과연 이 시의 내용이 서정주 자신의 전기적 사실과 관련이 있는가, 혹은 식민지 시대의 역사적 현실을 반영하고 있는가 하는 것을 밝히는 작업은 별 의미가 없다. 중요한 것은 시에서 자아가 자신의 삶을 되돌아보는 그 태도가 어떠한지를 살펴보는 일이다.

자아의 내면에는 방황과 좌절과 죄의식이 섞여 있다. 또 한편으로는 '몇 방울의 피'라는 생명력의 상징이 포함되어 있다. 이러한 복합적인 감정은 '바람'이라는 시어를 통해 잘 드러난다. '바람'이 단지 청년기의 방황만을 의미하는 것은 아니다. 과거의 삶에 대한 전면적인 부정도 아니다. '바람'은 젊은 날 시인이 겪었던 온갖 삶의 경험들을 의미한다.

화자는 '몇 방울의 피'로 상징되는 본능을 다스리는 방법을 몰라 '병든 수캐마냥 헐떡거리며' 살아왔다. 그러나 그러한 삶에 대해 자아는 '아무것도 뉘우치진 않을란

나르키소스 Narcissos

나르키소스는 그리스 신화에 나오는 잘생긴 청년이다. 그는 빛나는 눈과 동글동글한 뺨에 건강과 활력이 넘치는 몸을 가지고 있었다. 하지만 그는 자신의 잘생긴 외모에 반해서 나르키소스의 관심을 끌려는 여자나 요정들에게 무척 잔인하게 대했다. 그러자 퇴짜맞은 요정들이, 신들에게 나르키소스에게 사랑이 무언지 알게 하고 사랑의 보답을 받지 못하는 것이 얼마나 비참한 일인가를 깨닫게 해달라고 기도했다. 복수의 여신인 네메시스가 이들의 기도를 들어주었다.

나르키소스가 사는 산속에는 아주 물이 맑은 샘물이 있었다. 어느 날 사냥에 지친 나르키소스가 더위와 갈증에 쫓겨 물을 마시려고 샘물에 몸을 구부렸을 때, 그는 수면에 비친 자신의 모습을 봤다. 그는 그 모습이 샘물 안에 사는 아름다운 요정, 즉 수선이라고 생각하고 그만 사랑에 빠져 버렸다. 그는 그 그림자에 입맞추려고 다가가 두 팔을 물 속에 담그자 그 모습이 사라졌다. 그리고 자신이 멀어지자 다시 나타난 모습은 나르키소스의 가슴에 불을 질렀다. 그는 결국 그 모습에 애태우며 시름시름 앓다가 세상을 떠났다. 나르키소스의 영혼은 저승에 흐르는 강인 스틱스를 건널 때도 강물에 비친 자신의 모습을 보려고 뱃전에서 몸을 구부렸다고 한다.

나르키소스가 죽자 물의 요정들, 즉 수선들은 그의 죽음을 몹시 슬퍼하며 그의 시신을 찾으려고 했지만 찾을 수가 없었고, 그의 시신 대신 가운데는 자주빛이고 가장자리는 하얀 한 송이 꽃이 눈에 띄었다. 이 꽃은 오늘날까지 나르키소스(수선화)라는 이름으로 불리고 있다.

자기애라고 번역되는 나르시시즘이란 용어는 바로 나르키소스에서 유래한다. 즉 수선화가 된 그리스 신화의 미소년 나르키소스와 연관지어, 독일의 정신과 의사 네케가 1899년에 만든 말이다. 자기의 육체를 이성의 육체를 보듯 하고, 또는 스스로 애무함으로써 쾌감을 느끼는 것을 말한다. 한 여성이 거울 앞에 오랫동안 서서 자신의 얼굴이 아름답다고 생각하며 황홀하여 바라보는 것은 이런 의미에서 나르시시즘인 것이다

다' 며 후회하지 않는다. 이는 자아가 이제까지의 삶에서 절망만을 보고 있는 것은 아니라는 점을 의미한다. 따라서 '바람' 은 '피' 라는 시어와 함께 현실의 삶을 더욱 생명력 있게 만드는 요소가 된다. 즉 서정주의 「자화상」 속에서 과거의 삶을 되돌아보는 자아의 태도에는 절망과 희망, 부정과 긍정이 함께 나타나 있다.

거울을 통해 완벽한 자신의 모습을 보는 것은 불가능하다. 마찬가지로 우리들이 현실에서 완벽한 자화상을 실현시키는 것도 불가능하다. 단지 우리는 이상적 자아와 비슷하지만 완벽히 같을 수는 없는, 현실적 자아의 모습을 원망하거나 동정할 수 있을 뿐이다. 세 편의 시는 각각 이러한 주제를 드러내고 있다. 이러한 주제뿐만 아니라 형식에서도 세 편의 시는 독특하다. 이상의 「거울」은 띄어쓰기를 무시한 독특한 시 형태를, 윤동주의 「자화상」과 서정주의 「자화상」은 산문시의 형식을 취하고 있다.

거울 _이상

거울속에는소리가없소.
저렇게까지조용한세상은참없을것이오.

거울속에도내게귀가있소.
내말을못알아듣는딱한귀가두개나있소.

거울속의나는왼손잡이오.
내악수(握手)를받을줄모르는—악수(握手)를모르는왼손잡이오.

거울때문에나는거울속의나를만져보지를못하는구료마는
거울이아니었던들내가어찌거울속의나를만나보기만이라도했겠소.

나는지금(至今)거울을안가졌소마는거울속에는거울속의내가있소.
잘은모르지만외로된사업(事業)에골몰할께요.
거울속의나는참나와는반대(反對)요마는
또꽤닮았소.
나는거울속의나를근심하고진찰(診察)할수없으니퍽섭섭하오.

1933년 잡지 「카톨릭 청년」

자화상自畵像 _ 윤동주

산모퉁이를 돌아 논가 외딴 우물을 홀로 찾아가선 가만히 들여다봅니다.

우물 속에는 달이 밝고 구름이 흐르고 하늘이 펼치고 파아란 바람이 불고 가을이
있습니다.

그리고 한 사나이가 있습니다.
어쩐지 그 사나이가 미워져 돌아갑니다.

돌아가다 생각하니 그 사나이가 가엾어집니다.
도로 가 들여다보니 사나이는 그대로 있습니다.

다시 그 사나이가 미워져 돌아갑니다.
돌아가다 생각하니 그 사나이가 그리워집니다.

우물 속에는 달이 밝고 구름이 흐르고 하늘이 펼치고 파아란 바람이 불고 가을이
있고 추억처럼 사나이가 있습니다.

1948년 『하늘과 바람과 별과 시』

자화상自畵像 _ 서정주

애비는 종이었다. 밤이 깊어도 오지 않았다.

파뿌리같이 늙은 할머니와 대추꽃이 한 주 서 있을 뿐이었다.

어매는 달을 두고 풋살구가 꼭 하나만 먹고 싶다 하였으나 ……흙으로 바람벽 한 호롱불 밑에

손톱이 까만 에미의 아들.

갑오년(甲午年)이라든가 바다에 나가서는 돌아오지 않는다 하는 외할아버지의 숱많은 머리털과

그 커다란 눈이 나는 닮았다 한다.

스물세 해 동안 나를 키운 건 팔할(八割)이 바람이다.

세상은 가도가도 부끄럽기만 하더라.

어떤 이는 내 눈에서 죄인(罪人)을 읽고 가고

어떤 이는 내 입에서 천병(天痴)를 읽고 가나

나는 아무것도 뉘우치진 않을란다.

찬란히 틔워오는 어느 아침에도

이마 위에 얹힌 시(詩)의 이슬에는

몇 방울의 피가 언제나 섞여 있어

볕이거나 그늘이거나 혓바닥 늘어뜨린

병든 수캐마냥 헐떡거리며 나는 왔다.

1941년 시집 『화사집』

1. 나르키소스 신화의 내용을 차용하고 있는 문학 작품을 찾아서 읽어보고, 그 신화의 내용이 작품 내에서 갖는 의미에 대해 생각해 보자.

　　호수에 비친 자신의 모습에 반해 그 물그림자를 하염없이 바라보다가 호수에 빠졌다는(혹은 그 자리에 굳어 꽃이 되었다는) 나르키소스의 신화는 인간이 스스로에게 갖는 지대한 관심과 애정이 어떤 것인지를 잘 보여주고 있다. 우리가 앞서 살펴본 시들이 자신에 대한 성찰에서 비롯된 것이라면, 릴케의 「거울 앞의 여인」은 보다 직접적으로 나르키소스 신화를 차용하고 있다. 이 시는 거울 앞에 앉은 한 여인이 그 자신의 이미지에 얼마나 집중해 있는지 잘 보여준다. 이 여인은 자신의 이미지에 얼마나 집중해 있는지 그 자신의 이미지를 '마신다'고 표현되어 있다. 또한 이 여인은 그녀의 애인이 자신을 어떻게 바라보았는지 가늠하고 어떤 기대에 부풀었다가 혹시 나를 못났다 생각하지 않을까 하는 다소 히스테릭한 걱정에 사로잡혀 있다. 이 시에서 릴케는 거울이라는 보다 현대적인 물그림자를 통해 한 여인이 자신의 이미지에 얼마나 심취해있는지를 자세히 묘사하고 있다.

　　마치 수면제 용액 속의 향료처럼/ 그녀는 살며시 푼다 물처럼 맑은/ 거울 속에서 자신의 피곤한 외모를;/ 그리고 그녀는 자신의 미소를 완전히 집어넣는다.// 그리고 그녀는 기다린다, 그 액체가/ 상승하기를; 그후 그녀는 자신의 머리를 붓는다/ 거울 속으로 그리고, 그 놀라운/ 어깨를 야회복 밖으로 들어올리며,// 마신다 그녀는 소리 없이 자신의 상(像)으로부터. 그녀는 마신다,/ 한 애인이 황홀하게 마신 것만 같은 것을./ 시험하면서, 불신에 가득 차서; 그리고 그녀는 손짓한다// 비로소 시녀에게, 그녀가 거울의/ 배경에서 등불들을 발견하고 나서야, 장롱(欌籠)들을/ 그리고 늦은 시간의 혼탁함을.

2. 이상의 시에서 거울과 관련된 시들을 더 찾아보고, 시 속에 형상화된 분열된 주체의 의미에 대해 생각해 보자.

　　이상은 '자아'에 대해 고찰한 많은 시를 썼고, 「오감도 시제4호」에서는 거울에 비친 대칭된 숫자판을 보여주었으며, 「오감도 시제15호」, 「명경(明鏡)」 등에서는 「거울」에서와 같이 '거울'이 핵심적인 소재로 사용된다.

　　「오감도 시제15호」는 「거울」과 같이 거울을 통해 분열된 자아를 발견하며 이 분열된 자아 때문에 고통을 느낀다. 조금 풀어서 읽어본다면, '거울'이란 자신과 관련하여 떠오르는 생각을 상징하는 것으로, 곧 자의식에 해당하는 것이다. 그의 자의식 속에서 '나'라는 것은 하나의 완전한 인격이 아니고 현실적인 나(거울 밖의 나)와 상상 속의 나(거울 속의 나)로 분열되어 있으며, 그 둘 사이는 너무도 멀리 떨어져 있다. 이 너무도 먼 거리가 좁혀지지 않아 이상 시의 화자들은 괴로워하고, 거울 안과 바깥의 '나'는 서로를 이물(異物)스러워한다. 그들은 결코 화해할 수 없으며 거울 속의 나와 거울 밖의 나가 모두 거울을 중심으로 그 안팎으로 갇혀있다. 그 영어(囹圄)의 상태가 얼마나 고통스러웠던지 「오감도 시제15호」는 자살까지 시도하는데, 거울 속의 나는 심장에 오른쪽에 있어 자살 또한 여의치 않은 절망적인 상황이다.

　　우리는 이 분열된 주체가 시대적 상황 때문에 결코 현실화시킬 수 없는 이상적 자아라고 생각할 수도 있다. 「명경」과 같은 시에서는 거울의 그 선뜩한 느낌에도 불구하고 상대방을 계속 어루만지려 하는 장면이 나오는데 이는 거울 안팎을 하나로 묶으려는 시도처럼 보이기 때문이다. 또 다르게 보면 분열된 자아들이 서로를 이물스러워하고 고통스러워하는 것을 보면, 거울 속의 분열된 자아는 현실에서는 결코 용서할 수 없는 무의식적 욕망일지도 모른다. 나는 은연 중에 누군가를 살해하고 싶어하는 악당일지도 모른다. 하지만 나에게 그런 잔혹한 면이 있었다니. 나는 그런 '나의 일부'를 무서워할 노릇이다.

서정주(1915~2000)

전북 고창 출생. 호는 미당. 중앙불교전문강원에서 수학했으며 1936년 《동아일보》 신춘문예에 「벽(壁)」이 당선되어 문단에 등단하였다. 동인지 『시인부락』을 주재하였으며 이후 서라벌예대, 동국대 등의 교수를 역임하였다. 보들레르적 경향과 야수파적 생명의 출렁임으로 가득 찬 초기 시들이 보여주는 세계는 이후 그가 탐구했던 신라정신 즉 영생주의와 영원주의로 나아가면서 새로운 시 세계를 열어보였다고 평가된다.

유치환(1908~1967)

경남 통영 출생. 호는 청마. 극작가 유치진의 동생. 정지용의 시에서 감동을 받아 시를 쓰기 시작했다. 1931년 『문예월간』에 시 「정적」을 발표함으로써 시단에 등단하였다. 그의 시는 도도하고 웅혼하며 격조 높은 시심을 거침없이 읊은 데에 특징이 있다. 이는 자칫 생경한 느낌을 주기도 하지만 어떤 기교보다도 더 절실한 감동을 준다.

정지용(1902~1950)

충북 옥천 출생. 독실한 가톨릭 신자로 순수시인이었으나, 광복 후 좌익 문학단체에 관계하다가 전향, 보도연맹에 가입하였으며, 한국전쟁 때 공산군에 끌려간 후 사망했다. 1933년 『카톨릭 청년』의 편집고문으로 있을 때, 이상의 시를 실어 그를 시단에 등장시켰으며, 1939년 『문장』을 통해 조지훈, 박두진, 박목월 등 청록파를 등장시켰다. 섬세하고 독특한 언어를 구사하여 대상을 선명히 묘사, 한국 현대시의 신경지를 열었다는 평가를 받는다.

초월에의 욕망과 좌절

그리스

신화에 나오는 이카루스는 큰 새들의 깃털로 만든 날개를 밀랍으로 붙여 최초로 하늘로 날았던 인물이다. 자만에 빠져 너무 높이 날아올라 밀랍이 녹으면서 추락해 버리긴 했지만, 그의 이야기는 비상하고자 하는 인간의 욕망을 보여준다. 하늘을 향한 동경은 곧 무한성에 대한 동경과 통하기 때문이다.

예로부터 지상과 천상은 대립되는 것으로 이해되었다. 동서양을 막론하고 하늘은 초월적인 공간 혹은 무한 절대의 공간이며, 종교적으로는 신이 주거하는 성스러운 공간이다. 이에 반해 인간의 삶은 철저히 지상에 구속되어 있다. 인간은 신처럼 무한하지 않고 유한한 존재이며, 일상의 세계를 벗어날 수 없다. 그러나 인간은 스스로가 유한한 존재임을 자각하면서도 영원성에 대한 동경을 포기하지 못한다. 오히려 유한한 존재이기 때문에 더욱더 그 유한성을 초월하고 싶어하는 것인지도 모른다.

흔히 생로병사로 표현되는, 살면서 어쩔 수 없이 겪어야 하는 고통 외에도 인간은 온갖 슬픔, 절망에 시달린다. 그러한 것들로부터 벗어나고자 하는 욕망은 일상을 체념하며 받아들이는 일반인

들보다 시인들에게 더 강렬하게 나타난다. 시인들은 그런 욕망을 어떤 소재를 통해 표현하고 있

는지 살펴보자.

'춘향의 말(1)'이라는 부제가 붙어 있는 「추천사」는 대표적 고전인 『춘향전』을 배경으로 한다. 부제를 통해 알 수 있듯이, 이 시는 춘향이 그네를 타면서 내뱉는 독백 형태로 구성되어 있다. '추천'이라는 말은 그네를 뜻한다. 이 시가 『춘향전』을 모티프로 하고 있기는 하지만, 그 내용보다는 춘향이 그네를 타는 장면만을 따온 것으로, 여기에 시인의 자유로운 상상력을 덧붙인 작품이다. 이 작품에서 가장 눈여겨 보아야 할 것은 '그네'가 가진 상징성이다. 그네는 위아래로 흔들리지만, 언제나 묶여 있다. 그네를 힘차게 밀면 하늘에 가까워지지만, 금세 제자리로 돌아올 수밖에 없다. 묶여 있기 때문에 그 자리를 벗어날 수도 없다. 여기서 그네는 천상의 초월적인 공간으로 가고 싶지만, 지상의 현실에 묶여 있을 수밖에 없는 인간의 운명을 상징한다.

　　1연과 2연에서 춘향은 어딘가로 멀리 떠나고 싶어한다. '머언 바다'란 고통스럽고 따분한 일상으로부터 벗어나 도달하고 싶은 장소이다. 3연의 '하늘'과 마찬가지로 '바다' 또한 인간적인 제약을 뛰어넘어야 닿을 수 있는 초월적 공간이다. 춘향은 그곳에 가고 싶어서 '울렁이는 가슴'을 참을 수가 없어 그네를 타고 하늘로 향한다. 그러나 춘향은 알고 있다. 아무리 그네를 타더라도 한계를 넘어 저 하늘로 갈 수 없다는 사실을. 그래서 '서으로 가는 달'처럼 갈 수 없다고 탄식하고 '아무래도' 갈 수 없다고 슬퍼한다. 초월하고 싶지만 한계에 부딪쳐 그 소망이 좌절되는 데서 생겨나는 애절한 외침이다. 서쪽은 불교에서 '서방정토', 즉 극락세계를 의미하기도 한다. 따라서 인간은 더욱 그곳에 갈 수 없다. 그런데도 춘향은 그네를 밀어 올리라고 한다. 불가능한 줄 알지만 가슴속에서 치솟는 초월하고자 하는 욕망을 누를 수가 없기 때문이다.

　　「추천사」와 더불어 많이 언급되는 작품으로 춘향연작(3) 「춘향 유문」이 있다. 이 작품 역시 『춘향전』을 모티프로 하지만, 시공을 초월한 영원한 사랑을 그리고 있다는 점에서는 차이가 있다. 또한 이 시에서 현실세계를 가리키는 시어들로 '수양버들나무, 풀꽃더미, 나비새끼, 꾀꼬리, 산호, 섬' 등이 등장하고, '바다, 하늘'이 이에 대립하는 초월적 공간이 된다.

유치환의 「깃발」은 서정주의 시보다 앞선 1936년 잡지 『조선문단』에 발표된 작품이다. 서정주가 초월에의 소망과 좌절을 '그네'를 통해 표현했다면, 유치환은 '깃발'을 통해 이야기하고 있다. 깃발 또한 먼 곳을 향해 나부끼지만 항상 깃대에 묶여 있다는 점에서 그네와 비슷하다. 깃발은 항상 깃대의 꼭대기에 걸려 영원의 공간으로 가고자 하는 소망을 의미한다. '해원', 즉 '바다'는 이 시에서도 화자가 지향하는 초월의 공간이다.

「깃발」에는 은유가 많이 쓰였다. '아우성' '손수건' '순정' '백로' '마음' 등은

이카루스 Icarus

이카루스는 그리스 신화에 나오는 위대한 발명가 다이달로스의 아들이다. 다이달로스는 크레타섬의 미노스 왕을 위해 한번 들어가면 쉽게 빠져나오기 힘든 미궁을 만들었다. 그후 미노스 왕의 총애를 잃은 그는 탑 속에 갇히게 되었다. 다이달로스가 그 감옥을 빠져나오려면 바다를 건너야만 했는데, 왕이 모든 선박을 엄중하게 감시하고 있어서 바다를 건너는 것이 불가능했다. 그러자 다이달로스는 새의 깃털을 밀납으로 붙여서 날개를 만들어 하늘을 날아 빠져나가려는 계획을 세웠다.

이윽고 날개가 완성되자 다이달로스는 어린 아들에게 날개를 달아주고 나는 법을 가르쳐 주면서, 한 가지 주의를 주었다. 너무 높이 날면 밀납이 태양의 열기 때문에 녹고, 너무 낮게 날면 바위의 습기 때문에 날개가 무거워지므로 적당한 높이로 날아야 한다는 경고였다. 마침내 다이달로스와 그의 어린 아들 이카루스는 하늘로 날아올라 감옥에서 빠져나갔다. 그러나 얼마 정도 날아가다보니 이카루스는 자신감이 붙어서 아버지의 주의를 잊고 하늘 높이 날아오르고 말았다. 아버지의 경고대로 태양의 열기로 밀납이 녹아내려 이카루스는 푸른 바다 속으로 곤두박질쳐 버렸다.

최초로 하늘을 날아오른 이카루스는 이후 인간의 한계를 넘어서려는 초월적인 욕망을 대변하는 인물로 자주 언급되게 되었다.

모두 '깃발'의 보조 관념이다. 결국 이 시는 '깃발은 ~이다'라는 문장의 반복으로 이루어져 있는 셈이다. 「깃발」은 기초적인 은유의 반복만으로도 훌륭한 시가 될 수 있다는 사실을 잘 보여주고 있다.

그러나 같은 명제가 반복된다고 해서, 똑같은 내용이 되풀이되는 것은 아니다. 깃발의 보조 관념은 청각적 이미지(아우성)와 시각적 이미지(손수건, 백로)를 거쳐서 '애닯고 슬픈 마음'이라는 관념으로 변화된다. 이에 따라 화자의 감정도 그만큼 심화되고 있다. 또 「깃발」에서 '소리없는 아우성'이라는 표현은 흔히 '모순형용' 혹은 '역설'로 이야기된다. 김영랑의 「모란이 피기까지는」에서 '찬란한 슬픔의 봄'이 같은 유형의 표현이다. 흔히 역설은 논리적으로는 모순이지만, 더 큰 진실을 이야기하기 위해서 사용된다. '소리없는 아우성'은, 지상에 묶여 있으면서도 초월을 꿈꾸는

공감각적 표현 共感覺的 表現, synaesthetic

어떤 시의 구절을 읽었을 때, 한번에 두 가지 이상의 감각을 동시에 느낄 수 있을 때, 그 구절에는 '공감각적 표현'이 사용되었다고 말한다. 가령, 어떤 가수의 목소리가 너무나 간드러질 때 우리는 '그녀의 예쁜 목소리가 몸에 착착 감기는 것 같다'는 표현을 쓴다. 이때 목소리는 원래 청각적 이미지를 불러일으키지만, 그것이 '몸에 감긴다'는 촉각적인 느낌으로 표현되었다. 이런 경우를 '청각의 촉각화'라고 한다. 즉 청각이 촉각적 표현으로 바뀌었다는 의미다.

이처럼 두 가지 감각이 동시에 지각되는 경우가 시에서 빈번하게 나타난다. 물론 두 가지 이상의 감각이 물리적으로 동시에 지각되는 경우를 가리키는 것은 아니다. 예를 들어 '날씨는 무척 따뜻했고, 풍경은 더없이 아름다웠다'는 구절은 촉각과 시각이 동시에 표현되어 있지만 공감각적 표현은 아니다.

공감각적 표현은 반드시 한 감각이 다른 감각으로 전이되어야 한다. 이제는 하도 많이 들어서 '공감각적 표현' 하면 떠오르는 김광균의 「외인촌」의 한 구절을 보자. '분수처럼 흩어지는 푸른 종소리'. 이 대목에는 '종소리'(청각)가 '푸르다, 분수처럼 흩어진다'로 시각화되고 있다. 이는 청각이 시각화된 공감각적인 표현이 사용된 것이다.

시의 주제를 잘 드러내 준다.

정지용의 「그의 반」은 흔히 알려진 그의 시와는 표현법과 정서가 전혀 다른 작품이다. 유학 시절 천주교에 입교했던 정지용은, 1933년에는 『카톨릭청년』이란 잡지의 편집일을 맡게 된다. 이때부터 한동안 정지용은 종교적인 내용를 담은 신앙시들을 발표했다. 이 시기의 그의 작품들이 이전이나 이후의 작품에 비해 질이 떨어진다는 평가를 받고 있기는 하지만, 「그의 반」만큼은 신앙과 관련된 내용을 담고 있으면서도 시적 긴장을 잃지 않은 빼어난 작품으로 인정받고 있다.

얼핏 보면 이 작품은 사랑에 관한 내용을 다루고 있는 것처럼 보인다. 대상에 대한 간절한 그리움과 동경을 그리고 있기 때문이다. 화자는 '그'라는 대상을 여러 은유를 통해서 표현하고 있다. 이는 '그'가 너무나 고귀한 존재이기 때문에 '그'에게 이름을 붙일 수 없기 때문이라고 말한다. '그'를 설명할 수 있는 방법은 '불' '달' '금성' '고산 식물'의 은유를 통하는 길뿐이다. 모든 속성을 포괄하고 있는 절대적인 존재를 한마디로 정의하기는 어려운 법이다. 때문에 '그'를 설명할 수 있는 방법은 '그'와 비슷한 속성을 지니고 있는 것을 나열하는 수밖에 없다.

그러나 그토록 값지고 고귀한 존재는 화자로부터 멀리 있다. 멀리 있다는 것은 '그'가 나와는 좁힐 수 없는 차이가 있다는 것을 의미한다. 그리고 그 차이만큼 '그'는 고귀한 존재라는 것을 다시 한 번 강조하는 것이다. 화자가 항상 고개를 숙일 수밖에 없는 절대적인 존재인 '그'는 다름 아닌 '신', '하나님'이다. 절대적인 존재 앞에서 인간은 항상 부족한 존재일 수밖에 없다. 화자가 자신을 '그의 반'이라고 말하는 것도 그 때문이다.

「그의 반」에서 화자는 「추천사」「깃발」과는 달리 인간의 유한성을 인정하고, 그것을 받아들인다. 무한하고 절대적인 것을 동경하기는 하지만, 그것은 인간의 몫이 아니라고 말한다. 그러한 것들에 대한 동경으로 무수한 번뇌와 갈등에 시달리는 대신, 인간의 한계를 겸손하게 받아들이면서 마음의 평화를 택하는 것이다. 이는 아마도 종교의 영향일 것이다. 이 세상을 만든 절대적인 존재를 인정하게 되면 현실의 고통과 한계는 모두 신의 뜻에 의한 것이 되고, 인간은 신의 뜻을 거역할 수 없는 존재가 되기 때문이다.

추천사鞦韆詞 _서정주
— 춘향의 말 1

향단(香丹)아, 그넷줄을 밀어라
머언 바다로
배를 내어 밀듯이,
향단아

이 다소곳이 흔들리는 수양버들나무와
베갯모에 놓이듯한 풀꽃 더미들로부터
자잘한 나비 새끼 꾀꼬리들로부터
아주 내어 밀듯이, 향단아

산호(珊瑚)도 섬도 없는 저 하늘로
나를 밀어 올려 다오
채색(彩色)한 구름같이 나를 밀어 올려 다오
이 울렁이는 가슴을 밀어 올려 다오!

서(西)으로 가는 달같이는
나는 아무래도 갈 수가 없다

바람이 파도를 밀어 올리듯이

그렇게 나를 밀어 올려 다오.

향단아

*추천-그네

1956년 시집 「서정주시선」

이것은 소리없는 아우성

저 푸른 해원(海原)을 향하여 흔드는

영원한 노스탈쟈의 손수건

순정은 물결같이 바람에 나부끼고

오로지 맑고 곧은 이념의 푯대 끝에

애수(哀愁)는 백로처럼 날개를 펴다

아 누구인가

이렇게 슬프고도 애달픈 마음을

맨 처음 공중에 달 줄을 안 그는

1936년 잡지 『조선문단』

그의 반 _ 정지용

내 무엇이라 이름하리 그를?

나의 영혼 안의 고운 불,

공손한 이마에 비추는 달,

나의 눈보다 값진 이,

바다에서 솟아 올라 나래 떠는 금성(金星),

쪽빛 하늘에 흰 꽃을 달은 고산 식물(高山植物),

나의 가지에 머물지 않고,

나의 나라에서도 멀다.

홀로 어여뻐 스사로 한가로워 — 항상 머언 이,

나는 사랑을 모르노라 오로지 수그릴 뿐.

때없이 가슴에 두 손이 여미어지며

굽이굽이 돌아 나간 시름의 황혼(黃昏)길 위 —

나 — 바다 이 편에 남긴

그의 반임을 고이 지니고 걷노라.

1935년 시집 『정지용시집』

주제심화 Q&A

1. '그네' '깃발' 외에도 인간의 유한성과 무한성에 대한 동경을 동시에 표현할 수 있는 소재를 생각해 보자.

　　인간은 완전한 지식과 진리를 갈망하고, 또 이성을 통해 차츰 자신의 지식을 완성시켜가지만, 결코 완전함에 이르지는 못한다. 인간은 전 우주와 소통하는 종교적 순간을 꿈꾸지만 자신의 몸뚱아리 밖의 세계에는 결국 이물감을 느낄 뿐이다. 이러한 인간의 특성 때문에 인간은 종종 신과 자연의 중간적 위치로 표현되고는 한다. 인간은 자연과 같이 자신의 본성 그대로에 머물러 있지 않고 완전하고 무한한 것을 갈망하면서도, 신의 위치에는 결코 도달하지 않는다.

　　우리가 앞의 시에서 본 '그네', '깃발'은 이러한 인간의 특성을 암시하고 있다. 그네는 하늘을 향해 나아가는 도구이면서도 나무에 메어 있으며 결국 지상으로 되돌아오고 만다. 깃발은 저 먼곳을 향해 손짓하면서도 깃대는 땅에 단단히 박혀 있다.

　　이러한 중간적 위치를 표현하는 소재로 인간의 이마, 산의 정상, 바다 등을 사용할 수도 있을 것이다. 지상을 걷고 있지만 인간은 항상 하늘을 향해있는 이마를 갖고 있으며, 하늘 더 가까이 가기 위해 산의 정상에 올라보지만 결코 하늘에 이르지는 못한다. 저 멀리 떨어져 있는 세계에 이르기 위해 바다를 건너면서 무한성을 느껴보지만 인간은 결국 바다에 침몰할 수 밖에 없다.

2. 「그의 반」에서 '그'를 표현하기 위한 시어들인 '불' '달' '금성' '고산식물'의 이미지가 지닌 공통점에 대해서 생각해 보자.

　　「그의 반」에서 '그'는 고귀하고 절대적인 신과 같은 존재로 그려지고 있다. 그것은 무한하고 절대적인 것이라서 함부로 이름붙일 수 없고 다만 불, 달, 금성, 고산 식물의 이미지로만 비유될 뿐이다.

이들은 한결 같이 일상적이면서도 섣불리 다가갈 수 없는 신비함을 지니고 있다. 불은 우리에게 친숙한 것 같으면서도 프로메테우스에 의해 인간의 손에 쥐어진 신의 선물이다. 불은 사물이 급격하게 산화되면서 나타나는 현상으로 그 형체가 불분명하면서도 아름다우며 사물을 파괴하거나 열기를 내뿜는 힘을 갖고 있다. 달은 밤에만 나타나며 날에 따라 형체를 바꾸고 여신으로 표현되기도 하며, 금성은 다른 별과 같이 천상의 존재로 여겨지면서도 유난히 밝은 빛을 내뿜는다. 산은 그 자체로 신성한 것으로 여겨지며 그 산 중에서도 높은 산, 사람의 손이 잘 닿지 않는 곳에서 자라는 고산식물은 은밀함을 더하는 것이다.

김수영(1921~1968)

서울 출생. 학병 징집을 피해 만주로 이주했다가, 8·15 광복과 함께 귀국하여 시작 활동을 했다. 김경린·박인환 등과 함께 합동시집 『새로운 도시와 시민들의 합창』을 간행하여 모더니스트로서 주목을 끌었다. 한국전쟁 때 의용군으로 끌려갔다가 거제도 포로수용소에서 석방되었다. 그후 교편 생활, 잡지사·신문사 등을 전전하며 시작과 번역에 전념하였다. 초기에는 모더니스트로서 현대 문명과 도시생활을 비판했으나, 4·19 혁명을 기점으로 현실비판의식과 저항정신을 바탕으로 한 참여시를 썼다.

윤동주(1917~1945)

북간도 출생. 도시사(同志社)대학 영문과 재학 중 1943년 여름방학을 맞아 귀국하다 사상범으로 일경에 체포되어, 규슈 후쿠오카 형무소에서 옥사했다. 1941년 연희전문을 졸업하고 도일하기 앞서 19편의 시를 묶은 자선시집을 발간하려 했으나 뜻을 이루지 못했다. 1948년에 유고 30편을 모아 『하늘과 바람과 별과 시』가 간행되었다. 1938~41년에 씌어진 그의 시에는 불안과 고독과 절망을 극복하고 희망과 용기로 현실을 돌파하려는 강인하고 순결한 정신이 표출되어 있다.

이상(1910~1937)

서울 출생. 본명은 김해경. 1931년 7월 처녀시 「이상한 가역반응」 등을, 8월에 일문시 「조감도」, 10월에 「삼차각설계도」를 각각 『조선과 건축』에 본명 김해경으로 발표했다. 1934년 구인회에 입회하여 본격적인 문학활동 시작했다. 이태준의 소개로 《조선중앙일보》에 「오감도」를 연재하다가 문단에 파문을 일으키기도 하였다. 폐병을 가지고서 도일했으나 1937년 만 26세의 나이로 동경제대 부속병원에서 객사하였다.

4

나는 누구인가?

어린 아이들은 질문을 많이 한다. 생명 탄생에 관해 묻는가 하면, 온갖 시시콜콜한 것들에 대해서 질문하기를 멈추지 않는다. 그러나 아이들이 질문을 던지는 대상은 부모님, 선생님, 친구 등 언제나 '나' 아닌 타인들이다. 아이들은 자신에게 질문을 던지는 법이 없다. 그러나 어느 순간부터 사람은 자기 자신에게 질문을 던지기 시작한다. 부모님이나 선생님이 대답해 줄 수 없는 것들에 대해서 스스로에게 질문을 던지고, 답을 찾아 헤매느라 숱한 불면의 밤을 보내거나 멍하니 상념에 빠져들기 일쑤이다. 자기 자신에게 질문을 던질 수 있는 시각과 능력을 갖게 될 때, 그 사람은 더 이상 어린아이가 아니다.

질문은 대체로 '난 누구인가?'의 형태를 취하게 된다. 이 질문이 큰 의미를 갖는 것은, 바로 타인이 아닌 자기 자신을 '향한' 것이기 때문이기도 하지만, 질문의 내용이 자기 자신에 '관한' 것이라는 데에도 있다. 스스로를 질문의 주제로 삼는 질문, 스스로를 사유의 대상으로 삼는 사유, 우리는 이를 두고 자의식이라고 부른다.

스스로에 대해서 스스로에게 질문을 던지는 것, 그래서 '나는 누구인가?' 라고 묻고는, 그 '누구'

에 해당하는 답, 즉 나의 '자아'를 찾아나가는 행위가 바로 자아성찰이다. 자아성찰은 반성적이

고 지성적인 인간과 그렇지 않은 인간을 구분하는 기준의 하나가 된다고 할 수 있다.

다음에 읽을 세 편은, 시인들이 스스로를 사유의 대상으로 삼아 스스로에게 질문을 던지고 있는

시들이다.

김수영의 「어느 날 고궁을 나오면서」는 '왜 나는 조그마한 일에만 분개하는가' 라는 질문으로 시작된다. 시인은 스스로 자신의 부끄러운 모습 하나하나를 폭로하고 있다. 이때 그가 부끄러워하는 것은 스스로의 소시민적인 모습이다. 김수영이 한평생 추구한 것은, 자유와 민주를 쟁취하기 위해 개인적 이해관계를 초월하여 뭉칠 수 있는 건강한 시민이 되는 것이었다. 그래서 그는 4·19혁명 때 한국인들이 보여준 시민의식에 매우 열광했다. 그러나 혁명은 실패로 끝났고, 잠깐 동안 빛을 발했던 시민의식은 점차 사라져 갔다. 그리고 사람들은 다시 속물로서의 면모를 보이는 소시민이되어갔다. 시인은 이 점을 늘 못마땅해 했다. 특히 그는 무엇보다 자신에게서 가장 뚜렷하게 그런 퇴행을 감지했다. 그래서 시를 통해 그것을 반성하고 자각하고자 했다.

1연과 2연에서는, 진정한 시민이라면 왕궁의 음탕(정부의 부정부패)에 대해서 비판할 것이고, 언론의 자유를 위해 싸웠을 것이라고 한다. 그러나 점점 소시민이 되어 가는 '나'에게 이제 중요한 것은, 식당에서 나온 갈비에 살코기가 얼마나 있느냐 하는 것이 더 문제다. 자유로운 민주주의냐 아니면 억압적인 독재체제냐와 같은 게 아니라, 살코기냐 비계덩어리냐 같은 문제가 중요한 것이 되어 버린 자신에게서 김수영은 씁쓸한 분노를 느낀다. '조그만 일에만 분개하는' 자신에게 시인은 크게 '분개'하고 있다. '분개'는 솔직한 고백이 뒷받침되고 있기 때문에 진실되게 들린다. 시인의 가장 큰 매력 중의 하나가 바로 이러한 솔직성에 있다. 진심 어린 고백 앞에서는 누구나 마음을 열게 된다.

공적인 가치보다는 개인적인 이해관계에 매몰되어 나 하나, 내 가족의 안위만을 염려하는 것이 소시민의 특징적 면모이다. 이를 김수영은 3연과 4연에서 표현하고 있는데, '은행나뭇잎' 위를 걸을 때도 '가시밭길'을 걸어가듯이 조심조심 걸어간다는 표현은, 소시민 특유의 무사안일주의를 희화화시킨 것이다.

이어지는 5연에는 다시 한 번 반성하는 대목이 나온다. '조금쯤 옆에 서 있는 것이 조금쯤 비겁한 일이라고 알고 있다!' 라는 구절을 보자. "이 정도쯤이야 뭐 조금 비겁한 정도지 뭐, 정말 비겁한 인간들이 얼마나 많은데"라고 스스로 자위하는 것은 아닌지. 자기 자신에 대해 신랄하게 꼬집고 있다. 사실 시에서 김수영이 가장 역점을 두고 있는 것이 바로 이 대목이라서, 시 전체를 통틀어 딱 한 번 '느낌표'를 사용하고 있기도 하다. 시에서 느낌표나 말없음표와 같은 부호에 화자의 정서를 자주 의탁하는 일은 미숙한 태도이다. 그러나 결정적인 순간에 사용하는 문장 부호는 독자에게 강한 인상을 심어주기도 한다.

'나는 왜 조그마한 일에만 분개하는가' 라는 질문으로 시작된 김수영의 자아성찰은 '모래야 나는 얼마큼 적으냐' 라는 질문으로 끝을 맺는다. '모래야' 라고 모래를 부르고 있지만, 이 질문 역시 대상은 자기 자신일 뿐이다. 그는 자신이 하찮은 소시민에 지나지 않다는 것을 확인하고는 탄식한다. 김수영은 이 질문에 답하기 위해 꾸준

은유

"내가 누군지 알아? 나는 가리봉동 휘발유야." 어느 으슥한 골목에서 마주친 깡패가 이런 말을 했다면, 아마 꼼짝없이 눈물을 머금고 주머닛돈, 쌈짓돈 모두 털어 건네줄 수밖에 없을 것이다.

그런데 여기서 깡패는 놀랍게도 은유법을 사용하고 있다. 대단히 똑똑한 깡패인가보다. 하여간 '나는 휘발유다', 즉 A=B의 형태로 사람과 휘발유를 결합시킨 것이다. 우리는 이때 깡패의 험상궂음과 휘발유의 쉽게 불붙는 성질을 함께 연상해서, '아하, 이 깡패는 열 받으면 무섭겠구나' 하는 생각을 떠올릴 수 있게 된다.

이처럼 은유는 단어가 글자 그대로 지시하는 것과 다른 사물이나 특성, 행동을 비교가 아니라 동일의 형식으로 나타내는 것이다. 즉 직유는 A like B의 형태(사랑은 유리 같은 것)로 나타나지만, 은유는 A=B의 형태(내 마음은 호수요)로 나타난다. 이때 A를 원관념, B를 보조관념이라고 한다. 은유는 직유와는 달리 설명은 완전히 생략하고 비유할 목적을 숨기고 있으며, 단지 두 대상을 연결만 시켜 놓고 독자의 상상력으로 그 본질의 유사성을 이해하게 만든다.

히 성실하게 시를 써 나갔다. 어쩌면 그가 이후에 쓴 시들에서 우리는 그 대답을 발견할 수 있을지도 모른다.

김수영의 자아성찰이 '속물적인 소시민으로서의 나'를 비판하는 비판적 지식인의 자기성찰이라면, 윤동주의 「참회록」은 또 다른 자아성찰 과정을 보여준다. 1948년 『하늘과 바람과 별과 시』에 실린 이 시는 암울한 시대를 살아갔던 한 섬세한 영혼이 끊임없이 자기 내면을 응시하면서 얻게 되는 자아성찰이다. 윤동주의 시선은 스스로에 대한 연민을 동반한 아쉬움의 시선인 것이다.

'파란 녹이 낀 구리거울'이라고 했으니 꽤 오래된 유서 깊은 거울일 것이다. 그것은 실제로, 망해버린 조선 왕조의 유물일지도 모른다. 그러나 중요한 것은 그 거울이 어떤 거울이냐가 아니라, 그 거울 안에 무엇이 비치느냐이다. 거울 속에 비친 자

감정이입 empathy, sympathy

감정이입이란 말 그대로 자신의 감정을 어떤 대상이나 상황에 집어넣어 생각하는 것이다. 가령 마당에서 느긋하게 누워 있는 강아지의 속마음을 우리는 알 수가 없다. 하지만 좋아하는 이성 친구에게 사랑을 고백하지만 거절당하고 난 후, 강아지를 보면 마치 강아지도 울고 있는 것처럼 보인다. 이것이 바로 감정이입이다.

일상에서도 우리는 종종 감정이입을 경험한다. 예술작품을 감상할 때나, 드라마나 영화를 볼 때 등 작품 속 주인공과 나를 동일하게 느낄 때가 바로 그렇다. 드라마를 보면서 '저런 못된 놈을 봤나!' 하며 등장인물을 욕하는 어머니들은 이미 드라마에 감정이입이 되어 있는 것이다.

문학작품, 특히 시의 경우에는 이런 감정이입 기법이 자주 활용된다. 시에서 말하는 감정이입이란, 어떤 대상 속에 자신의 감정을 이입시켜 마치 그 대상이 느끼고 생각하는 것처럼 표현하는 방법을 말하며, 이 경우 대개는 의인법이 활용된다. 우리가 기쁠 때 새소리를 들으면 '새가 노래한다'라고 표현하지만, 슬플 때 새소리를 들으면 '새가 운다'고 표현한다. 이는 자신의 감정에 따라 대상 또한 그렇게 느끼는 것처럼 표현하는 것이다. 이때 감정이 이입되는 대상은 주로 자연물이나 무생물이기가 쉬운데, 그것에 감정을 부여하다보면 자연스럽게 의인법이 활용되는 것이다.

기의 모습을 응시하면서 화자인 '나'는 치욕을 느낀다. 망한 나라의 백성으로서, 나는 도대체 무슨 생각을 하며 살아가고 있는가. 화자는 자신의 24년 삶에 대해서 '참회'하는 것이다.

그러나 이 시의 흥미로운 부분은 그런 흔하디 흔한 자기 반성이 아니다. 그 반성을 앞질러 나가는 또 다른 반성적 시선이다. '어느 날 나는, 지금의 이 참회를 다시 참회하게 되는 건 아닐까?' 화자는 혹시 반성과 참회가 오히려 자기 자신의 무기력을 합리화하는 수동적인 태도인 건 아닐까 의심하고 있는 것이다. 반성과 참회를 통해 나는 나 자신에게 일종의 면죄부를 발송하고 있는 건 아닐까 하는 생각, 이점이야말로 이 시의 독특한 부분이다. 그래서 화자는 '내일이나 모레나 그 어느 즐거운 날에 나는 또 한 줄의 참회록을 써야' 하는 건 아닐까 하고 생각한다.

참회를 하고, 그 참회에 대해 또 참회하고, 그 참회에 대해 또 참회하고 참회하고……이런 악순환을 예감하는 화자에게 남아 있는 길은 무엇일까. 나는 누구인가, 나 자신이 진정으로 원하는 건 무엇일까를 끊임없이 자기 자신에게 다시 물어보는 길뿐일 것이다. 화자는, 밤이면 밤마다 나의 거울을 손바닥으로 발바닥으로 닦아보자고 말한다. 이 구절에서 '밤'이라는 배경을 두고, 일반적으로 일제 강점기를 은유하는 것이라고 해석하는 건 지나치게 경직된 태도이다. 시대적 배경이 아니라도 자신에 대해서 무언가 골똘히 생각하는 시간은 대개 밤으로 자아성찰의 시간인 것이다.

자아성찰의 결과물은 무엇인가. 화자는 '참회에 대한 참회'를 예감했듯이, 자아성찰의 결과물도 예감한다. 여기서 시인의 섬세함이 드러나는데, 그는 그 거울에서 '슬픈 사람의 뒷모양'을 예감하고 있다. 뒷모습의 주인공은 물론 시인 자신일 것이다. 윤동주는 흔히들 부르는 대로 '부끄러움의 시인'이지만, 그만큼 또한 '자기 연민의 시인'이기도 하다. 그는 부끄러워하는 자기 자신을 스스로 안타까워하고 연민한다. 자기 연민의 시선이 스스로의 '슬픈 뒷모습'을 보게 하는 것이다.

1934년 『조선중앙일보』에 발표한 이상의 「오감도 시제십오호」는, 한국 시사(詩史)에서 가장 드라마틱한 자아성찰의 사례를 보여준다. 이상의 자아성찰은 자기 비판이나 연민의 감정을 뛰어넘는, 그야말로 나와 또 다른 나 사이의 목숨을 건 사투의 현장을 펼쳐 보인다. 흔히 이상의 거울을 소재로 한 시들은, 거울 밖의 현실적 자아가 거울 속의 이상적 자아와 합치하기 위한 노력을 보여주는 시라고 해석된다. 그러나 이는 시의 내용과는 전혀 상관없는 상투적인 해석일 뿐이다.

영화에서는 종종 주인공이 자기 자신의 또 다른 모습을 발견하고 그에 대해 공포를 느끼고 두려워하는 장면이 나온다. 내게 이런 면이 있었다니! 그는 미친 듯이 세수를 하기도 하고, 거울을 물끄러미 바라보기도 한다. 마치 내 안의 또 다른 나를 거울 속에서 찾아낼 수도 있다는 듯이. 그러다 주먹으로 힘껏 거울을 치고, 주먹에서 피가 흐른다…….

이상의 시에서 우리가 그릴 수 있는 장면도 바로 이와 같다. '거울 밖의 나'는 '거울 속의 나'에게 두려움과 공포를 느낀다. 이 두려움과 공포는, 화자가 느끼는 어떤 죄책감과 책임감이 반대의 형태로 되돌아오는 것이다. 거울 밖의 나는 거울 속의 나를 지워버리고 싶어하고 무시하고 싶어한다. 그렇게 억누르면 억누를수록 거울 속의 나는 다시 되돌아온다. 거울 속의 나를 나로부터 떼어놓기란 불가능하다. 우리에게도 숨기고 싶은 '나'의 모습은 있게 마련이다. 그러나 그것 역시 우리 자신의 일부이다. 그래서 거울 밖의 나는 거울을 향하여 총을 발사한다. 화자는 자신의 심장이 있는 왼편 가슴을 '방탄금속으로 엄폐'한 뒤, 거울의 왼쪽 가슴을 향해 총탄을 발사한다. 그러나 모형 심장에서 붉은 잉크가 엎질러질 뿐, 거울 속 나는 살해되지 않는다. 이상의 시는 자아성찰의 한 극한을 보여주고 있다. '나'와 '또 다른 나'와의 치열한 투쟁, 우리도 이미 그런 싸움에 익숙해 있다.

어느 날 고궁을 나오면서 _ 김수영

왜 나는 조그마한 일에만 분개하는가
저 왕궁 대신에 왕궁의 음탕 대신에
오십원짜리 갈비가 기름덩어리만 나왔다고 분개하고
옹졸하게 분개하고 설렁탕집 돼지같은 주인년한테 욕을 하고
옹졸하게 욕을 하고

한 번 정정당당하게
붙잡혀간 소설가를 위해서
언론의 자유를 요구하고 월남파병에 반대하는
자유를 이행하지 못하고
삼십원을 받으러 세번씩 네번씩
찾아오는 야경꾼들만 증오하고 있는가

옹졸한 나의 전통은 유구하고 이제 내 앞에 정서로
가로놓여 있다
이를테면 이런 일이 있었다
부산에 포로수용소의 제십사야전병원에 있을 때
정보원이 너어스들과 스폰지를 만들고 거즈를
개키고 있는 나를 보고 포로경찰이 되지 않는다고

남자가 뭐 이런 일을 하고 있느냐고 놀린 일이 있었다
너어스들 옆에서

지금도 내가 반항하고 있는 것은 이 스폰지 만들기와
거즈 접고 있는 일과 조금도 다름없다
개의 울음소리를 듣고 그 비명에 지고
머리에 피도 안 마른 애놈의 투정에 진다
떨어지는 은행나무잎도 내가 밟고 가는 가시밭

아무래도 나는 비켜서 있다 절정(絕頂) 위에는 서 있지
않고 암만해도 조금쯤 옆으로 비켜서 있다
그리고 조금쯤 옆에 서 있는 것이 조금쯤
비겁한 것이라고 알고 있다!

그러니까 이렇게 옹졸하게 반항한다
이발쟁이에게
땅주인에게는 못하고 이발쟁이에게
구청직원에게는 못하고 동회직원에게도 못하고
야경꾼에게 이십원 때문에 십원 때문에 일원 때문에
우습지 않으냐 일원 때문에
모래야 나는 얼마큼 적으냐
바람아 먼지야 풀아 나는 얼마큼 적으냐
정말 얼마큼 적으냐……

1974년 시집 『거대한 뿌리』

참회록懺悔錄 _ 윤동주

파란 녹이 낀 구리거울 속에
내 얼굴이 남아 있는 것은
어느 왕조의 유물이기에
이다지도 욕될까

나는 나의 참회의 글을 한 줄에 줄이자
― 滿 二十四年 一個月을
무슨 기쁨을 바라 살아왔던가

내일이나 모레나 그 어느 즐거운 날에
나는 또 한 줄의 참회록을 써야 한다
― 그때 그 젊은 나이에
왜 그런 부끄런 고백을 했던가

밤이면 밤마다 나의 거울을
손바닥으로 발바닥으로 닦아보자

그러면 어느 원석(隕石) 밑으로 홀로 걸어가는
슬픈 사람의 뒷모양이

거울 속에 나타나 온다.

1948년 유고시집 「하늘과 바람과 별과 시」

오감도 시제십오호詩第十五號 _ 이상

1

　나는거울없는실내(室內)에있다. 거울속나는역시외출중(外出中)이다. 나는지금
(至今)거울속의나를무서워하며떨고있다. 거울속의나는어디가서나를어떻게하려는음
모(陰謀)를하는중(中)일까.

2

　죄(罪)를품고식은침상(寢床)에서잤다. 확실(確實)한내꿈에나는결석(缺席)하였
고의족(義足)을담은군용장화(軍用長靴)가내꿈의백지(白紙)를더럽혀놓았다.

3

　나는거울있는실내(室內)로몰래들어간다. 나를거울에서해방(解放)하려고. 그러
나거울속의나는침울(沈鬱)한얼굴로동시(同時)에꼭들어온다. 거울속의나는내게미안
(未安)한뜻을전(傳)한다. 내가그때문에영어(囹圄)되어있듯이그도나때문에영어(囹
圄)되어떨고있다.

4

　내가결석(缺席)한나의꿈. 내위조(僞造)가등장(登場)하지않는내거울. 무능(無
能)이라도좋은나의고독(孤獨)의갈망자(渴望者)다. 나는드디어거울속의나에게자살
(自殺)을권유(勸誘)하기로결심(決心)하였다. 나는그에게시야(視野)도없는들창(窓)

을가리키었다. 그들창(窓)은자살(自殺)만을위(爲)한들창(窓)이다. 그러나내가자살(自殺)하지아니하면그가자살(自殺)할수없음을그는내게가르친다. 거울속의나는불사조(不死鳥)에가깝다.

5

내왼편가슴심장(心臟)의위치(位置)를방탄금속(防彈金屬)으로엄폐(掩蔽)하고나는거울속의내왼편가슴을겨누어권총(拳銃)을발사(發射)하였다. 탄환(彈丸)은그의왼편가슴을관통(貫通)하였으나그의심장(心臟)은바른편에있다.

6

모형심장(模型心臟)에서붉은잉크가엎질러졌다. 내가지각(遲刻)한내꿈에서나는극형(極刑)을받았다. 내꿈을지배(支配)하는자(者)는내가아니다. 악수(握手)할수조차없는두사람을봉쇄(封鎖)한거대(巨大)한죄(罪)가있다.

1934년 「조선중앙일보」

1. 개인의 '자아'는 그가 살고 있는 시대적 현실과 무관할 수 없다. 김수영과 윤동주, 이상 등이 살았던 시대적 환경을 생각해 보고, 그들의 자아성찰의 내용이 그 시대와 어떤 관련을 맺고 있는지 생각해 보자.

일제 시대와 4.19혁명 이후의 시대를 살아간다는 것은 어떤 것일까. 국가는 세금을 통해 유지되는 조직적이고 집단적인 서비스 체계이기도 하지만, 동시에 나의 생활 방식을 유지하는 공동체이기도 하며, 나를 보호해주는 안전망이기도 하다. 국가는 전쟁과 가난과 재난으로부터 국민을 보호하기 위한 것이다. 국가의 이러한 역할 때문에 국가는 법이나 교사와 함께 아버지의 상징으로 여겨지기도 한다. 이러한 국가가 망하고 없던 시절, 일제 시대를 살아간다는 것은, 아버지 없는 시대에 외투가 벗겨진 채로 비바람이 몰아치는 광야로 쫓겨난 것이나 다름없었을 것이다. 이러한 시대적 환경은 아마도 윤동주에게 잃어버린 아버지(국가)를 생각하도록 하고 아버지의 원수(일본제국주의)와 화해하는 것을 방해했을 것이다. 그래서 윤동주는 항상 일본과 타협해서 편하게 살아가려는 자신을 경계했다.

국가가 있다고 하더라도 그것이 국민을 위해 봉사하지 않고 오히려 권력으로 작용한다면, 혹은 미국과 같은 더 큰 국가에 복속되어 있다면 어떻게 해야 하는가. 권력에 맞서 개개인의 권리를 찾아야 마땅할 것이다. 그런 흐름들이 4.19혁명의 시기에 일어났지만 김수영이 시를 통해 깊이 관찰했던 시기는 그 이후, 그러니까 혁명의 열기가 사그러들고 국가 권력에 적당히 타협하거나 권력의 폭력에 눈감으려 하던 시기였다. 이 때문에 김수영의 시는 항상 권력에 맞서는 강한 자아를 욕망하거나 권력과 타협하려는 속물근성을 적나라하게 폭로하고는 한다.

2. 윤동주와 이상의 시는 '거울'을 소재로 하고 있다. '거울'이라는 대상이 갖는 상징적 의미를 생각해 보고, 윤동주와 이상의 '거울'이 갖고 있는 공통점과 차이점을 설명해 보자.

    우리가 오감을 이용해 어떤 사물을 인식하는데 있어서 가장 크게 의존하는 것은 시각이다. 그러나 우리는 정작 맨눈으로는 우리 자신을 바라볼 수는 없다. 그러므로 우리 자신을 볼 수 있게 해주는 '거울'은 매우 특별한 도구라고 할 수 있다. 상징적으로 거울은 우리의 겉모습이 아니라 우리의 내면을 볼 수 있게 해주는 도구로 이해되며, 결국 거울은 '자의식'과 같은 역할을 한다.

    윤동주의 시에서 거울을 통해 윤동주는 자신의 부끄러운 모습을 발견한다. 자신에 대해 윤리적으로 판단하고 삶의 자세를 가다듬는데에 지침을 주는 것이다. 이상 시에서의 거울 역시 자의식의 역할을 한다는 점에서는 같지만, 그러나 여기에는 윤리적 감각이 빠져있다. 이상 시에서의 거울은 현실에서는 잊고 있거나 잊으려 했던 나의 어떤 모습이 튀어나오도록 하는 출구같은 역할을 한다. 그것이 '현실의 나'라고는 결코 말할 수 없지만, 그러나 어쨌든 그것도 '나'의 일부임에는 틀림없다. 그것은 이를테면 결코 허락될 수 없는 무의식적 욕망같은 것일텐데, 이상 시는 거울을 통해서 이러한 욕망을 직면하면서도 거울이라는 특성 때문에 현실의 나는 이 욕망을 제거할 수도 없고 현실화할 수도 없다.

김영랑(1903~1950)

본명은 윤식. 전남 강진 출생. 1930년 박용철·정지용 등과 함께 『시문학』 동인으로 참가하여 「동백 잎에 빛나는 마음」 「언덕에 바로 누워」 등의 서정시를 발표하면서 시작 활동을 전개했다. 잘 다듬어진 언어로 섬세하고 영롱한 서정을 노래한 그의 시는 정지용의 감각적인 기교, 김기림의 주지주의적 경향과는 달리 순수 서정시의 새로운 경지를 개척했다고 평가된다.

이육사(1904~1944)

본명 원록. 경북 안동 출생. 1925년 독립운동 단체인 의열단에 가입, 독립운동을 시작했고, 조선은행 대구지점 폭파사건에 연루되어 3년간의 옥고를 치루기도 했다. 그때의 수인번호 64를 따서 호를 '육사'라고 지었다. 1933년 육사란 이름으로 시 「황혼」을 『신조선』에 발표하여 시단에 데뷔했고, 1937년 윤곤강, 김광균 등과 함께 동인지 『자오선』을 발간했다. 그 무렵 유명한 「청포도」를 비롯하여 「교목」「절정」「광야」 등을 발표했다. 일제 강점기에 끝까지 민족의 양심을 지키며 죽음으로써 일제에 항거한 시인으로 목가적이면서도 웅혼한 필치로 민족의 의지를 노래했다. 1944년 베이징 감옥에서 옥사했다.

오세영(1942~)

전남 영광 출생. 1968년 『현대문학』에 「잠 깨는 추상」 등이 추천되어 등단하였다. 1972년 『현대시』 동인으로 활동했다. 한국의 대표적인 중견 시인이면서 평론가, 국문학자로 자리매김하고 있다. 현재 서울대학교 국문과 교수로 재직 중이다. 그의 시는 모더니즘적 언어를 통한 순수 서정을 노래하면서도 불교적 지적 통찰을 보여주는 것으로 평가된다.

모순 뒤에 숨은 삶의 진실

모 순 뒤 에 숨 은

역설이란 상식적으로는 모순되고 불합리한 것 같지만, 사리에 합당한 의미를 가지고 있는 진술을 말한다. 특히 시에서는 서로 모순되는 두 용어를 결합하여 사용하는 '모순형용'의 기법이 주로 사용된다.

알기 쉽게 예를 들어보자. '나는 불타면서 얼어붙는다'는 말은 분명 상식에 맞지 않는다. 과학적인 지식에 비춰 보면 불타면서 얼어붙는 물질은 없기 때문이다. 그러나 이런 경우를 생각해 보자. 어떤 사람이 한 여인을 애타게 사랑한다. 우연히 길을 걷다가 그 여인을 보면 마음속에서는 열정이 끓어오른다. 하지만 정작 그녀 앞에 서면 한마디 말도 하지 못하고 얼음처럼 우뚝 서 버릴 수밖에 없다. 이런 경우 '불타면서 얼어붙는다'는 말은 이 사내의 마음을 가장 정확하게 표현한 것이다.

또 다른 예를 생각해보자. 42.195킬로미터를 다리가 풀어지고 심장이 찢어질 듯한 고통을 참으며 달려서 우승한 마라토너가 있다. 그를 보면 '고통의 쾌락'이라는 역설적인 표현의 의미를 금방 이해할 수 있을 것이다.

삶   의   진   실

이처럼 사람이 살아가다 보면 상식적인 진술로는 정확히 표현하기 힘든 여러 상황이 있다. 시는

이런 비상식적이고 역설적인 진술을 통해 그 같은 상황에 숨어 있는 삶의 진실들을 포착해 낸다.

다음에 시들은 그 속에 삶의 진실들을 역설적으로 표현하고 있다. 시가 그리고자 하는 삶의 진실

이 무엇인지 살펴보자.

세상에 변하지 않는 것은 없다. 지금 살아 있는 우리도 언젠가는 죽는다. 사랑하는 사람의 아름다운 얼굴도 언젠가는 늙는다. 기다렸던 봄이지만 시간이 흐르면 봄은 가고 모란도 지고 만다. 모든 것은 유한하고 이 때문에 허망한 것인지도 모른다. 김영랑의 「모란이 피기까지는」도 이런 생각을 바탕으로 하고 있다.

1~2행에서 화자는 모란이 피는 봄을 기다리겠다는 의지를 드러낸다. 여기서 봄과 모란은 찬란함과 아름다움을 의미한다. 3~10행에서는 봄도 가고 모란도 지고 만다는 사실을 통해, 그 아름다움이 찰나에 불과하다는 것을 일깨운다. 또한 화자는 그 사실 때문에 슬퍼한다. 11~12행은 맨 처음 부분을 반복하면서 봄을 기다리겠다는 화자의 의지가 다시 한 번 나타나고 있다. 그러나 자세히 보면, 처음 부분과 달라진 점을 찾아볼 수 있다. 화자가 기다리는 것은 단순한 봄이 아니라 '찬란한 슬픔의 봄'이기 때문이다.

찬란함과 슬픔은 모순되는 정서이고, 따라서 일상적 진실의 세계에서는 한꺼번에 쓸 수 없는 단어들이다. 그러나 이것은 잘못된 표현이 아니라 역설적 표현이다. 일상적 진실의 눈에는 봄의 찬란함만이 보이지만, 화자는 봄의 아름다움이 찰나에 불과하다는 사실을 '찬란한 슬픔의 봄'이라는 표현으로 담고 있다. 찬란함과 슬픔이라는 모순되는 정서가 여기서는 분리될 수 없다. 분리되는 순간 찬란함과 슬픔은 일상적 진실의 세계에 떨어지고 만다. 봄과 꽃은 순간에 불과한 것이어서 슬프지만, 바로 그렇기 때문에 한없이 소중하고 더없이 아름답다. 언제 어디서나 똑같이 만들어 낼 수 있고 영원히 지지 않는 조화와 비교해 보면, 그 의미는 더욱 뚜렷해진다.

「모란이 피기까지는」이 봄에 숨겨져 있는 찬란함과 슬픔을 역설을 통해 드러내고 있다면, 「절정」은 겨울에 숨겨 있는 희망을 발견하고 있다. 이육사의 「절정」은 독립운동가였던 시인의 상황을 고려해, 대체로 저항시로 해석되어 왔다. '매운 계절의 채찍'은 화자를 몰아세우는 것, 즉 일제의 폭압이며, 그 때문에 화자는 어려움에 처해 있다. 그 어려움이 '북방' '고원' '서릿발 칼날진 그 위'의 공간으로 표현되고 있는데, 이곳은 화자가 '한 발 재겨 디딜 곳조차 없'는 곳이다. 이 절망적이고 고통스러운 상황이 곧 겨울이다. 그런데 화자가 4연에 이르러 돌연 겨울에게 새로운 이름을 붙여주고 나섰다. 겨울이 '강철로 된 무지개'라는 것이다.

겨울의 고통스러움에 대해서 1~3연이 충분히 설명했는데, 희망과 아름다움을 상징하는 '무지개'가 끼어든 것은 무엇 때문일까. 그것은 화자의 강력한 의지 때문이다. 현실적으로 생각하면 이런 어려운 상황이라면 화자도 이제 그만 '매운 계절의 채찍(일제)'에 투항해야 한다. 실제로 당시의 많은 지식인들은 친일의 길로 나아가고 말았다. 그러나 죽음도 두려워하지 않는 의지는 강철과 같은 겨울 속에서 '무지개'를 발견하게 하고 있다. 그래서 '겨울은 강철로 된 무지개'라는 역설적 표현이 가능해진다.

「모란이 피기까지는」과 「절정」을 통해 역설적 표현을 찾아보고 그 의미를 생각해 보았다. 또 하나의 시 오세영의 「그릇·1」은 역설적 표현이 포함되어 있을 뿐만 아니라, 그 주제가 역설적 진실에 관한 것이다. 2연의 첫 머리인 '절제와 균형의 중심'이란, 온전한 그릇이고 일상적 진실의 영역이다. 우리는 보통 이 그릇 속에서 살아가고 있으며, 그밖의 영역에 대해서는 알지 못한다. 그러나 화자는 이 그릇이 깨진다 라는 가정을 통해 일상에 대해 의문을 던진다.

그릇이 깨지면, 그릇 조각은 날카로운 칼이 된다. 그 칼은 우리의 일상적인 영역에 놓인 경계선을 찢어버린다. 경계선이 찢어지면 우리는 일상적인 영역 너머의 또 다른 세계를 만나볼 수 있다. 이성이 차가운 눈을 뜨고 맹목의 사랑이 시작된다. 이것이 우리가 지금 살펴보고 있는 역설적 진실이다.

또 하나의 역설적 표현이 있다. '베어지기를 기다리는 살이다'. 세상에 상처받기를 원하는 사람은 없다. 그러나 이 시에서 칼에 베이고, 상처받는다는 것은 역설적 진실과 만나는 기회를 의미한다. 그 때문에 화자는 베어지기를 기다리고 있는 것이다.

세 편의 시는 모두 역설적 표현을 사용하고 있다. 그러나 이 작업에는 한계가 있다. 앞서 지적한 것처럼, 역설적 표현은 일상적 표현으로는 담기 힘든 어떤 깨달음을 전달하고자 한다. 일상적 표현과는 다른 방식이 사용되는 것이다. 따라서 시인의 역설적 표현을 우리가 다시 일상적 표현으로 바꾸어 이해하는 것은 시인의 의도에 반하는 것일지도 모른다. 찬란한 슬픔에 대해, 강철로 된 무지개에 대해, 베어지기를 기다리는 삶에 대해, 설명하려는 순간, 그 표현들은 다시 일상적 영역으로 떨어지고 만다. 이것이 우리가 지금까지 해온 작업의 한계이다.

역설적 표현은 있는 그대로 느껴보기를 권한다. 그래서 찬란함과 슬픔을 동시에 바라는 사람, 겨울에서 무지개를 보는 사람, 상처받기를 원하는 사람의 그 표정을 볼 수 있게 되길 바란다.

모란이 피기까지는 _ 김영랑

모란이 피기까지는

나는 아직 나의 봄을 기다리고 있을 테요

모란이 뚝뚝 떨어져버린 날

나는 비로소 봄을 여읜 설움에 잠길 테요

오월 어느 날, 그 하루 무덥던 날

떨어져 누운 꽃잎마저 시들어버리고는

천지에 모란은 자취도 없어지고

뻗쳐오르든 내 보람 서운케 무너졌느니

모란이 지고 말면 그뿐, 내 한 해는 다 가고 말아

삼백예순 날 하양 섭섭해 우옵내다

모란이 피기까지는

나는 아직 기다리고 있을 테요, 찬란한 슬픔의 봄을

1934년 잡지 「문학」

절정絶頂 _ 이육사

매운 계절을 채찍에 갈겨
마침내 북방을 휩쓸려오다

하늘도 그만 지쳐 끝난 고원(高原)
서릿발 칼날진 그 위에 서다

어데다 무릎을 꿇어야 하나?
한 발 재겨 디딜 곳조차 없다

이러매 눈감아 생각해 볼 밖에
겨울은 강철로 된 무지갠가 보다

1940년 잡지 「문장」

깨진 그릇은
칼날이 된다.

절제(節制)와 균형(均衡)의 중심에서
빗나간 힘,
부서진 원은 모를 세우고
이성(理性)의 차가운
눈을 뜨게 한다.
맹목(盲目)의 사랑을 노리는
사금파리여,
지금 나는 맨발이다.
베어지기를 기다리는
살이다.
상처 깊숙이서 성숙하는 혼(魂)

깨진 그릇은
칼날이 된다.
무엇이나 깨진 것은
칼이 된다.

1985년 시집 「모순의 흙」

1. 한용운의 「님의 침묵」에 나타난 역설적 표현을 찾아보고, 그 표현이 담고 있는 의미를
   생각해 보자.

    한용운의 시학을 역설의 미학이라고 해도 좋을 만큼 그는 역설적 표현을 즐겨 사
용한다. 그의 대표시 「님의 침묵」을 보자. '나는 향기로운 님의 말소리에 귀먹고,
꽃다운 님의 얼굴에 눈멀었'고, 이렇게도 사랑하는 '나의 님은 갔지만, 나는 님을
보내지 아니하였'다고 시적 화자는 말한다. 즉, 화자는 이별을 슬픔으로 받아들이
지 않고, 오히려 희망의 새로운 씨앗으로 역전시키고 있다. 한용운에게 있어 님과
의 헤어짐은 만남을 위한 준비단계이며, 전제조건이다. 그렇다면 그는 님과 이별한
상태라고 하더라고 여전히 지속되는 사랑의 한 과정을 밟고 있는 것이 된다. 한용
운은 만남은 곧 헤어짐이고, 헤어짐은 곧 만남이라는 역설적 진리를 「님의 침묵」에
서 시적으로 형상화하고 있는 셈이다.

2. 김소월의 「진달래꽃」을 읽고, 흔히 혼동하기 위한 표현 방법인 역설과 반어를 비교해
   보자.

    흔히 역설적 표현과 반어적 표현을 혼동한다. 그러나 역설적 표현은 그 자체로는
거짓이지만 곰곰이 생각해봤을 때 어떤 진리는 내포하지만, 반어적 표현은 강조하
기 위해 반대로 말하는 표현법이다. 김소월의 「진달래꽃」에서 '나 보기가 역겨워
가실 때에는 죽어도 아니 눈물 흘리오리다'라는 시구에서 우리는 시적 화자가 정말
로 눈물을 흘리지 않을 것이라 생각하지는 않을 것이다. 오히려 흐르는 눈물이 앞
을 가려 시적화자가 떠나는 님을 보지 못할 것이라 여기는 것이 더 설득력 있는 추

측이다. 이렇게 반대로 말함으로써 시적 화자의 슬픔의 정서는 더욱 강렬해지고, 님을 떠나보내기 싫어하는 시적 화자의 마음이 더욱 솔직하게 표출된다. 반면 아들을 잃은 뒤 유리창 너머의 밤하늘에 떠 있는 별 하나를 보며 아들을 그리워하는 마음을 정지용은 「유리창」에서 '외로운 황홀한 심사'라고 표현했다. 외롭고 동시에 황홀할 수는 없다. 그러나 아들을 잃은 외로운 마음과 밤하늘의 아름다운 별빛을 보며 아들을 생각하는 마음은 이렇게 충돌하여 외롭고 황홀한 역설적인 심정이 나타난다. 이렇게 정제된 표현에서 우리는 직접적으로 슬픔이 표현된 시적 표현보다 더욱 깊은 감동을 얻게 된다.

김소월(1902~1934)

본명은 정식. 평북 정주 출생. 그의 시적 재능을 알아본 스승 김억의 주선으로 1922년 잡지 『개벽』에 「먼 후일」, 「진달래꽃」 등을 발표했다. 소학교 교사, 신문사 지국장 등을 지냈지만 실패를 거듭했으며 33세의 나이로 아내와 함께 음독자살한 것으로 알려져 있다. 그가 시를 창작한 기간은 짧았지만, 그의 작품들은 한(恨)이라는 한국적 정서를 가장 한국적인 민요 율격으로 노래한 것으로 평가된다.

박목월(1915~1978)

경북 경주 출생. 본명은 영종. 1933년 잡지 『어린이』에 「통딱딱 통짝짝」이 당선되어 동요시인으로 등단한 후, 『문장』에 정지용의 추천을 받아서 문단에 등단했다. 1946년에 조지훈, 박두진과 더불어 3인 시집인 『청록집』을 펴내었다. 박목월은 청록파의 한 사람으로서 전통적 서정시를 계승하였으며, 시의 운율을 중시하면서 지순한 세계를 회화적 심상으로 담아내었다고 평가된다.

고은(1933~)

전북 군산 출생. 군산중학 재학 중 가출하여 12년간 승려 생활을 했다. 《불교신문》 초대 주필을 지냈으며 환속 후 서정주의 추천을 받아 문단에 데뷔하였다. 1970년 12월 자유실천문인협회 등에 관계하면서 옥고를 치르기도 하였으며 1970~80년대 민중문학을 주도하였다. 시집, 산문집, 소설, 문학론 등 100여 권의 저서가 있으며, 현재도 활발한 문필 활동을 하고 있다.

6

죽음의 역설

인간

은 누구나 한 번 태어나고 한 번 죽는다. 이 명제만큼 확실한 것은 세상에 없

다. 태어나는 순간부터 죽어가기 시작한다는 점에서 인간의 삶은 그 자체가

하나의 지독한 역설이다. 사람은 살아가는 동안 누군가를 사랑하고 생명을 탄생시키고 그리고 죽

는다. 새로 탄생한 생명 역시 누군가를 사랑하고, 죽어간다. 이 과정의 끝없는 되풀이가 인류의

역사이다. 한마디로 인간은 태어나서 사랑하고 죽는 존재이다. 그러므로 문학이 다루는 가장 대

표적인 두 가지 주제가 무엇이냐고 묻는다면, '사랑'과 더불어 '죽음'이라고 할 수 있다.

그러나 인간은 살아가면서 죽음에 대해서 생각하지 않는다. 반드시 죽는 존재이고 지금 현재도

서서히 죽어가고 있다는 사실을 인간은 쉽게 망각한다. 철학자 하이데거는, 죽음을 잊고 사는 삶

은 본래적인 삶이 될 수 없다면서, 인간은 "죽음에로 미리 달려가 보아야 한다"고 말하기도 했다.

그러나 대부분의 사람들은 부모님, 친지, 친구 등의 갑작스러운 죽음을 맞을 때야 비로소 '죽음'

에 대해서 숙고하게 된다. 그 갑작스러움 앞에서 당황하고 '나 자신의 죽음'은 어떻게 올까에 대

해 생각하게 되는 것이다. '죽음'은 인간에게 가장 확실한 사건이다. 확실한 사건이 다가오는 방

식은 잔인하도록 불확실하다. 가장 확실한 것의 불확실성. 이렇게 본다면, 죽음 역시 지독한 역설

인 것이다. 그 역설 앞에서 시인들은 고뇌에 빠진다.

김소월의 시 「초혼」은 처절한 슬픔의 노래다. 초혼이란 혼을 부른다는 뜻이다. 말 그대로 화자는 사랑하는 이를 부르려 하지만, 그 이름의 주인은 이미 죽은 사람이다. 이제는 그 이름을 아무리 불러도, 이름은 산산이 부서지고, 허공으로 흩어져버릴 뿐 대답할 사람이 없다. 내가 죽을 때까지 그 이름을 부른다 해도 말이다. 그러나 나는 부르다 죽을 때까지 그 이름을 부를 것이다.

　　화자는 왜 이렇게 죽은 자의 부재를 받아들이지 못하는 것일까. 그것은 '심중에 남아 있는 말 한 마디'를 끝끝내 하지 못했기 때문이다. 오랫동안 가슴속에 키워온 사랑을 고백하려 했지만 '사랑하던 그 사람'은 이미 이 세상에 없다. 이 때문에 화자의 가슴엔 깊은 한이 응어리졌다.

　　이 한스러운 마음은 3연에서 '서산 마루에 걸려 있는 해' '슬피 우는 사슴의 무리' 등의 이미지로 표현되고 있다. 그러나 화자가 일반적인 초혼제처럼 지붕 위에서 죽은 자를 부르고 있는 건 아니다. 화자는 외따로 떨어져 있는 산 정상에 올라서 있다. 저승과 가장 가까운 위치에까지 가서, 안타깝게 홀로 죽은 사람의 이름을 부르고 있는 것이다.

　　화자가 아무리 하늘 가까운 산 정상에 올라서 있어도 하늘과 땅 사이의 거리는 멀기만 하다. 그것이 이승과 저승 사이의 거리다. 그러나 화자는 그 자리에서 돌이 될 때까지 영원히 님의 이름을 부르겠다고, 부르다가 죽을 때까지 그러겠다고 말한다. 바로 여기에 이 시가 주는 처절함이 있다. 삶과 죽음, 혹은 이승과 저승이라는, 이 절대적인 단절(거리)이 화자에게는 문제가 되지 않는다. 사랑하는 이의 죽음 앞에서 마치 스스로도 죽음을 결심하고 있는 듯하다.

　　「초혼」에는 현대시의 중요한 덕목인 절제가 거의 없다. 느낌표를 여러 번 반복하여 슬프게 울부짖는다. 하지만 이 시의 울부짖음은 추하지 않다. 그것은 슬픈 울부짖음이 죽음이라는 절대적인 경지까지 이르고 있기 때문이다.

박목월의 시 「하관」은 아우의 죽음을 소재로 한 것이다. 하관(下官)은 장례 때 파놓은 구덩이로 관을 내려놓는 절차를 뜻하는데, 시에서는 아우의 죽음을 가슴속에 한스럽게 받아들인다는 의미로도 사용되었다. '관이 내렸다. 깊은 가슴 안에 밧줄로 달아 내리듯' 이라는 구절을 보면 알 수 있다.

시는 크게 두 부분으로 나눠진다. 장지(葬地)에서 이뤄진 하관 장면에 대한 묘사 (1행~7행)가 전반부, 죽은 아우를 꿈속에서 다시 만나는 장면(7행~끝)이 후반부에 해당된다. 후반부는 다시 비슷한 문장 구조가 반복되는 대목을 기준으로 두 부분으로 나눌 수 있다. '~눈과 비가 오는 세상' 까지가 하나의 부분을 이룬다면, '툭하는 소리가 들리는 세상' 까지가 다른 한 부분을 이룬다.

이렇게 두 부분으로 나눠지는 후반부는 아우의 죽음으로 인한 단절감을 표현하고 있다. 이승과 저승 사이의 아득한 거리를 시인은 '소리' 라는 청각적 감각으로 나타낸다. 꿈속에서 아우가 화자를 '형님!' 이라고 부르지만, 온몸으로 '오오냐' 라고 대답하는 내 음성은 안타깝게도 아우에게 전달되지 않는다. 나는 이승에 있고 아우는 저승에 있기 때문이다. '너는 어디로 갔느냐' 라고 묻던 화자는 마침내 쓸쓸하게 확인한다. 그래, 너는 저승으로 갔구나, 내가 있는 여기는 이승이지. 눈과 비가 오는 이승이야.

사랑하는 이를 먼저 보낸 사람은 아주 사소한 것에서 죽은 사람을 떠올리게 된다. 아들을 먼저 떠나보낸 어머니라면 세상의 모든 사물과 소리가 다 죽은 아이를 떠올리게 할 것이다. 우연히 앰뷸런스 소리를 들어도 아이가 가지고 놀던 장난감을 떠올리며 울음을 터뜨릴지 모른다. 또 문 밖에서 발자국 소리만 들려도 아이가 돌아오는 것이라 착각하고 뛰어나갈 것이다. 동생을 잃은 하관의 화자도 마찬가지다. 어디선가 문득 '툭하고' 떨어지는 열매 소리는 동생의 죽음을 떠올리게 한다.

또 이 소리는 단순하면서도 허무한 느낌이 들게 한다. 그래서 한 생명이 죽는 일이 얼마나 허무한 사건인가를 화자가 깨닫게 만든다. 이승과 저승이라는 단절감을 '소리'로 표현하고 있는 이 시는, 앞서 살펴본 김소월의 시에서 '부르는 소리는 비껴가지만, 하늘과 땅 사이가 너무 넓구나'라는 표현과도 연결시켜 볼 수 있다.

차분하고 담담하게 아우의 죽음을 말하는 시인의 목소리는, 「초혼」의 울부짖음과는 또 다른 슬픔의 표현이다.

일반적인 죽음에 대한 철학적 성찰이 담긴 고은의 시 「문의 마을에 가서」는 1967년 시인 신동문이 모친상을 당했을 때, 장지인 충북 청원군 문의면 문의 마을에 다녀온 뒤 쓴 것이다. 그러나 중요한 것은 이런 사실보다는, 이 작품이 어떤 순간 혹은 장면을 기본 발상으로 삼고 있느냐 하는 점이다.

김소월의 시는 초혼제에서, 박목월의 시는 하관에서 시적 발상이 이뤄졌다. 고은의 시는 '눈으로 소복이 덮인 한 마을의 정경이 주는 엄숙하고 신성한 분위기'에서 시적 발상이 이뤄졌음을 찾아 볼 수 있다. '눈이 죽음을 덮고 있다'는 누군가 죽어서 묻힌 한 마을을, 또다시 눈이 덮어주고 있는 풍경을 표현한 것이다. 그 풍경 속에서 시인은 죽음과 삶이 모두 커다란 자연의 법칙 가운데 하나임을 깨달은 것이다.

만가 elergy

만가는 본래 중국에서 상여를 메고 나갈 때 부르는 노래의 일종을 가리키는 말이었다. 그후 후대에 와서 죽은 사람을 애도하는 노래를 뜻하게 되었다. 서양의 엘레지는 본래 내용과는 관계없이 어떤 노래 형식을 가리키는 이름이었다가, 차차 죽은 사람에 대한 애도의 노래라는 의미를 갖게 되었다. 거기에 덧붙여 죽음이나 불행, 허무감 등에 대한 사색적인 서정시를 가리키게 되었다.

만가의 기본적인 특성은 우수의 정서이다. 지적이거나 현학적인 표현은 만가와 어울리지 않는다. 우울하고 슬픈 감정도 직접적으로 표출되는 것이 아니라 속으로 삼키고 삭여서 체념하거나 달관한 태도로 나타나는 것이 바로 만가의 특징이다.

이 작품 속에서 '문의 마을'은 죽음과 삶의 관계를 성찰하게 하는 시적 공간이다. 화자는 1연에서 죽음과 삶의 차이와 거리에 대해 노래한다. 죽음은 '죽음만큼 길이 적막하기를 바란다'. 고요와 적막은 죽음의 특징이다. 반면 삶은 '잠든 마을에 재를' 날린다. 번잡함과 활력이 삶의 특징인 것이다. 이렇게 보면 죽음과 삶은 서로 모순되는 듯 여겨진다.

그러나 2연에서 화자는 죽음이 삶을 껴안은 채 한 사람의 죽음을 받아들이는 것을 보았다고 말한다. 죽음과 삶이 별개가 아니라는 깨달음이 여기에 담겨 있다. 무엇이 화자를 이와 같은 깨달음으로 안내했을까. 불치의 병에 걸려 죽음이 임박한 사람이라도 아직은 살아 있는 것이지 죽은 것은 아니다. 숨이 붙어 있는 한 그는 삶의 영역에 있다. 그것을 시인은 '끝까지 사절하다가'라는 시구로 표현한다. 그러나 일단 숨을 거두면 그 생명은 온전히 죽음의 몫이 된다. 죽음은 멀리 있지 않고 항상 우리 주변에서 삶과 함께 있다. 그러다가 삶이 끝나는 순간 그 삶을 온전히 받아 안는다. 죽음은 우리 모두의 숙명이다. 화자가 '죽음이 삶을 껴안은 채'라고 표현한 것은 이런 의미이다.

이와 같은 인식에서 화자는 마지막 구절에 나타난 깨달음에 도달한다. '겨울 문의여, 눈이 죽음을 덮고 또 무엇을 덮겠느냐'. 이 구절에서 눈은 온 세상을 덮고 있다. 죽음이 삶을 껴안고 공존하는 마을을 눈이 덮고 있다. 여기서 눈은 자연의 법칙을 의미한다. 삶은 죽음에 감싸여 있고, 그 삶과 죽음은 커다란 자연의 법칙 속에 포함된다. 죽음과 삶이 서로 모순된 것 같지만 '자연'이라는 큰 시각에서 보면 죽음과 삶은 하나일 수밖에 없다는 것이 시인이 말하고 싶은 이 시의 주제인 것이다.

초혼招魂 _ 김소월

산산이 부서진 이름이여!
허공중(虛空中)에 헤어진 이름이여!
불러도 주인 없는 이름이여!
부르다가 내가 죽을 이름이여!

심중(心中)에 남아 있는 말 한 마디는
끝끝내 마저 하지 못하였구나.
사랑하던 그 사람이여!
사랑하던 그 사람이여!

붉은 해는 서산 마루에 걸리었다.
사슴의 무리도 슬피 운다.
떨어져 나가 앉은 산 위에서
나는 그대의 이름을 부르노라.

설움에 겹도록 부르노라.
설움에 겹도록 부르노라.
부르는 소리는 비껴가지만
하늘과 땅 사이가 너무 넓구나.

선 채로 이 자리에 돌이 되어도
부르다가 내가 죽을 이름이여!
사랑하던 그 사람이여!
사랑하던 그 사람이여!

1925년 유고시집 「진달래꽃」

하관下棺 _ 박목월

관(棺)이 내렸다.

깊은 가슴 안에 밧줄로 달아내리듯.

주여

용납(容納)하옵소서.

머리맡에 성경을 얹어주고

나는 옷자락에 흙을 받아

좌르르 하직(下直)했다.

그후로

그를 꿈에서 만났다.

턱이 긴 얼굴이 나를 돌아보고

형(兄)님!

불렀다.

오오냐. 나는 전신(全身)으로 대답했다.

그래도 그는 못 들었으리라.

이제

네 음성을

나만 듣는 여기는 눈과 비가 오는 세상.

너는

어디로 갔느냐.

그 어질고 안스럽고 다정한 눈짓을 하고.

형님!

부르는 목소리는 들리는데

내 목소리는 미치지 못하는

다만 여기는

열매가 떨어지면

툭하는 소리가 들리는 세상.

1959년 시집 「난 · 기타」

문의文義 마을에 가서 _ 고은

겨울 문의(文義)에 가서 보았다.
거기까지 다다른 길이
몇 갈래의 길과 가까스로 만나는 것을
죽음은 죽음만큼
이 세상의 길이 신성하기를 바란다.
마른 소리로 한 번씩 귀를 달고
길들은 저마다 추운 소백산맥 쪽으로 뻗는구나.
그러나 빈부에 젖은 삶은 길에서 돌아가
잠든 마을에 재를 날리고
문득 팔짱끼고 서서 참으면
먼 산이 너무 가깝구나.
눈이여, 죽음을 덮고 또 무엇을 덮겠느냐.

겨울 문의에 가서 보았다.
죽음이 삶을 꽉 껴안은 채
한 죽음을 무덤으로 받는 것을
끝까지 참다 참다
죽음은 이 세상의 인기척을 듣고
저만큼 가서 뒤를 돌아다 본다.

지난 여름의 부용꽃인 듯

준엄한 정의인 듯

모든 것은 낮아서

이 세상에 눈이 내리고

아무리 돌을 던져도 죽음에 맞지 않는다.

겨울 문의여, 눈이 죽음을 덮고 나면 우리 모두 다 덮이겠느냐.

1974년 제5시집 『문의 마을에 가서』

1. 「초혼」과 「하관」은 둘 다 가까운 이의 죽음을 슬퍼하는 내용이지만, 그 슬픔을 전달하는 표현 방법은 대조적이다. 두 시의 표현 방법을 비교해 보고 장단점을 생각해 보자.

우리가 깊은 슬픔에 직면하고서 이 슬픔을 형상화하려고 한다면, 아마도 두 가지 정도의 방법을 선택할 수 있을 것이다. 하나는 그 슬픔을 내면 깊숙히 받아들여 그것을 고스란히 느끼고 그 느낌을 그대로 전달하는 것이고, 다른 하나는 그 슬픔에서 한 발짝 물러나 그것을 찬찬히 바라보는 것이다. 「초혼」이 첫번째의 방법을, 「하관」이 두번째의 방법을 각각 취하고 있다. 각각의 방법 때문에, 「초혼」은 슬픔의 깊이가 고스란히 느껴져서 독자들은 화자의 마음을 가까이에서 느껴볼 수 있을 것이고, 「하관」에서는 '절제미'가 느껴지고 삶에 대한 진득한 성찰을 찾아볼 수 있다.

이 두 가지 방법은 각각의 장점을 갖고 있지만, 「초혼」의 방법은 자칫 감정의 범벅으로 형식미를 잃어버리기 쉽고, 「하관」의 방법이 남용되면 시의 정서는 사라지고 기호들만 남겨지게 된다는 점도 유념해야 할 것이다.

2. 고은의 또 다른 시 「화살」을 읽어보고, 「문의 마을에 가서」와 그 내용이나 표현 방법이 갖는 차이점에 대해 생각해 보자.

「문의 마을에 가서」는 삶과 죽음에 대한 철학적 성찰을 담고 있다. 그것은 눈덮인 마을의 풍경이 주는 신성한 느낌에 비롯된다. 어느 마을 언덕에 서서 내려본 길이 끊어질 듯 이어지면서 저 멀리까지 뻗어있고 그것이 마치 인생의 메타포로 보였다는 것, 그 길을 지우며 눈이 내리는 것이 마치 신성한 삶과 죽음을 덮어주는 것처럼 보였다는 것, 삶과 죽음을 덮는 눈이란 또 마치 신성한 우주의 섭리처럼 보였다는 것, 이러한 사색들이 이 시의 내용에 그대로 반영되어 있다. 가볍지 않은 내용인 만큼 이 시의 어조는 "~다/~구나/~느냐" 등 무겁고 차분한 목소리로 표현되어 있다.

같은 시인의 작품이지만, 「화살」은 그보다 다소 격앙된 목소리로 쓰여있다. 이 시에는 「문의 마을에 가서」의 사색과 성찰보다는 시인의 강력한 주장이 담겨있다. 「화살」은 돌아오지 않을 각오로, 죽음까지도 각오하고, 화살처럼 어떤 목표를 향해 나아가야 한다는 주장을 선명하게 드러내고 있다. 우리가 안주하고 있는 조그마한 편리들을 포기하고서 성취해야 한다는 그 목표는 아무래도 정치적이고 사회적인 맥락으로 읽혀서 다소 선동적이기까지 하다. 그 맥락이란 아마도 우리가 조그마한 자유로만 숨쉬고 커다란 억압을 모르는 척해서는 안된다는 것, 자유를 쟁취하는 혁명에 동참해야 한다는 것이리라. 이러한 가슴벅찬 노래를 부르기에 이 시는 격앙된 목소리로 쓰일 수 밖에 없는 것이다.

05
역사에 대한 신념과 의지

조지훈(1920~1968)

본명 동탁. 경북 영양 출생. 1939년 「고풍의상」 「승무」, 1940년 「봉황수」로 『문장』의 추천을 받아 시단에 등단했다. 고전적 풍물을 소재로 하여 우아하고 섬세하게 민족 정서를 노래한 시풍을 높이 평가받았다. 박두진, 박목월과 함께 1946년 시집 『청록집』을 간행하여 '청록파' 라 불리게 되었다.

김광규(1941~)

서울 출생. 서울대학교 독문과 및 동대학원을 졸업하였으며 1975년 『문학과 지성』을 통해 「영산」 등의 시를 발표해 등단하였다. 현재 한양대학교 독문과 교수로 재직 중이다.

이한직(1921~1976)

호는 목남. 전주 출생. 경성중학을 거쳐 도일, 게이오의숙대학교 법과를 수학하였다. 1939년 시 「온실」 「낙타」 등으로 『문장』에 정지용의 추천을 받아 등단하였다. 등단 당시 산뜻한 풍경화를 보는 듯한 감각미를 지닌 그의 시는 크게 주목을 끌었다.

과거를 돌아보는 태도

어린 시절, 유난히 콧물을 많이 흘리던 친구나 엄한 호랑이 선생님께 혼나던 기억

은 누구나 가지고 있다. 당시에는 화나고 창피했던 일들도 지금 생각해 보면

저절로 미소가 지어진다. 그것이 추억이다. 당시에는 마음을 찢어지게 했던 뒷집 순이와의 사랑

도 세월이 지나면 아련한 첫사랑으로 남듯이 정말 어렵고 힘겨웠던 일들도 시간이 지나면 아름

답게 윤색되어 추억이 되는 것이다.

사람들에게 추억이 없다면 세상살이는 지금보다 훨씬 더 힘들 것이다. 그래서 사람들은 살아가면

서 점점 추억할 것들을 많이 만들어간다. 그러나 추억은 지난날들을 대책 없이 미화시켜 현재의

상황이 좋지 못할 때, 옛날을 그리워하며 현실의 고통으로부터 도망가게 만든다. 추억에 지나치

게 빠져 들면 현실의 고통을 쉽게 체념하고 현재에 충실하지 못하게 만드는 것이다.

이런 차이는 과거를 어떻게 바라보느냐에 따라 달라진다. 추억이 힘이 되기 위해서는 지난 일들

을 냉철하게 바라보며 객관적으로 바라볼 수 있어야 하며, 과거를 현재의 어려움에 대한 도피 장

소로 여기지 말아야 한다. 여기 각기 다른 시선을 가진 회고에 관한 세 편의 시가 있다. 시인들은

지난날들을 어떻게 바라보고 있는지 살펴보며 읽어보자.

조지훈의 「봉황수」는 조선 왕조의 퇴락한 고궁을 보면서 망국의 비애를 노래한 시이다. 화자는 지금 옛 왕조의 궁궐에 나와 있다. 궁궐은 옛 왕조를 회고하게 하지만, 궁궐의 기둥은 이미 오래 전에 벌레가 먹어 썩어 있다. 화려함을 자랑하던 단청도 빛이 바랬다. 썩은 기둥과 빛 바랜 단청은 왕조의 화려함이 이미 사라졌음을 뜻한다. 이때 화자는 국권상실과 식민통치로 이어진 역사의 아픔을 떠올린다. 하지만 화자는 심리적 거리를 유지함으로써 '회고'라는 행위가 가져올 수 있는 과거의 '미화' 작업을 피할 수 있었다. 오히려 무기력하게 멸망해버린 조선 왕조의 유약함을 비판하고, 일제 강점기를 살고 있는 망국인의 탄식을 대변한다.

시는 크게 두 부분으로 나뉘어진다. 두 문장(벌레 먹은~틀어올렸다)으로 구성된 전반부는 중국에 대한 조선 왕조의 사대주의적인 태도를 비판하면서 망해버린 왕조의 허망함을 드러낸다. 그리고 후반부인 나머지 부분에서는 그러한 역사를 물려받은 화자의 슬픔을 노래하고 있다. 시의 제목인 '봉황수'는 '봉황의 슬픔'이란 뜻으로 시적 화자의 슬픔이 '봉황'이라는 시적 상관물에 투사되고 있음을 의미한다. 봉황은 멸망한 조선 왕조를 상징하며 동시에 일본 제국주의의 지배를 받는 식민지 조선을 상징하는 것이다.

멸망 전에도 국권이 당당하진 못했지만 결국, 언제나 중국을 섬기며 나약한 모습을 보여온 조선 왕조가 자기 민족이 살 땅조차 지켜내지 못한 것을 화자는 애통해 한다. 그래서 화자는 '눈물이 속된 줄을 모를 양이면 구천에 호곡하고' 싶어한다. 하지만 화자는 결코 소리내어 울지 않는다. 통곡은 속된 일이기 때문이다. 비애를 내면으로 삭이는 애이불상(哀而不傷)의 태도라고 할 수 있다. 때로는 이런 소리 없는 울음이 더 가슴에 사무치게 와 닿는다.

김광규의 「희미한 옛사랑의 그림자」는 「봉황수」에 비해 훨씬 개인적인 회고라 할 수 있다. 이 시는 다 자라서 세상의 때가 묻은 기성세대들이 어느 순간 느낄 수 있는 감정이 잘 드러나 있다.

화자는 18년 전의 친구들을 아주 오랜만에 만난다. 그들은 서로 '처자식들의 안부를 나누고 월급이 얼마인가를 서로 물었다'. 아주 오랜만이지만 정작 그들이 서로 나눌 수 있는 대화는 한정되어 있다. 마음속에는 오랜만에 만난 친구에 대한 반가움으로 가득하지만, 정작 그들은 어떻게 살고 있나 하는 것 외에는 물어볼 말이 별로 없다.

모두는 18년 전처럼 무엇인가를 성취하기 위해 살고 있는 것이 아니다. 단지 먹고살기 위해 살고 있을 뿐이다. 그리고 누구보다 서로가 그것을 잘 안다. 이미 '혁명이 두려운 기성 세대'가 되었다는 사실도 누구보다 잘 안다. 그래서 이제는 '불도 없는 차가운 방에 앉아 하얀 입김을 뿜으며 열띤 토론을 벌일' 만큼 뜨거웠던 열정을 감히 입 밖에 꺼낼 수가 없다. 그래서 그들은 '처자식의 안부'와 그들의 '월급'과 '치솟는 물가'와 같이 하찮은 일상에 대해서만 공허하게 서로 묻는다.

'아무도 귀기울이지 않는 노래를, 누구도 흉내낼 수 없는 노래를' 목청껏 불러대던 18년 전과는 달리 이제는 아무도 노래를 부르지 않는다. 그저 뿔뿔이 흩어진다. 젊음의 뜨거움을 함께 느꼈던 시절은 분명히 있다지만, 그 뜨거움은 차마 누구도 입밖에 내지 않는다. 그래서 그들은 18년 전과 똑같이 여전히 제자리에 서 있는 플라타너스 가로수를 보며 고개를 떨군다. 그들은, 플라타너스가 부끄럽지 않냐고 꾸짖는 것만 같다. 그렇지만 열정적인 젊은 시절로 다시 돌아갈 수는 없다. 생활은 생활인 것이다. 사랑과 아르바이트와 병역 문제와 같은 때묻지 않은 고민들은 이제 '희미한 옛사랑의 그림자'가 되었을 뿐이다.

소시민이 되어버린 이들의 자괴감과, 그것을 애써 털어 버리려는 자신들의 모습에 대한 자조가 이 시의 주된 내용이다. 시는 시인과 비슷한 연배의 사람들에게는 아프게 울릴 것이며, 순수했던 시간을 떠나보낸 채 세상의 타락과 타협하기 시작한 모든 이들에게도 공감을 얻을 수 있을 것이다.

앞의 두 시보다도 이한직의 「낙타」는 더 개인적 회고라고 할 수 있다. 화자는 지금 동물원에서 낙타를 구경하고 있다. 등이 굽어 있는 낙타는 어린 시절의 늙은 선생님을 생각나게 한다. 선생님을 떠올린 화자는 눈을 감고 선생님을 추억한다. '선생님은 회초리를 들고서 걸어오시는' 무서운 분이셨지만, 이때 화자에게는 어린 시절의 그리운 늙은 선생님만 있을 뿐이다. 그런데 선생님도 낙타처럼 늙으셨다. 낙타의 굽은 등을 보면서 어린 시절의 늙은 선생님을 생각했는데, 이제는 선생님이 낙타처럼 늙으셨다고 말한다. 추억이 현실과 뒤섞이면서 선생님과 낙타도 뒤섞인다.

평화롭게 노니는 낙타의 모습은 마치 옛날을 추억하고 있는 듯하다. 그런 낙타의 모습은 어린 시절의 선생님을 추억하는 자신의 모습과 동일시된다. 마침내 선생님과 낙타와 시적 화자는 추억 속에서 하나가 된다. 그리고 낙타를 통해서 선생님과 나 사이에 놓여 있는 거리가 완전히 좁혀진다.

어린 시절의 선생님에 대한 추억에서 깨어난 화자는 추억의 여운을 느끼며, 동물원 여기저기에 잃어버린 동심이 있을 것 같다고 생각한다. 동물원은 화자에게 동심을 잃어버린 사실을 깨닫게 만들었다. 깨달음과 동시에 화자는 너무나 현실적이 되어버린 스스로에 대해 씁쓸해 할 것이다. 하지만 한편으로 동물원은, 그런 씁쓸함을 없애고 화자에게 조금이나마 동심의 세계를 느끼게 해주는 공간이기도 하다.

「봉황수」에는 자신이 설 땅을 잃어버린 식민지의 민족이, 「희미한 옛사랑의 그림자」에는 4·19혁명을 함께 겪었지만 소시민이 되어버린 친구들이라는 무리가 있지만, 「낙타」에서는 오직 화자만이 있을 뿐이다. 이 시에서 화자가 느끼고 있는 선생님에 대한 그리움은 독자들이 쉽게 공감할 수 있는 보편적인 감정이지만, 요즘에는 실제로 쉽게 느낄 수 없는 감정이기도 하다. 추억 속에 그리운 선생님이 있다면 그 자체가 소중한 것이 아닐 수가 없다.

봉황수鳳凰愁 _ 조지훈

　벌레 먹은 두리기둥 빛 낡은 단청(丹靑) 풍경 소리 날아간 추녀 끝에는 산새도 비둘기도 둥주리를 마구 쳤다. 큰나라 섬기다 거미줄 친 옥좌(玉座) 위엔 여의주 희롱하는 쌍룡 대신에 두 마리 봉황새를 틀어올렸다. 어느 땐들 봉황이 울었으랴만 푸르른 하늘 밑 추석(秋石)을 밟고 가는 나의 그림자. 패옥 소리도 없었다. 품석(品石) 옆에서 정일품(正一品) 종구품(從九品) 어느 줄에도 나의 몸둘 곳은 바이 없었다. 눈물이 속된 줄을 모를 양이면 봉황새야 구천(九天)에 호곡하리라.

1940년 잡지 「문장」

희미한 옛사랑의 그림자 _ 김광규

4 · 19가 나던 해 세밑
우리는 오후 다섯시에 만나
반갑게 악수를 나누고
불도 없는 차가운 방에 앉아
하얀 입김 뿜으며
열띤 토론을 벌였다.
어리석게도 우리는 무엇인가를
정치와는 전혀 관계없는 무엇인가를
위해서 살리라 믿었던 것이다
결론 없는 모임을 끝낸 밤
혜화동 로터리에서 대포를 마시며
사랑과 아르바이트와 병역 문제 때문에
우리는 때묻지 않은 고민을 했고
아무도 귀기울이지 않는 노래를
누구도 흉내낼 수 없는 노래를
저마다 목청껏 불렀다.
돈을 받지 않고 부르는 노래는
겨울밤 하늘로 올라가 별똥별이 되어 떨어졌다
그로부터 18년 오랜만에

우리는 모두 무엇인가가 되어

혁명이 두려운 기성 세대가 되어

넥타이를 매고 다시 모였다

회비를 만 원씩 걷고

처자식들의 안부를 나누고

월급이 얼마인가 서로 물었다

치솟는 물가를 걱정하며

즐겁게 세상을 개탄하고

익숙하게 목소리를 낮추어

떠도는 이야기를 주고받았다

모두가 살기 위해 살고 있었다

아무도 이젠 노래를 부르지 않았다

적잖은 술과 비싼 안주를 남긴 채

우리는 달라진 전화번호를 적고 헤어졌다

몇이서는 포커를 하러 갔고

몇이서는 춤을 추러 갔고

몇이서는 허전하게 동숭동 길을 걸었다

돌돌 말은 달력을 소중하게 옆에 끼고

오랜 방황 끝에 되돌아온 곳

우리의 옛사랑이 피흘린 곳에

낯선 건물들 수상하게 들어섰고

플라타너스 가로수들은 여전히 제자리에 서서

아직도 남아 있는 몇 개의 마른 잎 흔들며

우리의 고개를 떨구게 했다

부끄럽지 않은가

부끄럽지 않은가

바람의 속삭임 귓전으로 흘리며

우리는 짐짓 중년기의 건강을 이야기했고

또 한 발짝 깊숙이 늪으로 발을 옮겼다

1979년 시집 「우리를 적시는 마지막 꿈」

낙타駱駝 _ 이한직

눈을 감으면

어린 시절 선생님이 걸어오신다.
회초리를 들고서

선생님은 낙타처럼 늙으셨다.
늦은 봄 햇살을 등에 지고
낙타는 항시 추억한다.
— 옛날에 옛날에 —

낙타는 어린 시절 선생님처럼 늙었다.
나도 따뜻한 봄볕을 등에 지고
금잔디 위에서 낙타를 본다.

내가 여읜 동심(童心)의 옛날 이야기가
여기 저기
떨어져 있음직한 동물원의 오후.

1939년 잡지 「문장」

1. 「봉황수」, 「옛사랑의 그림자」, 「낙타」는 회고의 방법으로 쓰여진 작품이라는 점에서는
공통점을 갖지만, 과거를 회고하는 시선이 주는 느낌에 있어서는 차이점도 있다. 세 작
품의 시선을 비교해보자.

「낙타」에서 '나'는 어느 봄날 동물원에 가게 되었다. 거기서 느긋하게 서 있는 낙
타를 보고는 어린 시절의 선생님이 떠올랐다. 이 시가 선생님과의 구체적 추억을
제시하지는 않았지만, "옛날에 옛날에"와 같은 익숙한 옛날 이야기의 말투, 동물원,
늦은 봄 햇살 같은 소재등이 이 회상을 따뜻한 분위기로 감싸 안는다.

이에 비하면 「봉황수」는 말할 수 없는 쓸쓸함과, 쓸쓸함을 넘어선 분노까지 느껴
진다. 그것은 봉황새가 상징하는 조선왕조의 멸망에 대한 쓸쓸함이며, 기껏 사대주
의나 일삼다가 나라를 빼앗긴 것에 대한 원통함이 담겨져 있다. 또한 이것은 역사
적 회고이기에 우리 민족 전체의 회고라고도 할 수 있는데, 어린 시절의 선생님을
회고하는 개인적 상상력의 「낙타」와는 확연히 차이를 드러낸다.

「옛사랑의 그림자」는 앞에서 말한 두 시의 중간쯤이라고 할 수 있다. 이 시는 「낙
타」만큼 개인적이지는 않지만, 「봉황수」만큼 역사적이지도 않다. 그것은 한 시대를
특정한 이데올로기와 연관지어 바라봤던 '특정한 세대'가 공유하는 회고라는 점에
서 개인적인 측면과 역사적인 측면을 고루 갖고 있다고 하겠다. 또한 감정의 측면
에서도 「옛사랑의 그림자」는 중간적인데, 이 시가 그 순수했던 시절에 대한 그리움
과 애틋함, 그리고 그 시절로 돌아갈 수 없는 안타까움이 뒤섞여있다는 점에서 그
러하다.

　　큰 도서관에 들어서면 묘한 느낌을 받게 된다. 높은 천정과 넓은 마루를 가득 채
운 커다란 책장들이 위압감을 주기도 하고, 하드커버지 위에 박힌 금장의 제목들이
뭔가 모르게 주눅들게 만들기도 한다. 하지만 도서관은 내가 시간 날 때마다 찾아
가서 한권씩 책을 뽑아들게 하는 마력을 갖고도 있으며, 매번 찾아가는데도 책장들
의 배치가 미로와 같아서 내게서 항상 방향 감각을 빼앗아 현기증을 일으키기도 했
다. 서가에서 서서보는 책은, 정색을 하고 책상에 앉아 보는 책들보다 더 흥미진진
했으며, 오래된 책에서 나는 곰팡이 냄새는 나도 모르는 누군가의 추억을 내게 건
네주는 것만 같다.

　　내가 고등학교 시절 문학선생님을 떠올릴 때마다 도서관을 함께 떠올리는 것은,
선생님이 문예부 담당 교사여서 학교 도서관에서 자주 만난 탓도 있을 것이다. 하
지만 그는 마치 도서관처럼 내가 모르는 책들을 매번 새로 보여줬고, 그가 보여주
는 책들은 언제나 재미있었다. 그는 실제로는 나보다 키가 작았지만 강단에 섰을
때 그는 항상 위압감을 줄 정도로 커보였는데도, 나는 그의 약간 피로하게 보이는
미소가 항상 정겨웠다. 그는 도서관처럼 많은 것을 가르쳐주었고, 도서관처럼 현기
증과 위압감을 안겨줬고, 무엇인가 오래된 냄새를 풍기는 듯 했다. 선생님은 정규
수업이 모두 끝난 교정의 도서관처럼 약간은 무섭지만 조용하고 아늑했다.

윤동주(1917~1945)

북간도 출생. 도시샤(同志社)대학 영문과 재학 중 1943년 여름방학을 맞아 귀국하다 사상범으로 일경에 체포되어, 규슈 후쿠오카 형무소에서 옥사했다. 1941년 연희전문을 졸업하고 도일하기 앞서 19편의 시를 묶은 자선시집을 발간하려 했으나 뜻을 이루지 못했다. 1948년에 유고 30편을 모아 『하늘과 바람과 별과 시』가 간행되었다. 1938~41년에 씌어진 그의 시에는 불안과 고독과 절망을 극복하고 희망과 용기로 현실을 돌파하려는 강인하고 순결한 정신이 표출되어 있다.

유치환(1908~1967)

경남 통영 출생. 호는 청마. 극작가 유치진의 동생. 정지용의 시에서 감동을 받아 시를 쓰기 시작했다. 1931년 『문예월간』에 시 「정적」을 발표함으로써 시단에 등단하였다. 그의 시는 도도하고 웅혼하며 격조 높은 시심을 거침없이 읊은 데에 특징이 있다. 이는 자칫 생경한 느낌을 주기도 하지만 어떤 기교보다도 더 절실한 감동을 준다.

김수영(1921~1968)

서울 출생. 학병 징집을 피해 만주로 이주했다가, 8·15 광복과 함께 귀국하여 시작 활동을 했다. 김경린·박인환 등과 함께 합동시집 『새로운 도시와 시민들의 합창』을 간행하여 모더니스트로서 주목을 끌었다. 한국전쟁 때 의용군으로 끌려갔다가 거제도 포로수용소에서 석방되었다. 그후 교편 생활, 잡지사·신문사 등을 전전하며 시작과 번역에 전념하였다. 초기에는 모더니스트로서 현대 문명과 도시생활을 비판했으나, 4·19 혁명을 기점으로 현실비판의식과 저항정신을 바탕으로 한 참여시를 썼다.

2

신념과 의지

어렸을 때 친구들과 말다툼이 벌어지면 '우리 엄마가 그랬어'라는 말로 친구들을 설득시킨 경험이 있을 것이다. '엄마'는 우리가 성장해 감에 따라 '선생님'으로, 신망 있는 '친구'로, 때론 각 상황에 적합한 '유명한 누구'로 바뀌게 된다. 우리는 어른이 될 때까지는 어느 누군가가 정해 놓은 질서에 따라 옳고 그른 것, 해야 할 일과 해서는 안 될 일을 선택하게 되는 것이다.

그러다가 사회에 진출하게 되면 선과 악, 옳고 그름이라는 질서뿐만 아니라 좋고 싫음과 이익과 손해라는 질서가 있다는 것을 알게 된다. '선/악'과 '옳고/그름'의 질서는 공적인 세계의 질서다. 반면 '좋고/싫음'과 '이익/손해'의 질서는 개인적인 안락의 문제와 밀접하게 연관되어 있다. 그렇지 않은 사람들도 있지만, 대다수의 사람들은 대체로 '좋아하는 것'과 '이익이 되는 것'을 선택하며 살아간다.

인간의 욕망은 당연히 좋고, 이익이 되는 것을 좇게 마련이지만 그런 것들을 포기하는 사람들도 있다. 또한 다수의 반대와 시련에 부딪히면서도 이미 주어진 질서에 반하며 자신이 믿는 신념과 그것을 지키려는 의지에 따라 살아가는 사람들도 있다. 우리는 이들을 지사 또는 투사라 부르기도 한다.

이어지는 세 편의 시들은 이런 신념을 담은 시들로 시인들의 신념이 지사·투사적 태도로 나타나 있다. 이제 자신의 신념을 지켜 나가려는 의지를 노래한 세 편의 시를 살펴보자.

윤동주의 「서시」는 두 개의 연으로 이루어져 있다. 1연은 '나는 어떻다' 라는 고백이고, 2연은 '나를 둘러싼 상황은 어떠하다' 는 묘사다. 그런데 이 시를 전체적으로 살펴보면, 2연과 1연으로 순서를 뒤바꾸어 '나를 둘러싼 상황이 어떠함에도 불구하고 나는 어떠하겠다' 로 해석하는 것이 더 자연스럽다. 그렇다면 우선 시인이 파악하고 있는 상황부터 살펴 보도록 하자.

'오늘 밤에도 별이 바람에 스치운다' 라는 구절을 살펴 보자. 여기서 중요한 것은 보조사 '도' 를 사용하고 있다는 것과 별과 바람의 상징성이다. 보조사 '도' 는 이 연에서 제시하고 있는 상황이 '현재' 만이 아니라 과거에도 항상 그래왔다는 것을 뜻한다. 어둠은 화자를 둘러싼 부정한 현실이며 바람은 화자에게 주는 시련이다. 어둠 속에서 빛나는 별은 부정한 현실에 안주하지 않겠다는 화자의 신념을 의미하는데 바람이 화자의 신념을 흔들어 괴롭힌다.

화자는 신념의 안테나를 세우고 그것에 포착되는 부정한 현실 상황에 민감하게 반응한다. 자신이 처한 현실과 갈등하면서 인간적인 고뇌를 드러내기도 하지만 타협하지는 않는다. 맹자는 군자의 세 가지 즐거움 중 하나로 '우러러 하늘에 부끄럼이 없고 아래로 굽어보아 사람들에게 창피하지 않은 즐거움(仰不愧於天 俯不怍於人 二樂也)' 을 말한 적이 있다. 「서시」의 화자가 보여주는 신념과 의지에는 맹자가 말한 것과 같은 지사적 태도가 담겨 있다.

유치환의 「바위」에 나타난 신념과 의지는 훨씬 굳세고 초월적이다. 「바위」는 '내 죽으면 한 개 바위가 되리라' 는 선언으로 시작한다. 그래서 화자는 하나의 단단한 바위가 되기 위한 통과제의 과정도 마다하지 않겠다고 한다. 비와 바람이라는 수난에도 한 마디 입도 열지 않고 함묵(緘默)하며, 희노애락의 감정을 버리고 억년(億年)을 버티는 '비정(非情)' 의 과정을 감내하겠다는 것이다.

하나의 사물은 상상력을 통해서 다양하게 가지를 치고 뻗어나갈 수 있다. 바위는 장님, 벙어리, 견고, 침묵 등으로 상상될 수 있다. 화자가 바위가 되겠다고 하는 것도 바위의 이런 특징들을 배우겠다는 것이다. 화자는 외부의 수난에 꿈쩍 않고, 자신의 감정도 버리겠다고 한다.

'안으로만 안으로만 스스로를 채찍질하여 들어' 가는 것은 초월의 경지에 이르기 위한 수행 내지는 고행의 과정을 의미한다. 화자는 마침내 스스로 돌이 되어 생명마저도 망각한 무아의 경지에 도달하려 한다. 그 경지는, 정신만은 흐르는 구름처럼 자유롭고 때론 세상을 뒤흔들어 깨우는 천둥과 같은, 그렇지만 오직 함묵하는 초월의 경지이기도 하다.

「서시」는 청년기 화자의 지사적 신념을 섬세히 드러내면서도 화자의 고뇌가 나타나 있지만, 「바위」는 장년기 화자의 단호한 선언과 그것에 도달하기 위한 줄기찬 나아감만이 나타난다. 그 과정에서 주저하는 모습은 전혀 보이지 않는다. 그러나 「바

매너리즘 Mannerism

가수가 1집 음반이 성공해 화려하게 데뷔했다. 그러다 활동을 접고 한 6개월만에 2집 앨범을 들고 나왔다. 1집과 비슷하긴 하지만 들을 만하다. 그후 다시 약 1년 뒤에 3집 앨범으로 컴백했는데, 1, 2집과 비슷한 느낌이 또 들면서 별반 다를 바가 없다면, 이제 사람들은, '저 친구가 매너리즘에 빠졌군. 저러면 발전이 없는데'. 이렇게 평가하고 외면하게 된다.

여기서 매너리즘이란 비슷한 패턴을 반복하기 때문에 단조롭고 불성실함이 느껴지는 상태를 말한다. 원래 매너리즘이란 '틀에 박힘' 이라는 의미를 갖는다. 문학에서는 기교와 문체가 일정하게 굳어져서 더 이상 참신함이나 성실함을 느낄 수 없을 때, 비난의 의미로 '매너리즘에 빠졌다' 라는 말을 쓴다.

역사적으로 말의 유래를 따라 올라가 보면, 매너리즘은 본래 서양 미술사에서 사용하던 용어였다. 세밀한 부분들의 처리로 전체를 완성하는 데 대단한 솜씨를 보인 16, 7세기의 화가들의 화풍을 가리키는 용어가 바로 매너리즘이었다. 또 같은 시기 세밀한 수사법과 재치를 보인 문장에 대해서도 매너리즘이라는 용어가 쓰였다.

위」가 보여주는 단호함과 굳센 의지는 어찌 보면 세파에 시달린 화자가 자신의 감정을 추스리기 위해 취하는 과장된 태도라고 생각할 수도 있다.

김수영의 「폭포」는 앞의 두 시와 비교하여 볼 때, 사회적 현실과 맞부딪치는 화자의 신념과 의지가 강조된다. 폭포는 부정한 현실에 저항하는 투사를 연상하게 한다. 절벽에서 두려움 없이 떨어지는 폭포는 어떤 타협이나 주저함 없는 올곧은 정신을 의미한다. 어둠이 온 세상을 덮어도 그치지 않고 떨어지며 곧은 소리를 낸다. 떨어져 내리는 장관을 누가 보아주지 않아도 상관없다. 폭포의 자기희생이 만들어내는 소리는 일정하고 장엄하다. 그 소리는 암흑과 같은 현실 속에서 다른 정신들을 깨워 동참하게 만드는 소리다.

평범한 사람들은 되도록 땀 흘리지 않고 편안하게 살기를 바란다. 우리는 되도록 자신의 '나타(나태)와 안정'을 보장받고 싶어하며, 그것이 위협받을 수 있는 상황을 피하려 한다. 그러나 어떤 사람들은 그 나태한 일상사와 안정된 생활을 버리고 현실을 바꾸기 위해 자신을 희생한다. 이런 개인의 희생은 울림을 얻어 다른 이들의 참여를 이끈다. 마치 흐르는 모든 물이 폭포가 있는 곳으로 모여 함께 떨어지며 엄청난 기세와 소리를 내는 것처럼. 폭포는 바로 그런 투사의 신념과 의지를 상징하고 있는 것이다.

서시 _윤동주

죽는 날까지 하늘을 우러러

한 점 부끄럼이 없기를

잎새에 이는 바람에도

나는 괴로워했다.

별을 노래하는 마음으로

모든 죽어 가는 것을 사랑해야지

그리고 나한테 주어진 길을

걸어가야겠다.

오늘 밤에도 별이 바람에 스치운다.

1941년 유고시집 「하늘과 바람과 별과 시」

내 죽으면 한 개 바위가 되리라.

아예 애련(愛憐)에 물들지 않고

희로(喜怒)에 움직이지 않고

비와 바람에 깎이는 대로

억 년(億年) 비정(非情)의 함묵(緘默)에

안으로 안으로만 채찍질하여

드디어 생명도 망각하고

흐르는 구름

먼 원뢰(遠雷).

꿈꾸어도 노래하지 않고

두 쪽으로 깨뜨려져도

소리하지 않는 바위가 되리라.

*애련:애정과 연민

*함묵:입을 다물고 말을 아니함

*원뢰:멀리서 들리는 천둥 소리

1946년 시집 「생명의 서」

폭포瀑布 _ 김수영

폭포는 곧은 절벽을 무서운 기색도 없이 떨어진다.

규정할 수 없는 물결이
무엇을 향하여 떨어진다는 의미도 없이
계절과 주야를 가리지 않고
고매한 정신처럼 쉴사이없이 떨어진다.

금잔화도 인가도 보이지 않는 밤이 되면
폭포는 곧은 소리를 내며 떨어진다.

곧은 소리는 소리이다.
곧은 소리는 곧은
소리를 부른다.

번개와 같이 떨어지는 물방울은
취할 순간조차 마음에 주지 않고
나타(懶惰)와 안정을 뒤집어 놓은 듯이
높이도 폭도 없이
떨어진다.

1957년 잡지 『평화에의 증언』

1. 「서시」가 보여주는 신념이 유교적 지사적 태도, 그리고 기독교적 순결성과 순교자적 자세와 어떻게 유사한지 생각해 보자. 유교적 태도와 기독교적 정신은 서로 어떻게 연결될 수 있는지 생각해 보자.

　윤동주의 「서시」에서 우리는 어떤 어려움 속에서도 자신의 양심 앞에 정직하게 살아가겠다는 그의 다짐을 읽을 수 있다. 그는 '죽는 날까지 하늘을 우러러 한 점 부끄럼이 없기를' 소망한다. 그리고 '별을 노래하는 마음으로 모든 죽어가는 것을 사랑'하며, '나한테 주어진 길을 걸어가야겠다'고 나직히 다짐한다. 그러나 그는 이러한 긴 다짐 뒤에 연을 바꾸어 다음과 같이 말한다. '오늘 밤에도 별이 바람에 스치운다.' 여덟 행의 긴 다짐 뒤에 이어진 한 행의 고백. 이 한 행으로 이루어진 2연은 여덟 행의 1연과 같은 비중을 갖는다. 이것은 무엇을 의미하는가.

　흔히 윤동주를 심성이 연약한 시인이라 평한다. 그러나 이는 달리 평가되어야 한다. 심성이 연약한 시인이 아니라 솔직한 심성의 시인으로 말이다. 윤동주의 시세계에 유교적인 지사적 태도를 찾아보기란 어려운 일이 아니다. 그러나 유교적 지사적 태도는 감정의 측면이 삭제된 상당히 관념적인 태도다. 오직 '충'과 '효'라는 덕목 하에 움직이는 것이기 때문이다. 이러한 지사적 태도에서 연약한 모습은 피해야 할 것이며 감추어야 할 어떤 것이다. 그러나 윤동주의 시에서 이러한 태도는 기독교적 순결성과 접합을 이루면서, 다시 말해 내면의 거짓을 인정할 수 없게 되면서 윤동주만의 독특한 양식으로 변모한다. 즉, 자신의 연약한 모습마저 밖으로 내비침으로써 가장 순결하고 솔직한 상태에 도달할 수 있게 된다. 이것이 바로 윤동주의 정신이며 그의 시세계의 바탕인 것이다.

2. 「폭포」에서 관념적이고 지적인 성격과 현실 참여적인 성격을 잘 드러내는 상징들을 찾아보자. 그리고 사회에서 지식인의 현실 참여에 대하여 생각해 보자.

　　김수영의 「폭포」에서는 그의 시 「눈」이나 「꽃잎」처럼 하강의 이미지가 강하다. 물론 이는 부정적인 죽음 이미지가 아니라 긍정적인 죽음 이미지이자 적극적인 죽음 이미지다. '곧은 절벽을 무서운 기색도 없이' 떨어지는 폭포는 자신이 떨어지며 내는 소리에 '곧은 소리'를 더하며 떨어진다. 이는 무서운 힘이다. 합쳐지며 증폭되는 힘이기 때문이다. 이 힘의 증폭을 한 줄기의 폭포가 해낸다. 바로 지식인들이다. 이처럼 김수영은 지식인들의 사회참여를 끊임없이 주장해왔다. 그는 「눈」에서 '젊은 시인'으로 표상되는 지식인은 사회에 쓴 소리를 할 줄 알아야 함을 강조한다. 김수영은 지식인이 사회와 민중을 올바른 방향으로 이끌어나갈 수 있는 존재여야 한다고 생각하는 것이다.

　　그러나 김수영의 시대와 현재는 많은 시간적 격차가 존재하고 지식인 역시 현재에 맞는 역할을 찾아야 한다. 전 국민의 교육 수준이 전반적으로 높아진 현재에 지식인이 사회를 이끌어나가는 지도자적 역할을 고수할 수는 없다. 지배계층과 피지배계층으로 선연하게 나눠졌던 김수영의 시대와는 달리 현재 사회는 세분화되고 다원화되었으며, 전문화되었다. 이는 사회가 발전했다는 뜻도 되지만 동시에 계층 간, 분야간의 소통이 그만큼 어려워졌다는 뜻도 된다. 따라서 현재의 지식인은 이제 지도자적 역할이 아니라 한 계층과 다른 계층을 잇는, 혹은 한 분야와 다른 분야를 잇는 다리 역할을 해야 할 시점에 도달했다고 볼 수 있다. 시대가 변하면 지식인의 역할도 변해야 한다. 시대와 함께 호흡하는 존재, 이것이 바로 김수영이 말하는 지식인의 자세일 것이다.

이상화(1901~1943)

호는 상화. 대구 출생. 1922년 문예지 『백조』 동인으로 처음에는 「말세의 희탄」 「나의 침실로」 등과 같은 퇴폐적이고 낭만적인 경향의 시를 썼다. 이후 『개벽』을 중심으로 시, 소설, 평론 등을 발표하고 시 「빼앗긴 들에도 봄은 오는가?」를 발표하면서 신경향파적인 시 세계를 보이기도 했다.

김소월(1902~1934)

본명은 정식. 평북 정주 출생. 그의 시적 재능을 알아본 스승 김억의 주선으로 1922년 잡지 『개벽』에 「먼 후일」 「진달래꽃」 등을 발표했다. 소학교 교사, 신문사 지국장 등을 지냈지만 실패를 거듭했으며 33세의 나이로 아내와 함께 음독자살한 것으로 알려져 있다. 그가 시를 창작한 기간은 짧았지만, 그의 작품들은 한(恨)이라는 한국적 정서를 가장 한국적인 민요 율격으로 노래한 것으로 평가된다.

이용악(1914~1971)

함북 경성 출생. 『신인문학』에 시 「패배자의 소원」을 발표, 문단에 등단했다. 초기 시 가운데 「오랑캐꽃」 등은 대체로 모더니즘적 취향을 드러내고 있다. 뛰어난 감각적 이미지의 구사에도 불구하고 그 예술적 형상이 단편적이라는 지적을 받기도 했다. 구체적인 자기 삶에 바탕을 둔 '이야기 시'를 통해, 당시 조선 민중의 삶을 압박하는 정치·경제적 고통을 구체적인 경험에 긴밀히 관련시켜 보여줬다는 평가를 받는다. 한국전쟁 중에 월북했다.

상실의식

『**오디세이아**』는 고향으로 돌아가기 위한 오디세우스의 방랑과 모험의 에피소드들을 하나의 이야기로 엮어

나가고 있다. 그러나 이 이야기를 이끄는 힘은 오디세우스의 왕국과 사랑하는 가족에 대한 '상실

의식'이며, 그것을 되찾으려는 집념이다. 어둠과 격랑의 바다 위를 떠도는 오디세우스의 머릿속

에는 '돌아가지 못하는 고향에 대한 상실의식'으로 가득 차 있었고, 그는 오직 그것과 싸우며 노

를 저어 나갔던 것이다.

동서고금을 막론하고 문학작품에 나타나는 가장 보편적인 테마 중의 하나는 가치 있는 것들에

대한 '상실의식'이다. 부모나 가족의 상실, 사랑하는 연인의 상실, 고향이나 국가의 상실, 때로는

세계 그 자체의 상실이나 그것으로 인한 슬픔 같은 것들이 그 안에 포함된다.

우리의 현대시에서도 '상실의식'을 다룬 시인들이 무수히 많은데, 살면서 겪게 되는 다양한 국면

들 가운데서도 왜 '상실의식'에 그토록 초점이 모아지는 것일까?

한국의 현대시가 싹트던 시기는 불행하게도 일제의 식민통치기와 겹쳐지고 있다. 국권 상실이라

는 상황은 일제시대를 살았던 모든 한국인에게 크나큰 영향을 주었다. 그 때문에 어떤 작품이 시인 개인의 내면을 다뤘건 시인이 처한 사회 현실을 다뤘건 간에, 나라를 빼앗겼다는 '상실의식'은 항상 작품 밑바닥에 깔려 있게 된다. 다음에 나올 시들에서 식민지 시대의 한국시에 특히 두드러지는 상실의식과 그것에 반응하는 양상들을 비교하여 보자.

이상화의 「빼앗긴 들에도 봄은 오는가?」는 '상실'에 관한 시로, 일반적으로 '빼앗긴 들'을 국가 상실로 보고 저항시로 분류되고 있다. 일제에 대한 저항의식과 조국에 대한 절실하고 소박한 감정을 노래하고 있는 이 시는 제목과 첫 연의 첫 행 구절에서 매우 함축성 있게 모든 것을 말하고 있다. 하지만 '저항시'라는 선입견을 버리고 보면, 농촌에서의 노동을 건강하고 생기 넘치게 노래한 시로 볼 수 있다.

시는 화자가 하늘과 들이 맞붙은 곳을 향하는 것으로 시작된다. 그곳으로 가는 길은 가르마처럼 하얗고 구불구불하다. 희망을 상징하는 푸른색과 평화를 상징하는 흰색이 강렬하게 대비되어 있는 이 부분은, 너무 완벽하게 평화로워서 비현실적인 느낌마저 준다.

화자는 자신이 스스로 온 것이 아니라 하늘과 들이 부르는 소리에 이끌려 온 것 같다고 고백한다. 말하자면 일종의 꿈을 꾸고 있는 것이다. 밤에 꾸는 꿈이 잠이라면 낮에 꾸는 꿈은 상상이다. 누구나 상상 속에서 잃어버린 무언가를 떠올리며 스스로를 달래본 경험이 있을 것이다. 이 시가 상상 속으로 걸어 들어가면서 시작하는 것은 역설적으로 '상실된 무엇'을 강조하는 장치가 된다.

이 시에는 '속삭이다' '웃다' '가뿐하다' '가쁘게나 가자'와 같이 가벼움과 밝음을 표현하는 서술어가 많이 사용되었다. 그래서 시 속의 농촌 풍경은 지나치다 싶을 만큼 즐겁다. 그러나 시의 마지막에서 신명나게 내딛는 것은 자신의 '혼'이라는 사실이 밝혀진다. 즉 화자가 느끼는 기쁨은 현실이 아닌 것이다. 이처럼 흥겹고 기뻤던 경험이 단지 상상일 뿐이라는 생각이 드는 순간, 그 상상은 무척 우울해진다. 그래서 화자는 자신이 다리가 절고 있다고 노래한다. 꿈속에서만 누릴 수 있고 현실에서는 박탈된 것들에 대한 상실의식 때문이다. 이제 화자는 들을 빼앗겼기 때문에 그 들에 가득 찬 봄의 생명감과 아름다움, 그리고 노동의 기쁨을 더 이상 누릴 수 없다는 절실한 상실의식을 드러내게 된다.

「빼앗긴 들에도 봄은 오는가?」에서 시인은 생존의 근거인 땅과, 그 땅에서 누릴 수 있는 삶의 기쁨을 빼앗겼다고 생각한다. 그래서 빼앗긴 들이란 '땅에 대한 상실의 식'을 의미하며, 빼앗긴 봄이란 '삶의 기쁨에 대한 상실의식'을 의미한다.

김소월의 「바라건대는 우리에게 우리의 보습 대일 땅이 있었더면」도 비슷한 소재와 주제를 취하고 있다. 「빼앗긴 들……」이 눈부시게 밝은 공간으로 걸어나가는 꿈으로 시작한다면, 「바라건대는 우리에게……」는 날이 저무는 공간을 걸어서 돌아오는 꿈으로 시작한다. 이 시에서 보다 직접적으로 드러나는 꿈에 의한 장치는 하루의 노동을 함께할 즐거운 동무들도 없거니와 고단한 몸을 이끌고 돌아올 '집'도 없다는 '상실의식'을 더욱 절실하게 한다. 시는 지금은 잃어버린 과거의 즐거운 추억이 석양처럼 깔려 있다. 석양과 함께 내리는 어둠은 희망을 잃은 암담한 떠돌이의 심정을 나타낸다. 화자의 현실은 암담하다. 집이 없어서 길 위에 서 있는데 그 길마저도 탄탄대로가 아닌 '가느른 길'이다. 이는 화자의 앞길이 위태롭고 막막하다는 것을 암시한다.

그런데도 화자는 그 길을 걸어가겠다는 강력한 의지를 표명한다. 그 길이 유유히 갈 수 있는 길이 아니고 한 걸음씩 가야 하는 힘겨운 길인데도 말이다. 도대체 그는 어디를 향해 그토록 힘든 길을 가려고 하는 것일까? 그곳은 바로 '산비탈'에 위치한 밭이다. 산비탈은 위태롭고 농사짓기에도 힘든 곳이다. 하지만 그곳에는 그리운 동무들이 저마다 새벽부터 김을 매면서 부지런히 일을 하고 있다. 하지만 이것은 화자가 꾸는 또 하나의 꿈이다. 미래지향적인 꿈이다. 잃어버린 것을 되찾을 수 있는 곳이 있다고 믿는 꿈인 것이다. 이것은 상실의식에 잠기어 탄식하기보다는 그것을 되찾고자 하는 화자의 의지가 담겨 있는 것이다.

이 시에서 '땅'은 동무들과 함께 일하는 공동체적 삶의 근거이다. 또한 화자가 땅의 상실을 노래하면서 '그러나 집 잃은 내 몸이여'라고 탄식하는 것으로 보아, 땅의 상실은 집의 상실과 동일한 것으로 간주된다. 그렇다면 시에서 땅은 공동체적인 노동과 삶의 근거라는 의미를 갖게 된다.「빼앗긴 들에도 봄은 오는가?」와 비교해 볼 때, 이 시는 공동체의 삶을 더 많이 반영하고 있다. 또한 잃어버린 것을 꿈속에서만 찾으려는 낭만적이고 소극적인 태도가 아니라, 현실에서 찾으려는 의지가 드러나 있다.

우리의 현대시에서 저항시로 꼽히는 작품들은 많지 않은데, 이 시는 직접적인 저항 의지가 드러나 있다는 점에서 중요한 작품이다. 그러나 이 시는 절망적 상황 속에서 체념하지 않고 그것을 극복하려는 의지를 강력히 표출하고 있다. '나는 나아가리라 한 걸음, 또 한 걸음'이라고 말하는 화자의 단호한 의지는 고난을 극복하려는 미래지향적 전망을 제시하고 있는 것이다.

앞의 두 시가 땅과 집의 상실감을 꿈이라는 장치를 통하여 그려냈다면, 이용악의「낡은 집」은 일제 시대 집과 땅을 버리고 만주와 시베리아로 떠날 수밖에 없었던 민중의 비참함을 사실적으로 그려내고 있다. 털보 아들의 친구인 화자 '나'는 주인공인 털보네 가족 이야기를 담담하게 서술하고 있다. 가난한 털보네 가족이 어느 날 집을 버리고 떠났고, 털보네 집은 흉가가 되었다는 것이 그 내용이다.

1, 2연을 보면 털보 가족이 떠난 후 남겨진 집이 묘사되어 있다. 그 집은 거미줄이 가득하고 무척 낡아서 마을에서도 흉집이라고 꺼려한다. 예전에는 그곳에도 당나귀나 소 따위의 짐승이 있었지만 지금은 인기척도, 짐승의 흔적도 없는 폐가일 뿐이다. 원래 그곳에 살던 털보네는 부귀공명을 의미하는 '은동곳'이나 '산호관자'와는 애당초 거리가 먼 사람들이었다. 일제 시대의 가난한 서민계층일 뿐이다. 3연에서 화자의 친구인 털보의 세째 아들이 태어났을 때, 동네 아낙들은 '송아지래도 불었으면 팔아나 먹지'라고 쑥덕거릴 정도로 털보네는 가난에 시달렸다. 송아지는 팔아먹기라도 하지만 아들을 낳으면 먹여야 할 입만 하나 더 느는 것 아니냐는 말이다. 털보는

그날 밤 소주에 취해 앞으로 어떻게 살까를 고민했던 것 같다.

그래도 그곳에는 한 가족의 삶이 펼쳐졌었다. 털보의 세째 아들은 그 집에서 태어나 작은 꿈을 키워갔다. 그러나 결국 털보네 가족들은 지독히도 궁핍한 환경을 견디지 못하고 북쪽 땅으로 이주하게 된다. 사람들은 '오랑캐령'이나 '아라사', 요즘으로 치면 만주나 러시아로 갔을 것이라고들 했다. 살던 이들이 떠난 털보네 집은 흉가가 되었고, 탐스럽게 열리던 살구나무도 밑둥만 남게 되었다. 생명력이 거세된 폐가가 된 것이다.

이 시에서 털보네 가족은 일제 시대 대다수 하층민의 삶을 대표한다. 그리고 흉가가 된 털보네 '낡은 집'은 한 가정 크게 보면 우리 민족이자 국가를 상징한다고 볼수 있다. 당시 일제의 식민지 정책은 우리 민족의 생계를 위협할 만큼 처참한 것이었고, 사람들은 만주나 러시아 등지로 땅을 찾아, 일거리를 찾아 떠날 수밖에 없었다. 삶은 황폐해졌고, 생명력은 고갈되었다. '꽃이 피지 않는 불모의 정원'은 일제의 식민지 수탈정책에 의해 황폐해진 우리 민족의 현실을 의미한다. 꽃피는 계절이 와도 꿀벌이 날아들지 않더라는 마지막 연의 진술은 이처럼 완전히 피폐화된 현실을 상징적으로 드러낸 것으로, 일제 시대 우리 민족의 궁핍한 현실을 고발하고 있는 것이다.

빼앗긴 들에도 봄은 오는가? _이상화

지금은 남의 땅— 빼앗긴 들에도 봄은 오는가?

나는 온 몸에 햇살을 받고,
푸른 하늘 푸른 들이 맞붙은 곳으로,
가르마 같은 논길을 따라 꿈 속을 가듯 걸어만 간다.

입술을 다문 하늘아 들아,
내 맘에는 내 혼자 온 것 같지를 않구나
네가 끌었느냐 누가 부르더냐 답답워라, 말을 해다오.

바람은 내 귀에 속삭이며,
한 자욱도 섰지 마라, 옷자락을 흔들고.
종달이는 울타리 너머 아가씨같이 구름 뒤에서 반갑다 웃네.

고맙게 잘 자란 보리밭아,
간밤 자정이 넘어 내리던 고운 비로
너는 삼단 같은 머리털을 감았구나, 내 머리조차 가뿐하다.
혼자라도 가쁘게 나가자.
마른 논을 안고 도는 착한 도랑이 젖먹이 달래는 노래를 하고,

제 혼자 어깨춤만 추고 가네.

나비 제비야 까불지 마라, 맨드라미 들마을에도 인사를 해야지.

아주까리 기름을 바른 이가 지심 매던 그 들이라도 보고 싶다.

내 손에 호미를 쥐어다오.

살진 젖가슴과 같은 부드러운 이 흙을

발목이 시도록 밟아도 보고 좋은 땀조차 흘리고 싶다.

강가에 나온 아이와 같이,

셈도 모르고 끝도 없이 닫는 내 혼(魂)아

무엇을 찾느냐? 어디로 가느냐? 우습다, 답을 하려무나.

나는 온 몸에 풋내를 띠고,

푸른 웃음, 푸른 설움이 어우러진 사이로.

다리를 절며 하루를 걷는다. 아마도 봄신명이 접혔나 보다.

그러나, 지금은 들을 빼앗겨 봄조차 빼앗기겠네.

1926년 잡지 『개벽』

바라건대는 우리에게
우리의 보습 대일 땅이 있었더면 _ 김소월

나는 꿈꾸었노라, 동무들과 내가 가지런히
벌가의 하루 일을 다 마치고
석양에 마을로 돌아오는 꿈을,
즐거이, 꿈 가운데.

그러나 집 잃은 내 몸이여,
바라건대는 우리에게 우리의 보습 대일 땅이 있었더면!
이처럼 떠돌으랴, 아침에 저물손에
새라 새로운 탄식을 얻으면서.

동이랴, 남북이랴,
내 몸은 떠나가니, 볼지어다.
희망의 반짝임은, 별빛이 아득함은.
물결뿐 떠올라라, 가슴에 팔다리에.

그러나 어쩌면 황송한 이 심정을!
날로 나날이 내 앞에는 자칫 가느른 길이 이어가라.
나는 나아가리라 한 걸음, 또 한 걸음.

보이는 산비탈엔 온 새벽 동무들

저 저 혼자…… 산경(山耕)을 김매이는.

*보습 : 쟁기 끝에 달아 땅을 가는 데 쓰는 농기구

1925년 시집 『진달래꽃』

낡은 집 _ 이용악

날로 밤으로
왕거미 줄치기에 분주한 집
마을서 흉집이라고 꺼리는 낡은 집
이 집에 살았다는 백성들은
대대손손에 물려줄
은동곳도 산호관자도 갖지 못했니라

재를 넘어 무곡을 다니던 당나귀
항구로 가는 콩실이에 늙은 둥글소
모두 없어진 지 오랜
외양간엔 아직 초라한 내음새 그윽하다만
털보네 간 곳은 아무도 모른다

찻길이 놓이기 전
노루 멧돼지 쪽제비 이런 것들이
앞 뒤 산을 마음놓고 뛰어다니던 시절
털보의 셋째아들은
나의 싸리말 동무는
이 집 안방 짓두광주리 옆에서

첫울음을 울었다고 한다

"털보네는 또 아들을 봤다우
송아지래두 불었으면 팔아나 먹지"
마을 아낙네들은 무심코
차거운 이야기를 가을 냇물에 실어보냈다는
그날 밤
저릎등이 시름시름 타들어가고
소주에 취한 털보의 눈도 일층 붉더란다

갓주지 이야기와
무서운 전설 가운데서 가난 속에서
나의 동무는 늘 마음 졸이며 자랐다
당나귀 몰고 간 애비 돌아오지 않는 밤
노랑고양이 울어 울어
종시 잠 이루지 못하는 밤이면
어미 분주히 일하는 방앗간 한구석에서
나의 동무는
도토리의 꿈을 키웠다

그가 아홉 살 되던 해
사냥개 꿩을 쫓아다니는 겨울
이 집에 살던 일곱 식솔이

어데론지 사라지고 이튿날 아침
북쪽을 향한 발자욱만 눈 우에 떨고 있었다

더러는 오랑캐령 쪽으로 갔으리라고
더러는 아라사로 갔으리라고
이웃 늙은이들은
모두 무서운 곳을 짚었다

지금은 아무도 살지 않는 집
마을서 흉집이라고 꺼리는 낡은 집
제철마다 먹음직한 열매
탐스럽게 열던 살구
살구나무도 글거리만 남았길래
꽃피는 철이 와도 가도 뒤울 안에
꿀벌 하나 날아들지 않는다

1938년 시집 「낡은 집」

1. 각각의 시가 식민지 상실의식을 형상화하는 태도의 차이를 생각해보자.

식민지 시대의 현대시에는 국권 상실로 인한 상실감이 그려진 작품들이 많다. 이
상화의 「빼앗긴 들에도 봄은 오는가?」와 김소월의 「바라건데 우리에게 우리의 보습
대일 땅이 있었더면」, 그리고 이용악의 「낡은 집」은 이러한 상실의식이 스며나온
대표적인 작품이다. 「빼앗긴 들에도 봄은 오는가?」에서 화자는 하늘과 들이 맞붙은
곳을 향하는 것으로 시작한다. 화자가 걸어가는 길은 푸른색의 밝은 이미지로 상당
히 희망차다. 그러나 이러한 희망찬 발걸음은 모두가 화자의 상상에 지나지 않음이
밝혀지게 되고, 이 순간 국권을 잃어버린 상실감은 배가 된다.

김소월의 「바라건데 우리에게 우리의 보습 대일 땅이 있었더면」도 이상화의 시
와 비슷한 소재와 주제를 취하고 있다. 그러나 이상화의 시가 눈부시게 밝은 공간
으로 걸어나가는 꿈으로 시작한다면, 김소월의 시는 날이 저무는 공간을 걸어서 돌
아오는 꿈으로 시작한다. 이 시에서 보다 직접적으로 그러나는 꿈에 의한 장치는
하루의 노동을 함께할 즐거운 동무들도 없으며, 고단한 몸을 이끌고 돌아올 '집'도
없다는 '상실 의식'을 더욱 절실하게 한다. 즉, 이상화의 시가 개인의 상실의식을
그리고 있다면, 김소월의 시는 공동체적 삶에의 강렬한 소망이 반영되고 있음을 알
수 있다.

이상화와 김소월의 시가 집의 상실감을 꿈이라는 장치를 통하여 그려냈다면, 이
용악의 「낡은 집」은 일제시대 집과 땅을 버리고 만주와 시베리아로 떠날 수밖에 없
었던 민중의 비참함을 털보네 가족 이야기를 통해 사실적으로 형상화하고 있다. 이
러한 구체적인 이야기는 우리 민족의 궁핍한 현실을 보다 사실감있게 고발할 수 있
게 한다.

2. 김소월의 「초혼」, 「진달래꽃」, 「먼후일」 등 다른 시들에 나타난 상실의식과 「바라건데 우리에게 우리의 보습 대일 땅이 있었더면」에 나타난 상실의식을 비교해보자.

소월의 대표시 「진달래꽃」에서는 임이 화자 자신을 보기가 '역겨울 때' 화자는 임을 말없이 곱게 보내드릴 것이라 다짐한다. 그러나 이 시는 미래가정형이다. 미래에 임이 자신이 싫어진다면, 진달래꽃을 임이 가시는 길에 뿌리는 것으로 축복하며 임을 보내겠다는 것이다. 이것은 임의 존재감에 대한 현재의 불안이 이러한 미래가정형의 시제로 표출되는 것이라 할 수 있다. 반면 「초혼」에서 보여지는 임의 부재는 되돌릴 수 없는 절망적 상황으로 치닫는다. 임은 이미 죽어버려 아무리 이름을 불러도 대답하지 않는 불귀의 영혼이 되어버렸기 때문이다. 이처럼 소월의 시에서 나타나는 상실감은 대부분 임의 부재로 인한 것이다.

그러나 「바라건데 우리에게 우리의 보습 대일 땅이 있었더면」은 소월의 시편 중에서 상당히 예외적인 작품이라 할 수 있다. 식민지 현실로 인한 상실의식은 땅이라는 소재를 이용하여 공동체적 삶에 대한 상실감으로 구체적으로 표현되어 있으며, 미래에 대한 예측도 상당히 희망적인 모습을 보인다. 임의 부재라는 현실을 되돌릴 수 없어 발생하는 한스러움이 이 시에는 상당히 완화되어 있다고 볼 수 있다.

김지하(1941~)

본명은 영일, 필명은 지하(芝河). 1969년 11월 시 전문지 『시인』에 5편의 시를 발표하면서 등단했다. 이듬해 『사상계』에 권력의 부패상을 판소리 가락으로 담아낸 「오적」을 발표하면서 단숨에 박정희 군사 독재 시대의 '뜨거운 상징'으로 떠올랐다. 연행과 석방, 도피 생활을 거듭하던 중 1974년 체포되어 사형선고를 받았으나, 일주일 뒤 무기징역으로 감형되었고, 1980년 형 집행정지로 풀려났다. 1984년 사면 복권되고 저작들도 해금되면서 1970년대 저작들이 다시 간행되었다. 최제우 등의 민중사상에 독자적 해석을 더해 '생명사상'을 창안하기도 했다.

고은(1933~)

전북 군산 출생. 군산중학 재학 중 가출하여 12년간 승려 생활을 했다. 《불교신문》 초대 주필을 지냈으며 환속 후 서정주의 추천을 받아 문단에 데뷔하였다. 1970년 12월 자유실천문인협회 등에 관계하면서 옥고를 치르기도 하였으며 1970~80년대 민중문학을 주도하였다. 시집, 산문집, 소설, 문학론 등 100여 권의 저서가 있으며, 현재도 활발한 문필 활동을 하고 있다.

황지우(1952~)

전남 해남 출생. 1980년 《중앙일보》 신춘문예에 「연혁」이 입선하고, 『문학과 지성』에 「대답 없는 날들을 위하여」를 발표, 등단하였다. 기호, 만화, 사진, 다양한 서체 등을 사용하여 시 형태를 파괴함으로써 풍자시의 새로운 지평을 열었다고 평가된다. 1980년대 민주화 시대를 살아온 지식인으로서 시를 통해 시대를 풍자하였다고 평가된다.

민주주의에 대한 열망

민 주 주 의 에

8·15

광복 이후의 한국 근대사는 평탄하지 못했다. 1945년 이후 한국 사회는 이념 대립에 휩싸였고, 그러다가 한국전쟁이 발발했다. 이후 남북이 휴전 상태에 돌입하게 되자, 우리 사회에서는 가장 기본적인 국민의 권리인 자유와 평등의 이념이 보장되기 힘들었다. 이후 이승만 대통령과 자유당 정부의 부정부패와 독재에 맞서 4·19 혁명이 일어났으나, 뒤이어 일어난 군사 쿠데타로 인해 민주주의에 대한 열망은 다시 좌절되었다. 군사 정부는 남북 대치 상황이라는 특수 상황과 경제 개발이라는 국가적인 목표를 내세워 민주주의의 기본권을 억압했다.

한마디로 말해 해방 이후 수십 년간 한국 사회에서 자유와 평등, 민주주의와 인간의 존엄성과 같은 고귀한 가치는 상당 부분 제한되고 억압될 수밖에 없었다.

한국의 문인들에게 창작은 현실 참여와 별개일 수 없었다. 시인은 항상 세상의 환부를 드러내고 공동체의 열망을 노래하는 존재이기 때문이다. 일제 식민지 시절, 시인들이 국권상실의 아픔과 나라 찾기에 대한 열망을 노래했던 것과 마찬가지로 해방 이후 시인들은 국민의 자유와 평등, 인권을 보장할 수 있는 민주주의의 진정한 도래를 열망했다.

다음의 시들을 통해서 우리는 한국 현대사의 암울함을 읽을 수 있고, 한 시대를 양심적이고 치열

하게 살아갔던 시인들의 열정과 수난을 읽을 수 있을 것이다.

김지하의 대표작으로 손꼽히는 〈타는 목마름으로〉는 제목부터 생각해 볼 필요가 있다. 우리는 흔히 '목이 탄다'라는 표현을 쓴다. 목이 바싹 말라서 무언가를 마시고 싶을 때, 마치 목이 불에 타는 듯한 갈증을 느낀다는 의미로 쓰는 말이다. 그렇다면 시인이 목이 타들어갈 만큼 애타게 원한 것은 무엇이었을까.

이 작품은 '신새벽 뒷골목에 네 이름을 쓴다 민주주의여'라는 구절로 시작된다. 사실 이 시가 전달하고자 하는 의미는 이 첫 구절 속에 대부분 들어 있다. 중의적으로 해석되는 '신새벽'은, 우선 '새벽 신(晨)'을 사용하여 시간을 강조한 의미로 파악할 수도 있지만, '새로울 신(新)'으로 파악하여 이전에 맞이하던 새벽과는 다르다는 의미이기도 하다. '새벽'에는 밤의 어둠과 아침의 밝음이 공존한다. 이러한 시간적 배경은 어둠의 상징적 의미인 '고통' '억압' 등과 밝음의 상징적 의미인 '희망'이 공존함을 의미한다. 여기서 화자는 '희망'을 강조하기 위해 '신(新)'이라는 접두사를 사용한다. 화자가 기다리는 아침은 단순한 아침이 아니라 이전과는 다른 민주주의가 도래한 세상의 새로운 아침을 뜻하는 것이다.

시인에게 현실은 자유민주주의가 살아 숨쉬는 곳이 아니기에 고통스러운 어둠의 이미지를 가지고 있다. 그러나 개인의 자유가 보장되는, 정의가 살아 숨쉬는 사회에 대한 희망도 가지고 있기에 밝은 희망의 이미지도 함께 공존한다. 이 두 가지 의미가 함축된 시어가 바로 '신새벽'인 것이다.

이 고통과 희망이 공존하는 시간에 화자는 '뒷골목'에서 민주주의의 이름을 쓴다. 민주주의가 독재정권에 짓밟혀 이를 주장하는 사람들이 탄압받고 고통받을 때, 민주주의의 회복을 갈망하고 기억하는 일은 뒷골목에서나 가능할 수밖에 없었다. 하지만 뒷골목에서라도 '민주주의'를 부르고 쓰겠다는 강렬하고 비감 어린 의지, 이것이 이 시가 던져주는 육중한 감동의 정체이다.

그런데 가만히 보면 화자는 '내 머리는 너를 잊은 지 오래 내 발길은 너를 잊은

지 너무도 너무도 오래'라고 말하고 있다. 왜 그는 민주주의를 잊었으며, 민주주의를 실천하지 못하고 있는 것일까. 이런 상황의 화자를 상상해 보자. 그는 감옥에 갇혀 있다. 사상범인 그는 그의 정치적 신념을 포기하도록 집요하게 강요받고 있다. 끔찍한 고문과 절대적인 고독 속에서, 지극히 단순하지만 처절한 생존의 갈림길에서 허덕이다가, 그는 마침내 자신이 무엇을 위해서 싸우다 무엇 때문에 감옥에 들어왔는지조차 잠시 잊어버리게 된다. 그래서 스스로를 자책하고 채찍질하기 위해 필사적으로 감옥의 벽에, 옷에, 그 어디든 무언가를 쓸 수 있는 곳에, '민주주의'라는 글자를 쓰고 또 쓰고 있는 것이다.

2연은 화자가 잊지 못하는 기억의 내용을 간접적으로 알려준다. 민주화 운동에 참여했던 사람이 어느 집에 숨어 있다. 그 집에 기관원들이 들이닥치고, 발자국 소리가 들리고 호루라기 소리가 들린다. 그는 끌려가고 주변 사람들은 비명을 지르며 통곡한다. 화자는 그렇게 '끌려가던 벗들의 피묻은 얼굴'을 '떨리는 손 떨리는 가슴'으로, '치떨리는 노여움'으로 목격하면서 입술을 깨물었을 것이다. 그때의 기억이 화자의 가슴에 남아서, 민주주의에 대한 신념을 타오르게 하는 것이다. 그런 기억들은 머릿속에 남아 있는 기억이 아니라 가슴속에 새겨지는 기억이고 몸에 남아 있는 기억들이다. 몸으로 느끼는 기억, 이를 표현하는 말이 바로 '타는 목마름'이다.

마지막에 화자는 '민주주의여 만세'라고 외친다. 이 외침은 어떤 의미일까. 이 시를, 민주주의에 대한 신념을 장엄하게 표현한 참여시로 읽기보다는, 신념을 잊지 않고 포기하지 않기 위해 애쓰는 사람의 고백으로 읽는 것이 더 감동적이다. 몸에 새겨져 있는 타는 목마름의 기억에 의지하여, 스스로에게 외치고 스스로를 채찍질하는 처절한 몸부림으로 읽을 수 있다.

고은의 시 「화살」을 읽을 때에도 이런 관점은 여전히 적절하다. 한 편의 시에서 화자가 전달하려는 내용이 지나치게 영웅적이라면, 그 시는 평범한 사람들을 감동시키지 못한다. 시인의 목소리가 평범한 사람들과 마찬가지로 인간적인 면모를 보여주면서(이때 우리 자신의 모습을 발견하며 공감할 수 있게 된다), 동시에 인간적 한계를 뛰어넘으려는 의지와 용기를 보여줄 때, 그때 비로소 우리는 숙연해지면서 감동받는다.

고은은 1970년대 박정희 유신 정권의 폭압적인 독재정치에 맞서서 온몸으로 싸웠던 문인의 한 사람이다. 그러나 그런 시인의 헌신적 투쟁 경력에 짓눌려 시를 읽을 필요는 없다. '우리 모두 화살이 되어 온몸으로 가자'라는 구절이나, '과녁이 피 뿜으며 쓰러질 때 단 한 번 우리 모두 화살로 피를 흘리자' '돌아오지 말자! 돌아오지 말자!'와 같은 구절을, 영웅적인 운동가의 대중 선동이라고 생각할 필요는 없다. 그보다 이 시는 자기 자신에 대한 부단한 채찍질과 다짐을 강조하고 있다. 그래서 이 시는 인간의 냄새가 나면서도, 한 인간의 부단한 자기 채찍질이 주는 숙연함을 아울러 발산하는 감동적인 시가 되는 것이다.

황지우는 이성복과 함께 1980년대를 대표하는 시인으로 꼽힌다. 「새들도 세상을 뜨는구나」는 황지우의 대표작으로, 이 시 역시 억압적인 사회 현실 속에서 새로운 세

소시민

일반적으로 부르주아 계층과 프롤레타리아 계층의 중간적 위치에 존재하는 중산 계층을 가리킨다. 역사적으로는 근대 사회에서 독립 수공업자 혹은 독립 자영농민으로 성장한 이들을 지칭한다. 이들은 한편으로는 부르주아로 상승해 가고, 한편으로는 프롤레타리아로 전락하기도 하면서 자본주의 발달에 기여해 왔다. 그러나 그들은 상황에 따라서 부르주아 계층의 이익에 서기도 하고, 프롤레타리아 계층에 속하기도 하면서 기회주의적이고 무사안일주의적인 태도를 보여서 사회를 개혁하려는 세력들에 의해 비난을 받기도 했다. 현대에는 작고 영세한 회사를 운영하는 기업주나 상인, 공무원, 회사원, 예술가 등이 소시민 계층에 속하는 것으로 간주된다.

상에 대한 열망을 드러낸 작품이다. 이런 점에서 김지하의 시나 고은의 시와 유사하지만, 황지우의 시는 그 뜨거운 열망이 매일매일의 삶 속에서 스러져버리고 마는 허무함을 한탄하고 자조하는 데 중점이 놓여 있다. 또 현실을 바꾸고자 하는 열망을 김지하의 시에서처럼 '민주주의'라는 말로 명확하게 드러낸다거나, 고은의 시에서처럼 '과녁이 피 뿜으며 쓰러질 때'라는 표현으로 그 목표나 지향을 분명하게 드러내지 않는다. 대신 애국가가 흐를 때 화면 속에서 일제히 이륙하는 새 떼들의 모습처럼, 이 억압적인 현실을 자유롭게 벗어나 버리고 싶다는 현실 초월의 열망을 드러내고 있다.

하지만 새들은 세상을 뜨지만, 우리는 주저앉고 만다. 극장에서 영화가 시작하기 전, 애국가가 흐를 때 모두들 일어나야만 했던 상황은 당시 억압된 사회 현실의 상징적인 모습이었다. 화면 속에서 일제히 날아오르는 새들의 모습은, 화자를 비롯한 당시 모든 민중들이 갖고 있었던 새로운 세상에 대한 열망을 상징한다. 그러나 애국가가 끝나면 '주저앉아' 버리는 관객들은, 현실에 순응하고 체념한 소시민들을 상징한다. 여기서 '삼천리 화려 강산'이란 풍자의 대상인 조국이 더 이상 '화려 강산'일 수 없다는 역설로 쓰이고 있음은 말할 것도 없다.

이 시를 다소 낭만적이고 체념적이라고 폄하할 수는 없다. 화자가 토로하는 낭만적 지향과 소시민적 체념은 그만큼 그 시대의 한 진실을 보여주고 있기 때문에 한편으로는 소중한 것이다.

타는 목마름으로 _ 김지하

신새벽 뒷골목에
네 이름을 쓴다 민주주의여
내 머리는 너를 잊은 지 오래
내 발길은 너를 잊은 지 너무도 너무도 오래
오직 한 가닥 있어
타는 가슴속 목마름의 기억이
네 이름을 남 몰래 쓴다 민주주의여

아직 동 트지 않은 뒷골목의 어딘가
발자국소리 호르락소리 문 두드리는 소리
외마디 길고 긴 누군가의 비명소리
신음소리 통곡소리 탄식소리 그 속에 내 가슴팍 속에
깊이깊이 새겨지는 네 이름 위에
네 이름의 외로운 눈부심 위에
살아오는 삶의 아픔
살아오는 저 푸르른 자유의 추억
되살아오는 끌려가던 벗들의 피 묻은 얼굴
떨리는 손 떨리는 가슴
떨리는 치떨리는 노여움으로 나무판자에

백묵으로 서툰 솜씨로
쓴다.

숨죽여 흐느끼며
네 이름을 남 몰래 쓴다.
타는 목마름으로
타는 목마름으로
민주주의여 만세

1982년 시집 「타는 목마름으로」

화살 _고은

우리 모두 화살이 되어
온몸으로 가자
허공 뚫고
온몸으로 가자
가서는 돌아오지 말자
박혀서
박힌 아픔과 함께 썩어서 돌아오지 말자.

우리 모두 숨 끊고 활시위를 떠나자
몇십 년 동안 가진 것
몇십 년 동안 누린 것
몇십 년 동안 쌓은 것
행복이라던가
뭣이라던가
그런 것 다 넝마로 버리고
화살이 되어 온몸으로 가자.
허공이 소리친다
허공 뚫고
온몸으로 가자

저 캄캄한 대낮 과녁이 달려온다
이윽고 과녁이 피 뿜으며 쓰러질 때
단 한 번
우리 모두 화살로 피를 흘리자

돌아오지 말자!
돌아오지 말자!

오 화살 정의의 병사여 영령이여!

1978년 시집 「새벽길」

새들도 세상을 뜨는구나 _ 황지우

영화(映畵)가 시작하기 전에 우리는

일제히 일어나 애국가를 경청한다

삼천리 화려 강산의

을숙도에서 일정한 군(群)을 이루며

갈대 숲을 이룩하는 흰 새떼들이

자기들끼리 끼룩거리면서

자기들끼리 낄낄대면서

일렬 이열 삼렬 횡대로 자기들의 세상을

이 세상에서 떼어 메고

이 세상 밖 어디론가 날아간다.

우리도 우리들끼리

낄낄대면서

깔쭉대면서

우리의 대열을 이루며

한 세상 떼어 메고

이 세상 밖 어디론가 날아갔으면

하는데 대한 사람 대한으로

길이 보전하세로

각각 자기 자리에 앉는다.

주저앉는다.

1987년 제1시집 『새들도 세상을 뜨는구나』

1. 김지하의 시 「무화과」, 고은의 시 「자작나무 숲으로 가서」, 황지우의 시 「너를 기다리는 동안」 등을 찾아서 읽어보고, 위에서 살펴본 시들과 그 느낌이 어떻게 다른지 비교·감상해 보자.

    민주주의에 대한 열망이라는 공통적인 주제를 담고 있는 김지하의 「타는 목마름으로」, 고은의 「화살」, 황지우의 「새들도 세상을 뜨는구나」가 신념을 잃지 않기 위해 애쓰는 강인한 지식인의 모습, 억압된 현실에 대항하며 약해지지 않기 위해 부단히 채찍질하는 운동가의 모습, 냉소적인 시선으로 우리 사회를 차갑게 바라보는 사회비판가의 모습을 각각의 시가 보여주고 있다. 이 시들에서 시적 화자는 사회비판의 목소리를 소리 높여 외치고 있다.

    반면 각각의 시인들은 자신들의 시 「무화과」, 「자작나무 숲으로 가서」, 「너를 기다리는 동안」에서 위의 시와는 다른 느낌의 목소리를 들려주고 있다. 김지하는 「무화과」에서 '내겐 꽃시절이 없었어'라고 허무해 하는 시적 화자에게 '열매 속에서 속꽃 피는게' 무화과라며 등을 두드려주는 친구가 등장한다. 시적 화자가 '타는 목마름으로 민주주의여 만세!'를 외칠 수 있는 것은 화자의 외로움을 다독여줄 이러한 친구가 옆에 있기 때문이기도 하다. 김지하, 고은, 황지우는 강인한 인간의 모습 뒤에 숨겨진 연약한 마음을 꿰뚫어볼 수 있었던 시인이며, 그들의 연약함을 비난하지 않고 보담을 줄 아는 인간적인 시인이었다고 할 수 있다.

06
삶의 애환과 서정적 극복

백석(1912~1963?)

평북 정주 출생. 본명은 기행. 어린 시절의 이야기를 북쪽 지방의 독특한 정서를 통해 시화했다. 『여성』에서 편집을 맡아보다가 1935년 8월 《조선일보》에 「정주성」을 발표하면서 작품 활동을 시작했다. 해방 후 고향 정주에 머물면서 글을 썼으며, 한국전쟁 뒤에는 북한에 그대로 남았다. 1936년에 펴낸 시집 『사슴』에 그의 시 대부분이 실려 있다. 외로움과 서러움의 정조를 바탕으로 고향의 지명이나 이웃의 이름 그리고 무속적인 소재를 자주 사용했다. 그는 시에서 사투리를 그대로 썼는데, 이것은 일제 강점기에 모국어를 지키려는 의지를 보여주고 있다고 평가된다.

김현승(1913~1975)

전남 광주 출생. 호는 다형. 숭실전문 재학시 교지에 투고한 「쓸쓸한 겨울저녁이 올 때 당신들」이 양주동의 인정을 받고, 1934년 《동아일보》에 발표되면서 문단에 등단하였다. 한국 현대시에 있어서 기독교적·주지적 시인으로 큰 봉우리를 이룬 그의 시는 신앙시를 넘어서 고독이라는 주제를 심미적 경지로 끌어올린 것으로 평가된다.

박용철(1907~1938)

호는 용아(龍兒). 1930년 김영랑과 함께 『시문학』을 창간하여 시 「떠나가는 배」 「싸늘한 이마」 등을 발표하면서 본격적인 문단 활동을 시작했다. 그는 비평가로서 활동하면서 계급문학의 이데올로기와 모더니즘의 경박한 기교에 반발하여 문학의 순수성을 추구했다. 박용철의 시들은 주로 자아와 세계 사이의 대립과 자아의 좌절을 기본적인 구조로 취하고 있다. 시인에게 있어 현실이란 상실의 아픔으로 가득 차 있는 세계다. 그래서 시인은 현실과는 차단된 유미적인 슬픔의 세계를 시를 통해 드러내고자 했다. 이와 같은 자아와 세계의 대립에서 비롯된 좌절과 절망은 후기로 갈수록 더욱 강화되고 있다.

슬픔의 폭과 깊이

우리는 매일 똑같은 일상이 되풀이되는 것에 때때로 불만을 내뱉곤 하지만, 같은 일상이라도 매순간 다채로운 감정으로 빠져들기도 한다. 사람이 살면서 느끼는 감정들은 헤아릴 수 없을 만큼 다양하다.

옛 선인들은 이를 크게 네 가지로 묶어 '희노애락(喜怒哀樂)'이라고 하였다. 즐거움과 분노, 슬픔과 기쁨. 이 네 가지 감정 중에서도 특히 '슬픔'의 감정은 각별한 데가 있는 것 같다. 다른 감정들보다도 마음에 오래 남기 때문이다.

우리는 언제 슬픔과 마주치는가. 그 감정은 무엇으로부터 생겨나며, 어떤 모습을 하고 있고, 또 어떻게 사라지는가. 이 질문에 답하는 것은 힘든 노릇이며, 별로 소용도 되지 않는다. '슬픔'은 비탄, 애절, 애통, 비통과 나란히 놓여 있으며, 반대 편에는 '기쁨'이 있다. 그러나 인간이 느끼는 슬픔을 이러한 사전적인 지식으로 갈무리할 수는 없다.

주위를 둘러보자. 어떤 이는 사랑하는 사람을 잃었을 때 '슬프다'라고 말하며, 또 어떤 이는 성적이 떨어졌을 때 '슬프다'라고 한다. 심지어 어떤 이는 배고플 때 '슬프다'라고 말하기도 한다. 다시 말해서 슬픔이 무엇인가라는 질문에 대해 말하기는 어렵다. 다만 우리가 종종 슬픔에 빠진다는 것, 그리고 그 감정의 폭과 깊이는 사람이 처한 상황에 따라서 슬픔도 사람마다 다르다는 것이다. 특히 시는 우리에게 슬픔이라는 감정의 여러 가지 얼굴들을 보여줄 것이다.

백석의 「흰 바람벽이 있어」에서 화자는 저녁 무렵 좁은 방에 혼자 앉아 바람벽(집안의 안벽)을 바라보고 있다. 십오촉 전등의 불빛에 비친 화자는 지쳐 있다. 그는 외로운 생각에 빠져 헤맨다고 고백한다. 아마 고향을 떠나와 낯선 곳에 혼자 있는 처지인 듯하다. 흰 바람벽에 오직 '쓸쓸한 것만이 오고' 는 까닭은 화자의 처지가 투영됐기 때문이다. 그러다가 어느 순간 화자가 바라보는 바람벽은 평범한 벽이 아니라 하나의 스크린처럼 변한다. 바람벽에는 외로운 화자가 상상하는 내용이 영화처럼 펼쳐지고, 과거와 현재와 미래의 여러 영상들이 나타난다.

　　그 위로 떠오른 모습은 가난하고 늙은 어머니가 차디찬 물에 손을 담그고 무와 배추를 씻는 모습이다. 한때 사랑했던 여인이, 남편과 아이와 함께 저녁을 먹고 있는 장면도 있다. 그리고 마침내 '나는 이 세상에서 가난하고 외롭고 높고 쓸쓸하니 살아가도록 만들어졌다' 는 글자들이 떠오른다. 그 글자들을 벽에 쓴 것은 '가난하고 외롭고 쓸쓸한' 화자 자신의 마음이다. 그 글자들은 화자의 고독한 삶에 대한 고백이자 확인이다. 그러나 화자는 자신의 처지를 통곡하거나 비참해 하지 않는다. 대신 그는 깊은 슬픔에 젖어드는 것이다.

　　시에서 슬픔과 사랑은 화자에게 동전의 양면과 같다. 어머니에 대한, 여인에 대한 화자의 깊은 사랑은, 그 깊이에도 불구하고 이루어질 수 없는 현실로 인해 아름다운 슬픔을 빚어낸다. 살다보면 어쩔 수 없이 사랑을 떠나보내야 하는 경우를 맞게 된다. 사소한 오해나 사회적인 장벽 그리고 죽음 때문에. 그럴 경우 사랑은 슬픔을 동반하며 우리는 그것을 견딜 수밖에 없다. 화자는 마치 자신의 십자가처럼 그 슬픔을 받아들인다. 슬픔에 분노하는 것이 아니라 자신의 것으로 인정하고 받아들이는 성숙한 자세는, 이 시가 슬픔이라는 정서를 녹여내는 방법이다.

　　김현승의 「눈물」은 제목에서 알 수 있듯이 슬픔을 '눈물' 이라는 은유를 통해 나타내고 있다. 슬픈 감정도 여러 종류가 있듯 눈물도 그렇다. 눈물은 종종 사는 것이 비참할 때 탄식과 함께 흐르지만 때로는 때문지 않은 순수한 영혼과 정화된 마음을 표상하기도 한다. 그래서 눈물을 흘리는 악마를 상상하기가 힘든 것이다.

이 시에서의 눈물은 바로 그런 순수를 상징한다. 화자는 자신의 눈물을, '흠도 티도 금가지 않은' 그의 오롯한 전체이자, '가장 나아종 지닌 것'이라 고백한다. 그리곤 '눈물'을 고통을 거쳐야만 얻게 되는 성숙함의 선물로 받아들인다. 성숙함은 '열매'로 표현된다. 시의 마지막 두 연에서, 꽃은 '웃음'과 열매는 '눈물'과 각각 연결되어 있다. 눈물이 '열매'라는 것은 무슨 뜻일까. 열매가 열리려면 꽃은 시들어야 한다. 그 시간을 잘 견뎌 내지 못한 나무는 아무리 아름다운 꽃을 보여준다 할지라도 튼튼한 열매를 맺을 수 없다.

이 시는 아이를 잃은 슬픔을 바탕으로 씌어진 것이다. 생각해 보자. 기독교 신앙을 가지고 있었던 시인은 아이를 잃었을 때 자신이 믿는 신에게 매달리지 않았을까. 원망도 하고, 애통해 하기도 하고, 이 슬픔과 고통을 잊게 해달라고 부탁하기도 했을 것이다. 정말 절실하게 매달렸을 것이다. 그러다 문득 시인은 어떤 깨달음에 도달한다.

시인의 깨달음이란 사람의 욕망과 기쁨은 모두 절대자 앞에서는 너무도 일시적이고 무력한 것이며, 이처럼 극한의 고통을 맛보는 순간이야말로 가장 신에게 순수하고 진실하게 다가가는 시간이라는 것이다. 이런 생각 끝에 시인은 인간의 슬픔과 고통은 바로 이런 깨달음을 위해 예비된 것이라고 생각한다. 그리고 눈물은 인생의 시련 끝에 얻은 값진 보람, 즉 종교적 깨달음의 상징이라는 의미를 갖게 된다. 마치 꽃이 시들면 열매가 맺듯이, 슬픔과 고통이 지나가면 순수함과 깨달음이 남는다. 그 순수함의 결정체가 바로 눈물인 것이다.

이제 눈물은 종교적인 지위에 놓이게 된다. 눈물은 절대자가 지어준 것이며, 인생의 시련 끝에 얻은 값진 신의 섭리인 것이다. 이 시는 슬픔을 자신의 것으로 받아들이고 감내한다는 점에서는 앞의 시와 유사하지만, 슬픔이 종교적인 차원으로 승화되고 있다는 점은 특징적이다.

박용철의 「떠나가는 배」는 슬픔의 감정을 숨기지 않고 드러낸다는 점에서 앞선 두 시와는 차이가 있다. 이 시의 시적 정황을 살펴보자. 화자는 어디론가 떠나고자 한다. 무슨 이유인지는 명확히 밝혀져 있지 않지만, 지금 머물고 있는 이곳에서는 젊은 나이를 고통과 괴로움으로 인해 눈물로 보내야 한다고 한다. 가난으로 먹고 살기가 어려워서일 수도 있고, 억압적인 체제로 인해 자유를 구속당하기 때문일 수도 있다. 하여간 어떤 이유에서건 화자는 이곳을 벗어나고자 한다.

그러나 떠남이 쉬운 것은 아니다. 어느 곳으로 떠나고자 하는지도 밝혀져 있지 않다. 화자는 이곳보다 나은 곳을 향해 막연하게 떠나려고만 하는 것이다. 그런데 막상 떠나려고 '떠나가는 배'에 몸을 싣고 보니, 정이 들어서 아늑한 항구의 정경이 눈에 들어온 것이다. 눈물로 흐려진 눈으로 바라다본 정든 고향, 항구의 모습은 마치 안개 속에 잠긴 것처럼 부옇게 흐려 있다. 그곳은 골짜기의 생김새며 산봉우리의 모양이며 모두 또렷하게 떠올릴 수 있을 만큼 화자에게는 정이 든 곳이다. 그리고 그곳

아이를 잃은 슬픔을 모티브로 한 시

시인 김현승은 어린 아들을 잃고, 그 슬픔을 기독교 신앙으로 견디어 내면서 「눈물」을 썼다고 한다. 이와 유사하게 아이를 잃은 슬픔을 모티브로 한 작품으로는 정지용의 「유리창」, 김광균의 「은수저」 등이 있다. 정지용의 「유리창」은 감정이 절제된 이미지를 통해 아이 잃은 아버지의 심정을 애절하게 표현하고 있다. 김광균의 「은수저」는 아이가 없는 밥상 위에 얹힌 은수저를 통해 아이 잃은 슬픔과 애절한 부정을 노래했다.(저녁 밥상에 애기가 없다./애가 앉던 방석에 한 쌍의 은수저/은수저 끝에 눈물이 고인다.) 그러나 「눈물」에서는 종교적으로 승화된 슬픔을 노래한다. 아이를 잃은 애절한 마음을 드러내는 것이 아니라, 그것의 종교적 승화를 통해 슬픔을 극복하려는 자세가 나타나 있다는 점이 앞선 2편의 시와의 차이점이다.

에 사는 사람들을 하나 하나 모두 기억할 수 있을 만큼, 하다못해 이마에 새겨진 주름살조차도 기억할 만큼 정겨운 곳이다.

그곳을 바라보며 화자의 눈에는 회한과 이별의 눈물이 흐른다. 1연에서의 눈물이 고통과 괴로움으로 점철된 눈물이라면, 2연에서 화자가 흘리는 눈물은 고향을 떠날 수밖에 없게 된 화자가 흘리는 회한의 눈물이자, 헤어짐을 아쉬워하는 이별의 눈물이다.

그렇다고 화자가 떠나갈 곳이 희망에 가득 차 있는 것만도 아니다. 구름을 이리저리 불어 옮기는 바람을 보며 왠지 순탄치 않을 것 같은 앞날을 예감한다. 이때 등장하는 '바람'은 화자의 행로에 무언가 많은 장애물이 놓여 있을 것 같은 느낌을 준다. 정해진 목적지도 분명하지 않은 화자는, 마치 배가 정착할 만한 곳(앞 대일 언덕)이 마땅치 않은 것 같다. 그래서 화자는 막연하고 불안하기만 하다.

그래도 화자는 마지막으로 떠날 것을 다짐한다. 아무리 고향 산천과 그곳 사람들에게 정이 들었다 해도, 그래서 그들이 그립다 해도 말이다. 미래가 막연하고 불안하지만 이곳에 살면서 젊은 나이를 눈물로 보내는 것보다는 낫다는 확고한 의지를 다시 한 번 가다듬으면서 떠나리라 마음먹는 것이다.

1930년에 발표된 박용철의 「떠나가는 배」는 종종 역사주의로 해석되며, 그렇게 해석될 여지 또한 많은 작품이다. 우리가 「떠나가는 배」를 역사주의로 바라볼 경우, 이 시의 화자는 식민지 시대 일제의 탄압을 피해 만주나 북간도 등지의 해외로 어쩔 수 없이 유랑을 떠나는 사람이라고 파악할 수 있다. 이처럼 화자를, 대대로 정착하며 살아왔던 정든 고국을 등지고 어디론가 떠나야 했던 식민 치하의 사람들이라고 본다면, 이 시는 우리 민족의 한과 비애를 적절하게 드러내고 있는 것으로 파악할 수 있다.

흰 바람벽이 있어 _ 백석

오늘 저녁 이 좁다란 방의 흰 바람벽에

어쩐지 쓸쓸한 것만이 오고 간다

이 흰 바람벽에

희미한 십오촉(十五燭) 전등이 지치운 불빛을 내어던지고

때글은 다 낡은 무명샤쓰가 어두운 그림자를 쉬이고

그리고 또 달디단 따끈한 감주나 한잔 먹고 싶다고 생각하는 내 가지가지 외로운

생각이 헤매인다

그런데 이것은 또 어인 일인가

이 흰 바람벽에

내 가난한 늙은 어머니가 있다

내 가난한 늙은 어머니가

이렇게 시퍼러둥둥하니 추운 날인데 차디찬 물에 손은 담그고 무이며 배추를 씻

고 있다

또 내 사랑하는 사람이 있다

내 사랑하는 어여쁜 사람이

어늬 먼 앞대 조용한 개포가의 나즈막한 집에서

그의 지아비와 마주앉어 대구국을 끓여놓고 저녁을 먹는다

벌써 어린것도 생겨서 옆에 끼고 저녁을 먹는다

그런데 또 이즈막하야 어느 사이엔가

이 흰 바람벽엔

내 쓸쓸한 얼골을 쳐다보며

이러한 글자들이 지나간다

─나는 이 세상에서 가난하고 외롭고 높고 쓸쓸하니 살어가도록 태어났다

그리고 이 세상을 살어가는데

내 가슴은 너무도 많이 뜨거운 것으로 호젓한 것으로 사랑으로 슬픔으로 가득찬다

그리고 이번에는 나를 위로하는 듯이 나를 울력하는 듯이

눈질을 하며 주먹질을 하며 이런 글자들이 지나간다

─하늘이 이 세상을 내일 적에 그가 가장 귀해 하고 사랑하는 것들은 모두

가난하고 외롭고 높고 쓸쓸하니 그리고 언제나 넘치는 사랑과 슬픔 속에 살도록

만드신 것이다

초생달과 바구지꽃과 짝새와 당나귀가 그러하듯이

그리고 또 '프랑시쓰 쨈' 과 도연명(陶淵明)과 '라이넬 마리아 릴케' 가 그러하듯이

1989년 시집 『흰 바람벽이 있어』

눈물 _ 김현승

더러는
옥토(沃土)에 떨어지는 작은 생명이고저……

흠도 티도,
금가지 않은
나의 전체(全體)는 오직 이뿐!

더욱 값진 것으로
드리라 하올 제,

나의 가장 나아종 지니인 것도 오직 이뿐!
아름다운 나무의 꽃이 시듦을 보시고
열매를 맺게 하신 당신은,

나의 웃음을 만드신 후에
새로이 나의 눈물을 지어 주시다.

1963년 시집 「옹호자의 노래」

떠나가는 배 _박용철

나 두 야 간다.
나의 이 젊은 나이를
눈물로야 보낼 거냐.
나 두 야 가련다.

아늑한 이 항구인들 손쉽게야 버릴 거냐.
안개같이 물 어린 눈에도 비치나니
골짜기마다 발에 익은 묏부리 모양
주름살도 눈에 익은 아― 사랑하던 사람들.

버리고 가는 이도 못 잊는 마음
쫓겨가는 마음인들 무어 다를 거냐.
돌아다보는 구름에는 바람이 희살짓는다.
앞 대일 언덕인들 마련이나 있을 거냐.

나 두 야 가련다.
나의 이 젊은 나이를
눈물로야 보낼 거냐.
나 두 야 간다.

1930년 잡지 「시문학」

1. 위 세 작품에서 슬픔이 형상화되고 있는 방식의 공통점과 차이점을 찾아보고, 이것이 시인의 삶의 자세와 어떤 연관이 있는지를 생각해 보자.

「흰 바람벽이 있어」는 이야기체로 되어 있다. 시이면서도 산문인 듯 설명적인 문장들이 연결되어 있다. 이 시에서는 슬픔이 비유를 통해 다른 이미지로 나타나기보다는 "나는 이 세상에서 가난하고 외롭고 높고 쓸쓸하니 살아가도록 태어났다"는 산문적인 문장으로 그대로 제시되어 있다. 그것은 이 시가 쓸쓸한 화자의 내면을 추적하면서 떠오르는 영상들을 그대로 시로 담아내고 있기 때문이다. 이러한 형상화 방식은 아마도, 시인이 자신의 '자아'를 꼼꼼히 들여다보고 그 의미를 유추해내려는 노력들이 반영된 결과일 것이다.

이에 비하면 「눈물」은 복잡한 감정의 자락들을 정제하여 '눈물'의 이미지로 응축시키고 있다. 여기서 설명적인 표현을 찾아보기 힘들며 다만 꽃-열매, 웃음-눈물의 배열을 통해 슬픔의 의미를 경건한 자세로 발견하고 있을 뿐이다. 이는 슬픔을 대하는 시인의 종교적인 자세이기도 하다.

자신의 슬픔을 가만히 되짚어보거나 종교적인 자세로 경건하게 받아들이는 일 말고도 우리는 그 슬픔에 대해 마음껏 넋두리 해보는 것으로 마음을 풀기도 한다. 적어도 「떠나가는 배」에서의 박용철은 그렇게 슬픔을 마음껏 발산해보고 있다. 이러한 자세가 이 시의 화자로 하여금 "～거냐/～ㄴ다"의 큰 목소리로 말하게끔 하고 있다.

2. 개인적인 고통스런 체험이 더 높은 단계로 승화된 다른 작품들을 찾아서 읽어보자.

어느 가난하고 전망없는 청년이 자신의 가난과 전망없음으로 고통스러워하고 또 고통스러워한다. 그만 그 고통에 짓눌려 사람이 뒤틀려 버릴 것도 같은데, 그 고통의 끝에 서서 이 청년은 자신과 같은 힘없는 것들이 지구를 한바퀴 돌아 온 세계에 있음을 직감하고 이상하게도 그들에게 어떤 애정을 느낀다. 고통이 이 청년을 구석으로 몰고가 오히려 이 청년에게 깊은 연대감과 사랑을 느끼게 해준 것이다.

/···/ 집으로 들어서는 길목은 쓰레기 하치장이어서 여자를/ 만나고 귀가하는 날이면 그 길이 여동생들의 연애를/ 얼마나 짜증나게 했는지, 집을 바래다주겠다는 연인의/ 호의를 어떻게 거절했는지, 그래서 그 친구와 어떻게/ 멀어지게 되었는지 생각하게 된다 눈물을 꾹 참으며/ 아버지와 오빠의 등뒤에서 스타킹을 걷어올려야하고/ 이불 속에서 뒤척이며 속옷을 갈아입어야 하는 여동생들을/ 생각하게 된다 보름 전쯤 식구들 가슴 위로 쥐가 돌아다녔고/ 모두 깨어 밤새도록 장롱을 들어내고 벽지를 찢어발기며/ 쥐를 잡을 때밖에 나가서 울고 들어온 막내의 울분에 대해/ 울음으로써 세상을 견뎌내고야 마는 여자들의 인내에 대해/ 단칸방에 살면서 근친상간 한번 없는 安東金哥의 저력에 대해/ 큰 도로로 나가면 철로가 있고 내가 사랑하는 기차가/ 있다 가끔씩 그 철로의 끝에서 다른 끝까지 처연하게/ 걸어다니는데 철로의 양끝은 흙 속에서 묻혀 있다 길의/ 무덤을 나는 사랑한다 항구에서 창고까지만 이어진/ 짧은 길의 운명을 나는 사랑하며 화물 트럭과 맞부딪치면/ 여자처럼 드러눕는 기관차를 나는 사랑하는 것이며/ 뛰는 사람보다 더디게 걷는 기차를 나는 사랑한다/ 나를 닮아 있거나 내가 닮아 있는 힘 약한 사물을 나는/ 사랑한다 철로의 무덤 너머엔 사랑하는 西海가 있고/ 더 멀리 가면 中國이 있고 더더 멀리 가면 印度와 유럽과 태평양과 속초가 있어 더더더 멀리 가면/ 우리집으로 돌아오게 된다 세상의 끝에 있는 집/ 내가 무수히 떠났으되 결국은 돌아오게 된, 눈물겨운.

김중식, 「식당에 딸린 방 한 칸」

김현승(1913~1975)

전남 광주 출생. 호는 다형. 숭실전문 재학시 교지에 투고한 「쓸쓸한 겨울저녁이 올 때 당신들」이 양주동의 인정을 받고, 1934년 〈동아일보〉에 발표되면서 문단에 등단하였다. 한국 현대시에 있어서 기독교적·주지적 시인으로 큰 봉우리를 이룬 그의 시는 신앙시를 넘어서 고독이라는 주제를 심미적 경지로 끌어올린 것으로 평가된다.

노천명(1912~1957)

황해도 장연 출생. 원래는 이름이 기선이었지만 여섯 살 때 홍역으로 사경을 넘기고 천명(天命)으로 바꿨다. 이때 병을 앓으면서 얼굴이 곰보가 되었다고 한다. 또 아들을 원했던 부모 때문에 남장을 하고 다녔다고 전해진다. 그의 시에 나타나는 자의식은 이런 사실들로 인해 형성되었다고 해석되기도 한다. 「시원」 동인으로 등단하고 〈중외일보〉, 잡지 「여성」 등의 기자로 지냈으며 극예술연구회의 신극 운동에도 참가하였다.

백석(1912~1963?)

평북 정주 출생. 본명은 기행. 어린 시절의 이야기를 북쪽 지방의 독특한 정서를 통해 시화했다. 「여성」에서 편집을 맡아보다가 1935년 8월 〈조선일보〉에 「정주성」을 발표하면서 작품 활동을 시작했다. 해방 후 고향 정주에 머물면서 글을 썼으며, 한국전쟁 뒤에는 북한에 그대로 남았다. 1936년에 펴낸 시집 「사슴」에 그의 시 대부분이 실려 있다. 외로움과 서러움의 정조를 바탕으로 고향의 지명이나 이웃의 이름 그리고 무속적인 소재를 자주 사용했다. 그는 시에서 사투리를 그대로 썼는데, 이것은 일제 강점기에 모국어를 지키려는 의지를 보여주고 있다고 평가된다.

2

고독과 외로움

고   독   과

'**사람**인(人)'은 두 사람이 서로 기대어 있는 모습을 본따서 만들었다고 한다. 인간은 본질적으로 타인과 함께 살아가는 존재라는 뜻을 담고 있다. 또한 인간은 좀더 철학적이고 종교적인 차원의 고독을 느낄 수도 있다. 예전에는 신이 항상 우리와 함께 한다고 믿었으며, 신과 함께 있으므로 외롭지 않다고 느꼈다.

그러나 과학이 발달하면서 인간의 이성은 신의 존재를 부인하고, 스스로를 세계와 신으로부터 분리해 냄으로써 고독을 감내하게 되었다. 인간이 저 혼자의 발로 서게 된 것이다. 그것은 긍정적으로 보면 독립이었지만, 다른 한편으로는 낯선 세계에서의 더 깊은 고독과 불안의 시작이었다. 이런 신(神)과 세계와의 단절로 인한 고독감을 존재론적 고독이라고 한다.

고독과 외로움은 고통을 주지만 때로는 자신을 되돌아보게 하는 원동력이 된다. 그런 점에서 고독은 자아를 성숙시키는 계기가 되기도 한다.

고독과 외로움을 하나의 독립된 공간이라고 할 때, 그 안에서 자아를 되돌아본다면 혼자로도 편할 수 있는 공간이 될 수도 있다. 그러나 어떤 대상을 그리워한다면 하루바삐 벗어나고픈 구속의

공간이 될 것이다. 다음에 이어질 시들은 바로 이런 고독에 대해서 노래한 것들이다. 이 시의 화

자들은 고독을 어떻게 생각하고, 어떻게 받아들이는지 비교해 보면서 고독의 여러 양상들을 살펴

보자.

기도문 형식으로 쓰여진 김현승의 「가을의 기도」는, 각 연을 '가을에는……하게 하소서'라는 표현으로 이끌어간다. 이는 시인의 의지를 경건하게 드러내기 위한 장치이며, 기원의 내용인 '기도' '사랑' '호올로 있음'은 바로 시인이 드러내고자 하는 이 시의 주제이다.

이 시의 시간적 배경은 가을이다. 그중에서도 '낙엽이 지는 때'이다. 이때는 여름으로 상징되는 젊은 시절 자신이 꾸몄던 삶의 여러 가지 겉치레들을 털어버리고, 스스로를 성찰해 보는 시간을 의미한다. 잎새를 모두 떨어뜨린다는 것은 잡념을 털어버리고 자아성찰에 집중하겠다는 뜻이며, 겸허한 모국어로 자신을 '채우겠다'는 것은 시를 쓰는 것으로 내적 성숙을 도모하겠다는 의미이다.

한편 이 시에서 사랑은 열매에 비유된다. 이 열매는 안으로부터 가득 찬 것이라서 내적 성숙의 상징이 된다. 따라서 이 시에서 '사랑'은 대상을 향한 것이 아니라, 아름다운 사랑을 위하여 자신의 시간을 가꾸어 나가는 자의 내적 충만함 자체를 의미한다. '마른 나뭇가지'는 겉치레를 털어버린 고독의 상징이며, '까마귀'는 땅과 하늘의 경계를 넘나들며 지상과 하늘을 매개하는 영혼을 상징한다. 따라서 이 두 시어는 겉치레를 버리고 절대 고독에 다다른 고독한 영혼을 상징하는 것이다.

시인은 고독을 내적 성숙의 절대 경지로 묘사하고 그것을 삶의 목표 지점으로 삼고 있다. 때문에 이 시는 고독이 삶의 목표이자 추구하는 대상이 된다.

노천명의 처녀 시집 『산호림』에 실린 「사슴」은 '슬픔'의 정서가 깃들어 있는 시다. '모가지가 길어서 슬픈 짐승이여'라는 첫 구절로 유명한 「사슴」은 과거의 영화로움을 그리워하며 현실에 적응하지 못하는 외로움을 노래하고 있다. 1연은 외양 묘사를 통해 사슴의 고고한 귀족적 품위를 드러낸다. 1연에 나타난 사슴의 특징을 살펴보자. 우선 사슴은 '모가지'가 길다. 목이 길다는 표현은 목을 꼿꼿하게 세우고 있는 모습으로, 이는 오만하고 고고한 이미지를 환기시킨다. 뒤이어 나오는 '관이 향기로운'

이나 '높은 족속'이라는 시어도 이런 사슴의 고고한 이미지를 뒷받침한다. 화자는 사슴의 뿔을 보고 그것을 '관'에 비유했는데, 관이란 왕이나 고관대작과 같은 고귀한 신분을 상징한다. 그래서 '높은 족속'이란 추측을 하게 된 것이다.

그런데 2연을 보면 이 고귀한 족속이 슬퍼 보인다. 물에 비친 자신의 모습은 과거의 영화로움을 떠올리게 하지만, 현실은 그렇지 못한 까닭이다. 무슨 이유에서인지는 알 수 없지만 과거의 영화로움은 이제 '전설'이 되었고, '향수'의 대상이 되었을 뿐이다. 이제 고고함을 상징했던 꼿꼿한 목은 잃어버린 옛날을 그리워하며, '먼데 산'을 쳐다보려고 쭉 뺀 '슬픈 모가지'로 표현된다.

화자의 감정 이입 대상인 '사슴'은 무슨 이유에서인지는 알 수 없지만, 고귀한 과거를 그리워하며 현실에 적응하지 못하고 있다. 여기서 '잃었던 전설'은 다양하게 상상할 수 있는 실마리를 제공하는데 자신이 어렸을 때 꿈꿨던 소망일 수도 있고, 실제 화려했던 과거일 수도 있다. 다만 그러한 과거와 현실의 격차가 자아낸 슬픔만이 이 시에 나타나 있을 뿐이다.

따라서 이 시의 주제는 '나는 원래 고고한 존재인데 현재의 처지는 그렇지 못해서 슬프다'이다. 그러나 시의 주제가 갖는 한계가 시의 가치를 결정하는 것은 아니다. 이 시가 보여주는 미덕은 정신적 고고함이 기품 있게 형상화된 사슴 이미지의 아름다움에서 찾아야 한다.

백석의 「남신의주유동박시봉방」은 남신의주의 유동에 있는 박시봉의 방이라는 의미이다. 이 시에서 화자는 아내와 부모 그리고 동생들과도 멀리 떨어져서 홀로 떠돈다. 그러다가 추운 겨울 어느 목수(박시봉)네 집 허름한 방을 빌려 홀로 누워 있다. 사랑하는 가족과 떨어져 있는 화자는 무척 외롭다. 타향의 낡은 방 안에서 외로움을 떨쳐 내려면 소가 되새김질을 하듯 자신의 추억을 곱씹을 수밖에 없다. 그러나 외로움을 떨쳐내기 위해서 옛 추억을 떠올리면 떠올릴수록 가족과 고향을 잃은 자책과 슬픔만이 밀려올 뿐이다.

또 돌이켜 생각해 보면 화자 자신은 아무리 노력해도 어쩔 수 없었던 것 같다고 생각한다. 22~23행을 보면 시적 화자는 '내 뜻'보다 더 크고, 높은 것이 있어서 자신의 삶을 몰아갔던 것 같다고 느낀다. 여기서 '이것들보다 더 크고, 높은 것'이란 운명이나 숙명을 의미하며, 일제시대라는 시의 배경을 떠올리면 시대 자체를 의미한다고도 볼 수 있다. 하여간 화자는 자신의 삶이 어떤 운명적인 것에 의해 휩쓸려 온 것 같다는 생각에 한없이 무기력해하며 한스러워한다.

시는 추억에 빠져 슬픔과 한탄을 되새기는 과정에서 그것들이 정화된다는 장점을 가졌다. 슬픔과 자기연민의 감정에 휘둘리는 것이 아니라 그런 것들은 앙금이 되

어조 語調, tone

어조란 시에서 화자가 어떤 대상에 대해서 취하는 언어적 태도, 쉽게 말해서 말투를 뜻한다. 화자가 고향을 떠나 타지에서 고생하는 사람이라면, 그래서 지나간 자신의 삶을 고백하는 것이 작품의 내용이라면, 그 어조는 자연히 한스럽고 슬플 것이다. 반면에 이육사의 「교목」처럼 자기 자신에게 어떤 다짐을 하고 있다면, 그 어조는 남성적이면서도 강건한 느낌을 띠게 될 것이다. 이처럼 어조는 시의 분위기나 정서와 밀접한 관련을 맺는다.

어조는 어떤 종결어미를 사용하느냐에 따라 달라질 수 있으며, 어떤 시어를 활용하는가에 따라서도 많이 좌우된다. '~하자' 혹은 '~합시다'와 같은 청유형이 사용되면 부탁이나 설득하는 어조가 되며, '~하라'와 같은 명령형이 사용되면 매우 남성적이고 딱딱한 어조가 형성된다. 문체의 선택 또한 어조를 달라지게 한다. 김현승의 「가을의 기도」는 '~하옵소서'와 같은 기도체가 사용되면서 경건하고 종교적인 시의 분위기가 만들어지는 것이다.

어조는 작품에 따라 중간에 바뀌기도 한다. 특히 시상의 전환이 일어나는 대목에서는 어조가 바뀌는 경우가 많다. 시상의 전환을 나타내는 '그러나'와 같은 역접 접속사나, '아아!'와 같은 감탄사를 전후로 살펴보면 어조가 바뀐 것을 느낄 수 있다. 김소월 「바라건대는 우리에게 우리의 보습대일 땅이 있다면」에서는 '그러나'를 전후로 좌절의 어조가 의지적인 어조로 바뀌었고, 한용운의 「님의 침묵」은 '그러나'를 전후로 슬픔의 어조가 의지적인 어조로 바뀌었다. 해당 작품을 찾아서 확인해 보자.

어 물과 같은 시인의 내면에 고요히 가라앉는다. 마침내 외로움은 정화된 감정으로 전환된다. 시인은 슬픔과 한탄의 감정을 정화시켜서 '외로이 서서 하이야니 눈을 맞을 굳고 정한 갈매나무'의 이미지를 만들어낸다. 여기서 '굳고 정한 갈매나무'는 슬픔이 정화된 끝에 만들어진 화자의 의지와 희망의 표상이다. 화자는 자신의 어리석은 삶을 돌이켜보고 반성한 끝에 자신이 지향해야 할 삶의 모습을 '갈매나무'의 이미지로 응축시켰고, 그것을 통해 외로움을 견디는 힘을 얻고 있는 것이다.

가을의 기도 _ 김현승

가을에는
기도하게 하소서……
낙엽들이 지는 때를 기다려 내게 주신
겸허한 모국어(母國語)로 나를 채우게 하소서.

가을에는
사랑하게 하소서……
오직 한 사람을 택하게 하소서.
가장 아름다운 열매를 위하여 이 비옥한
시간을 가꾸게 하소서.

가을에는
호올로 있게 하소서……
나의 영혼,
구비치는 바다와
백합(白合)의 골짜기를 지나
마른 나뭇가지 위에 다다른 까마귀같이.

1957년 첫 시집 「김현승 시초」

사슴 _ 노천명

모가지가 길어서 슬픈 짐승이여.
언제나 점잖은 편 말이 없구나.
관(冠)이 향기로운 너는
무척 높은 족속이었나 보다.

물 속에 제 그림자를 들여다보고
잃었던 전설을 생각해 내고는
어찌할 수 없는 향수에
슬픈 모가지를 하고
먼 데 산을 쳐다본다.

1938년 첫 시집 「산호림」

남신의주유동박시봉방 _ 백석
南新義州柳洞朴時逢方

어느 사이에 나는 아내도 없고, 또,

아내와 같이 살던 집도 없어지고,

그리고 살뜰한 부모며 동생들과도 멀리 떨어져서,

그 어느 바람 세인 쓸쓸한 거리 끝에 헤매이었다.

바로 날도 저물어서,

바람은 더욱 세게 불고, 추위는 점점 더해오는데,

나는 어느 목수네 집 헌 삿을 깐,

한 방에 들어서 쥔을 붙이었다.

이리하여 나는 이 습내 나는 춥고, 누긋한 방에서,

낮이나 밤이나 나는 나 혼자도 너무 많은 것같이 생각하며,

딜옹배기에 북덕불이라도 담겨 오면,

이것을 안고 손을 쬐며 재 위에 뜻없이 글자를 쓰기도 하며,

또 문 밖에 나가지도 않구 자리에 누워서

머리에 손깍지 베개를 하고 굴기도 하면서,

나는 내 슬픔이며 어리석음이며를 소처럼 연하여 새김질하는 것이었다.

내 가슴이 꽉 메어 올 적이며,

내 눈에 뜨거운 것이 핑 괴일 적이며,

또 내 스스로 화끈 낯이 붉도록 부끄러울 적이며,

나는 내 슬픔과 어리석음에 눌리어 죽을 수밖에 없는 것을 느끼는 것이었다.

그러나 잠시 뒤에 나는 고개를 들어,

허연 문창을 바라보든가 또 눈을 떠서 높은 천장을 쳐다보는 것인데,

이때 나는 내 뜻이며 힘으로, 나를 이끌어가는 것이 힘든 일인 것을 생각하고,

이것들보다 더 크고, 높은 것이 있어서, 나를 마음대로 굴려가는 것을 생각하는 것인데,

이렇게 하여 여러 날이 지나는 동안에,

내 어지러운 마음에는 슬픔이며, 한탄이며, 가라앉을 것은 차츰 앙금이 되어 가라앉고,

외로운 생각만이 드는 때쯤 해서는

더러 나줏손에 쌀랑쌀랑 싸락눈이 와서 문창을 치기도 하는 때도 있는데,

나는 이런 저녁에는 화로를 더욱 다가 끼며, 무릎을 꿇어보며,

어느 먼 산 뒷옆에 바우섶에 따로 외로이 서서,

어두워 오는데 하이야니 눈을 맞을, 그 마른 잎새에는,

쌀랑쌀랑 소리도 나며 눈을 맞을,

그 드물다는 굳고 정한 갈매나무라는 나무를 생각하는 것이었다.

1936년 시집 『사슴』

1. 「사슴」과 이상의 「거울」 그리고 윤동주의 「자화상」에 나오는 '거울' 이미지의 공통점
과 차이점을 비교해 보자.

우리는 일상적으로 '거울' 속에서 자신의 모습을 되비쳐 본다. 그러나 거울을 통
해서만 자신의 모습을 볼 수 있다는 점에서, 거울 속에서 자신의 모습을 본다는 행
위는 매우 독특한 느낌을 갖게 한다. 옷치장을 마치고서 거울 속의 내 모습을 조금
만 더 응시해보면 우리는 매우 낯선 모습의 어떤 사람을 발견할 것이다.

「사슴」의 사슴은 물그림자를 통해 자신의 ('관이 향기로운')뿔을 봤을지도 모른
다. 그리고 그 고고하고 아름다운 자태에서 자신의 영광스러운 과거 혹은 한때 품
었음직한 위대한 이상을 떠올렸을 것이다. 하지만 동시에 그것은 '잃었던 전설'이
며 '어찌할 수 없는 향수'로만 되살아나는 것임을 인식했을 것이다. 이것이 이 시가
드러내는 상실감이며 슬픔의 정체이다.

이 시의 물그림자는 '나'의 일부이면서도 현실의 나와는 다른 어떤 것을 떠올리
게 해준다. 이 점에서 이상의 「거울」과 윤동주의 「자화상」의 우물도 비슷한 역할을
수행한다. 하지만 이상의 '거울'은 이상적인 자아를 떠올리는 기능은 없으며, '나'
의 대칭점을 기하학적으로 구성하는 도구로써만 작용한다. 거울은 '나'를 또 다른
나로 분열시키고 거울 속의 나와 거울 밖의 나가 서로 만날 수 없다는 상황만을 강
조한다. 또한 「자화상」의 '우물'은 자신의 부끄러운 모습을 확대해서 비추어 윤리
적 감각을 강화한다는 점에서 「사슴」의 물그림자와는 차이를 보이고 있다.

일상적인 말의 사용에서 우리는 고독이나 외로움을 부정적인 것으로 생각한다. 그것이 주는 실제적 고통을 잘 알기 때문이다. 또한 이러한 감정은 혼자 따로 떨어져 있는 개인에게서 나오는 것이다. 사회의 구성원으로 참여하고 있지 않은 개인이란, 혼자서 그 무엇도 이루어낼 수 없다. 세상에 관심없이 혼자서만 살아가는 인간에게도 그만의 삶이 있는 것이겠지만, 세상도 그와 꼭 같이 그러한 개인에게는 관심이 없는 것이다. 역사적인 의미에서 보자면 혼자서만 살아가는 인간이란 존재하지 않는 것인지도 모른다.

그러나 우리가 사회와 어떤 접촉도 없는 것이 아니라, 일시적으로 떨어져 보는 것이라면 고독과 외로움은 특수한 기능을 담당한다고 말할 수 있다. 우리는 세상을 살아가면서 외부적인 힘들에 너무 많이 휩쓸려 다닌다. 우리는 아무 생각없이 눈앞에 주어진 일만 간신히 해내고 잠깐 주어진 시간에는 TV나 보다가 아무런 생각없이 잠이 드는 생활을 반복하고는 한다. 그러한 생활로부터 철저하게 떨어져본다면 우리는 우리 내면의 목소리에 귀기울이고 참다운 삶에 대해서 성찰할 기회를 얻게 될 것이다.

김소월(1902~1934)

본명은 정식. 평북 정주 출생. 그의 시적 재능을 알아본 스승 김억의 주선으로 1922년 잡지 『개벽』에 「먼 후일」「진달래꽃」 등을 발표했다. 소학교 교사, 신문사 지국장 등을 지냈지만 실패를 거듭했으며 33세의 나이로 아내와 함께 음독자살한 것으로 알려져 있다. 그가 시를 창작한 기간은 짧았지만, 그의 작품들은 한(恨)이라는 한국적 정서를 가장 한국적인 민요 율격으로 노래한 것으로 평가된다.

박목월(1915~1978)

경북 경주 출생. 본명은 영종. 1933년 잡지 『어린이』에 「통딱딱 통짝짝」이 당선되어 동요시인으로 등단한 후, 『문장』에 정지용의 추천을 받아서 문단에 등단했다. 1946년에 조지훈, 박두진과 더불어 3인 시집인 『청록집』을 펴내었다. 박목월은 청록파의 한 사람으로서 전통적 서정시를 계승하였으며, 시의 운율을 중시하면서 지순한 세계를 회화적 심상으로 담아내었다고 평가된다.

신경림(1936~)

충북 중원 출생. 1955~1956년 『문학예술』에 이한직의 추천을 받아 시 「낮달」「갈대」 등을 발표하며 등단했다. 건강이 나빠 고향에서 초등학교 교사로 근무하다, 서울로 올라와 현대문학사 등에서 편집일을 맡았다. 한때 절필하기도 했으나 1965년부터 다시 시를 창작하였다. 이때부터 초기 시에서 두드러졌던 관념적인 세계를 벗어나 핍박받는 농민들의 애환을 노래하였다. 그의 작품세계는 주로 농촌 현실을 바탕으로 농민의 한과 울분을 노래한 것으로 알려져 있다.

유랑의 애수와 낭만

혼자서

여행을 떠나본 사람은 그 여정 속에 피로와 외로움도 함께한다는 것을 안다. 간혹 즐겁게 떠난 여행이라도 혼자 객지를 떠돌고 있다는 외로움을 느끼고 당황하기도 한다. 그러나 그러한 외로움과 서글픔 역시 여행의 한 과정인 낭만으로 즐기기도 한다.

그러나 고향과 집이 있었지만 어떤 이유에선가 그곳을 떠나 이제는 돌아갈 수 없게 된 사람에게 그런 외로움과 서글픔은 견디기 힘든 것이다. 방랑자 또는 나그네라는 말은 낭만적으로 들리기도 한다. 하지만 나그네의 어원이 '집을 나간 사람'이라는 뜻의 '나간 이'이며, 나그네를 뜻하는 영어의 traveller 또한 고통을 뜻하는 trouble과 관련이 있는 것처럼, 나그네는 낭만과는 거리가 먼 '길에서 겪는 고생'을 함축하고 있는 것이다.

시에서 방랑자, 유랑자, 떠돌이, 나그네와 같은 시어는 낭만과 애수라는 감정뿐만 아니라 피로와 서글픔, 외로움 같은 감정까지도 불러일으킨다. 또한 고향과 가족에 대한 그리움과 고향으로 돌

아갈 수 없는 한스러움은 물론이거니와 주어진 삶을 그저 받아들이는 달관한 나그네도 상상할

수 있다. 뒤의 시들에는 서로 다른 나그네의 모습이 나타나 있다.

김소월의 「길」에서 화자는 정처 없는 떠돌이다. 그는 자신을 낙오자라고 생각하며, 이런 삶을 살고 있는 자신의 고달픔을 한탄하고 연민한다. 모두가 정착해서 살아갈 때, 정착하지 못하고 이곳저곳 떠돌아다니는 처지는 항상 고달프기 마련이다.

「길」의 화자는 나그네 집에서 하룻밤을 묵으며 밤을 보냈다. '어제도'라고 한 걸 보면 그런 생활을 오랫동안 해온 모양이다. 늘 낯선 길을 가야만 하는 나그네에게 밤이 오면 피로와 함께 불안함이 몰려온다. 그런데 어둠의 상징이자 불길한 느낌을 자아내는 까마귀마저 밤새 울며 화자의 밤에서 휴식을 몰아내고 있다.

화자는 집이 없으므로 항상 길 위에 있다. 그에게 길은 어떤 목적지로 향해 있는 길이 아니라 끊임없이 갈라지며 영원히 이어지는 길이다. 그렇게 길은 많건만 그에게는 오라는 곳이 없어 못 가고, 길 가운데 망연히 서 있다. 자신도 집이 있으며 그곳은 차로도 배로도 갈 수 있는 곳이라고 스스로를 위로해 보려 한다. 그러나 그럴수록 고향에 갈 수 없는 슬픔만 커질 뿐이다. 수없이 갈라진 길 위에서 어디로도 가지 못하는 화자의 모습은 길 없이도 잘 날아가는 기러기의 모습과 대조되면서 슬픈 정서를 자아낸다.

「길」이 방향을 상실하고 어디로도 가지 못하는 떠돌이의 모습을 그리고 있다면, 박목월의 「나그네」는 유유자적한 나그네의 모습을 담고 있다. 이 시에서 나그네의 모습은 회화적 이미지뿐만 아니라 음악적으로도 훌륭히 형상화되고 있다. 부드러운 유음 'ㄹ'을 잘 활용하고, 종결어미 '다'를 쓰지 않음으로써 시의 흐름이 부드럽게 연결되어 음악성이 잘 살고 있다. 이렇게 부드럽게 이어지는 느낌은 '강나루—밀밭 길—술익는 마을'로 이어지는 공간의 이동에도 잘 나타나면서 남도 삼백 리의 외줄기 길을 유유히 걸어가는 나그네의 이미지를 시각적으로 형상화하고 있다. 운명과도 같은 유랑길을, 시의 나그네는 그저 걸어간다. 그 길이 막힘 없이 뻗어 있는 것은 나그네의 달관을 이미지화해 놓은 것이다.

그의 유랑길은 아름답기조차 하다. 하루의 길을 걸어온 나그네의 발 앞에 노을에 물든 밀밭이 펼쳐진다. 노을에 물든 밀밭은 온통 불이 붙은 것처럼 보이지 않았을까? 삼백 리 길을 홀로 걸어가던 나그네는 어디서 한 잔 걸쳤을지도 모르겠다. 그렇게 얼근하게 술에 취해서 노을에 불타는 밀밭을 바라보고 있는 것이다. 이 장면은 무척 낭만적이다. 물론 나그네는 그 풍경에 압도되어 멈추거나 하지는 않는다. 구름에 달 가듯이 또 흘러갈 뿐이다.

알려져 있는 것처럼 이 시는, 조지훈이 박목월에게 보낸 시 「완화삼」에 답하여 쓰여진 시이다. 완화삼이란 '꽃을 감상하는 선비의 도포자락'이란 뜻으로, 조지훈은 시에서 자신을 이른 봄 남보다 먼저 꽃을 보기 위해 남쪽 지방으로 걸어가는 가난한 떠돌이 선비로 그렸다. 이 시의 '술 익는 강마을의 저녁 노을이여'에 화답하여 쓰여진 박목월의 「나그네」는, 유랑하는 자의 슬픔과 외로움과 한의 감정을 모두 걸러내었다. 나그네마저 풍경의 일부로 묘사하는 화자의 거리두기가 그런 효과를 만들어낸 것이다. 박목월이 이런 형상화 방법을 통해 달관과 유유함을 노래했다면, 신경림의 「목계장터」는 떠돌이 장돌뱅이의 목소리로 민중의 애환과 달관한 삶을 노래한다.

「목계장터」는 'A는 날더러 B가 되라 하네'라는 동일한 구조의 문장이 계속 반복되고 있다. 이는 담담히 주어진 삶을 받아들이는 달관의 태도이다. A에 해당되는 것은 '하늘/땅/산/강'이며, 그 각각에 '구름·바람/바람/들꽃·잔돌/잔돌'이라는 B가 대응된다.

구름과 바람은 공중에 떠도는 존재로 정처 없는 떠돌이나 방물장수로서의 삶을 의미한다. 반면에 들꽃과 잔돌은 땅에 뿌리박고 있는 존재이므로 정착된 삶을 의미한다. 우리는 목계장터라는 제목에서 화자가 떠돌이 장사꾼인 장돌뱅이임을 알 수 있다. 장돌뱅이들은 주로 장터를 떠돌며 살아간다. 여러 지역의 장터를 찾아 떠도는 화자는 길에서 구름도 만나고 바람도 만난다. 그런데 나그네는 마주치는 구름이나 들꽃 등의 자연물들이 유랑과 정착이라는 상반되는 두 가지의 삶을 권하는 것 같이 느낀다. 때로는 떠돌고 싶고, 때로는 정착하고 싶은 화자의 이중적인 마음이 자연물에 감정이입된 것이다.

「나그네」가 시 속의 주인공을 풍경의 한 부분으로 만들어버림으로써 감정과 거리를 두었다면, 「목계장터」는 화자의 내면적인 갈등을 풍경에 투사하여 거리를 갖게 한 것이다. 이런 거리두기를 통해 화자는 한층 담담하고 달관적인 태도를 취하고 있다.

길 _ 김소월

어제도 하로밤
나그네 집에
가마귀 가왁가왁 울며 새였소.

오늘은
또 몇 십 리
어디로 갈까.

산으로 올라갈까
들로 갈까
오라는 곳이 없어 나는 못 가오.

말 마소, 내 집도
정주 곽산(定州 郭山)
차 가고 배 가는 곳이라오.

여보소, 공중에
저 기러기
공중엔 길 있어서 잘 가는가?

여보소, 공중에

저 기러기

열 십자(十字) 복판에 내가 섰소.

갈래갈래 갈린 길

길이라도

내게 바이 갈 길은 하나 없소.

*바이 : 전혀

1925년 시집 「문명」

나그네 _박목월
— 술 익는 강마을의 저녁 노을이여 — 지훈(芝薰)

강나루 건너서
밀밭 길을

구름에 달 가듯이
가는 나그네

길은 외줄기
남도 삼백 리

술 익는 마을마다
타는 저녁 놀

구름에 달 가듯이
가는 나그네

1946년 시집 『청록집』

목계 장터 _ 신경림

하늘은 날더러 구름이 되라 하고

땅은 날더러 바람이 되라 하네.

청룡(靑龍) 흑룡(黑龍) 흩어져 비 개인 나루

잡초나 일깨우는 잔바람이 되라네.

뱃길이라 서울 사흘 목계 나루에

아흐레 나흘 찾아 박가분 파는

가을볕도 서러운 방물 장수 되라네.

산은 날더러 들꽃이 되라 하고

강은 날더러 잔돌이 되라 하네.

산서리 맵차거든 풀 속에 얼굴 묻고

물여울 모질거든 바위 뒤에 붙으라네.

민물 새우 끓어 넘는 토방 툇마루

석삼년에 한 이레쯤 천치(天痴)로 변해

짐부리고 앉아 있는 떠돌이가 되라네.

하늘은 날더러 바람이 되라 하고

산은 날더러 잔돌이 되라 하네.

*박가분: 여자들의 화장품

1973년 시집 「농무」

1. 사방으로 뚫렸지만 갈 길이 전혀 없다는 '방향 상실감'과 미로의 이미지를 나타내는 '뚫렸으면서도 막힌 길'은 식민지 시대 시인들이 다룬 주된 주제였다. 이런 '길'의 이미지와 이상의 「거울」에서 거울의 이미지 그리고 서정주의 「바다」에서 바다의 이미지 등과 비교해 보자.

　　이상의 「거울」은 '거울'을 통해서 자신과 대칭인 또 다른 '나'를 발견해낸다. 하지만 나는 거울 속으로 들어가 볼 수도 없고, 거울 속의 나는 거울 밖의 나와 정반대여서 악수도 할 수 없다. 이 막막함을 이렇게 풀어서 이해해보면 어떨까. 나는 손가락이 여러 개 잘려나간 무식하고 가난한 이발사의 아들이고 식민지 기술학교를 갓 졸업한 기술자에 불과하지만, 내가 제국의 어느 도시에서 태어난 부잣집 아들이었다면 나는 혹시 법관이나 정치가나 의사가 되지 않았을까 상상하는 헛된 꿈. 그리고 막막함. 이상의 시를 이러한 구체적인 내용을 담고 있는 것은 아니지만, 이러한 분위기가 이 시를 지배하는 것은 사실이다. 하지만 차가운 거울은 "너는 네가 보는 또다른 네 모습과 결코 만날 수는 없다."고 말하는 것도 잊지 않는다. 거울은 길을 보여주면서도 길을 가로 막고 있는 셈이다.

　　그러나 젊음의 격정은 결코 건널 수 없는 그 길을 건너가서 새로운 나를 만나고 싶어한다. 젊음이란 죽음으로부터 멀리 떨어진 삶이 아니라, 죽음을 두려워하지 않는 삶이므로. 서정주의 「바다」가 보여주는 우렁찬 목소리는 이러한 젊음의 격정에서 비롯한다. 그러나 우렁찬 목소리만으로 바다를 건너 새로운 땅으로 간다고 말하는 것은 헛된 낭만주의일 뿐이다. 그래서 이 시는 바다 속으로 침몰하는 웅장한 장면을 삽입하고 있다. 거울이 차갑게 길을 차단하고 있다면 바다는 길을 건너가라고 충동질했다가 젊음을 침몰시키는 것이다.

2. 이효석의 「메밀꽃 필 무렵」을 읽고 「나그네」, 「목계장터」와 비교해 보자.

　　「메밀꽃 필 무렵」의 주인공들은 떠돌이 삶을 살고 있다. 잠시 한 지역에 머물며 누군가와 사랑을 나누기도 하고 그 인연에 집착하기도 하지만 그것은 잠시 뿐이며, 그들은 마치 운명에 이끌리듯 또 다른 곳으로 옮겨간다. 그들의 삶은 어느 한 곳에도 정착하지 못하는 비참한 삶처럼 느껴지기도 하지만 그것이 떠돌이 삶의 전부는 아니다. 오히려 그들은 그러한 삶의 방식에 운치를 느낄지도 모를 일이다. 그들이 떠돌이 삶을 운명으로 받아들이는 것을 보면 말이다.

　　떠돌이 삶의 운치란 "구름에 달 가듯이/ 가는 나그네"의 그것이리라. 고된 유랑 생활에도 얼근하게 술에 취해 바라보는 노을에 불타는 밀밭은 얼마나 아름다울 것인가. 그에게는 집이 없지만 "술 익는 마을마다/ 타는 저녁 놀"이 또한 전부 그의 것이 아니겠는가.

　　종종 유랑에 지쳐 어딘가에 정착이라도 해볼까 하는 마음이 없지 않지만, 그래서 "산은 날더러 들꽃이 되라 하고/ 강은 날더러 잔돌이 되라"하는 것처럼 보이기도 하지만, 그래서 "짐부리고 앉아 있"고 싶기도 하지만 어디 산천이 그런 말만 하던가. 강산은 내게 구름처럼 바람처럼 떠돌라고 속삭이기도 하는 것이다.

오장환(1918~1948?)

충북 보은 출생. 『낭만』, 『시인부락』, 『자오선』 등의 동인으로 활동했다. 『조선문학』에 「목욕간」을 발표, 문단에 등단한 이래 1937~47년 『성벽』, 『헌사』, 『병든 서울』, 『나 사는 곳』, 『붉은 기』 등 5권의 시집을 냈다. 그의 시는 대체로 세 가지 경향으로 나뉜다. 첫째는 비애와 퇴폐의 정서를 바탕으로 한 모더니즘 지향이며, 둘째는 향토적 삶을 배경으로 한 순수 서정시의 세계이다. 셋째는 계급의식이 나타난 시 세계이다. 8·15 광복 후 '조선문학가동맹'에 가담하여 활동하다 1946년 월북하였다.

허수경(1964~)

경남 진주 출생. 경상대 국문과 졸업하고 1987년 『실천문학』으로 등단했다. 시집으로 『슬픔만한 거름이 어디 있으랴』, 『혼자 가는 먼 집』, 장편소설 『모래도시』가 있으며 현재 『21세기 전망』의 동인으로 활동중이다.

곽재구(1954~)

전남 광주 출생. 전남대 국문과 졸업, 1981년 《중앙일보》 신춘문예에 「사평역에서」가 당선되면서 문단에 등단했으며, 『5월시』 동인으로 활동했다.

4

떠남과 기다림

역과 기차는 문학작품에서뿐만 아니라 많은 영화와 드라마의 배경과 소재로 사용된다. 영화 「박하사탕」에서 거꾸로 가는 기차는 한 인간의 삶의 기점으로 거슬러 올라가는 상징으로 사용되었으며, 드라마 「가을동화」에서 기찻길 옆을 따라 소년과 소녀가 걸어가던 장면은 아름다운 기억으로 남는다. 굳이 기찻길을 배경으로 한 것은 소년과 소녀의 이별을 암시하기 위해서일 것이다.

기차가 우리 나라에 처음 도입된 것은 19세기 말엽이다. 그 당시만 해도 기차나 역은 근대 문명의 상징이었고, 사람들은 기차를 보며 신기해 했다. 그러나 기차보다 더욱 빠르고 편리한 대중교통수단이 생겨나자, 기차와 역은 오히려 오래된 향수와 아련한 기억을 떠올리게 하는 상징이 되었다. '이별과 귀환'의 감정을 가장 잘 담아낼 수 있는 상징이 된 것이다.

역은 새로운 세계로 떠나는 장소이자 고향으로 돌아오는 장소로서, 출발과 종착, 시작과 끝이라는 두 가지 의미를 갖는다. 한편 기차는 역과 역을 가로지르는 교통수단으로 종종 시간을 역행하는 상징으로도 사용된다.

시에서 기차와 역은 어떤 의미로 나타났을까. 기차와 역을 소재로 한 오장환의 「The Last Train」은 기차를 통해 떠나지 못하는 청춘을 노래했고, 곽재구의 「사평역에서」는 사람들의 애환과 희망을 막차가 오지 않는 역의 풍경을 통해 담담하고 따뜻한 시선으로 묘사했다. 또 「기차는 간다」에서 허수경은 추억과 시간의 기차를 노래하고 있다.

오장환의 「The Last Train」은 막차를 뜻한다. 시인은 저무는 역에 서 있다. 그는 '비애'라는 감정을 '너'라고 부르면서, 그것을 '막차'에 실어 보냈다고 한다. 시인은 개찰구에 버려진 차표들과 자신의 청춘을 동일시한다. 못 쓰는 표를 가지고는 기차에 오를 수 없다. 마찬가지로 자신의 청춘도 못 쓰게 되었기 때문에 미래를 향해 떠나지 못한다. 그래서 '비애'만을 실어 보내고 자신은 바닥에 버려진 종이조각처럼 역에 남아 있다.

화자는 누군가를 배웅하러 온 것이 아니다. 떠나려 왔지만, 못 쓰게 된 청춘 때문에 떠나지 못하고 역에 남은 것이다. 그는 떠나는 막차를 보면서 병든 역사가 화물차에 짐짝처럼 실려간다고 표현했다. 이 구절을 통해 우리는 청춘이 못 쓰게 된 까닭을 약간은 짐작해 볼 수 있다. 일제 식민지 시대에 젊은 시절을 보낸 무기력함을 시인은 '못 쓰는 차표와 같은 청춘'이라고 표현한 것이다.

역은 떠나기 위한 곳이지만 돌아오기 위한 곳이기도 하다. 개찰구가 떠나는 사람을 위한 장소라면 대합실은 돌아오는 사람을 기다리기 위한 장소다. 개찰구를 바라보던 시인이 시선을 돌려 대합실을 바라보는 것은, 이 역이 출발의 역에서 도착의 역으로 바뀌었음을 의미한다. 또한 시인 역시 떠나기 위한 사람에서 누군가를 기다리는 사람으로 전환된 것이다. '아직도'라는 것은 막차가 떠났음에도 누군가를 기다리는 자신의 처지를 나타낸다.

화자가 기다리는 사람은 '카인'이다. 기독교 신화에서 카인은 하느님의 편애를 질투하여 동생 '아벨'을 살해한 인물이다. 그는 이마에 죄인의 낙인이 찍힌 채 고향에서 쫓겨났다. 이 시에서 화자는 자신을 카인과 동일시하고 있다. 고향을 잃고 떠도는 존재(역에서 기웃거리는)이면서 떠날 곳이 없는 존재(못 쓰는 차표와 같은 청춘)라는 자책감이 자신을 카인과 동일시하게 만든 것이다.

이 시의 가장 멋진 부분은 마지막 대목의 거북이 이미지이다. 화자는 기차를 보며 거북이를 떠올렸다. 딱딱하고 검은 쇠로 된 기차는 거북이의 딱딱하고 검은 등 껍질을 연상시킨다. 또 느릿느릿 출발하는 양이 거북이의 느릿느릿한 걸음을 떠오르게 한다. 그러나 기차를 표현할 수 있는 대상은 거북이 말고도 무수히 많다. 그 수많은 것들 중에 왜 시인은 거북이를 택하였을까?

바로 거북이 등 껍질에 새겨진 무늬에서 기차의 노선을 떠올렸기 때문이다. 청춘이 사라진 화자에게 그 노선은 떠나지 못한 자의 슬픔을 환기시킨다. 거북이 등 껍질에 새겨진 무늬를, 슬픔을 불러일으키는 모든 노선이 응축되어 있는 것으로 파악한 것이다.

「The Last Train」의 기차가 떠나지 못하는 사람의 비애를 싣고서 슬픔의 노선을 따라 떠난다면, 허수경의 「기차는 간다」에서 기차는 그리움을 싣고 떠난다.

기차는 원래 공간 사이를 이동하는 것이지만, 허수경의 「기차는 간다」에서는 특

(시적)화자, 서정적 자아

시인은 어떤 감정을 작품으로 표현하고자 할 때, 시인이 선택한 제재에 대한 태도를 표명하기 위해 창조한 허구적 인물을 내세우는 경우가 많다. 좀 거칠지만 쉽게 생각해보자. 김소월의 「진달래꽃」은 사랑하는 사람에게서 버림받은 한 여인을 떠올리게 하는 시다. 그런데 시인은 남자다. 따라서 이 시에서 '나보기가 역겨워 가실 때에는'이라고 말한 '나'는 시인 자신이 아닌, 시인이 설정한 허구적인 인물이다. 이런 인물을 '(시적)화자'라고 하며, 때로는 '서정적 자아'라고 하기도 한다. (시적)화자는 허구적 인물이기 때문에, 시인과는 무관하게 때로는 여자로, 때로는 남자로, 어린아이로, 동물이나 생물 등으로 자유롭게 설정된다.

물론 이 (시적)화자와 시인 자신을 구별하기 어려운 경우도 있다. 심훈의 「그날이 오면」에서 '그날이 오면…… 기뻐서 죽사오매 오히려 무슨 한이 남으오리까'와 같은 구절은, 해방의 감격적인 순간이 오면 기뻐서 어쩔 줄 모를 것이라는 시인 자신의 솔직한 심경을 그대로 드러낸 것으로 파악할 수 있다. 그러나 일반적으로 작품 안에서의 화자는 대부분 '시적 화자'로 간주한다.

이하게도 시간과 시간 사이를 이동하고 있다. '공간과 공간 사이의 가장 먼 거리는 시간' 이라는 말이 있다. 우리가 무언가로부터 도망치거나 벗어나고 싶을 때, 시간이 가는 것만큼 멀리 갈 수 있는 건 없다. 먼 곳에 있는 그리운 사람은 기차표를 사서 출발하기만 하면 만날 수 있다. 그러나 시간은 거슬러 갈 수도 앞서 갈 수도 없다. 그래서 사람들은 추억을 거슬러 올라가 그리운 사람을 만날 수 있는 시간의 기차를 꿈꾸기도 한다. 그러나 시인은 '나는 남네 기차는 가네'의 구절을 통해 시간의 기차가 언제나 타고 갈 수 있는 것이 아니며, 남은 자의 그리움만을 싣고 가버리는 것임을 노래하고 있다.

「The Last Train」과 「기차는 간다」가 기차와 역을 전망 없는 젊음의 비애나 잃어버린 사랑과 그리움의 상징으로 형상화하고 있다면, 곽재구의 「사평역에서」는 고단한 삶을 간이 휴게실 같은 역 대합실의 이미지로 그려내고 있다. 이 시에서 '막차' 는 생계를 위해 그 시간까지 집에 돌아가지 못한 사람들의 고단한 삶을 상징한다.

막차는 오지 않는다. 아마도 밤새 내리는 눈 때문일 것이다. 차가 오지 않으면 그저 기다릴 수밖에 없는 인생들이 대합실에 모여 있다. 어두운 밤에 불이 켜진 작은 집은 사람들을 보호해 주는 안락한 느낌을 준다. 대합실 가운데는 따스한 톱밥난로가 지펴지고, 옹색하지만 안락한 공간이 만들어진다. 톱밥난로는 방의 중심이 되고, 사람들은 모두 불꽃을 바라보며 각자의 그리웠던 순간들을 떠올린다. 이제 톱밥난로는 사람들의 그리움과 추억으로 타는 난로가 된다.

사람들은 훈훈해진 대합실에 앉아서 각자의 추억을 떠올리며 창 밖의 눈을 바라본다. '눈' 은 대합실의 안과 밖, 어디서 바라보느냐에 따라 두 가지 의미를 갖는다. 대합실 바깥에서의 눈은 추위와 험난함이며 막차가 오는 것을 가로막는 부정적인 의미가 된다. 그러나 대합실 안에서 바라보는 눈은 아프고 서러운 심정을 포근히 덮어주는 위안을 느낄 수 있는 긍정적인 의미를 갖는다.

'막차' '눈 시린 유리창' '청색의 손바닥' 등 이 시에서 사용하고 있는 시어는 쓸쓸함과 소멸감을 이미지화한 것이지만, 아마도 화자가 진정으로 그리워하는 것은 인간주의, 휴머니티라고 해도 좋을 것이다.

The Last Train _ 오장환

저무는 역두(驛頭)에서 너를 보냈다.
비애(悲哀)야!

개찰구에는
못 쓰는 차표와 함께 찍힌 청춘(靑春)의 조각이 흩어져 있고
병든 역사(歷史)가 화물차에 실리어 간다.

대합실에 남은 사람은
아직도
누굴 기다려

나는 이곳에서 카인을 만나면
목놓아 울리라.

거북이여! 느릿느릿 추억(追憶)을 싣고 가거라
슬픔으로 통하는 모든 노선(路線)이
너의 등에는 지도(地圖)처럼 펼쳐 있다.

1936년 잡지 『비판』

기차는 간다 _ 허수경

기차는 지나가고 밤꽃은 지고

밤꽃은 지고 꽃자리도 지네

오 오 나보다 더 그리운 것도 가지만

나는 남네 기차는 가네

내 몸 속에 들어온 너의 몸을 추억하거니

그리운 것들은 그리운 것들끼리 몸이 먼저 닮아 있었구나

1992년 시집 「혼자 가는 먼 집」

사평역 沙平驛에서 _ 곽재구

막차는 좀처럼 오지 않았다
대합실 밖에는 밤새 송이눈이 쌓이고
흰 보라 수수꽃 눈시린 유리창마다
톱밥난로가 지펴지고 있었다
그믐처럼 몇은 졸고
몇은 감기에 쿨럭이고
그리웠던 순간들을 생각하며 나는
한 줌의 톱밥을 불빛 속에 던져주었다
내면 깊숙이 할 말들은 가득해도
청색의 손바닥을 불빛 속에 적셔두고
모두들 아무 말도 하지 않았다
산다는 것이 때론 술에 취한 듯
한 두름의 굴비 한 광주리의 사과를
만지작거리며 귀향하는 기분으로
침묵해야 한다는 것을
모두를 알고 있었다
오래 앓은 기침소리와
쓴 약 같은 입술담배 연기 속에서
싸륵싸륵 눈꽃은 쌓이고

그래 지금은 모두들

눈꽃의 화음에 귀를 적신다

자정 넘으면

낯설음도 뼈아픔도 다 설원인데

단풍잎 같은 몇 잎의 차창을 달고

밤열차는 또 어디로 흘러가는지

그리웠던 순간들을 호명하며 나는

한 줌의 눈물을 불빛 속에 던져주었다.

1983년 시집 「사평역에서」

1. 기차나 역이 갖는 출발과 도착의 의미 그리고 거쳐가는 '과정' 으로서의 의미를 생각해 보자.

어떤 일에 도전하려 할 때 우리는 약간의 두려움과 설레임으로 가볍게 흥분되곤 한다. 그것은 마치 처음 가보는 어떤 곳으로 떠나는 기차표를 손에 쥐었을 때의 흥분과 같은 것이다. 그래서 이제 막 출발한 기차는 종종 도전과 출발의 메타포로 사용되기도 한다. 기차가 역을 떠나 미지의 영역으로 나아가듯이, 출발이란 우리의 인생이 새로운 단계로 나아가는 것을 뜻한다. 이러한 도전은 언제나 인간을 더욱 크게 하는 것이어서 기차 여행이 조금쯤은 우리의 견문을 넓혀주는 것과 같이, 도전의 성패와 관련없이 그 도전했다는 사실 자체가 우리를 좀더 성숙한 인간이 되게 한다.

반대로 역에 도착하는 기차도 있을 것인데, 도착이란 물론 그 여행의 마무리이다. 이제 이 역에 내리기만 하면 지친 여행을 마치고 아늑한 침실로 돌아갈 수 있을 것이다. 그것은 거칠고 험난한 도전과 출발의 마무리이며 안정적인 국면이 도래했음을 가리키곤 한다. 또한 인생 전체로 보자면 그것은 삶의 끝, 그러니까 죽음을 가리키기도 한다.

2. 막차나 첫차, 간이역, 서울역 등등이 갖는 상징적 의미를 생각해 보자.

우리가 살아가는 인생에 달력처럼 날짜의 경계가 있는 것도 아니고 시계처럼 시간을 가르는 경계선이 있는 것도 아니지만, 인생에는 분명 매듭이 있다. 오랫동안 정들었던 고향집을 떠나 우리는 서울이나 해외로 유학을 떠나기도 하고, 익숙했던 생활방식을 버리고 새로운 패턴의 삶을 살아가기도 한다. 깊이 사귀었던 사람과 헤어지면서 새로운 삶을 살기도 하고 또 다른 인연을 만들어가기도 한다. 반대로 스쳐가는 인연과 헤어져 다시 옛사랑에게로 돌아가기도 하고 잠깐의 방황에 지쳐 다시 원래의 안정된 직장생활로 돌아가며, 유학생활을 마치고 고향으로 돌아가기도 한다. 그런 매듭의 시작과 끝을 우리는 기차나 역에 비유하기도 한다.

막차는 그것이 떠나고 나면 더 이상의 기차가 없다는 점에서, 우리에게 주어진 많은 출발과 도전의 기회들을 모두 놓쳐버리고 더 이상 내게 남은 기회가 없다는 허탈감과 연결되기 쉽다. 반대로 첫차는 출발 중에서도 첫출발, 도전 중에서도 미지의 영역에로의 도전을 상징한다. 간이역은 우리 인생의 수 많은 굴곡들 사이의 휴식으로, 서울역은 시작이거나 끝 혹은 거대한 군중(群衆)들의 용광로를 상징할 수 있다.

김소월(1902~1934)

본명은 정식. 평북 정주 출생. 그의 시적 재능을 알아본 스승 김억의 주선으로 1922년 잡지 『개벽』에 「먼 후일」, 「진달래꽃」 등을 발표했다. 소학교 교사, 신문사 지국장 등을 지냈지만 실패를 거듭했으며 33세의 나이로 아내와 함께 음독자살한 것으로 알려져 있다. 그가 시를 창작한 기간은 짧았지만, 그의 작품들은 한(恨)이라는 한국적 정서를 가장 한국적인 민요 율격으로 노래한 것으로 평가된다.

윤동주(1917~1945)

북간도 출생. 도시샤(同志社)대학 영문과 재학 중 1943년 여름방학을 맞아 귀국하다 사상범으로 일경에 체포되어, 규슈 후쿠오카 형무소에서 옥사했다. 1941년 연희전문을 졸업하고 도일하기 앞서 19편의 시를 묶은 자선시집을 발간하려 했으나 뜻을 이루지 못했다. 1948년에 유고 30편을 모아 『하늘과 바람과 별과 시』가 간행되었다. 1938~41년에 씌어진 그의 시에는 불안과 고독과 절망을 극복하고 희망과 용기로 현실을 돌파하려는 강인하고 순결한 정신이 표출되어 있다.

신경림(1936~)

충북 중원 출생. 1955~1956년 『문학예술』에 이한직의 추천을 받아 시 「낮달」, 「갈대」 등을 발표하며 등단했다. 건강이 나빠 고향에서 초등학교 교사로 근무하다, 서울로 올라와 현대문학사 등에서 편집일을 맡았다. 한때 절필하기도 했으나 1965년부터 다시 시를 창작하였다. 이때부터 초기 시에서 두드러졌던 관념적인 세계를 벗어나 핍박받는 농민들의 애환을 노래하였다. 그의 작품세계는 주로 농촌 현실을 바탕으로 농민의 한과 울분을 노래한 것으로 알려져 있다.

인생은 나그네길

인 생 은

우리는 길을 통해 다른 사람들과 만나고, 주위의 모든 자연들과 만나게 된다. 길은 우리가 열린 세계로 나갈 수 있는 수단이기도 하지만, 그 자체가 목적이 되기도 한다. 길 위에서 휴식하면서 사람들과 만나고 자연과 교감하는 그 순간 자체가 의미 있는 것이다. 특히 동양에서의 '길'은 목적을 향해 나아가는 수단으로서의 의미보다는 세상의 이치를 함축하는 의미를 더 많이 가진다. 평탄한 길도 좋다. 그러나 우리 앞에 놓여 있는 길이 험난하더라도, 그 길 위에서 인생의 진리를 깨달을 수 있다면 멀리 돌아가더라도 크게 손해 볼 일은 없을 것이다.

인생을 어떻게 살아야 할 것인가의 고민들은 대체로 '어떤 길을 택할 것인가'라는 고민으로 이어진다. 어떤 길도 한 번 가면 쉽게 되돌아 올 수 없다. 또 이전에 가보지 않은 길은 두려움을 주기 때문에 갈림길이 나타나면 주저하게 된다.

'길'은, 그것이 인생의 진리를 포함한다는 생각 때문에, 시의 소재로 빈번하게 사용된다. 그 속에서 우리는 어떤 길을 택해야 할지 망설이는 모습, 반드시 어떤 길을 걷겠노라는 확신에 찬 모습,

또 가지 말았어야 할 길을 갔다고 후회하는 모습들을 볼 수 있다. 그리고 그 모두는 평범한 우리 자신의 모습과 닮아 있다. 사람들은 인생의 길을 노래한 시편들을 보면서 소박한 위안을 얻게 된다. 이제 이러한 시인들의 모습이 나타나는 세 편의 시를 읽으면서, 길이 의미하는 바가 무엇인지 더 깊이 생각해 보도록 하자.

김소월은 그의 시에서 종종 마땅히 갈 곳을 찾지 못하고 길 위에서 유랑하고 있는 나그네의 모습을 노래한다. 일제 강점기라는 시대적 배경을 생각해 볼 때, 그가 노래하는 고향 상실의 정서에는, 조상 대대로 이어져 내려오던 자신의 농토를 잃고 여기저기 떠돌아 다니던 일제 시대 실향민의 비애가 겹쳐져 있다고 볼 수 있다.

그러나 이러한 시대적 상황을 고려하지 않는다면, '길'은 어느 누구나가 한번쯤은 고민해 봤을 인생의 목표, 방향 등을 의미하게 될 것이다. 살아가면서 우리는 인생을 좌지우지할 만한 중요한 선택을 해야 할 때가 있다. 우리가 무심코 하는 선택도 어쩌면 인생에는 매우 결정적인 선택이 될 수도 있다. 그런 결정을 내릴 때는 아무도 도와줄 수가 없다. 그렇기에 그 순간만큼 외로운 때도 없다.

김소월의 「가는 길」에는 이런 고민이 잘 나타나 있다. 화자는 자신의 행동에 대해 확신을 보이지 못하고, '말을 할까' '그냥 갈까'라며 망설이고 있다. 시에서 화자는 사랑하는 사람을 놓아두고 떠나야 하는 상황일 수도 있고, 정든 고향을 떠나 외지로 나가야 하는 상황일 수도 있다. 여하튼 그는 지금 떠나야 하는 상황에 처해 있지만, 단호하게 마음의 결정을 내리지 못한 채 주저하고 있는 것이다.

2연의 '그냥 갈까 그래도 다시 더 한 번……'이라는 구절은 이런 화자의 심리상태를 가장 정확하게 보여주고 있다. 다른 길에 대한 미련일랑 깨끗이 잊어버리고서 '그냥 가자'고 마음속으로 다짐을 하지만, 어쩔 수 없이 '그래도 다시 더 한 번'이라는 미련이 생겨난다. 불확실한 자신의 길에 대해 두려워하고 있는 것이다. 이런 화자의 마음은 아무런 주저함 없이 한 길로 연달아 흐르고 있는 강물의 모습과 대조되면서 더욱 부각된다.

이 시가 김소월과 동시대에 살았던 사람들뿐만 아니라, 그 후대까지 널리 읽히고 있는 것은 시가 지니고 있는 보편적 정서 때문이다. 아무리 의지가 강한 사람이라 할지라도 중요한 선택의 순간에 뒤 한 번 돌아보지 않을 만큼 자신감을 가진 사람은 드물 것이다. 그래서 길을 선택하는 상황에서 화자가 보여주는 망설임이 같은 처지에 놓인 사람들에게 공감을 불러일으키는 것이다.

윤동주의 「길」 역시 상실감에서 출발한다. 잃어버린 것이 있긴 한데, 화자는 그 잃어버린 것이 무엇인지 모른다. 어디서 잃어버렸는지도 모른다. 그래서 '길'을 나서게 된다. 길에는 돌담이 늘어서 있고, '아침에서 저녁으로' 다시 '저녁에서 아침으로' 통하고 있다. 길 위에서 화자는 밝은 햇살과 어두운 밤의 외로움을 함께 겪는다. 여기서 길은 이제 단순한 돌담길이 아닌, 시련과 환희가 반복되는 인생길이라는 의미로 확장되는 것이다.

이 시도 역시 윤동주 특유의 부끄러움과 자아성찰이라는 주제가 나타난다. 굴곡을 지닌 인생길을 따라가다가 바라본 하늘은 '부끄럽게' 푸르다. 어떤 길을 따라가든지, 그리고 그 길을 어떻게 걸어가든지 부끄럽다. 왜냐하면 생을 어떻게 살아가든지 간에 인생은 후회와 부끄러움을 동반하기 때문이다. 그럼에도 '풀 한 포기 없는' 이 험난한 길을 포기할 수 없는 것은 그 길의 끝에 '남아 있는' 자아를 발견할 수 있기 때문이다. 따라서 1연에서 잃어버렸다고 한 것은 바로 자기 자신이 된다. 이제 무엇을 잃어버렸는지도 어디서 잃어버렸는지도 모른다던 화자의 질문에 대한 답은 간단하다. 잃어버린 것은 인생의 진리를 깨달은 참된 자아이며, 잃어버린 곳은 바로 '길'

유고시집 遺稿詩集

시인이 생전에 발간하지 못한 작품들을 모아서 동료, 선·후배들이 발간하는 시집을 말한다. 대표적인 예는 김소월의 『진달래꽃』, 이상화의 『상화시집』, 윤동주의 『하늘과 바람과 별과 시』, 이육사의 『육사시집』, 심훈의 『그날이 오면』, 오상순의 『공초시집』, 김남주의 『나와 함께 모든 노래가 사라진다면』, 박용래의 『박용래 시선집-먼 바다』, 기형도의 『기형도 시집』 등이 있다.

위에서다. 살아간다는 것은, 잃어버린 '나'를 찾아가는 '길'인 것이다. 따라서 이 시에서의 '길'은 자기성찰과 자기수련을 통해 본질적인 자아를 회복하는 과정이라는 상징적인 의미를 갖게 된다. 그렇게 때문에 그 길 위에서 화자는 이제 '내가 사는 것은, 다만, 잃은 것을 찾는 까닭입니다'라고 조용히 말하게 된다.

김소월의 「가는 길」이 선택 앞에 선 인생의 외로움을 노래했고, 윤동주의 「길」이 화자의 자아성찰을 노래했다면, 신경림의 「길」은 자아의 내면화에 좀더 집중한다. 평범한 사람들은 '길이 사람을 밖으로 불러내어 온갖 곳 온갖 사람살이를 구경시킴으로써 세상 사는 이치를 가르친'다고 생각한다. 즉 사람들은 자기의 의지와 무관하게 인생의 여러 가지 길을 경험함으로써 세상사는 이치를 배워간다는 것이다.

그러나 시인이 중요하게 생각하는 것은 이처럼 '밖으로 난 길', 즉 주어진 길이 아니다. 사람을 '밖에서 안으로 끌고 들어가'는 길이다. 그 길은 '스스로를 깊이 들여다보게' 하는 길이다. 살아가면서 끊임없이 자신을 돌아보고, 길을 스스로 수정할 줄 알아야 한다는 것이다. 자신의 마음속에서 인생의 방향을 설정하고 외부에 휘둘리지 않는 사람만이 그 길을 편안하게 갈 수 있다. 여기서 편안함은 물론 물리적인 편안함이 아닌 심리적인 편안함이다. 길이 '안으로 나 있다는 것'을 아는 사람들에게 그 길은 꽃 향기 가득한 길이며, 쉬기 좋은 그늘이 드리워진 길이 된다. 다시 말해 그 것은 외부의 어떤 압력에도 굴하지 않는 떳떳함인 것이다.

신경림의 '길'은 모든 것이 자신의 마음에 달려 있다고 말한다. 그런데 시인은 사람들이 그러한 이치를 알아야 '비로소 자기들이 길을 만들었다고 말하지 않는다'고 한다. 여기서 '비로소'라는 단어에 주의할 필요가 있다. 이 말은 우리가 주어진 길을 그대로 따라가서는 안 되며, 항상 자기 내면을 바라보면서 길을 가야 한다는 의미이다. 그럴 때 우리는 스스로 만든 길이 아니더라도 우리가 만든 길처럼 살아갈 수 있다는 것이다.

가는 길 _ 김소월

그립다
말을 할까
하니 그리워.

그냥 갈까
그래도
다시 더 한 번……

저 산(山)에도 까마귀, 들에 까마귀,
서산(西山)에는 해진다고
지저귑니다.

앞강물, 뒷강물,
흐르는 물은
어서 따라오라고 따라가자고
흘러도 연달아 흐릅디다려.

1923년 잡지 『개벽』

길 _ 윤동주

잃어버렸습니다.
무얼 어디다 잃었는지 몰라
두 손이 주머니를 더듬어
길에 나아갑니다.

돌과 돌과 돌이 끝없이 연달아
길은 돌담을 끼고 갑니다.

담은 쇠문을 굳게 닫아
길 위에 긴 그림자를 드리우고

길은 아침에서 저녁으로
저녁에서 아침으로 통했습니다.

돌담을 더듬어 눈물짓다
쳐다보면 하늘은 부끄럽게 푸릅니다.

풀 한 포기 없는 이 길을 걷는 것은
담 저쪽에 내가 남아 있는 까닭이고,

내가 사는 것은, 다만,

잃은 것을 찾는 까닭입니다.

1948년 유고시집 「하늘과 바람과 별과 시」

길 _ 신경림

사람들은 자기들이 길을 만든 줄 알지만
길은 순순히 사람들의 뜻을 좇지는 않는다
사람을 끌고 가다가 문득
벼랑 앞에 세워 낭패시키는가 하면
큰물에 우정 제 허리를 동강내어
사람이 부득이 저를 버리게 만들기도 한다.
사람들은 이것이 다 사람이 만든 길이
거꾸로 사람들한테 세상 사는
슬기를 가르치는 거라고 말한다
길이 사람을 밖으로 불러내어
온갖 곳 온갖 사람살이를 구경시키는 것도
세상 사는 이치를 가르치기 위해서라고 말한다
그래서 길의 뜻이 거기 있는 줄로만 알지
길이 사람을 밖에서 안으로 끌고 들어가
스스로를 깊이 들여다보게 한다는 것은 모른다
길이 밖으로가 아니라 안으로 나 있다는 것을
아는 사람에게만 길은 고분고분해서
꽃으로 제 몸을 수놓아 향기를 더하기도 하고
그늘을 드리워 사람들이 땀을 식히게도 한다

그것을 알고 나서야 사람들은 비로소
자기들이 길을 만들었다고 말하지 않는다

1990년 시집 「길」

1. 김소월의 「길」과 같은 계열의 시로는 「가는 길」, 「왕십리」, 「산」, 「삭주구성」 등이 있다. 위의 시들을 찾아서 읽어보고 '길'이 의미하는 바가 무엇인지 생각해보자.

　소월의 시는 정한의 시다. 소월의 연인은 언제나 이별을 준비하고 있거나, 이별의 과정 속에 있거나 이별 후의 슬픔에 잠겨있다. 이들의 마음속에 스며있는 슬픔의 감정은 단 한 방울이라도 더해지면 그대로 넘쳐버릴 것 같은 물잔처럼 가득해서 그들을 바라보는 이들의 가슴을 더욱 안타깝게 한다. 소월의 연인은 소리를 지르거나 울음을 터트려 슬픔을 방출하지 못하고 그 슬픔을 가슴 속에 가득 머금고 있는 것이다.

　소월의 시에서 '길'은 이 가득 찬 물잔과도 같다. 왜냐하면 소월의 시에서 '길'은 막다른 길이 아니기 때문이다. 그러나 그의 길은 언제나 님을 향해 있지만 그는 님에게 가지 못한다. 님을 향한 길은 뚫려 있지만 모든 정황이 그 길을 걸어가지 못하게 하는 것이다. 「가는 길」에서의 화자는 그립다는 한 마디를 입 밖으로 내뱉는 순간 그 그리움을 감당하지 못할 듯 하여 가던 길을 그냥 가려고 하지만 '그래도 다시 더 한 번' 뒤돌아보게 된다. 다시 돌아가고 싶지만 산새들은 해가 지고 있다고 지저귀고 있고, 흐르는 물은 어서 따라오라고 재촉한다. 차라리 님과 만날 수 있는 가능성이 막혀있으면 쉽게 포기라도 할텐데 말이다. 이처럼 소월의 시에서 '길'은 슬픔을 가득 지니고 있는 이들의 안타까운 정서를 그대로 담아내고 있는 상징어라 할 수 있을 것이다.

2. '길' 이 중요한 소재로 등장하는 다른 시인의 작품들을 살펴보고, 길의 다양한 의미를 생각해보자.

    '길' 은 인생 그 자체를 상징하는 시어이기 때문에 많은 시인들은 '길' 을 시의 소재로 선택해왔다. 특히 자아 성찰적인 시들을 많이 쓴 윤동주의 시에서 '길' 이라는 시어는 그의 시세계를 파악할 수 있는 열쇠 중의 하나로 여겨질 정도이다. 그 중 '길' 을 소재로 한 몇몇 시들을 살펴본다면 우선 박목월의 「나그네」를 생각할 수 있다. '구름에 달 가듯이 남도 외줄기 삼백 리 길' 을 걸어가는 나그네의 모습은 자연과 분리될 수 없는 한 폭의 그림과도 같다. 어떤 것에도 얽매이지 않고 유유히 길을 걸어가는 나그네의 모습에서 우리는 자연 속에서 살아가는 사람의 모습을 발견한다. 반면 이상의 「오감도 시제1호」에서는 길 위에서 공포에 질린 채 두려움에 떨고 있는 아이들의 모습을 발견할 수 있다. 이 시에서 '길' 은 삶의 목적을 잃어버린 채, 불안한 시대의 흐름 속에서 길을 잃고 방황하는 현대인의 삶의 공간을 상징하는 것이라 할 수 있다. 김기림의 「길」에서 '길' 은 어머니의 상여가 지나가고, 첫사랑을 잃어버린 공간이다. 그리고 그 '길' 위에서 화자는 어린 시절을 보낸다. 즉, 이 시에서 '길' 은 서글픈 유년 시절의 추억이 서려있는 공간이라 할 수 있다. 道가 삶의 이치를 뜻하기도 하는 데서 알 수 있듯, '길' 이 지니고 있는 의미의 자장은 이처럼 상당히 넓다.

박재삼(1933~1997)

일본 도쿄 출생, 경남 삼천포에서 성장. 초등학교를 졸업한 뒤 집안 사정 때문에 중학교 진학을 못하고 중학교 사환으로 들어가 일했다. 그러다 그곳 교사이던 시조시인 김상옥을 만나 시를 쓰게 됐다. 1953년 『문예』에 시조 「강물에서」를 추천받았고, 1955년 『현대문학』에 시 「섭리」 등을 추천받아 등단했다. 그의 시는 가난과 설움에서 우러나온 정서를 아름답게 다듬은 언어 속에 담고, 전통 가락에 향토적 서정과 서민생활의 고단함을 실었다는 평가를 받는다.

정희성(1945~)

경남 창원 출생. 1970년 1월 《동아일보》 신춘문예에 시 「변신」이 당선되어 등단했다. 등단 초기에는 질박한 시어로 표현된 작품이나 『삼국유사』에 실린 설화와 향가를 소재로 한 작품들을 주로 발표했다. 1970년대 중반 이후부터 억압적인 사회 현실에 맞선 시인의 시대적 사명감으로 사회성이 강한 시를 통해 인간의 삶을 열정적으로 노래했다.

김용택(1951~)

전북 임실 출생. 1982년 창작과비평사의 『21인 신작시집』에 시 「섬진강」을 발표, 등단했다. 그의 시 대부분은 섬진강을 배경으로 한다. 연작시 「섬진강」은 작가 주변 인물들의 서사적 이야기이며 대부분 장시 형태로 기도나 분노, 풍자의 모습으로 나타난다. 1990년대 이후로는 소박한 진실을 바탕으로 전통과 현대를 이어주는 시를 쓰는 것으로 평가된다.

삶을 위로하는 강물

산 속 깊은 곳에서 시작해 도도히 바다로 향하는 강은 한결같은 인내의 상징이자 순수한 생명력의 표상으로 여겨져 왔다. 그러나 불행하게도 산업화와 도시화로 이러한 비유들은 점차 설득력을 잃어가고 있다. 죽은 물고기들이 수면을 뒤덮고, 각종 쓰레기들이 흘러들어 썩은 냄새가 진동하는 강을 두고 순수한 생명력을 노래하기는 어렵다.

시인들에게 강은 항상 중요한 상상력의 원천이 되어 왔다. 아마도 강이 심리적으로 매우 가깝게 느껴지는 자연 환경이기 때문일 것이다. 누구나 한 번쯤 '은총이 강물처럼 흐른다'는 말이나 '역사는 흐르는 강물과도 같다'라는 말을 들어본 적이 있을 것이다. 이런 친숙한 비유들은, 강의 이미지가 인간의 마음속 깊숙이 자리잡고 있음을 말해 준다.

다음에 소개될 시들은 강이 우리의 정신과 가까운 존재라는 사실을 새삼 깨우쳐 준다. 이 세 편의 시에서 시인의 감정이 응축적으로 제시되는 곳은 해질녘의 노을진 강변이다. 시인은 붉게 물든 강물을 바라보며 슬픔의 밑바닥을 경험하기도 하고, 위로 받기도 한다. 또 끝없이 흐르는 강

물에서 강인한 생명력을 발견하기도 한다. 세 편의 시를 통해 우리에게 익숙하고 친근한 강의 이

미지를 살펴보도록 하자.

박재삼의 「울음이 타는 가을강」에서 강은 화자의 감정이 이입되는 대상이다. 시의 1연에서 화자는 제삿날 큰집으로 가는 길에 친구의 '서러운 사랑' 이야기를 듣고 있다. 화자는 친구의 이야기에 눈물을 흘린다. 자신도 이루어질 수 없는 사랑에 아파한 적이 있는 걸까. 3연의 '그 기쁜 첫사랑 산골 물소리가 사라지고'라는 구절에서는 화자의 아픔이 느껴진다.

2연에서 슬픔의 정서는 더 깊어진다. 해질녘의 '울음이 타는 가을강'이 그 정점이다. 저녁 노을에 붉게 물든 강물을 보고 화자는 울음이 탄다고 표현한다. 그가 느낀 슬픔의 감정이 시각적 이미지와 청각적 이미지에 의해 잘 드러나고 있다. '해질녘' '가을' 등의 시간적 계절적 배경도 화자의 슬픔과 조화를 이루는 요소이다. '서러운' '눈물' '울음' 등의 시어들도 슬픔을 증폭시킨다.

그러나 화자의 슬픔이 비관과 탄식으로 끝나는 것은 아니다. '소리 죽여' 바다로 향하는 강은 모든 것을 포용하며 조용히 끝을 맺는 넉넉한 마음을 뜻한다. 이는 아름다운 수용의 미학을 나타내는 것이다.

이 시에서 강이 환기시키는 슬픔은 비관이나 탄식과는 구별된다. 오히려 박재삼의 시에서 자주 엿보이는 한의 정서와 비슷하다. 한의 정서를 누구보다도 감각적으로 잘 보여준다는 점에서 박재삼의 시는 김소월을 떠오르게도 한다. 강의 이미지를 빌어 보여주는 순수한 슬픔이 민족의 고유한 감정인 한의 모습을 띠게 되면서, 우리는 이 시에서 민족적인 특색을 발견하게 된다. 또한 '-고나'(1연), '-것네'(2연, 3연) 등 민요조의 종결어미들에서도 전통적인 느낌이 난다.

정희성의 「저문 강에 삽을 씻고」는 대표적인 민중시이다. 이 시에서 강은 한 노동자의 삶을 되비추는 거울이다. 하루 일과를 마치고 집으로 돌아가는 길, 화자는 강변에 나가 삽을 씻는다. 그의 삶은 누추하고 고단하다. 그를 위한 거라곤 일을 마치고 집으로 돌아가는 길에서 '쭈그려 앉아 담배나 피우'는 일이 고작이다. 그의 생애는 모두 '삽자루에 맡겨'져 왔다. 그저 일만 하고 살았다. 이렇게 고되게 일하지만 희망은 보이지 않는다. '샛강 바닥 썩은 물' 같은 세상이다. 강바닥까지 물이 썩어 있다. 산업화에 의해 자연은 파괴되었고, 동시에 그가 살고 있는 세계도 도덕적으로 타락했다는 뜻이다.

그러나 그 썩은 물에도 달은 비춘다. 그처럼 화자도 새로운 삶의 의지를 찾으려고 한다. 화자는 강변에 나가 삽을 씻으며, 강물에 '슬픔도 퍼다 버'리고 있다. 이제 슬퍼하는 것을 그치고, 삶을 긍정하고 자기 헌신이라는 열린 길로 나아가려 한다는 의미다. 슬픔은 미래를 위해 거쳐 지나가야 할 강줄기에 불과한 것이다.

흐르는 물에 슬픔을 씻어버린 화자는, '먹을 것 없는 사람들의 마을'로 눈길을 돌린다. 물이 높은 곳에서 낮은 곳으로 흐르듯, 그는 우리 사회에서 가장 낮은 곳에 있는 사람들과 함께하고자 한다. 그것이 그의 의지라는 사실은 다시 돌아가야 한다는 종결어미에서 잘 알 수 있다.

이 시에서 강은, 삽으로 대표되는 노동의 시름을 씻어주고 슬픔을 위로하는 대상이다. 그리고 슬픔을 퍼다 내버릴 수 있는 곳이고, 의지와 희망을 찾아내는 곳이기도 하다. 높은 곳에서 낮은 곳으로 흐르는 강은, 위가 아닌 아래로 시선을 돌리게 하고, 이들의 소중함을 깨닫게 해주는 대상이기도 하다.

김용택의 「섬진강·1」은 민족 공동체의 소중함을 좀더 깊이 다루고 있다. 「저문 강에 삽을 씻고」가 노동자의 삶에 다가가고자 한 것과는 차이가 있다. 시인은 '섬진강'을 무척 아껴, '섬진강'이란 제목의 시를 무려 30여 편이나 남겼다.

시 속의 섬진강은 남도 사람들에게 생명력의 원천이며, 전라도의 '실핏줄'과 같다. 아무리 퍼가도 마르지 않는 강은 강인한 생명력을 연상시킨다. 또한 이 강은 '쌀밥 같은' 토끼풀꽃이나 '숯불 같은' 자운영꽃과 같이 우리의 야생화들이 피고 지는 자연의 보고이기도 하다. 식물도감에서 찾아보기 힘든 풀들은 이름 없는 민중으로 그 풀들의 이마가 그을었다는 것은 고단한 민중의 삶을 은유적으로 표현한 것이다. 그들의 이마를 훤하게 해주는 꽃등을 달아주며 섬진강은 그들을 위로한다.

이러한 강과의 어우러짐은 꽃만이 아니다. 강을 둘러싼 산맥들도 함께 어우러져 있다. 지리산과 무등산이 마치 강을 사이에 두고 정을 나누는 다정한 친구처럼 마주 서 있다. 두 산은, 섬진강이 어디 몇 놈이 달려들어 퍼낸다고 마를 강물이더냐고 호탕하게 웃어댄다. 강을 퍼가려고 달려드는 놈들은 건강한 민중의 삶을 위협하고 훼방하는 불의의 세력으로 볼 수 있다. 이들의 협잡에도 끄덕하지 않는 강의 굳건함은 그만큼 강인한 민중의 힘을 말해 주는 것이다.

울음이 타는 가을강江 _ 박재삼

마음도 한자리 못 앉아 있는 마음일 때,
친구의 서러운 사랑 이야기를
가을햇볕으로나 동무삼아 따라가면,
어느새 등성이에 이르러 눈물나고나.

제삿날 큰집에 모이는 불빛도 불빛이지만,
해질녘 울음이 타는 가을강(江)을 보겠네.

저것 봐, 저것 봐
너보다도 나보다도
그 기쁜 첫사랑 산골 물소리가 사라지고
그 다음 사랑 끝에 생긴 울음까지 녹아나고
이제는 미칠 일 하나로 바다에 다와가는
소리죽은 가을강(江)을 처음 보겠네.

1959년 잡지 「사상계」

저문 강에 삽을 씻고 _ 정희성

흐르는 것이 물뿐이랴.
우리가 저와 같아서
강변에 나가 삽을 씻으며
거기 슬픔도 퍼다 버린다.
일이 끝나 저물어
스스로 깊어 가는 강을 보며
쭈그려 앉아 담배나 피우고
나는 돌아갈 뿐이다.
삽 자루에 맡긴 한 생애가
이렇게 저물고, 저물어서
샛강 바닥 썩은 물에
달이 뜨는구나.
우리가 저와 같아서
흐르는 물에 삽을 씻고
먹을 것 없는 사람들의 마을로
다시 어두워 돌아가야 한다.

1978년 잡지 「문학사상」

가문 섬진강을 따라가며 보라
퍼가도 퍼가도 전라도 실핏줄 같은
개울물들이 끊기지 않고 모여 흐르며
해 저물면 저무는 강변에
쌀밥 같은 토끼풀꽃,
숯불 같은 자운영꽃 머리에 이어주며
지도에도 없는 동네 강변
식물도감에도 없는 풀에
어둠을 끌어다 죽이며
그을린 이마 훤하게
꽃등도 달아 준다
흐르다 흐르다 목메이면
영산강으로 가는 물줄기를 불러
뼈 으스러지게 그리워 얼싸안고
지리산 뭉툭한 허리를 감고 돌아가는
섬진강을 따라가며 보라
섬진강물이 어디 몇 놈이 달려들어
퍼낸다고 마를 강물이더냐고,
지리산이 저문 강물에 얼굴을 씻고

일어서서 껄껄 웃으며

무등산을 보며 그렇지 않느냐고 물어 보면

노을 띤 무등산이 그렇다고 훤한 이마 끄덕이는

고갯짓을 바라보며

저무는 섬진강을 따라가며 보라

어디 몇몇 애비 없는 후레자식들이

퍼간다고 마를 강물인가를.

1982년 시집 『21인 신작 시집』

1. 앞에서 살펴 본 시 이외에도 「강가에서」(이형기), 「강물」(천상병), 「검은 강」(박인환), 「겨울강」(하재봉), 「끝없는 강물이 흐르네」(김영랑), 「나룻배와 행인」(한용운) 등 강을 소재로 하는 시들의 공통점과 차이점을 생각해 보자.

    강은 그것이 끝없이 흘러가는 물의 결이라는 점에서 여러 가지 상상력을 자극한다. 앞서 살펴본 세 시가 보여준 것처럼, 강은 모든 것을 녹여 품에 안을 것 같기도 하고, 모든 것을 씻어 바다로 갈 것 같기도 하고, 도도한 흐름으로 세상의 자잘한 일들에는 관계하지 않고 자신만의 리듬을 계속해 나갈 것 같기도 하다.

    강은 자연의 신비한 힘을 감추고 있는 듯 보여 시인들은 강을 매개로 상상력을 통해 신화적 의미를 찾아내기도 하고 종교적인 삶의 자세를 구하거나 인생에 대한 깨달음을 얻는다. 그러나 그 강을 바라보는 시인의 시선에 따라 강을 매개로 얻는 깨달음은 다양하다. 천상병의 「강물」에서처럼 강은 슬픔의 근원이자 표현이기도 하고, 「검은 강」처럼 그것은 인간의 어두운 운명이거나 전쟁의 참상이고 혹은 「강가에서」처럼 강은 지구의 곳곳에 뻗어있는 혈관이어서 멀리 떨어져 있는 누군가와 나를 연결시켜주는 매개가 되기도 한다.

2. 강 이외에도 구름, 안개, 비, 호수, 눈, 바다, 폭포, 분수, 우물 등을 제재로 하는 시를 찾아 읽어보고, 그 작품들에서 물의 이미지가 시인의 사유와 어떠한 연관을 맺고 있는지를 분석해 보자.

    물이 특정한 형태가 없는 것처럼, 물의 이미지는 유난히 여러 가지 의미로 변용된다. 그것은 시의 전체 분위기에 따라 따뜻하면서도 차갑고, 부드러우면서도 냉혹하다. 여기서는 황지우의 「연혁」에서의 바다의 이미지를 간단하게 살펴보기로 하자.

바다는 수많은 생명을 품은 자궁이며 뭍에서 산소를 흡입하는 생물들이 살아가기 전 지구의 생물을 품고 있던 유일한 장소이기도 하다. 그러나 인간에게 바다는 너무 거대하며 날씨에 따라 광폭하기도 하다. 바다를 삶의 터전으로 살아가는 이들에게 바다는 결코 호락호락한 곳이 아니어서 바닷가 소년의 어머니는 "시루떡을 던져 앞 바다의 흩어진 물결들을 달래" 보지만 바다는 아랑곳 않고 "이튿날 내내 청태(靑苔)밭 가득히 찬 비가" 내릴 뿐이다. 그래서 소년에게 가난은 "어떤 관례와도 같았"고, 심지어 소년의 아버지가 죽은 장소이기도 하다.

그러나 소년의 눈에 바다는 공포의 대상이기만 한 것이 아니고, 모든 괴로운 삶과 그 끝인 죽음이 녹아들어 있는 거대한 에너지의 세계이다. 그래서 이 소년은 "괴로워하는 바다의 내심(內心)으로 내려가 땅에 붙어 괴로워하는 모든 풀들을 뜯어 올렸"고, "먼 훗날 제가 그물을 내린 자궁(子宮)에서 인광(燐光)의 항아리를 건져 올 사람"을 기다린다. 이 소년은 그 바다 속에 묶여 있는 고통들을 뿌리 뽑아 자유로워지기를 희망했을 것인데 그 밝은 에너지들이 '인광의 항아리'의 이미지로 나타나고 있다.

한용운(1879~1944)

충남 홍성 출생. 호는 만해. 1926년 시집 『님의 침묵』을 출판하여 저항 문학에 앞장섰고, 이듬해 신간회에 가입하여 활동하기도 하였다. 그후에도 불교의 혁신과 작품 활동을 계속하다가 서울 성북동에서 중풍으로 작고했다. 시에 있어 퇴폐적인 서정성을 배격하고 불교적인 '님'을 자연으로 형상화했으며, 고도의 은유법을 구사하여 일제에 저항하는 민족 정신과 불교에 의한 중생제도를 노래했다.

이형기(1933~)

경남 진주 출생. 1949년 『문예』에 시 「비 오는 날」, 이듬해에 「코스모스」 「강가에서」 등이 추천되어 문단에 최연소 등단 기록을 세웠다. 초기에는 삶과 인생을 긍정하고 자연섭리에 순응하는 서정시를 썼으며, 후기에는 허무에 기초한 관념을 중심으로 날카로운 감각과 격정적 표현이 돋보이는 시를 발표하였다.

기형도(1960~1989)

인천 출생. 1984년 〈중앙일보〉에 입사하여 정치부·문화부·편집부에서 일하며 지속적으로 작품을 발표하였다. 1989년 시집 출간을 위해 준비하던 중, 종로의 한 극장 안에서 숨진 채 발견되었고 사인은 뇌졸중이었다. 1985년 〈동아일보〉 신춘문예 시부문에 「안개」가 당선되면서 등단했다. 주로 유년의 우울한 기억이나 도시인들의 삶을 담은 독창적이면서 개성이 강한 시들을 발표했다.

7

아픔을 이겨내는 지혜

사랑의 환희를 다룬 시 못지않게 이별의 슬픔을 다룬 시들도 많이 있다. 이 세상에는 사랑의 환희만큼이나 많은 이별의 슬픔이 존재하기 때문이다. 긴 세월 동안 사람들은 만나고 헤어지고, 사랑하고 또 이별하면서 살아왔다. 그것은 자연의 섭리다. 그래서 옛사람들은 '만난 사람은 반드시 이별하게 되어 있으며, 떠난 사람은 반드시 다시 만나게 된다 (회자정리會者定離, 거자필반去者必返)'고 거창하게 밝혀 놓았다.

그러나 이별을 자연의 섭리처럼 받아들이는 것은, 평범한 갑남을녀에겐 쉽지 않은 노릇이다. 당장 가슴이 찢어질 것 같은데, 이별을 맞아들이고 또 그 슬픔을 이겨내라니! 오히려 우리에게는 비슷한 아픔을 먼저 겪은 인생 선배들의 위로가 훨씬 마음에 와 닿는다. 어떤 시인들은 비슷한 아픔을 나보다 조금 먼저 겪은 선배로서의 역할을 한다.

우리는 한 편의 시에서 그들이 이별을 바라보는 성숙한 시선, 이별의 아픔을 이겨내는 지혜로운

태도를 배울 수 있고, 그것을 통해 위로 받을 수도 있다. 이제 30여 년의 간격을 두고 쓰여진 세

편의 시를 통해 이별의 슬픔을 이해하고 어루만져 주는 시인의 성숙한 태도를 살펴보자.

한용운의 시를 읽기 전에 반드시 짚어 두어야 할 일이 있다. 그가 승려라는 사실과 일제 강점기에 실천적으로 살아간 독립투사였다는 사실을 완전히 잊어버리는 일이다. 그 동안 만해 한용운의 시는 너무나 상투적으로 해석되어 왔다. 그 상투적 해설들은 항상 그가 승려이고 독립투사였다는 사실만을 강조한다. 그러나 시를 쓴 것은 승려 한용운도, 투사 한용운도 아니다. 그저 시인 한용운일 뿐이다.

1926년 동명 시집에 실린 「님의 침묵」은 아름다운 연애(戀愛)시로 우선 해석되어야 한다. 그러다 보면 대부분의 뛰어난 연애시들이 흔히 그렇듯이, 이 시도 결국에는 남녀간의 사랑을 뛰어넘어 한 시대의 사랑과 이별을 노래하고 있음을 알게 된다.

'님은 갔습니다' 라는 첫 구절은 현재 화자가 놓여 있는 정황을 간략하게 직설적으로 전달한다. 이 짧은 문장이 던지는 파문은 어떤 구절보다도 크다. 이어지는 문장들은 이 최소한의 문장에 조금씩 수식을 덧붙인 것들이다. 이별의 슬픔은 점층적으로 이어지고 있다. 구조적으로 볼 때 이 최소 문장은 후반부에 나오는 '님은 갔지만 나는 님을 보내지 아니하였습니다' 라는 일대 반전을 준비하는 구절이기도 하다.

사람들은 이별을 맞게 될 때, 대부분의 경우 이별 이전의 행복했던 과거에 절망적으로 매달린다. 기억의 힘으로 현재의 슬픔을 견뎌내려 한다. 화자는 '황금의 꽃같이 굳고 빛나던 옛 맹서' 를 떠올리고, '날카로운 첫 키쓰의 추억' 을 떠올리고, '향기로운 님의 말' 과 '꽃다운 님의 얼굴' 을 떠올린다. 그러나 이별 이전의 상황에 매달려 위안을 받는 것은 찰나이다. 위안은 결국 현재의 슬픔을 더욱 깊게 할 뿐이다. '놀란 가슴이 새로운 슬픔에 터지는' 상황 속에서 허우적거리던 화자가, 이제는 거기서 한 걸음 떨어져서, 자신의 상황과 감정을 객관화시켜 보기 시작한다. 이 차분한 자기 응시를 통해, 화자는 결국 '그러나' 로 이어지는 반전에 도달하게 된다.

그래서 화자는 '이별은 쓸데없는 눈물의 원천을 만들고 마는 것' 이라는 무익함을 깨닫는다. 슬퍼하는 일에는 혼신의 힘이 소모된다. 그 힘으로 희망을 찾아나서는 일이 훨씬 더 유익한 일이라는 판단을 내리는 데에는 간단한 산수조차 필요치 않다. 화자는 '걷잡을 수 없는 슬픔의 힘'을 '새 희망의 정수박이'에 들이붓는다. 막 머리를 들이미는 희망의 정수리에, 슬퍼하는 데 허비하던 그 '힘'을, 희망의 샘처럼 부어 주는 것이다.

희망을 되찾으려는 화자에게 든든한 힘이 되어주고 있는 것은 '역설'의 힘이다. 세상은 온통 역설투성이다. 하지만 사람의 삶 자체가 이미 역설이다. 우리는 태어나면서부터 죽어가니 말이다. 사랑과 이별도 마찬가지 아닌가. 이별하는 순간, 우리는 다시 만날 날을 향해 카운트다운을 시작하는 것이다. 문제는 어떻게 생각하느냐에 달려 있다. 이별을 슬퍼하기만 할 것인가, 재회를 예감하며 긍정적으로 살 것인가. 화자가, 당신은 나를 떠났는지 몰라도 나는 당신을 보낸 적이 없다고 말하는 후반부

중의성 (애매성, Ambiguity)

중의성은 어떤 단어나 문장이 두 가지 이상의 서로 다른 뜻으로 해석되는 경우를 말한다. '나는 철수와 영희를 찾아갔다.' 이 말은 '내가 철수와 함께 영희를 찾아갔다'는 의미로도 해석되고, '내가 철수도 찾아가고, 영희도 찾아갔다'는 의미도 된다. 그래서 일반적으로 정보를 전달하는 글에서 중의성은 반드시 피해야할 결함이 된다. 가령 법조문이 위처럼 두 가지 이상의 다른 뜻으로 해석된다면 심각한 혼란이 발생할 수 있다.

그러나 문학, 특히 시에서는 이 중의성이야말로 의미를 풍부하게 만들기 때문에 적극적으로 활용된다. 한용운의 「님의 침묵」에서 '님'은 연인으로, 부처로, 또 국가로 다양하게 해석되면서 시의 의미를 한층 풍부하게 만들고 있다.

이러한 중의성은 난해성과는 다르다. 중의성은 두 가지 이상의 의미이긴 하지만 해석이 가능하다. 그러나 난해성은 해석 자체가 불가능한 경우를 가리킨다. 즉 '큰 잎사귀 엉덩이뿔과 기린 코구멍이 헤롱대는 원더보이……'와 같이 말도 안 되는 글을 써놓고, 중의성이라고 우기면 안 된다는 말이다.

의 어조는 여전히 애상에 젖어 있지만, 그의 표정을 우울하고 비탄에 찬 것으로 연상할 필요는 없다. 어쩌면 그는 씩 웃고 있는지도 모른다, 노래라도 부르면서 말이다. '님의 침묵을 휩싸고 도는' 그런 '사랑의 노래' 말이다.

첫 구절이 너무도 유명한 이형기의 「낙화」는 한용운의 「님의 침묵」이 쓰인 지 30여 년이 지난 후의 작품이지만, 아름다운 이별 노래라는 점에서는 다르지 않다. 이 작품 역시 이별을 받아들이고 그 슬픔을 극복해 나가는 방법에 대해 가르쳐 준다.

「낙화」의 기본 발상은, 사람이 겪는 사랑과 이별이 꽃이 피고 지는 자연의 순환과 다르지 않다는 생각으로, 2연에서 5연까지 그 내용을 담고 있다. 뜨거운 사랑의 격정이 봄 한철 꽃이 피는 것과 같다면, 이별은 '무성한 녹음과 머지않아 열매 맺는 가을을 향하여' 꽃이 지는 것과 같다는 것이다. 그렇다면 이별은 단순한 슬픔이 아니라, 미래의 성숙과 결실을 위해 필요한 아픔이 될 것이다. 그래서 화자는 자신의 이별을 '결별이 이룩하는 축복'으로 받아들이며 '나의 청춘은 꽃답게 죽는' 것이라 생각한다.

우리에게 닥치는 모든 이별은 치명적인 상처를 남기고 가는 듯하다. 하지만 먼 훗날 돌아보면 상처에 생긴 굳은살처럼 아픔이 잘 아물어 있음을 알게 된다. 누군가를 사랑하고 이별한 경험은, 훗날 다시 다가올 사랑을 보다 어른스럽고 성숙한 방식으로 맞아들일 수 있는 하나의 산 경험이 되는 것이다.

마지막 두 연은, 자연사의 순환과 인간사의 순환이 한데 겹쳐지면서, 이 시의 메시지를 차분하고 아름답게 전달한다. 꽃잎이 지는 날 화자는 연인과 이별을 한다. 꽃이 지듯, 사랑도 진다. 화자는 입술을 깨물며 차분하게 이별을 받아들인다. '나의 사랑, 나의 결별'로 인해, '내 영혼의 슬픈 눈'은 '샘터에 물 고이듯' 성숙해 나갈 것이라고 믿는다. 통곡하고 오열하는 시보다 이별의 슬픔을 차분하게 긍정하는 이 시의 태도는 어쩌면 더 슬프고 더 깊은 것인지 모른다.

이형기의 「낙화」로부터 다시 30여 년이 지난 뒤에 쓰인 기형도의 「빈집」은 더 강렬한 인상을 준다. '사랑을 잃고 나는 쓰네' 라는 첫 행부터 강렬하다. 60여 년의 격차를 두고 있긴 하지만, '님은 갔습니다' 의 간결한 슬픔을 연상시킨다. 이 시의 독특함은 그 발상의 독특함에 있다. 2연에서, 이별 이후, 화자는 연인을 향한 사랑의 열병을 앓을 당시의 기억들을 떠올린다. 촛불을 밝혀 두고, 흰 종이 위에 연인에게 전할 말을 한 글자 한 글자 토해내며, 때론 망설임 때문에 전하지 못한 말들이 있어 눈물을 흘리기도 했던, 그 짧았던 밤과 겨울 안개를 회상한다. 이런 기억은 누구에게나 있을 것이다. 하지만 그 고통스럽고 애처로운 기억들을 처리하는 방법은 우리가 여태껏 보지 못했던 낯설고 가슴 아픈 것이다.

화자는 그 '열망' 들을 어떤 빈집에 넣어버리고 바깥에서 문을 잠궈 버린다! 그 빈집은 어디인가? 마음속에 있는 창고일까, 아니면 그저 그의 무의식 저 깊은 곳일 수도 있다. 한 때는 모두 내 것이었고 무척 소중한 것들이지만, 이제는 갖고 있으면 나를 더 힘들게 할 뿐인 사랑의 열망들과 기억들이다. 그 '가엾은 내 사랑' 으로부터 화자는 이제 떠나고 싶어한다. 그러나 그 감정과 기억들을 '빈집' 에 버려두고 돌아오는 길은 홀가분하지도 편안하지도 않다. '가엾은 내 사랑 빈집에 갇혔네' 의 어조는 한없이 쓸쓸하기만 하다. 사랑하는 연인에게 버림받은 화자는, 이제 자신의 기억들과 열망들을 스스로 버린다.

기형도의 「빈집」은 한용운의 시나 이형기의 시처럼, 이별에 대한 어떤 보편적 교훈을 전달하지는 않는다. 모든 시에 반드시 어떤 교훈적인 메시지가 있어야 하는 것은 아니다. 이 시의 상상력은 많은 이들의 가슴에 강한 울림을 던져 주었고, 1990년대 내내 많은 사람들의 상실감과 슬픔을 어루만져 주었다.

님의 침묵沈默 _ 한용운

님은 갔습니다. 아아, 사랑하는 나의 님은 갔습니다.

푸른 산빛을 깨치고 단풍나무 숲을 향하야 난 적은 길을 걸어서 참어 떨치고 갔습니다.

황금(黃金)의 꽃같이 굳고 빛나던 옛 맹서(盟誓)는 차디찬 티끌이 되야서, 한숨의 미풍(微風)에 날아갔습니다.

날카로운 첫 키쓰의 추억은 나의 운명의 지침을 돌려 놓고, 뒷걸음쳐서 사라졌습니다.

나는 향기로운 님의 말소리에 귀먹고, 꽃다운 님의 얼굴에 눈멀었습니다.

사랑도 사람의 일이라, 만날 때에 미리 떠날 것을 염려하고 경계하지 아니한 것은 아니지만, 이별은 뜻밖에 일이 되고 놀란 가슴은 새로운 슬픔에 터집니다.

그러나, 이별은 쓸데없는 눈물의 원천(源泉)을 만들고 마는 것은 스스로 사랑을 깨치는 것인 줄 아는 까닭에, 걷잡을 수 없는 슬픔의 힘을 옮겨서 새 희망의 정수박이에 들어부었습니다.

우리는 만날 때에 떠날 것을 염려하는 것과 같이, 떠날 때에 다시 만날 것을 믿습니다.

아아, 님은 갔지마는 나는 님을 보내지 아니하였습니다.

제 곡조를 못 이기는 사랑의 노래는 님의 침묵을 휩싸고 돕니다.

1926년 시집 「님의 침묵」

낙화 _ 이형기

가야 할 때가 언제인가를
분명히 알고 가는 이의
뒷모습은 얼마나 아름다운가.

봄 한 철
격정을 인내한
나의 사랑은 지고 있다.

분분한 낙화……
결별이 이룩하는 축복에 싸여
지금은 가야할 때

무성한 녹음과 그리고
머지않아 열매 맺는
가을을 향하여
나의 청춘은 꽃답게 죽는다.

헤어지자
섬세한 손길을 흔들며

하롱하롱 꽃잎이 지는 어느날

나의 사랑, 나의 결별

샘터에 물 고이듯 성숙하는

내 영혼의 슬픈 눈.

1963년 시집 「적막강산」

빈집 _ 기형도

사랑을 잃고 나는 쓰네

잘 있거라, 짧았던 밤들아
창밖을 떠돌던 겨울 안개들아
아무것도 모르던 촛불들아, 잘 있거라
공포를 기다리던 흰 종이들아
망설임을 대신하던 눈물들아
잘 있거라, 더 이상 내 것이 아닌 열망들아

장님처럼 나 이제 더듬거리며 문을 잠그네
가엾은 내 사랑 빈집에 갇혔네

1989년 잡지 「현대시세계」

1. 세 편의 시에서 나타난, 이별에 대처하는 방법의 공통점과 차이점에 대해 생각해 보자.

「님의 침묵」, 「낙화」, 「빈집」은 모두 이별을 주제로 하고 있다. 이 세 시는 모두 이별 직후 이별의 슬픔을 느끼면서도 이를 받아들이고 있다. 이별 때문에 괴로워하지도 않고, 떠나간 인연에 미련을 갖지도 않고, 옛 추억에만 잠겨 있는 것도 아니라는 점에서, 그러니까 이별을 묵묵히 받아들인다는 점에서 이 세 시는 공통점을 갖고 있다.

하지만 그 받아들이는 태도에 미묘한 차이점들이 있다. 우선 가장 독특한 것은 「빈집」이다. 이 시는 모든 문장이 영탄법으로 되어 있어서 그 어투에서도 다른 두 시와 달리 괴로운 심정이 그대로 베어나 있다. 그가 비록 사랑을 잃은 뒤 그 사랑과 관련된 모든 것들을 '빈집'에 몰아넣고 문을 걸어 잠궜다고 하더라도 그는 이별의 아픔으로부터 완전히 벗어나지는 못한 것 같다. 우리는 이 시의 화자가 간신히 울음을 참으며 어금니를 물고 노래를 하는 목소리를 듣는 것만 같다.

이에 비하면 「낙화」는 이별의 아픔을 통해서 삶의 진실의 한 단면을 엿보려는 성숙한 태도를 보여준다. 「님의 침묵」도 이와 비슷하다고 할 수 있겠지만, 이별의 아름다움과 성숙에 대해서만 말한 「낙화」에 비해서, 「님의 침묵」은 「빈집」처럼 슬픈 목소리를 그대로 노출하고 있다. 그러나 「님의 침묵」은 그 슬픔의 에너지를 긍정적인 에너지로 전환시키고자 하는 의지와 깨달음을 지녔다는 점에서 「빈집」과는 거리가 있다고 하겠다.

2. 한용운의 시에서는 삶의 역설적 진실들을 차분히 긍정하는 태도가 나타나 있다. 이러한 태도가 단순한 체념과 다른 점이 무엇인지 생각해 보자.

사전을 찾아보면, 체념이란 '곤경 따위에서 벗어날 길이 없어 운명에 따르기로 딱 잘라 마음먹는 일'이라고 나와있다. 이별의 경우에 적용해보자면, "이렇게 울고 불고 해봐야 그 사람이 다시 돌아오는 것도 아닌데 뭐, 차라리 잊어버리자."고 말하는 것이 체념이다. 이 체념도 우리가 지나가버린 일에 감정의 에너지를 묶어두지 않도록 하는 기능을 갖고 있다고 말할 수 있다. 하지만 한용운의 시는 이와는 종류가 다른 태도를 보여준다.

「님의 침묵」이 보여주는 것은 "차라리 잊어버리자"에서 한 걸음 더 나아가서 "내가 슬픔에만 잠겨있는 것이야말로 사랑을 병들게 하는 것이니까, 슬퍼할 기운으로 희망을 찾아나서자."고 하는 것이다. 그 '희망'이 무엇인지는 이 시가 구체적으로 말해주지는 않지만, 분명한 것은 체념보다는 긍정적인 태도가 있다는 점이다.

그러니까 「님의 침묵」을 읽은 우리는 혹시 나중에 이별을 맞이하더라도, "차라리 잊어버리자"에 머무르지 않고, "그 사람을 더욱 사랑하자"라거나 "언젠가 그가 돌아올 수 있도록 더 멋진 남자/여자가 되자"로 나아갈 수 있는 것이다.

찾아보기(작품순)

찾아보기(작가순)